藏宝图

刘万里 著

天津出版传媒集团
天津人民出版社

图书在版编目（CIP）数据

藏宝图/刘万里著. -- 天津：天津人民出版社，2017.10

ISBN 978-7-201-12228-1

Ⅰ. ①藏… Ⅱ. ①刘… Ⅲ. ①长篇小说-中国-当代 Ⅳ. ①I247.5

中国版本图书馆 CIP 数据核字（2017）第 228096 号

藏宝图

CANGBAOTU

刘万里 著

出　　版　天津人民出版社
出 版 人　黄　沛
地　　址　天津市和平区西康路 35 号康岳大厦
邮政编码　300051
网　　址　httpc//www.tjrmcbs.com
电子邮箱　tjrmcbs@126.com

责任编辑　张潇文
装帧设计　郑晓萍

制版印刷　三河市天润建兴印务有限公司
经　　销　新华书店
开　　本　660×960 毫米　1/16
印　　张　20.75
字　　数　210 千字
版次印次　2017 年 10 月第 1 版　2017 年 10 月第 1 次印刷
定　　价　59.80 元

目　录

第一章　寻夫遭遇南京大屠杀

1

鹅毛大雪铺天盖地，凤凰山一片雪白。

夏荷花推开门，一朵又一朵的雪花落在她脸上，她打了一个冷战，整理了一下衣服，然后锁上门去给爷爷送饭。爷爷在安阳县南山区的凤凰山上狩猎。

夏荷花踩着积雪，空旷的山野里白茫茫一片，积雪压弯了树枝，她听到了天籁的声音。一只野兔突然蹿了出来，惊动了树上的麻雀，麻雀飞走了，树枝上的雪纷纷落下。野兔的脚印很快被雪花盖住了。她一脚踩空，感觉被什么东西绊了一下，她感到脚下什么东西很柔软，不由得惊叫一声，雪地上躺着一个人，身子被雪盖住了，只露出一张脸。夏荷花转身想跑，但她又大胆地站住了，她走过去刨开那人身上的雪，一摸胸口还在跳。夏荷花背起那人就朝回走。

夏荷花红着脸脱下了他的湿衣服，脱得一丝不挂，他的身体如生铁般冰冷，夏荷花再仔细瞧他的脸，是一张英俊年轻的脸，夏荷花的脸更红了。夏荷花把那人放在自己的床上，给他盖上被子，然后坐在那里发呆。过了一阵，夏荷花把手伸进被子一摸，那人浑身冰冷。夏荷花想用体温暖他，女孩子本能的娇羞让她犹豫了一下，然后依然飞快地脱下衣服钻进被窝，伸开双臂抱紧了他。

不知过了多久，那人终于醒了，他睁开眼看到怀里有一位漂亮的姑娘，脸不由得变得通红，他说：“你是……”

夏荷花见那人醒了，长长松了一口气，她想到自己还是光身子，红着脸说：“快把你的眼睛闭上，不准偷看。”夏荷花立马穿衣下床，心还在怦怦地跳。

小伙子说：“谢谢你的救命之恩。”

夏荷花问：“看你像个外地人，怎么跑到这大山里来了？”

小伙子说：“我迷了路，遇到狼的袭击，再加上又冷又饿又累就晕倒在荒山野岭里。”

夏荷花弄了一碗姜汤给他。她说：“我爷爷是一位郎中，等他回来给你煎几副药一吃，就没事了。”

天黑时分，爷爷带着一身雪回来，他手上还提着一只野兔。老人是一位好客之人，立马给小伙子煎了药，还给他上了一些外伤药。在夏荷花无微不至的照顾下，小伙子的伤终于好了。

大雪初停，阳光迷人。老人带小伙子去山上打猎，猎狗在前面跑，小伙子扛着枪紧紧跟在老人后边，他心事重重，这一切都被夏荷花看在眼里。老人说：“到现在我还不知道你贵姓呢。”小伙子说：“免贵姓乔，叫乔雪峰，你以后叫我小乔就行了。”夏荷花看乔雪峰愁眉不展，唉声叹气，她说：“你是不是有心事？”乔雪峰说：“没有啊。”夏荷花生气了，说：“我救了你，你却什么事都瞒着我，早知如此不该救你。我问你，你身上受的是枪伤，为什么要说是摔伤呢？再说你还带有枪。”乔雪峰叹了一口气，说：“你们是好人，我就直说了吧，我是一位红军战士，在行军途中遇到了国民党的围剿，在突围中我与队伍走散了……”夏荷花认真地听着，美丽的大眼一闪一闪的。

这时一只野兔出现在他们的视野中。老人拿起土枪开始瞄准，乔雪峰说：“让我试试。”他抬起步枪，随着一声枪响，野兔立即倒在地上，猎狗跑过去把死兔叼了过来。老人说：“好枪法。”

夏荷花笑着说：“你教我打打洋枪。”

乔雪峰得意地说："这枪还是我从鬼子手中缴获的，在一次战役中，我杀了10个鬼子，还缴获了一挺机枪，连长表扬了我，提拔我当了班长。后来我又立了几次功，被提拔为排长、副连长。在一次战役中，连长牺牲了，我就成了连长。没想到我第一次带兵作战就遭到鬼子伏击，战士全部牺牲，就剩下我一个光杆司令了。"

夏荷花说："你是怎么参加红军的？"

乔雪峰叹了一口气说："说来话长，我家住安阳县南山区的杜家垭，当地财主恶霸杜老爷霸占我娘，我爹找他们论理，杜老爷就打死了我爹，我娘一气之下就上吊自杀了。一个没有月亮的晚上，我悄悄翻进杜家大院，杀了杜老爷，然后就跑到了安阳县城，在一家饭馆给人当伙计。我怕杜家找上门来报复，每天都是提心吊胆过日子，后来遇见跑江湖的戏班子，我就跟了他们，负责打杂。后来遇见红军招兵，我就报名参了军。"

乔雪峰把手中的枪递给夏荷花，然后教她如何装子弹，如何打开保险，如何瞄准，夏荷花从小就跟爷爷上山打猎，13岁时她曾用土枪打死一只豹子，轰动了安阳南山区，人们都说她是奇女子，将来长大了不得了。但母亲反对她玩枪，反对她跟爷爷上山打猎，怕将来没人敢娶她，可爷爷每次上山打猎，她都偷偷跑出来，跟在爷爷屁股后面。夏荷花从小玩枪长大，对步枪一点就会，很快就掌握了要领，枪的原理大同小异，不同的就是子弹不同而已。她端着枪东瞄瞄西瞄瞄，最后瞄准了乔雪峰的脸，乔雪峰的脸白白净净，不像一个当兵人，他脸上的汗毛都看得清清楚楚，乔雪峰吓了一跳，"小心走火。"

夏荷花咯咯笑了，说："逗你玩的。"

夏荷花一转身，枪响了，天上一只老鹰掉了下来。

乔雪峰大吃一惊，"好枪法。你可以当狙击手了。"

夏荷花问："啥叫狙击手？"

乔雪峰说："简单说吧，就是你躲在暗处，敌人在明处，枪枪爆头。我曾在山里就狙击了一个鬼子小头目。”

乔雪峰的伤慢慢地好了，夏荷花带他去后山玩。

密密的山林遮天蔽日，芊芊芳草连着山野，无数山花点缀在山崖密林间，溪水潺潺，山风习习。走到瀑布跟前时，他们突然发现蝴蝶铺满了半条小溪，大片大片的蝴蝶顺着瀑布飘然而下，它们或撞在石头上气绝而亡，或坠入水中挣扎扑腾。百米的溪流，半是蝴蝶半是溪水，这时，日已黄昏，苍山如海，残阳如血，溪流似花，水声似哭泣。蝴蝶为什么会集体自杀呢？难道是这些美丽的生命不拒绝悲剧才显出了悲壮么，还是悲剧毁灭了这些美丽的生命才显出了惨烈？乔雪峰心想每一只蝴蝶都是从前的一个花魂，回来寻找它自己。那么空留下的满山野花是蝴蝶幻化成的魂灵么？再看，残阳带血，溪水带血，鸟声带血，风声带血，花草带血，山林带血，一切的一切都被血色黄昏所笼罩。乔雪峰从蝴蝶的自杀中似乎领悟到了什么，那就是永不当亡国奴。

夏荷花突然从背后抱住了乔雪峰，轻轻说，“带我走吧！”

乔雪峰说：“我怕连累你。”

夏荷花说：“反正你碰了我的身子，你就要负责。”

乔雪峰说：“我啥时碰了你身子。”

夏荷花说：“你这个没良心的东西，你冻到跟死猪一样时，是我用身子给你体温，你忘了？”

乔雪峰说：“哦哦哦……”

夜晚来临，他们生起了篝火，夏荷花躺在乔雪峰的怀里看着天上的月亮，数着星星。

夏荷花说：“你看牛郎织女星，多好看！他们也怪可怜的，一年才见一次面。我以后要天天跟你在一起。”

乔雪峰紧紧抱住了夏荷花久久地吻着。

乔雪峰说：“我有个问题一直想问你，你是怎么跑到这深山老林里来的？”

夏荷花说："其实我们原来住在安阳南山区漩涡上街头不远的一个叫滩上的地方，你如果回你老家杜家垭，就要从滩上路过。"

乔雪峰说："这地方我知道，小时候我还常去滩上玩呢，我有个亲戚就住在滩上，做瓷器生意的。"

夏荷花说："他们姓陈吧，多好的人啊，被日本鬼子杀了。"

乔雪峰说："啊？啥时候的事？"

夏荷花说："去年冬月，鬼子夜袭滩上。"

夏荷花又说："我爹得罪了恶霸，恶霸就带人打伤了我母亲，我爹扬言要杀了他全家，这恶霸就勾结日本鬼子杀了我爹娘，还放火烧了我家房子，当时我爷爷带我在雕老梁山上割草，见情况不好就带我跑到这里来了。"

乔雪峰又紧紧抱住了夏荷花久久地吻着。

夜深人静，他们才轻手轻脚回到茅草小屋，他们以为爷爷睡了，爷爷咳嗽一声，夏荷花吓了一跳，脸一下红了，爷爷是过来人，似乎看透了什么，他说："小伙子，我只有这么一个孙女，你以后要好好对她。"

乔雪峰说："爷爷，你放心。"

爷爷说："早点休息吧。"

山顶上的积雪慢慢开始化了，山下已是野花盛开，乔雪峰知道离别的日子也快到了，他心里对夏荷花和老人充满了依恋。乔雪峰站在山顶，望了一眼月牙儿，不由得叹了一口气，就在他叹气的时候，夏荷花站在了他的身后。乔雪峰也感触到了夏荷花的气息，他不敢回头，不敢看夏荷花的脸，他说："我明天就要走了，我要去找部队。"夏荷花说："你不用说，我早就知道了。"夏荷花突然伸出双手，从背后抱住了乔雪峰，乔雪峰听到了夏荷花的哭泣声。乔雪峰没吱声，此刻他感到说什么都显得那么苍白无力，他默默握住了她的手。

夏荷花说："带我一起走吧。带我一起去杀鬼子。"乔雪峰没吱声，夏荷花又说："带我一起走吧。带我一起去杀鬼子。"乔雪峰还是没吱声。夏荷花生气了，使劲一推，乔雪峰一个趔趄，但立即站住了。夏荷花说："你是哑巴是不？我一个大姑娘用体温来救你，你知道我要承受多大的压力和风险？反正你已碰了我的身子，我已是你的人了。"乔雪峰转过身来说："如果你喜欢我，就等我，等赶走了鬼子，解放了全中国，我就来找你。"夏荷花说："你让我怎么相信你呢？"乔雪峰说："我是共产党员，我以共产党的名义向你承诺。"夏荷花笑了，说："我相信你，相信共产党！"

鸡啼天晓，乔雪峰说："我该走了。"夏荷花沉思了半天，才说你走吧。乔雪峰头也不回地走了，他不敢回头，他怕看见夏荷花眼中的泪水。他翻过一座山，还是情不自禁地回了头，夏荷花在向他挥动着手中的白手巾，他的泪水夺眶而出。

2

乔雪峰走后一个月，夏荷花发现自己怀孕了。

夏荷花坐在山顶上发呆，灿烂的阳光照在她的身上，她浑身感到暖暖的痒痒的，四周的草丛中开满了五颜六色的花朵，几只蝴蝶在花朵上嬉闹，有一只落在了她的头上，她望着连绵的凤凰山，汉江像一条银带子，盘绕在山谷，在阳光下金光闪闪。

突然传来了两声枪响，枪声在山谷里回荡，听声音不是爷爷土枪的声音，夏荷花顺着枪声望去，一缕一缕的青烟从苍绿的丛林中升起，烟越来越浓，接着火光映红了天。她预感到不好，着火的地方就是自己家的位置，她穿过丛林，飞一般朝家跑去，果然是自己家着火了。她听到了爷爷的呻吟声，箭步冲进火海，凭感觉摸到了爷爷，背着爷爷冲出火海。

"爷爷，你醒醒！"

爷爷微微睁开眼，胸口上流着血，咕咕地往外冒，她伸出双手捂着爷爷的伤口，爷爷说："是日本人干的……"爷爷还没说完，头一偏，断了气。

夏荷花抱着爷爷号啕大哭。

埋葬了爷爷后，夏荷花在坟头又痛哭了一阵，如今亲人都死了，家也没了，她不知道今后该何去何从，该如何面对现实，她甚至想到了死，但一想到爹娘和爷爷都被日本人杀害，自己腹中还有乔雪峰的孩子，一股信念就从她脑海中冒出来，好好活着，去找乔雪峰，然后一起替亲人报仇。

夏荷花下山了，她决定去找乔雪峰，然后也参加红军，杀鬼子，替亲人报仇。

阳光穿过树林，斑驳地洒在夏荷花苍白的脸上，她脸上笼罩着淡淡的忧伤。林间溪声潺潺，小鸟在树林中鸣叫和跳跃，你追我赶，叽叽喳喳。一只野兔从她面前窜出，吓了她一跳，野兔仿佛不怕她，停了下来，红红的眼睛盯了她一眼，然后消失在灌木丛林中。她翻过一座山又一座山，她感到肚子饿了，在静静的山谷里她能清楚地听到肚子在咕咕叫。她爬上山顶，极目远眺，群山绵绵，一只老鹰在凤凰山南坡山谷盘旋，一座座几十级、上百级的梯田，从山脚顺着坡势蜿蜒向上伸展，层层叠叠，金黄的油菜花遍地都是，梯田上的油菜花则像波浪，一浪又一浪，偶尔夹杂一些绿油油的麦苗，绿黄相间错落有致，非常漂亮，蔚为壮观。这就是安阳南山区有名的清代万余亩凤堰古梯田。

她沿着羊肠小道来到了山谷谷底的凤江，空气中充溢着油菜花的香味。油菜盛开一派鲜黄，兼桃花、紫荆、萝卜花以及一些不知名的野花，姹紫嫣红非常美丽。村庄很静，没有鸡鸣狗跳，只有袅袅炊烟。她走进村子，眼前的景象让她大吃一惊，房子被烧毁了，还有几家在冒烟，地上到处都是老百姓的尸体，他们死得很惨，男的都是身上中弹，有的被砍头，有的被砍脚，有的开肠破肚，肠子露在外边，上面落满了苍蝇。女的都是赤身裸体，下身还插着一截长长的木棍，一群野狗在撕咬着尸体。夏荷花不小心踩到一个人头，她惊叫一声，一群野狗停止了撕咬尸体，都抬起头，瞪着发绿的眼睛，伸出长长的舌头，向她挑衅，它们随时做好了战斗的准备。夏荷花倒退一步，看到一个男人的尸体压在一个日本兵的身上，双手还紧紧地卡住日本兵的脖子，枪柄露在外面，她冲过去，掀开尸体，捡起地上的枪，瞄准了野狗。一只野狗纵身一跃，朝她扑来，她扣动扳机，野狗应声落地，脑浆四溅。又一只从她后面发起进攻，她转身一枪，野狗又应声落地。其他野狗见势不好，汪汪叫了几声，逃窜了。

微风把腥味一股一股吹进了她的鼻腔，她肚子翻滚，一浪又一浪，她哇哇吐了一地，感觉把苦胆都吐了出来。

夏荷花离开村庄，钻进了山谷，爬上了半山腰。

突然响起了几声枪响，夏荷花立即藏了起来，枪声越来越近，她看见了山谷里一高一矮两个男人在奔跑，高个子男人好像受了伤，他突然停住，说："我跑不动了，你快走吧，别管我。"

矮个子男人说："江爷，要死一块死，我不会丢下你的。"

矮个子男人背着高个子就朝山坡树林里跑，后面几个日本鬼子追了上来，边追边放枪，嘴里还叽里呱啦的。

夏荷花隐藏的地方是个狙击的最佳位置，下面的几个鬼子她看得一清二楚，她瞄准跑在前面那个鬼子的头，一扣扳机，鬼子一头栽在地上，后面几个鬼子惊慌失措，四处张望，她连连扣动扳机，弹无虚发，枪枪爆头 。剩下几个鬼子见势不好，仓皇逃跑了。

夏荷花从树林中走了出来，朝一高一矮两个男人走去。高个子男人身材魁梧，浓眉大眼，双目炯炯有神，腰扎一条布袋，脚穿布鞋。矮个子男人看上去十五六岁，满脸都是稚嫩的气息。

"多谢女侠救命之恩。"高个子作了一个揖。

"多谢女侠救命之恩。"小个子也作了一个揖。

"免礼，你们这是去哪里？"夏荷花说。

矮个子男人指了指高个子说："这是江湖上大名鼎鼎的江霸天

大爷，外号混江龙。在下就是钻天猴，人们都叫我小猴子。”

“幸会幸会。”夏荷花说。

江霸天叹了一口气，“本来我们要去漩涡镇劫鬼子军粮，没想到走到堰坪遭到鬼子埋伏，我带去的 20 多个弟兄，就剩下我们两人，要不是你相救，我们定会全军覆没。”

夏荷花说：“你们没事，我走了。”

江霸天说：“如今安阳县城被鬼子占了，你去哪里?”

夏荷花说：“我去找红军。”

江霸天说：“如今连红军在哪都不知道，你如何去找？要不先到我寨子上住几天，我要好好感谢你的救命之恩呢，然后我派人去打听一下红军的消息，你再去找如何?”

夏荷花想了想，点了点头。

小猴子把日本鬼子的枪捡了过来，全背在身上，然后扶着江霸天上山。山上丛林遮天，全是羊肠小道，感觉就像进入了一个满是绿色的诗卷画廊，蜿蜒曲折处却时见柳暗花明，一路小溪沟岔相伴，哗啦啦的溪水或奔腾，或跳跃，或匍匐，在云遮雾罩中流向山下的月河和汉江。翻过几座山，来到凤凰山山顶，江霸天指着前边那座如刀削一般的高峰说，“那就是我的山寨——擂鼓台，顺着山顶再走 10 多里就到了。相传当年，三国蜀汉名将张飞曾在此擂鼓退敌，故名擂鼓台，人们又称‘南关第一峰’或‘小武当山’，易守难攻，可谓一夫当关，万夫莫开。”

“江爷，你回来了。”几个人迎接了上来。

“大当家，你回来了。”

江霸天说：“快去通报二当家，让他把饭菜准备好，我要感谢这位恩人。”

江霸天一路走，一路给夏荷花介绍，“这擂鼓台山岭起伏，群峰林立，峰顶怪石嶙峋，松柏修竹相映。每当秋高气爽之际，晴空万里，登上顶峰，极目眺望数百里都是我的地盘。便于管理，我把擂鼓台划分为东、南、西、北四大区，有我的四大金刚负责镇守，东区，位于下殿至莲花峰。现有龙井、龙头峰、蛇石、五副銮驾山、青龙衔菊花、下天桥、石门枢、铁索链、蛤蟆石、发水大仙墓、红崖、牛角寨、天池山、莲花峰等。西区，位于兔儿坪至黄龙洞。现有兔儿坪、偏头山鹰嘴峰、马鞍山、松林寨、小松林寨、三尖石、燕子石、营盘梁、登石崖、垛子石、蓝心石等。南区，位于西坪至松树梁。现有双峰崖、天门石、响洞子三叠瀑布、十八罗汉、古栎树、药王洞、斩龙垭、关门石、凳鼓石、魔芋包、滴水崖、二仙洞、黑龙潭飞瀑、松树梁等。北区，位于擂鼓台顶峰及以北地区，现有金顶、仙人洞、藏神洞、轿顶山、龙洞、鹰嘴石、丹床、丹灶、炼丹炉、望天龟、龙王沟瀑布群等。”

江霸天如数家珍一一道来，不知不觉走到了擂鼓台的山寨大门前，二当家早已在那等候，他见了江霸天作了一个揖，说，“大当家，回来了。”他目光落到了夏荷花的脸上，夏荷花也打量了一下二当家，二当家是个光头，眼睛很小，脸上有一个刀疤，腰里别着匣子枪，两人互相打量，二当家目光又落到夏荷花的胸上，“哟，把压寨夫人都带来了。”

江霸天说：“什么压寨夫人，人家可是我的救命恩人，要不是她，我今天就回不来了。”

二当家又作了一个揖，说，“小人有眼不识泰山，冒犯了，这位女侠，请多包涵。”

夏荷花说：“客气了，我只是路过，歇歇脚而已。”

二当家哈哈一笑，“请问这位女侠贵姓啊？”

夏荷花说：“小女子姓夏，名荷花。”

二当家又哈哈一笑，“好名字，人长得跟荷花一样水嫩。我姓龙，叫龙盘山，人们都叫我龙爷。夏姑娘远道而来，又是我大哥的恩人，就多住些日子吧。”

江霸天摆了摆手说：“别在这啰唆了，老子走了一天，肚子也饿了，我们上山吧，边吃边聊。”

“请!”龙盘山做了一个请的手势。

沿着陡峭的悬崖而上，悬崖如刀削一样笔直，悬崖上长满了松树，几只松鼠在树上跳跃，惊飞了一群小鸟，叽叽喳喳又落到另一棵树上。站在山顶朝下一望，万丈深渊，让人头发晕。夕阳映红了山林，山顶也变得金碧辉煌。他们穿过金顶，来到了聚义堂。

江霸天对猴子说：“去擂鼓，让东西南北的四个队长也赶来。”

猴子敲响了大鼓，鼓声在山谷回荡。

一会儿，四个队长赶了过来，江霸天一一给夏荷花介绍：“这是我的四大金刚：龙攀陵、林忠虎、申飞豹、牛大鹏。”

夏荷花说：“幸会幸会。”

江霸天把夏荷花推上上席，上席大椅子上铺着一张虎皮，“你是我的大恩人，请坐。”

夏荷花起身说：“这要不得，还是你来坐上席。”

江霸天按住了夏荷花的肩说：“你看不起我江霸天吗？看不起我们这帮土匪吗？你不给我这个面子?”

话说到这份上，夏荷花只好坐下。龙盘山盯了夏荷花一眼，脸上有点不高兴。

聚义堂的大桌上摆满了山珍海味，天上飞的，地上跑的，水里游的都有，汉水蒸盆子，汉江鲫鱼荷包蛋，锦鸡炒浸辣子，香菇炖土鸡，莲藕炖猪蹄，腊肉炒粉条，家明卤猪肝，木耳炒肉，梅菜蒸肉，还有当地各种家常菜和各种小吃，魔芋豆腐炒浸辣子，酸辣土豆丝，蕨粉皮子，五香豆腐干，玉米浆粑，抱瓮菌饺，等等。

江霸天说：“小猴子，给大家倒酒。”

夏荷花连忙说：“我不会喝酒。”

龙盘山说：“入乡随俗，不喝酒这恐怕不行吧，不要扫了大家的兴。”

夏荷花说：“我真的不会喝酒。”

龙盘山说："少喝点，你是大当家的恩人，你不喝，兄弟们都不敢喝，大家说是不是？"

四大金刚跟着起哄，"是啊，少喝点。"

夏荷花望着江霸天说："我真的不会喝酒。"

江霸天笑了笑说："既然夏姑娘不会喝，我们就不勉强了，她就以茶代酒吧，来，我敬夏姑娘一杯。"江霸天端起碗一饮而尽，小猴子立即又倒满酒。江霸天又端起碗说，"兄弟们，我敬大家一杯。"

几碗酒下肚，江霸天说："我这次出师不利，没听大家意见，结果中了鬼子的埋伏，我要为死去的弟兄们报仇。"

四大金刚说："这仇我们一定要报。"

夏荷花说："我打听一件事，谁知道红军现在在哪里？"

龙盘山说："说实话，老子我还没见过红军，还不知道他们长的啥样子。听说现在不叫红军，叫什么八路军了。不过，我听说过安阳南山区的李四牛、张大山和吴胖子当兵了，他们当的都是国军，要是能找到他们，就可以找到红军了。"

四大金刚说："就是，这三个人我们都认识，李四牛家住上七里，张大山家住漩涡镇，吴胖子家住杜家垭。"

龙盘山说："听说张大山现在是南京守城部队的一个军官，李四牛和吴胖子倒没消息，也许死在外边了。"

夏荷花问："你们认识乔雪峰吗？"

四大金刚说："听说过，他杀了杜老爷后就消失了，没人知道他去了哪里。有人说他参加了国军，还有人说他参加了'秦南人民抗日第一军'，你认识他？"

夏荷花低下头，怕他们之间有过节，产生不必要的误会，轻声说，"不认识。"她立即把话题引开，"什么是'秦南人民抗日第一军'？"

江霸天说："其前身是杨虎城的第十七路军所属的警备第二旅

沈玺亭部安阳籍下级军官何继周、沈继禹、王武林、罗少伟等领导的几次兵变起义人员组合而成的秦南游击队，后来部队番号就是‘秦南人民抗日第一军’，军长是何继周、参谋长是沈继禹。这支革命队伍相继在秦岭南麓的安康、商洛和汉中结合部的10余县的边界地区开展游击战争，仿效红军打土豪、分财物、救穷人，为劳苦群众谋利益，写标语、发传单、宣传革命、宣传抗日……”

龙盘山端起碗说：“大家别光说话啊，大碗喝酒大口吃肉啊。”

江霸天夹了一块肉，放在夏荷花面前，说，“吃啊，别客气。”

“谢谢，”夏荷花说，“我还是喜欢吃蕨粉皮子，酸酸的辣辣的，真好吃。”

“这么多好吃的，你却光顾吃蕨粉皮子，”江霸天把蕨粉皮子挪到她的面前，不解地说，“不过话说回来，我这蕨粉皮子，才是安阳南山区正宗地道的蕨粉皮子，恐怕全安阳县都吃不到这种可口的味道了。”

龙盘山夹了一块猪蹄，大口大口地啃，嘴里不屑地说，“娘们就是娘们，爷们吃肉了……”

江霸天说：“说话注意分寸。”

龙盘山说：“老子我又没说你，你别多嘴。”

江霸天说：“谁是娘们？她是我的救命恩人，说她就等于说我，狗嘴吐不出象牙的东西。”

龙盘山把手中的猪蹄扔在地上说：“当初我劝你别下山，你不听，结果呢？白白损失十几个弟兄。如今为了一个女人，你就看兄弟们不顺眼了……”

四大金刚立即打断龙盘山的话，“二当家喝醉了，大当家别在意。”

龙盘山说：“谁说我喝醉了？小猴子，把酒给老子倒满。”

江霸天说：“把酒也给老子倒满。”

江霸天跟龙盘山碰了一碗，两人都一口而干。

喝到半夜，他们东倒西歪个个趴在桌上或缩到桌子下去了。

夏荷花走出聚义堂，坐在山顶发呆，一轮明月挂在天上，群山朦胧，寒风阵阵，她打了一个冷战，这时一件大衣披在了她的身上，她一回头，见是江霸天，“你没事吧？你受了伤，还这么拼命喝酒。”

江霸天说：“没事。你还不去睡？”

夏荷花说：“睡不着。”

江霸天说：“我的弟兄得罪你了，让你见笑了，我替他们向你赔不是。”

夏荷花说：“我想明天一早离开擂鼓台，去找红军。”

江霸天说：“我有个问题一直想问你，你一个姑娘家，为啥要去找红军？”

夏荷花说：“因为我的男人是红军。”

江霸天叹了一口气，半天才说，“原来是这样啊，我也不强留你，明天我派两个弟兄送你下山。听说安阳县城被鬼子占领了，封锁得很严，要不走水路，如今漩涡镇上南来北往做生意的船很多，在漩涡镇坐船沿江而下，然后再北上，这样比较安全，你看怎样？”

夏荷花说：“看来只能这样了。”

第二天一早，夏荷花就下山，江霸天依依不舍地送了好远，夏荷花说，“江大哥，你回吧！后会有期！”

江霸天停住了脚步，对小猴子和牛大鹏说：“好好照顾夏姑娘，把她送到漩涡镇上，然后送上船。”

小猴子和牛大鹏说：“江爷，你放心吧。”

夏荷花跟在他们后面沿着羊肠小道翻山越岭，一路溪声潺潺，鸟鸣花香。中午时分来到了紫金桥，夏荷花望着桥下的冷水河说：“你们回去吧。”小猴子说：“江爷交代了要把你送到漩涡镇上。”夏荷花说：“不用了，漩涡镇我熟得很，你们回吧。”

小猴子和牛大鹏停住了脚步，目送着夏荷花远去。

安阳南山区的漩涡镇是个古镇，历史悠久，据说当年刘邦带兵打仗，经常路过漩涡镇，漩涡镇下游有个地方至今还叫汉王城，就是传说当年刘邦在此驻扎过军队。漩涡镇位于三县交界的地方，地理位置非常重要，如果再翻山越岭两百里，又成了三省交界的地方。漩涡镇紧临汉江，上可到汉中，下可到武汉、南京和上海。安阳南山区盛产蚕桑、黄姜、烤烟、茶叶、板栗、核桃和中药材等，一逢集，江边停满了来采购的各种商船，方圆几百里的人都赶来了，镇上人山人海，连外地的杂技班子、做裁缝的、卖狗皮膏药的等等都赶来了，有的来了就舍不得走了，娶了当地的姑娘。一方水土养一方人，安阳南山区是个出美女的地方，人们都说汉中出美女，其实安阳南山区的美女比汉中美女还好看，而安阳南山区的美女又数漩涡镇的美女最好看、最有品位、最有魅力，那脸蛋那身材，一个比一个好看，有人说如果让中国古代四大美女到漩涡镇一站，她们就不敢说自己是大牌美女了。据说清朝末年，洋人拿着洋枪洋炮进攻漩涡镇，漩涡镇第一大美女站在街上一扭腰肢，百鸟朝凤围住她翩翩起舞，洋人被她的美震撼了，停住脚步个个流着哈喇子看痴了，结果这些洋人被束手而擒。当然这是一个传说，不足而信，但至少说明漩涡镇的美女顶呱呱。

夏荷花来到漩涡镇，进了城门，见东门外围了好多人，一个中年男子在吆喝，他说他给南京阔太太找丫鬟，每月管吃管住，还给10块大洋，名额有限，只招50人，报名从速，明早就出发。

有人问：“孙老板，你该不会骗人吧？”

中年男人拍着胸脯说：“我孙福海是土生土长的漩涡人，我还会骗老乡不成？我要骗你们，你们到时把我的狗眼挖出来。”

有人笑了，孙福海是独眼龙，另一只眼睛装的是狗眼，纯粹是个摆设。

“我替我闺女报名。”有人说。

人们见有人报名，纷纷围了上去报名。

夏荷花从人群中拥挤了出来，来到了西街，找了一家客栈住了下来。

晚上她下楼吃饭，这时坐在她对面的中年男人不停地打量着她，她一抬头认出了就是白天招人的那个男人，那男人走了过来，“姑娘好面熟，我叫孙福海，你是?”

夏荷花撒了一个谎，“我是南山区杜家垭的。”

孙福海说：“想不想去见见世面，发大财。”

夏荷花说：“是不是给南京的阔太太招丫鬟?”

孙福海说：“原来你知道啊，想不想去？明天一早就出发。”

夏荷花说：“我可不想去，我向你打听一件事，你知道红军现在在哪里吗?”

孙福海又打量了一下夏荷花，眼睛骨碌一转，“我知道，南京城里红军多得很，你找他们一打听就知道了。”

夏荷花高兴地说：“真的吗?”

孙福海头偏向一边，“千真万确。”

夏荷花说：“明天顺便带我一块走吧。”

孙福海说：“没问题。”

3

经过 10 多天的日夜兼程，她们终于来到了南京城。

夏荷花和那些女子来到南京城时，才知道上当受骗，她们根本不是去给阔太太当丫鬟，而是被卖到妓院，南京城里根本也没有红军。孙福海是个中间人，介绍一个人，可得 10 块大洋，50 人就可赚 500 块大洋。

负责接待她们的是一个黑脸大汉，他把她们领到了妓院。

“不是让我们去给阔太太当丫鬟的吗？怎么带我们到这里来了?”一个女孩问。夏荷花后来才知道她叫山妮。

黑脸大汉鼻子一哼，“想得美，你们被卖到妓院了。”

“什么?”其他女孩哭了。

“丑话说到前头，”黑脸大汉说，“你们24小时都有人看管，谁要逃跑，抓住就朝死打，然后扔到长江喂鱼。”

女孩抱在一起哭了。

远处响起了枪炮声，火光一片。

第二天，这些女孩子集中在一起开始培训，教她们棋琴书画和唱歌。慢慢地大家相互熟悉了，彼此都知道对方的名字了。

每天晚上都有枪炮声，都有飞机轰炸的声音。夏荷花就问看守的打手，“外边在干啥?”

“日本人在轰炸南京，听说日本人要攻打南京，蒋介石都跑到重庆去了，国民党的部队也都开始提前撤退了。”

“你们为何还不走?”

“老板还不是想最后捞一把……”

这时黑脸大汉进来了，骂了一句日本人，打手立即闭上嘴，黑脸大汉说，“现在生意越来越不好做了，有钱人都跑了，都给我听着，明天都给我接客。”

夏荷花一夜无眠，天蒙蒙亮时，警报声响了起来，日本人的飞机又来了，接着几枚炸弹落了下来，她立即趴下，爆炸声震耳欲聋，接着腾起一片火海。夏荷花站起来一看，四处都是尸体，妓院被炸平了，黑脸大汉也被炸死了。夏荷花冲出火海，接着又冲出几个女孩子，她一看是山妮、罗玉燕她们，她大声喊道，“我们快跑吧!”

街上到处都是尸体，夏荷花带着她们跑进一条小巷子，前面传来了密集的枪声，她们踩着尸体又转身跑入另一条胡同，房子被烧得乱七八糟，有的还在噼噼啪啪的燃烧，浓烟滚滚。她们藏在一片断墙残壁的废墟中。警报声又响了起来，日本人的飞机又密密飞来了，炸弹和榴霰弹再一次雨点般密集落下，接着就是震天的爆炸声，又腾起火海。爆炸声停止时，夏荷花看见身边出现一个大坑，两个姐妹被炸得血肉模糊，还有一个满身是血，不停地呻吟，夏荷花跑过去扶起了她，她从手上取下手镯递给夏荷花，说，“这是我奶奶的，麻烦你转交给我爹，我爹就是上漩涡镇上街头的老孙头。”姑娘说完就闭上了眼睛。

夏荷花清点了一下人数，一同出来的50人，如今剩下10人了。

警报声再次响了起来，街上的人如无头苍蝇，四处乱跑，夏荷花看见前面有一个防空洞，带着姐妹们朝防空洞跑去，防空洞里已挤满了人，她们勉强拥挤了进去，炸弹落了下来，正在往防空洞门口跑的几个人被炸飞了。

夜晚来临，夏荷花她们拥挤在防空洞里，她们挤得很紧，相互取暖。外面的枪炮声响了一晚，她们在枪炮声中迷迷糊糊入睡。天蒙蒙亮，防空洞里又拥挤进来几个人，他们喊叫，“鬼子昨晚攻下了中华门，鬼子的大部队开始进城了，展开大规模的屠杀，焚烧奸掠，大家快快跑吧，别在这里等死啊。”

南京上空飘着团团白雪，地面到处都是横七竖八的尸体和一片片燃烧的房屋。人们涌出防空洞，奔向街上，四处逃窜。

夏荷花她们最后走出防空洞，她们对南京城非常陌生，该逃向何处，她们非常迷茫。街上一片狼藉，四处都是尸体，房子在冒烟，她们踩着尸体跑入一条巷子，突然冒出一个鬼子小分队，大概有20个人，他们在城市穿行，见人就开枪，把商店洗劫一空，一个鬼子发现了夏荷花，大喊一声，“花姑娘！”其他鬼子目光聚了过来，他们非常兴奋，包围了过来，夏荷花他们手无寸铁，惊慌着朝后退，鬼子如恶狼扑了上来，按住她们开始撕扯她们的衣服，夏荷花拼命挣扎，一脚踢在鬼子下身，鬼子痛得哇哇叫，捡起地上的枪就要朝夏荷花刺去，突然一声枪响，那个小鬼子倒在地上死了。其他鬼子惊慌地爬起来，也纷纷中枪倒地。夏荷花趁机捡起鬼子的枪，朝最后抵抗的三个鬼子连开三枪，一气呵成，三个鬼子几乎同时倒地。

“姑娘好枪法!”一个穿国军军装的男子说。

“还要感谢你们救命之恩呢。”夏荷花说。

“都是中国人，别客气。你们快走吧。”

“听你们口音，好亲近，你们是安阳南山区的人吧?”夏荷花问。

“是啊！听你们口音也是安阳南山区?”军官说。

夏荷花指了指身边的姐妹们说：“我们都是安阳南山区的人。”

“太好了，我叫张大山，家住南山区漩涡镇，”军官指了指身后的士兵说，“我的这帮兄弟大都是安阳县南山区的人，有家住上七里、汉阳坪、双坪、塔岭……如今小鬼子已攻破城门，我们被打散了，我们说啥也不投降，要跟小鬼子血战到底。”

“对，跟小鬼子血战到底。”一个士兵说。

张大山气愤地说，“15 万保卫南京的国民党军队对阵 5 万攻城日军，人数三倍于敌，仅抵抗 12 天便土崩瓦解！没想到，战前誓与‘首都共存亡’的南京卫戍司令长官唐生智，派出督战队封锁江面烧毁渡船，放言后退一步者死，他却为啥最终食言，乘坐沾满牛粪的板车狼狈北逃?”

高个子兵说：“还不是贪生怕死。”

“你们有种，是爷们，是我们安阳人的骄傲。”夏荷花伸出大拇指说，“如果国军都像你们这样血战到底，南京就不会沦陷，我就不信 15 万保卫南京的国民党军队打不过 5 万攻城日军。对了，你们这里有杜家垭的吗?”

“有一个，不过，昨晚战死了。”

夏荷花一惊，该不会是乔雪峰吧，她脱口而出，“他姓啥?”

张大山说：“姓吴，我们都叫他吴胖子。”

夏荷花快要跳出胸膛的心慢慢收了回来，她长长松了一口气。

张大山接着说：“你们怎么到南京来了?”

夏荷花说："都是孙福海这个骗子，说介绍姐妹们到南京来给阔太太当丫鬟，没想到他把姐妹们卖到窑子来了。"

张大山说："孙福海真不是个东西，以后有机会，我要宰了他。"

"报告，张连长，鬼子小分队正朝这里赶来。"一个小个子兵说。

张大山说："把鬼子的枪和手雷捡来，补充弹药，做好战斗准备。"他又扬了扬手，示意夏荷花她们隐藏起来。

"我跟你们一起战斗。"夏荷花说。

20 多个鬼子离他们越来越近，张大山说，"等他们靠近了再打，听我指挥。"

夏荷花瞄准了鬼子的头，鬼子离她越来越近，她几次忍不住要扣动扳机。

"打。"张大山首先击毙一个鬼子。

夏荷花接着放倒一个，其他几个鬼子也倒下了，剩下几个占据有利地势在顽强反抗。张大山做了一个手势，小个子带着几个人抄入鬼子后路，前后夹击，击毙了剩下的几个鬼子，很快结束战斗。

夜幕开始降临，张大山带着兄弟们转入一座被日军炸毁的仓库。黑咕隆咚的，伸手不见五指。夜晚的寒风很冷，卷起地上的雪，雪花中夹杂着血腥味，夏荷花干呕起来，把苦胆水都吐了出来。他们在隐蔽的角落里生起了火来取暖。张大山拿出自己的干粮递给夏荷花她们说："吃点吧。"士兵们纷纷拿出自己的干粮分给了那些姑娘们。山妮说："我想回家。"思乡之情弥漫开来，笼罩在每个人的心上，连绵的凤凰山在他们眼前跳跃，那清澈的汉江水绵绵地从每人的心上淌过，古老的漩涡镇街上的一景一物都在他们眼前出现，家乡的一草一木都让他们牵肠挂肚，他们仿佛看到了在江边洗衣服的父母，他们仿佛闻到了镇上的酒香和腊肉的香味。

小个子兵说："我好怀恋家乡的腊肉、苞谷酒和五香豆腐干，特别是我妈做的炕炕馍和米浆馍，特别好吃。”

大个子兵说：“我也怀恋家乡的泡菜和浸辣子，浸辣子炒鸡肉，浸辣子炒猪肚，浸辣子炒魔芋豆腐，浸豇豆炒肉末，我百吃不厌，在外边一直没吃到家乡味，只怕以后再也没机会吃了。”

炊事班长是个大胖子，他叫李四牛，他呵呵一笑，“要说吃，我在行，我今天就说说家乡的菜肴，我先说说安阳十大名菜：汉水蒸盆子、墨鱼汤、白火石氽汤、家明卤猪肝、双干炒腊肉、腊肉炒粉条、酸辣茴香小鱼、鲫鱼荷包蛋、酸辣肘子、野鲶鱼炖豆腐。我再说说安阳的八大名小吃……”

小个子兵说：“别说这么快，一个一个来说。”

李四牛说：“好的，我就先来说说汉水蒸盆子，安阳南山区的汉水蒸盆子，历史悠久，源远流长，相传当年汉王刘邦沿汉江一路行军打仗，在汉阳和漩涡安营扎寨，为节省时间，伙夫就将猪蹄、莲藕，连同百姓送来的鸡一股脑全放大锅内烹煮，后经历代逐步改良，最终形成了与紫阳蒸盆子齐名的一道菜肴。正宗的汉水蒸盆子，需提前三天备料，一只乌肉土鸡是少不了的，另备几支猪蹄，然后加一只野生甲鱼，加入莲藕及花椒、胡椒、草果、八角、小茴香、香叶、干辣椒、苜蓿等十几种大料，上蒸笼用大火烧开，温火再炖上十个小时左右，放入香菇、木耳、黄花及提前做好的肉糕，依次放入，再用温火炖。将出锅时才放鸡蛋饺了点缀，撒点香葱、蒜苗上桌。正宗的蒸盆子配四碟下酒小菜，可供我们现在这些人吃好吃饱。这道菜的特色是肉烂汤鲜、肥而不腻、营养丰富、色泽诱人……”

人们听得非常出神，纷纷都陶醉了，仿佛身临其境，正在大口大口地品味美味佳肴，人们都在咽口水，喉咙不停地在翕动，小个子兵的口水流出了好长，一脸的陶醉状。

张大山笑着说：“这道菜确实不错，害得老子口水都流了出来。”

战士们和姑娘们都笑了。

张大山又笑着说："大家别笑，大家要好好活着，我到时请大家在漩涡镇上吃正宗的汉水蒸盆子。"

李四牛说："张连长，说话要算话啊。"

"君子一言，驷马难追。我到时请你们吃安阳十大名菜，再加安阳八大名小吃，再加……"张大山摸着头想不起来再加啥了。

"再加一个日本娘们。"小个子兵说。

大家哄堂大笑。张大山拍了小个子兵头一下，又笑着说，"你这个兔崽子，人小，鬼大。"炊事班长说："给你一个日本娘们，你会用吗?"

大个子兵说："他会用个狗屁，裆里那玩意儿连毛都没长。"

小个子兵脸红了，姑娘们脸也红了，大家又哄堂大笑。

张大山说："大家说话文明点，我们这里有女同胞。安阳北山人一直瞧不起我们安阳南山人，这次我们要证明给他们看看，我们南山人没有孬种，同时也要让天下人看看我们安阳人的铮铮铁骨。"

大个子兵说："我们要跟小鬼子血战到底，永不投降。"

张大山说："对，要血战到底。现在鬼子占领了南京城，封锁了城门，我们已无法突围了，但只要我们剩下最后一口气，就要多杀几个鬼子，为死去的中国人报仇。大家休息吧，明天恶战即将开始。"

夏荷花无法入眠，她转了一下身，发现张大山也没睡，她轻声说："张大哥，我睡不着，我向你打听一个人。"张大山也轻声说："我也睡不着，你说吧。"夏荷花说："你认不认识安阳南山区杜家垭的乔雪峰?"张大山说："这小子，我认识。"夏荷花睁大眼睛，非常兴奋地说"你们认识?"张大山说："是的。我和他同时参加国军，后来这小子投奔了红军，听说在红军里也是一个连长。现在红军改名叫八路军了，我就不知道他的消息了。八路军善于打游击，四处活动，现在我也说不清楚他们的部队在哪里，不过长江以北，那里八路军很多，还是容易打听到他的消息的。”夏荷花看到了希望，迷迷糊糊睡着了，在梦中她梦见了乔雪峰，乔雪峰见了她就跑，她就追，终于追上了他，她生气地说我不是老虎你跑啥啊？他说部队有纪律，等我杀完鬼子就娶你。夏荷花说，不行，你现在就要娶我，我肚子里有你的娃，你不要耍赖……天刚蒙蒙亮，街上的机枪声音惊醒了夏荷花的梦，士兵们立即翻身起来，又是鬼子一个巡逻小分队在街上见人就扫射，街上横七竖八躺着尸体，夏荷花闻到了烧焦的味道，她肚子翻滚，哇哇吐了出来。鬼子听到动静，朝夏荷花轻手轻脚走来，张大山屏住呼吸，待鬼子走近，他突然蹿出，手中的刀子在鬼子脖子上一抹，动作干净利落，一气呵成，鬼子哼都没哼一声就死了。

又一个小鬼子猫着腰走来，大个子突然闪出一刀刺向鬼子，鬼子大叫一声，其他鬼子听到喊叫，迅速朝这边跑来，围了上来，张大山开枪还击，夏荷花爬在制高点，一枪一个鬼子，枪枪爆头。张大山伸出大拇指，意思是好枪法。眼看就要结束战争，鬼子的增援部队赶来了，黑压压一大片人，一个庞然大物后跟了一串串鬼子，夏荷花没见过坦克，不知道是啥东西，对着坦克开了一枪，坦克毫无反应，随即喷出几发炮弹，炮弹威力很大，炸死了几个国军。张大山说：“我们撤退吧。”小个子兵说：“连长，让我上，我去干掉它。”张大山说：“好吧。大家掩护。”小个子身上缠满了手榴弹，他朝坦克奔去，离坦克还有十几米远时，小个子腿上中了一枪，他倒了下来。大个子说：“连长，让我上。”张大山挥了挥手，“等下。”他看见小个子趴在地上在慢慢移动，离坦克还有几米远时，小个子纵身一跃钻入坦克下，随即“嘭”的一声，坦克停止了前进。接着张大山和他的手下，把手榴弹纷纷扔向鬼子，把鬼子炸得鬼哭狼嚎，晕头转向，接着又是机枪、步枪和手枪密集向鬼子开火，倒下了一片鬼子，剩下的鬼子见机仓皇撤退了。

张大山说：“我们转移吧，鬼子还会反扑上来的。”

他们撤离仓库，穿过一片废墟，来到一处断墙残壁，才发现大量鬼子正在包抄仓库的后路，悄悄围了上来。张大山心里暗暗庆幸，如果晚撤离一步，后果不堪设想。趁着夜色，他们立即又转移，潜入一户人去房空的民房，他们在这房子里找见了一点粮食，熬了一锅粥，美美喝了一顿。

第二天，鬼子开始挨家挨户地搜查，两个鬼子啪啪敲打门，张大山示意大家隐蔽，夏荷花去开门，鬼子看见花姑娘就笑哈哈扑了上来，张大山他们从背后扭住鬼子的脖子，咔嚓一旋转，鬼子的脖子被拧断了。大个子和另一个国军扒下鬼子的衣服，穿上了鬼子的衣服，他们两人在前面探路，没啥动静，大个子手一挥，张大山他们就跟了上去。主要街道上遍地都是逃跑的国军扔下的军装、手榴弹和各种军用物资，张大山气得骂了一句，“都是软蛋，要是国军不逃跑，鬼子也不会这么轻易地占领南京城。”他们来到离城不远处，发现城门戒备森严，驻扎了大批鬼子，连麻雀都飞不过去，强攻无异于拿鸡蛋碰石头，他们退了回来，藏身于废弃的破房中，想等天黑再说。

街上一群老百姓在前面跑，后面一群鬼子在追赶，边追边开枪，跑在后面的就倒在血泊中。老百姓如无头苍蝇在街上乱跑，有几个跑进了张大山他们藏身的地方，鬼子追了上来，开枪打死两个孩子，忍无可忍的夏荷花扣动扳机，击毙两个鬼子。后面的鬼子大声喊叫，大批的鬼子顺着枪声围了过来。张大山又开枪击毙两个鬼子。

张大山对穿鬼子衣服的大个子说：“你们带几个兄弟，把老百姓和夏姑娘她们带到德国人建的安全区去，我们掩护你们。”

大个子从后门带着老百姓和老乡们撤离，鬼子如潮水般涌了上来。

张大山带的几个人抵抗了半个小时，估计老百姓走远了，他们就边战边退，炊事班长李四牛受了重伤，他说，“张连长，我走不动了，你们走吧，我掩护你们。”

张大山说：“我们不能丢下你，把他背起来。”

李四牛浑身是血，他扬起枪说：“谁敢背老子，老子就一枪把他崩了。”

大家怔住了，不知该如何是好。

李四牛笑着说：“张连长，我怕没机会吃你的汉水蒸盆子了。”

“保重。”张大山忍住泪水，给他留下几个手榴弹，大喊一声，“撤!”

李四牛阻击着鬼子，打死了几个鬼子。子弹打完了，鬼子冲了进来，围住了李四牛，等鬼子靠近，他面带微笑，“老子死了，够本!”他拉响了手榴弹，炸死了十几个鬼子。

大个子带着老百姓和老乡穿过几条巷子，离安全区还有几百米时，他对夏荷花说：“前面就是安全区，专门收容中国难民，你带着他们进去吧，我们回去接应张连长他们。”

街上到处都是尸体，夏荷花她们踩着尸体，穿过小巷，来到了安全区，她们回头一望，枪声不断，一会儿就腾起一片火海，然后就是断断续续的枪声，再然后就是长时间的安静。

安全区里全是逃难的难民，为防空袭，草坪上房子上插着安全区区旗，躺在院子里的人很多，还有不少在呻吟，他们等待着救治，他们好多人都是被鬼子刺刀刺的或被枪打的。医院被轰炸，一些医生和护理人员被炸死，医护人员严重短缺。

一个戴眼镜，留着光头的德国男人走了出来，这个德国人看上去50多岁，他就是大名鼎鼎的拉贝先生。拉贝说：“我们需要护理人员，谁要是愿意就可以到教会医院帮忙。”他的目光在人群里扫来扫去，最后落到夏荷花她们几个人身上，“你们愿意当护士吗?”

夏荷花说：“我们不会啊，我们不会看病。”

拉贝说：“不是让你们当医生，是当护理人员，让你们照顾伤员。当然我们会对你们进行简单的培训。”

夏荷花点了点头，她心里想的是先留下看情况，然后等待合适的机会再离开南京。

日本人全副武装包围了安全区，一个小头目叫井上龟郎的带人冲了进来。拉贝大声说道："我们有协议，你们不能随便进入安全区骚扰难民。"

井上龟郎拔出枪指着拉贝说："少啰唆，我们是例行检查，再啰唆我一枪打死你。"

日本兵冲了进来，包围了拉贝。

拉贝说："你们这群恶魔，杀人的恶魔。"

其他日本兵把男人和女人分开站着。

井上龟郎说："给我仔细搜，好多逃难的中国士兵躲进了安全区。"

日本人搜了半天，没发现穿国军衣服的中国士兵。井上龟郎说："现在只要站出来承认自己是中国军人，我们给他 20 块大洋，立即放他回家。"

空气死一样沉静，没人吱声，现在没人相信鬼子的鬼话了，好多投降的国军和俘虏都被他们杀了或活埋了。

井上龟郎冷冷一笑，命令男人伸出双手，士兵开始一一检查，看看男人手上有没有握枪时留下的印记或茧子，凡是有的就拖出来用绳子捆住，一会儿就捆了上千人，再用绳子把他们连接起来，日本兵把他们驱赶到下关的扬子江边，他们一排排站着被机关枪扫射、步枪齐射，倒下还在动的就用刺刀捅死，鬼子砍杀累了，就用手榴弹来处决。当时正值黄昏，日本人用机枪围住了三面，他们背后就是扬子江，根本没有机会逃跑。

血流成河，鲜血染红了扬子江。

夜晚来临，夏荷花无法入睡，她脑子里想的都是张大山他们，他们现在是不是冲出了鬼子的包围圈？还有那个乔雪峰，他现在在哪里？她来到院子里，乌云遮住了月亮，月亮在乌云里挣扎。借着微弱的亮光她看见两个日本士兵爬过院墙，便大喊一声："你们干啥?”两个日本兵说:“我看见有中国士兵爬过院墙。”夏荷花指了指德国的旗子,两个日本兵沿原路退了回去。日本兵一走,夏荷花心里大喜,心想难道是张大山他们?她找遍院子,根本没见他们,她才明白这是日本人找的借口。在后面一个院子里,她听到有女人在呻吟,她跑了过去,原来这个女人遭到日本人的强奸,身上还被刺了几刀。夏荷花好不容易找来一辆车,把这女人送到了鼓楼医院。

天还没亮,教会医院门口聚集了一批等待救治的人员,一个19岁的女子被抬了进来,她浑身是血,再不抢救就有生命危险,医生立即给她做手术。女子刚做完手术,又一个病人被抬了进来,伤员接连不断,医生累得满头大汗,连吃饭的时间都没有。

第二天,那个19岁的女子醒了,夏荷花给她量了量体温,说:“你总算脱离了危险,又是日本人干的吧?”

女子眼泪哗哗流了下来,声音嘶哑,“我家住在南京城隍庙后面,日本人闯进我家,用刺刀刺死了我60多岁的父亲和母亲,又用刺刀刺死了我11岁的妹妹和7岁的弟弟,我丈夫跟他们拼命,他们开枪打死了我丈夫,一个日本兵要强奸我,我拼命反抗,日本鬼子就在我的胸部和脸部刺了19刀,腿上又刺了8刀,下身又刺了一刀……”女子突然痛的大喊大叫。

医生说:“怕是要流产了,推进手术室立即手术。”

女子流产了,好在保住了性命。

有的重伤病人,抬到医院就死了,有的全力抢救还是死了,医院里躺满了死者。

这时,拉贝出现了,他看了看这些死者,摇了摇头,耸了耸肩,叹了一口气,“这帮畜生!”

晚上,夏荷花回到宿舍,宿舍里只有山妮一个人,她在哭泣。

“你哭啥?”

“我想家,我想回安阳。”

夏荷花头一偏，“她们几个呢?”

山妮说：“她们 5 个被鬼子强行带走了，说是去给日本军官洗衣服。”

第二天晚上，她们还没回来，夏荷花不由得为她们担心起来。夜深了，突然传来了敲门声，夏荷花打开门，一个血人倒了进来，寒风跟着扑了进来。夏荷花一看，原来是罗玉燕，她问，“你怎么了?”

罗玉燕晕了过去。

夏荷花和山妮抬着罗玉燕去了隔壁的教会医院。

罗玉燕醒了，睁开眼，大喊大叫，双手挥舞。

夏荷花说：“是我，我是夏荷花啊!”

罗玉燕镇定了一下情绪，泪水哗哗流了下来，“白天我们必须洗衣服，夜晚这帮牲畜就糟蹋我们，一晚上要被强奸几十次，我们忍无可忍，玲玲杀死了一名日本军官，日本人就砍下了她们的脑袋，我的身上挨了 4 刀，脖子上还砍了一刀，我一下就晕死过去了。估计日本人以为我死了，就把我扔进了死人堆里，半夜我被冻醒，就爬了回来。”

夏荷花握紧拳头，“我一定要为姐妹们报仇。”

山妮说：“我听拉贝和一个美国人说‘安全区变成了日本人的妓院’，这话一点也不假。昨天夜里有 1000 多名姑娘和妇女遭强奸，仅在金陵女子文理学院一处就有 100 多名学生被强奸。”

夏荷花说：“你好好养伤，等伤好后，我们想办法离开南京。”

半个月过去了，罗玉燕的伤慢慢好转。在这半个月里，夏荷花和山妮几乎都没睡过好觉，她们忙得几乎没时间睡觉，每天医院的伤员都在增多，等待救治的伤员躺在走廊里、院子里、操场上……她们每天目睹的都是死亡，耳朵里听到的全是日本人的暴行，全家被杀，房子被烧，姑娘被奸杀，城里的尸体堆积如山，成千上万的男人被拉到江边枪毙……夏荷花不想再过这种担惊受怕的生活，她想早日离开南京城，去找自己的心上人。

那天，夏荷花来到了拉贝的办公室，她说她们三人想离开南京城。

拉贝沉思了一下说："为什么要离开呢?"

夏荷花说："安全区也不安全了，我们想回家。"

拉贝说："南京城现在血流成河，估计最少有30万中国人被杀，你要走，我也不勉强你，不过出城要日本人发的签证才行啊。"

夏荷花说："求求你了，你一定要给我们想办法。"

拉贝说："我试试看。"

第二天，拉贝费了一番周折，交给夏荷花一张盖有图章和签名的证明，"我要办三张，日本人只给办了一张，没办法啊。你们三人自己决定吧。留下也好，我这里刚好也缺人，以后有的是机会。"

山妮和罗玉燕说："证明还是给夏荷花吧，她要去找八路军，杀鬼子。"

夏荷花弯了一下腰，表示感谢。

拉贝拍了拍夏荷花的肩膀说："一路保重!"

山妮和罗玉燕泪水流了出来，说："一路保重!"

4

夏荷花离开南京城，过了长江，一路向西北走。

天阴沉沉地，寒风呼啸，寒冷刺骨，一场大雪从天而降，大地一片雪白，雪花在寒风中横冲直撞，撞在脸上有点疼，钻进衣服里更加冷，雪花得意地在天空恣意地飞舞，像一头怪兽张牙舞爪地撕咬着难民单薄的衣服，红肿的脸蛋，肿胀的双腿……雪花还不罢休，它们遮挡住了人们的视线，人们凭感觉高一脚低一脚踩在雪地上，雪被踩到咔咔地响。

路上逃乱的老百姓很多，夏荷花也加入了他们的队伍，逃乱的队伍拉得很长。他们大包小包，牵儿拖女，有的推着车，有的挑着家当，个个面黄肌瘦，无精打采，脸上都很沉重，不时有婴儿的哭叫声，母亲没奶水了，她跟婴儿一块哭了起来。

他们来到一片树林，雪花才慢慢减弱。一个大娘问夏荷花，“姑娘，你准备去哪里?”夏荷花说：“我也不知道去哪里。你们准备去哪里呢?”大娘叹了一口气，嘴里吐出一串长长的白气，“哎，活一天，算一天，不管那么多了，逃到哪算哪，也许是河北，也许是陕西……”大娘抓了一口雪吃，“听你口音是四川人吧?”夏荷花说：“不是，我们口音是有点像四川人，但我们是秦南的安阳人。”大娘说：“你怎么也跑到这里来了?”夏荷花说：“一言难尽，我是从南京城里逃出来的。”大娘身边的大爷说：“日本人太残忍了，听说南京城里的老百姓几乎都被杀了，小日本真不是东西，连猪狗都不如。”大娘说：“我的两个儿子和女儿都被日本人杀了。”大娘突然呜呜哭了起来。

天黑时，他们来到一间破屋里，房子的主人早跑了或者死了，寒风呜呜哭叫，它们像受了委屈，从破窗里钻进来，扑进了夏荷花的身上，她打了一个冷战，好在地上有稻草，门外有些枯枝和木材，大娘的老公捡了一些枯枝，生起了火，枯枝燃烧时噼噼啪啪响。夏荷花打开包裹，拿出两个馒头递了过去，大娘不好意思接了，说了声谢谢。

夏荷花问：“明天你们又去哪里呢?”

大爷说：“跟着逃乱的大部队走，没错。”

大娘开始骂日本人，把日本人的祖宗十八代都骂了，大爷笑着说：“别骂日本人的祖宗，其实日本人的祖宗是中国人，其实日本人都是中国人的后代，要骂就骂这些不孝的龟孙子。”

大娘骂累了，躺在地上的稻草上睡了。夏荷花无法入眠，她想起了乔雪峰，这个死鬼死到哪里去了呢？她好想他，在迷迷糊糊中她睡着了，在梦中她梦见了乔雪峰，乔雪峰说：“你怎么来了?”夏荷花说：“我要跟你一起去杀鬼子，我要为我父母和亲人报仇。”夏荷花穿上了军装，非常神气，她冲上前线跟男人一样去杀敌，杀的鬼子鬼哭狼嚎。鬼子密密麻麻地包围了她，她跟乔雪峰跑向一处悬崖，朝下一看，万丈深渊，日本人追了上来，夏荷花说：“你怕死吗?”乔雪峰说：“不怕。”夏荷花说：“好，我数一二三，我们一块朝下跳。”她纵身跳下万丈深渊，痛得大叫一声，她翻身起来，才知道是一场梦。

天一亮，雪停了，太阳出来了，他们又上路了，地上积了厚厚一层雪，已淹没膝盖，逃乱的队伍拉得很长很长。

突然前面出现了一支国军的队伍，大爷问：“长官，你们这是去哪里?”

一个士兵说：“去前线狙击日本鬼子。”

大爷说：“我想当兵，你们收了我吧，我也想去前线打鬼子。”

一个兵说：“你这把年纪了，连枪都扛不动，如何打鬼子。”

大爷说：“别看我年纪大，但打起鬼子来就特别有劲。”一个军官走了过来，“干啥？磨磨叽叽的。”

大爷说：“我要当兵。”

军官打量了他一眼，笑了，“就你……”

大爷说：“我两个儿子都是国军，他们战死了，我女儿也被小鬼子糟蹋了，我要替他们报仇。为抗日，我愿意做一点点贡献，我可以给你们做饭，喂马……”

军官想了想，“好吧，跟我们走吧。”

大娘站了出来，“老头子，带我一起走吧。”

大爷说：“她是我老伴，她也可以做饭、喂马……”

“这……”军官有点为难，不知道该如何办。

“飞机！日本人的飞机来了。”

军官大声喊，“大家快趴下。”

炸弹如雨点般落了下来，炸得人仰马翻，雪花飞溅，夏荷花回头一看，地面留下了数米深的弹坑，大娘和大爷不见了，她摸了摸脸上的雪水，伸手一看全是鲜红的血水，有几滴落在她的嘴里，有一股咸咸的味道。

飞机得意地雄赳赳气昂昂飞走了，国军已被炸得溃不成军，夏荷花一下瘫软在地上。

“大妹子，走吧，说不定日本人一会儿就来了。”一个好心的难民说。

夏荷花又加入逃乱的难民中。

雪虽然停了，但风还是呼呼地刮着，不时卷起地上的雪花，又撒上天空、树林、湖面……迎着寒风他们走了半天，前面不远处就是一条山谷。

“日本鬼子来了，大家快跑。”

夏荷花回头一看，果然是黑压压的一群日本兵，人们开始四处逃窜。日本的骑兵如闪电般奔了过来，跑在了他们的前面，挥刀砍下跑在最前面的老百姓，老百姓又转身朝回跑，骑兵从四个方向围了上来，老百姓被集中在一起。日本军官指了指山谷，老百姓走在前面探路，日本人跟在后面。

山谷里很静，雪花飞舞。

老百姓已步入深谷，两边都是丛林和悬崖。突然鬼子后面响起了枪声和手榴弹爆炸的声音，老百姓开始朝山上跑。几个鬼子跟在后面追了上来，夏荷花示意身边的几个男人动手，夏荷花捡起一块石头砸在鬼子头上，鬼子歪了一下身体就倒下了，她顺势拖过鬼子的枪，她蹲下来，朝鬼子开枪，掩护老百姓朝山上跑。

冲锋号响了起来，两边的八路军冲了下来开始跟日本人拼刺刀和肉搏战。

雪又停了，躲在云里的太阳又出来了。地上躺满了日本人的尸体，八路军大获全胜。

夏荷花朝一位腰间别手枪的八路军军官走过去，“请问，你们是哪个部队的？”

“我们是八路军八三四八团的。”

夏荷花又问：“你们认不认识一个叫乔雪峰的，中等个子，眼睛大大的，她是安阳南山区的。”

“认识，他是我们八三四八团三营四连的连长，你是他什么人？”

“我是他爱人。”

“哦。没想到你的枪法这么好。跟我走吧，我带你先见我们的团长。”

第二章　告别恋人去寻找队伍

1

乔雪峰跟夏荷花告别后，他不敢回头，他怕看见夏荷花眼中的泪水。他翻过一座山，情不自禁地还是回了头，夏荷花在向他挥动着手中的白手巾，他的泪水夺眶而出。

乔雪峰擦干泪水，奔向另一座山岭。路边野花盛开，野兔在草丛中大摇大摆不时出没，惊飞了蝴蝶和蜜蜂。天很蓝，挂着几朵洁白的云，老鹰在天空盘旋，有时一动不动，瞪着发绿的眼睛，有一只野兔吓得浑身颤抖，忘了逃跑，老鹰嗖地闪电般扑下来，伸出利爪，野兔就像坐了直升机，一下飞到了天空，老鹰一会儿就消失在山的那头。

满山翠绿，小溪潺潺，鸟声悠扬而动听，空气中充溢着各种花的香味，他走得大汗淋淋，看见了前面山坡有几户人家，他大喜，那袅袅的炊烟勾引起了他的食欲，此刻他感到肚子已向他严重抗议了，肚子咕咕地叫，叫得很欢畅，他不由得加快了脚步。

前面路口拐弯处，出现了一台四人抬的大轿子，前后都有背枪的人，个个死气沉沉，打着哈欠，好像烟瘾发了，心里像猫抓一样，走在前面的人看见了乔雪峰，大喊一声，“过来。”

乔雪峰站住了，望着他们的枪有点犹豫，他不知道对方什么来路。

“老子叫你过来，你没长耳朵。”那人用枪指着，“再不过来，老子一枪打死你。”

乔雪峰走了过去，“长官有啥吩咐？我一个乡下人不懂规矩。”

“有烟没？”

“我从不抽烟。”

“我看你小子好面熟，哪里人？”

“杜……不……是漩涡老街人。”

“你爸叫啥名字？”

“你们是干啥的？”

“少啰唆，快说。”

轿子停了下来，从中走下一个中年男人，用鹰一样的目光打量着乔雪峰，乔雪峰一眼认出了对方就是杜老爷的大儿子杜老大，脸上有块疤，外号叫杜疤子，他是安阳县漩涡镇有名的恶霸土匪淫棍，他突然拔出枪指着乔雪峰，哈哈大笑说：“你别装了，我知道你就是乔家那野种！你杀了我爹，我今天要为我爹报仇，这些年我一直在找你，没想到你今天送上门来了。”

他的保镖用枪围住了乔雪峰。

“哈哈，你这个哈怂，有其父必有其子。”乔雪峰哈哈大笑起来。

“死到临头了，你还嘴硬。”杜疤子用枪指着乔雪峰的头，“你信不信，老子一枪崩了你。”

“你有种就开枪。”乔雪峰面无惧色。

杜疤子冷笑一声，收回枪，对着枪口吹了吹，“想死，没那么容易。我要把你押回杜家垭，让你在我爹的坟头磕100个响头，然后再一刀一刀地割下你的肉，最后砍掉你的狗头，来祭奠我爹。”

乔雪峰破口大骂：“你要是个爷们，给老子来个痛快的。”

杜疤子挥了挥手，“把他给我绑起来。”

乔雪峰说：“今天老子认栽，我自己会走路，不用你们费力气了。”

杜疤子拍了拍乔雪峰的脸，仰天长笑说："你小子给我放老实点，少耍滑头，否则我阉割了你。"

乔雪峰突然纵身一跃扑向杜疤子，夺下他的枪，顺势用左手臂勒住杜疤子的脖子，右手拿着枪指着杜疤子的头，"你们都给我退后，再前进一步，我打破他的头。"

杜疤子嘶哑着声音，"都给老子退下。"

乔雪峰拽着杜疤子朝后退，一直退到山谷口，他看后面追兵没跟上，一巴掌推开杜疤子，立即朝山上跑去。

杜疤子在后面大喊大叫，"都给我追，抓住奖大洋50块。"

乔雪峰一口气跑上山顶，天色已晚，残阳如血，山下的村庄笼罩在一片云雾的朦胧中。他翻过几个山岭，天已黑了，在秘密的树林中，天色更加暗了，伸手不见五指，黑暗中一对眼睛发着绿光，乔雪峰知道这是豹子，他握紧了枪，不由得加快了脚步，朝山下有灯光的地方奔去，他估计杜疤子他们没这么大的胆子追上来，因为山上野兽很多，搞不好就被这些野兽吃掉。

乔雪峰来到一农户家，狗汪汪叫了起来。

"有人没?"乔雪峰喊叫道。

"你是谁?"一姑娘出来了，喝了一声，狗停止了叫唤。

"我是路过的，方便的话，讨口水喝。"

"进来吧，外边冷。"

乔雪峰进了茅草屋，一位老人躺在床上，屋里的煤油灯光很暗，姑娘把煤油灯的灯芯子挑大了一些，老人说话了，"你是哪里人?"

乔雪峰说："我是南山人，迷路了，实在不好意思打扰你们了。"姑娘递上一碗水，乔雪峰接过碗打量了姑娘一眼，姑娘长得很水灵，留着长长的辫子，姑娘见乔雪峰看她，脸红了，低下头，"你吃饭没?"乔雪峰说："还没。"山里人好客，姑娘说："要不我给你下一碗面条吃。"乔雪峰嘿嘿一笑，算是同意了。

老人开始跟乔雪峰拉家常，原来老人娘家是安阳县南山凤江的，两人一下亲近多了。姑娘把煮好了的面条端了上来，乔雪峰尝了一口说："太好吃了，我就喜欢吃酸菜面。"吃完面，老人说："晚上走山路不安全，要不今晚就在这里将就一下吧。明天，我女儿刚好要进城卖草莓，你们一块下山吧。"

"好啊。"乔雪峰求之不得，躺在床上就睡了，半夜醒来，溪声潺潺，窗外山风刮得呼呼叫，他睡不着了，他想到了夏荷花，又想起了爹娘，在迷迷糊糊中又睡着了。早上他被叽叽喳喳的鸟叫声惊醒，翻身一看天已大亮，他立即起床，起来时才发现姑娘和老人早起来了，正在院子里装草莓。

姑娘说："你醒了，咱们走吧，我早去早回。"

姑娘挑着草莓就朝院子外走，两只箩筐晃了起来，她伸出手抓住箩筐绳子控制住了平衡。他们沿着小溪而下，溪水清澈见底，溪声潺潺，小路旁的草丛打湿了她们的裤脚，一轮红日穿过树林，林间五彩斑斓，非常迷人。乔雪峰说："歇下吧，我帮你挑。"姑娘放下担子，蹲在溪边，弯下腰双手做个瓢形状捧起溪水喝。姑娘弯腰时露出白雪一样的肌肤，乔雪峰看了一眼，心怦怦直跳，他想起了夏荷花。乔雪峰故意抬头，望了望山谷上的白云，目光收回后又忍不住看了一眼那白花花的腰。姑娘回过头说："山泉水真好喝，你也喝一口吧。"

乔雪峰立即收回目光，心慌慌的，他蹲在姑娘刚喝水的地方捧起水，喝了几口，"这水有股甜甜的味道，味道不错。"

姑娘拿起扁担准备要上路，乔雪峰立即从姑娘手中抢过扁担，挑起箩筐就走。姑娘只好笑了笑，跟在身后。

"妹子，我怎么称呼你啊？"乔雪峰问。

"我姓沈，你叫我山菊就行了。"

"昨晚也忘了问，也不好意思问，你家里还有啥人？"

"我爹在县城一家饭馆里给人家当厨师，我哥当兵去了。"

“他参加的是红军，还是国军?”

“我也不知道，当兵后就没见到过我哥了。我还听我娘说，我还有位大哥，几岁时就失踪了。”

太阳越升越高了，几只老鹰在山谷盘旋，天空飘着棉花一样的白云，山脚下的安阳县城已朦胧可见，县城虽然可见，但要到达县城，路程还得几十里山路。他们拐了好几个S形盘道，来到了山脚下的大磨坝，县城已清晰可见，他们沿着小河边的小路大步流星地赶路，转眼就来到了三官庙。三官庙刚好是庙会，好多人来烧香还愿，人山人海，做小生意的趁机摆了各种小摊，卖日常百货，更多的却是小吃摊，有卖油炸饺子、油炸果子，有卖米蒿馍、柿子馍，有卖蕨粉皮子、豌豆鱼鱼，有卖包子、炕炕馍的，等等。乔雪峰在卖蕨粉皮子的摊位前停了下来，转身对沈山菊说：“要不我们一人吃碗蕨粉皮子，我请你。”

“好啊。”沈山菊也饿了，在长条凳子上坐了下来。

乔雪峰说：“在这里卖草莓，也不错啊。”

这时一辆马车冲了过来，那匹马受了惊吓，横冲直撞过来，踩翻了沈山菊的箩筐，草莓撒得满地都是，好多都被踩成水果泥，马还在狂奔，朝人群奔去，马车上的人在尖叫。乔雪峰紧追几步，纵身一跃，骑在了马背上，抓住缰绳控制住了马，马停了下来。马车上的人掀开帘子，露出一张漂亮的脸，“多谢好汉帮忙，不然这匹野马还会闯出什么祸来。”乔雪峰说：“多谢就免了，你踩翻了人家姑娘的水果，你说怎么办?”

“我赔就是，”姑娘掏出两块大洋说，“够不够?”

乔雪峰接过大洋，笑着说：“你要看这位沈山菊姑娘愿不愿意了。”

姑娘生气地说：“嫌少，我再加一块。”她掏出一块大洋扔了过去，这块大洋呼呼直奔乔雪峰头飞来，乔雪峰一看不好，头一偏，伸手抓住了这块大洋，笑嘻嘻地说：“你这是想谋财害命啊。”

姑娘脸都气绿了，“你这是狗咬吕洞宾，不识好人心。”

沈山菊走了过来，“好了好了，算了吧。”

姑娘拴好马车，狠狠瞪了乔雪峰一眼，“我记下你了。”然后转身进三官庙烧香去了。

乔雪峰把大洋递给沈山菊，“我进城还有点事，就此告别，后会有期。”

沈山菊恋恋不舍自言自语道：“就这样走了啊。”

乔雪峰来到了月河边，县城就在河对岸，一河之隔。那时河水很大，江面宽阔，河水滚滚，不像现在河水干枯，河床裸露，踩着跳石就能过去。乔雪峰见码头上有一艘船快要开了，他追了几步跳上船，船上坐的都是县城南面的村民，他们都是进城卖菜，卖豆腐，卖鸡卖鸭……卖了这些东西再换回一些家里的日常用品。一转眼到了河对岸，乔雪峰跳上岸，整理了一下衣服，站在河堤上他看见南门城墙上写着“大东亚共荣圈”，城门站着几个穿着黄色制服挎着枪的兵。乔雪峰问：“这是怎么回事？”一个农民说：“如今日本人占领了安阳县城，原先的县保安队被日本人收编了，现在他们为日本人干事。”

乔雪峰“哦”了一声，犹豫了一下，他看见站在城门的一个兵很面熟，待仔细一看，原来是南山漩涡的张二狗，乔雪峰走了过去，一个兵拦住了他，“把良民证拿出来。”

乔雪峰没理他，径直走了过去，他叫了一声，“张二狗。”

张二狗一愣，见是乔雪峰，脸上立即堆满笑，伸出手握了握乔雪峰的手，转身对那个兵说：“他是我老乡。”然后把乔雪峰拉到一边说：“你怎么回来了？”

乔雪峰说：“去年我们部队在南山遭到国民党的围剿，突围时我受伤与部队走散了，我现在准备找部队。”

张二狗说：“你还不知道吗？‘西安事变’后，国共开始合作了，共同抗日，红军改编成了八路军了，大别山一带的红军好像都北上了，要找原部队谈何容易？你先待在县城，等有合适的机会再去找他们吧。”

乔雪峰叹了一口气，“你怎么穿上这身黄皮了？”

张二狗也叹了一口气，“说来话长，日本人占领了县城，县保安团被日本人收编了，我们为日本人干事，老百姓都骂我们是汉奸，是二狗子，我也是一肚子苦水没地方倒啊。你先进城办你的事吧，晚上有时间我来找你喝酒。”

乔雪峰说：“你先忙，我先走了。”

乔雪峰进了城门，来到了西门坛，西门坛很热闹，摆摊了，卖菜的，卖衣服的，卖小吃的，单是那些小吃摊，就足以令人头晕目眩。油炸米饺、油炸果子、油条、油饼、油糍、麻花、抄手、炕炕馍、米面馍、甜酒、糍粑、元宵、米面皮，凉粉有荤有素、有米有面、有干有湿，甜咸酸辣，样样俱全；都说“安阳人好吃”，看来此话不假。乔雪峰在街上逛了一圈，他想起了东门的刘老板，当初他杀了杜老爷，曾在刘老板手下当过伙计，刘老板为人耿直，对人不错，乔雪峰决定去找他，先落下脚再说。刘老板的饭庄在城东文峰塔附近，刘老板的饭庄在安阳县很有名，他把川菜、湘菜及当地的口味融合在一起，所以味道独特，在整个秦南都是首屈一指。一想到此处，乔雪峰立即就改变方向，拐入民主街，穿过解放街，来到了刘家饭庄，奇怪的是饭庄很冷清，门虚掩着，他推开门，见两个伙计在打扫卫生，乔雪峰不认识他们，问道：“你们刘老板在没?”小伙子说：“今天不营业。”乔雪峰说：“我不是来吃饭的，今天为啥不营业?”小伙子说：“老板在楼上，你自己去问他。”

乔雪峰上楼推开房门，看见刘老板正坐在那里发呆抽闷烟，便叫了一声，“刘老板。”

刘老板见是乔雪峰，“你怎么来了?”

乔雪峰说：“队伍打散了，路过县城，就过来看看你。”

刘老板说：“明天是日本人组建的安阳县新政府成立大会，完毕后点名要在我这里吃饭，菜单都给我定好了，我正为这事发愁，你说安阳县城里的人背后肯定会骂我是汉奸，以后我怎么在城里做生意啊。”

乔雪峰接过菜单看了看，说：“其他不说，单就这安阳县十大名菜和八大名小吃就够你忙活的了。”

刘老板说：“是啊。”

乔雪峰说：“你的饭庄味道正宗又好吃，在安阳县城坐第一把交椅，就是在秦南也是首屈一指啊。”

刘老板说：“别拍马屁了，我现在都烦死了。”

乔雪峰说：“胳膊拧不过大腿，如今日本人得罪不起，静观其变吧。”

刘老板沉思了半天，“也是。你走后，我请了一位大厨，刚好我这里缺人手，要不帮我一下，你先给沈师傅打下手吧，等熬过明天再说吧。”

乔雪峰说：“没问题。”

2

“刘家饭庄”的主厨沈师傅是饭店的招牌，他的手艺是祖传的，据说他父亲的父亲都是在清朝皇宫里给皇帝太后做菜的，清朝灭亡，他的父亲沈霄就逃到凤凰山躲了起来，他父亲死后，刘老板就高薪聘请沈师傅下了山。

乔雪峰陪沈师傅去街上采购，他拉着架子车跟在沈师傅的后面，架子车上堆满了各种蔬菜及鲫鱼、野鲶鱼、墨鱼、猪肘子、野兔等等。乔雪峰望着这些东西，心里暗暗在咒骂，吃死你们这些日本乌龟王八犊子。

乔雪峰在人群里发现了沈山菊，沈山菊望着他笑，朝他径直走来。乔雪峰准备迎上去打招呼，沈山菊来到了沈师傅的面前，喊了一声“爹”。乔雪峰一怔，望着他们。沈师傅从身上掏出几个大洋递给沈山菊，“等这段时间忙毕了，我就回去看你娘。你去给你娘买件衣服吧。”沈山菊应了声，偏过头望着乔雪峰，“你怎么在这里？”乔雪峰嘿嘿一笑，“我给沈师傅打下手。”沈师傅一惊，“你们认识？”乔雪峰点了点头。

采购完毕，然后就是清洗这些蔬菜和肉类，忙完这些天色已晚。刚好张二狗出来买酒，遇见了乔雪峰，一把抓住他的手，“你跑哪去了，老子四处在找你，走，跟我喝酒去。”

乔雪峰望了望沈师傅，“不去了，我还有事。”

张二狗板着脸说：“不给兄弟面子，瞧不起我张二狗？”

沈师傅说：“去吧。”

乔雪峰和张二狗来到北门上一家小饭店，点了几个小菜。张二狗说：“明天是日本人组建安阳县新政府成立大会，日本人最高指挥官井上龟郎亲自主持大会，将宣布新一批官员，县长是汪忠卫，维持会长是苟容生，警察局长由我们保安队长魏民州兼任。

乔雪峰说：“这是多么好的行刺机会啊。”

张二狗说：“明天全城戒严，保安队将围个里三层外三层，再加上日本宪兵队，恐怕连一只苍蝇都飞不过去，行刺等于送死。兄弟，别做傻事，喝酒。”

乔雪峰端起碗喝了一口说：“井上龟郎这名字好像在哪听说过。”

张二狗哈哈一笑，“井上龟郎就是他娘在井上生的龟儿子，所以叫井上龟郎。”

乔雪峰也哈哈一笑。

张二狗摸了摸嘴说：“我听说井上龟郎是个中国通，喜欢收藏文物，别看他长得文质彬彬，其实阴险狡诈，是个杀人不眨眼的魔王，南京大屠杀，他杀害了无数中国人，被提拔升了官。按说他前途无量，不知道为何他主动要求来到这里。我私下听小道消息说，日本人打算打通武汉——汉中的交通水上枢纽，而漩涡和安阳县将是中转战，将为他们下一步占领西北做好准备。水上枢纽一旦打通，日本人将长驱直入，一旦跟东线进攻的日军形成前后夹击，大西北很快就会沦陷，又将是下一个满洲国。”

乔雪峰说：“癞蛤蟆打哈欠——好大的口气，他们这是打着灯笼进厕所——找屎（死）。”

张二狗说：“自日本人占领了县城，我现在是猪八戒照镜子——里外都不是人。我早都不想干了，日本人糟蹋了我的老婆，我只能忍气吞声。兄弟，有没好的活路？”

“投奔共产党。”乔雪峰小声说。

张二狗摆了摆手说：“还没想好。实话告诉兄弟，我只想发大财。”

乔雪峰讥笑道，“除非你去挖皇帝的坟墓。”

张二狗一巴掌拍在桌子上说：“好，跟我想到一块去了。”

“你真要去挖皇帝的坟墓？”

“非也。”

“有啥好点子，快说，急死人了。”

“孙殿英你听说过吧，他挖了两座墓葬，一座是慈禧太后的定东陵。一座是清朝乾隆皇帝的裕陵。孙殿英炸开慈禧太后的定东陵，见慈禧太后之尸，虽历经十数年而不腐。孙殿英从金椁内棺盗窃了大量稀世珍宝，但他仍不满足，再掘乾隆皇帝的裕陵，他亲自进墓点视宝物，得黄金、珍珠、翡翠、玉石、象牙、雕刻、字画、书签、宝剑等无数，装了四五十箱，用三十多辆骡马车才拉完。”

“这跟你有啥关系？”乔雪峰问。

“当然有关系。”

“别卖关子了，快说。”

“孙殿英手下有个连长叫孙麻子，是南山漩涡人，深得孙殿英信任。你想孙殿英和孙麻子都姓孙，五百年前说不定还是一家人，再加上孙殿英和孙麻子都是麻子脸，两人亲上加亲，孙殿英就特别照顾孙麻子。孙殿英掘墓盗宝被发现后，好多满族人都想杀他。部分旗人团体，以及逊清皇室，包括居住在天津日租界的溥仪等满族人上告到蒋介石那里，要求严惩。此事一时轰动全国。然而，就在政府大员调查之时，孙殿英却坦然自若，竟以十二军军长和案情以外的‘第三者’身份，向第六军团总指挥徐源泉递交呈文，为盗陵的要犯第八师师长谭温江辩护，罗列谭与盗陵案绝无关系的种种理由。徐源泉看了孙的呈文，叫人捎信给孙，给孙指点迷津：你孙殿英这次办事太过莽撞，冒天下之大不韪，各方已经大哗，我也难以一手遮天，进行庇荫。可是有关关键人物你们都要设法疏通，行与不行，看你们的手段。你们这回掳获不少，外人传说有几万万，舍不得孩子套不住狼，要想把风浪平息下来，你们要下大本钱。甚至各军团长、各军长门前也要设法打点，只要他们不群起而攻之，民众方面是可以压服的。孙殿英心领神会，连忙从东陵赃物中挑选一批珍贵的，让孙麻子带了一批人押送这些宝贝去南京。走到半路，孙麻子用麻醉药放倒了他手下的这些人，杀了他们。然后用两根金条请了一个镖局，本来他可直接让镖局把他护送到漩涡，他多了一个心眼，让镖局把他护送到汉王城，然后他包船半夜回到了漩涡。孙麻子回到漩涡后带着老婆孩子就消失了，有人说他躲到凤凰山上去了，还有人说他跑到西安去了。如今黑白两道的人都在找他，日本人井上龟郎也在找他，井上龟郎之所以主动请缨来汉阴，跟孙麻子有很大关系。井上龟郎私下还说，谁要能找到孙麻子，他将奖 10 根金条。我们保安队私下都在托人打听孙麻子的踪影呢。”

乔雪峰认真地听着，一言不发，他见张二狗讲完了，咳嗽了一声，“看来这孙麻子不是一般的人物，要找他谈何容易。”

“世上无难事，只怕有心人。只要找到孙麻子，我就逼他交出这些宝贝，然后远走高飞。”

乔雪峰望着一脸神往的张二狗，沉思了一会儿说，“时间不早了，我该回去了。”

"啊，这就走啊，我还没过够瘾呢。"

"我真还有事。"

"好，明天见。"

3

安阳县新政府成立大会是在文庙前举行的，在搭起的台子上，井上龟郎做了简单的发言，说要建立大东亚共荣圈，然后宣布新一届安阳县政府官员名单，县长是汪忠卫，维持会长是苟容生，警察局长和保安队长是魏民州，接着鞭炮响起。然后县长、维持会长、警察局长相继发言，大致意思都是效忠天皇，效忠大日本帝国。

大会完毕，众人浩浩荡荡地来到了文峰塔附近的刘家饭庄。刘家饭庄焕然一新，门前挂上了欢迎日本人的标语。刘老板站在门前点头哈腰，"欢迎！欢迎！请请请!"井上龟郎看了非常满意，伸出大拇指说："吆西，良民大大的。"

乔雪峰见日本人来了，骂道："这帮龟儿子和狗汉奸，等老子哪天亲手把他们宰了。"

沈师傅说："小声点，别让这帮龟儿子和狗汉奸听到了。小不忍则乱大谋。"

炉子火旺旺的，长长的火苗舔着锅底，沈师傅拿着勺子左右翻飞，菜肴随着勺子在空中跳跃飞舞，如天女散花，落英缤纷，香味弥漫开来，沁人心脾，让人恨不得立即想品尝一下。乔雪峰看呆了。沈师傅说："快上菜去。"

乔雪峰端着菜来到了前席，他匆匆扫了井上龟郎一眼，他果然文质彬彬，但目光里暗藏着寒气，让人不寒而栗。县长汪忠卫和维持会长苟容生，一看就是奴才相，警察局长魏民州面带微笑，深藏不露，让人看不透。井上龟郎盯了乔雪峰一眼，魏民州厉声问道："以前怎么没见你，你是新来的吧？"乔雪峰寒战战地点了点头，"是的。"刘老板走了过来说："他是新来的，不懂规矩。"刘老板转过身来训斥道：“呆头呆脑的，别东张西望。”乔雪峰点了点头。

乔雪峰回到灶房，心里有点不高兴，“我还是在厨房打杂吧，这帮日本人不好伺候。”

沈师傅笑着说：“你怕日本鬼子了？”

乔雪峰说：“我才不怕他们，恨不得在菜里下把老鼠药，毒死他们。”

沈师傅笑着说：“年轻人，要学会把仇恨埋葬在心里，不要写在脸上。快去灶里加把干柴。”

沈师傅忙得满头大汗，安阳十大名菜、八大名小吃及其他各种菜肴一一上齐，他坐在灶前抽了一根烟，浑身轻松。饭馆里喝酒划拳很吵闹，他站起来，伸头朝大厅里看了一眼，他的目光停在主席位置的井上龟郎的脸上足足有三分钟，乔雪峰问：“沈师傅，你看啥呢？”沈师傅缩回头说：“没看啥。”沈师傅一屁股坐在灶前，仿佛被人抽打了几鞭一样，目光呆痴而空洞。

乔雪峰问：“沈师傅，你怎么了？”

沈师傅沉思了半天才说：“井上龟郎，我认识。”

乔雪峰问：“你怎么认识他？”

沈师傅陷入了沉思，“20 多年前，他来过安阳县。清朝灭亡时，我听他们说我父亲不知怎么得到了皇宫里的几件价值连城的宝物，具体是什么我也没见过。井上龟郎不知道怎么得到了消息，他带着一批日本浪子，乔装打扮来到了安阳县南山漩涡，逼我父亲交出文物，我父亲死活不肯交出，他们掘地三尺一无所获，就打死了我父母，血洗了村庄，走时还带走了一批婴儿，我的大儿子，那时刚满三岁，也失踪了，估计也是被他们带走了，也不知道他现在是死是活。”沈师傅的泪水流了出来。

乔雪峰问：“你直接问问井上龟郎，不就清楚了。”

沈师傅说：“他要认出了我，非杀了我不可，我哪敢问？”

4

第二天早晨，乔雪峰吃了饭，决定离开县城去找部队，他走在民主街上时，太阳已经升起了老高，突然有人喊道："抓住他。"乔雪峰回头一看，原来是杜疤子，他转身就朝马道巷子跑去，穿过一人宽的马道巷子，他回头一看，几个凶神恶煞的壮汉在后面追赶，边追边喊："站住！"乔雪峰快速穿过和平街，拐入新街，纵身翻过围墙，进了一户人家。他推开门，一个姑娘惊慌失措地在穿衣，"你找谁？"乔雪峰一看，姑娘很面熟，他想起来了，她就是在三官庙马车受了惊吓踩翻沈山菊水果的那位姑娘，"有人追杀我，我躲一躲。"外边传来了砸门声，"开门。"姑娘说，"你先躲在我床下，我出去看一下。"

下人已打开了门，几个凶神恶煞的壮汉就想朝里冲，姑娘拦住他们大声说道："你也不看看这是谁的家，瞎了你们的狗眼。"一个壮汉说："管他是谁家，闪开，我抓共产党。"姑娘讥笑道："就你们这几个毛贼，还好意思抓共产党。我告诉你，我爹是警察局长和保安队长魏民州，你诬陷我们私藏共产党，小心我爹枪毙了你们，还不快滚。"他们面面相觑，灰溜溜地走了。

姑娘回到闺房，小声道："出来吧。"乔雪峰从床底下爬了出来，不好意思地笑了笑，"多谢姑娘相救，请问姑娘芳名？以后有机会一定相报。"姑娘咯咯笑了，"还芳名，我叫魏晨。"乔雪峰拱了拱手，"魏姑娘，我走了。"魏晨问："你准备去哪里？"乔雪峰说："我也不知道，先走一步算一步。"魏晨笑着说："留下来吧，在我父亲手下干，如何？"乔雪峰本来要说我才不当汉奸，话到嘴边忍住了，"多谢魏姑娘好意，人各有志。"魏晨见他执意要走，叹了一口气，说："我去门口看看，看他们走没。"魏晨到门口一看，那一伙人还在门口东张西望。

魏晨回到房间说："那伙人还没走，要不在我家吃了饭，等天黑再走。”其实魏家有后门，直通西关街，穿过西关街，过了月河就比较安全了。魏晨没说走后门，她突然对乔雪峰充满了好感，有种一见如故的感觉，有点舍不得他走了，只想跟他多说说话。魏晨大大方方握着乔雪峰的手说：“坐下，我有话问你，我救了你，我问啥你必须如实回答，听明白没?”乔雪峰点了点头。

魏晨直直地看着乔雪峰的眼睛说：“他们为啥要抓你?”

乔雪峰说：“说来话长，我家住安阳南山区的杜家垭，杜疤子的父亲是地主老财，他霸占我娘，我爹找他们论理，杜疤子的父亲就打死了我爹，我娘一气之下就上吊自杀了。一个没有月亮的晚上，我悄悄翻进杜家大院，杀了杜疤子的父亲，然后就跑到了安阳县城，在一家饭馆给人当伙计。我怕杜家找上门来报复，每天都是提心吊胆过日子，后来遇见跑江湖的戏班子，我就跟了他们，负责打杂。后来遇见红军招兵，我就报名参了军。再后来红军遭到国民党围剿，队伍打散了，大致情况就这些。如今安阳县我不能待了，我得离开。等有机会我再回来。”

魏晨说：“原来是这样啊，怪不得杜疤子要抓你。那你打算去哪里呢?”

乔雪峰说：“我听说西安有八路军办事处，我去找他们，只要找到他们自然就能找到我的原部队了。”

“不走，行吗?”魏晨低下头，轻声说。

“我必须要走。”乔雪峰叹了一口气说，“我得走了，我不想连累你。”

魏晨说：“你等下。”她飞快跑到厨房，拿着一包馒头递给乔雪峰说，“路上打点吃。”

乔雪峰接过馒头说了声谢谢。魏晨领着乔雪峰来到了后门。乔雪峰说：“魏姑娘，别送了，你回吧。”魏晨有点依依不舍，说：“我还是送你一下吧，这样我也放心。”他们步入西关街，街上人来人往很热闹。魏晨一直把乔雪峰送到李家台，乔雪峰说：“魏姑娘，你回吧。”

魏晨幽幽地说：“我真想跟你一块走。你带我走吧！”乔雪峰笑了笑，挥了挥手坚决果断地走了。

魏晨望着他的背影消失在山的那头，泪水突然滚了出来。

第三章　狙击手

1

八路军推着一批从日本人手中缴获的战利品，沿着山间小路行走着，夏荷花尾随着他们。雪越下越大，一会儿就掩埋了山间的小路，一股冷风吹来，刮起地上的雪花，夏荷花打了一个冷战，“小同志，还有多久能到？”

夏荷花叫的那个小同志看上去也就十几岁的样子，他说：“翻过这座山，再拐几个弯就到了。”

夏荷花说：“听你口音，不像本地人。”

小同志说：“我是安阳县人。”

夏荷花一惊，说：“原来是老乡啊，你是安阳县哪的？”

小同志说：“我是安阳县漩涡的。”

夏荷花说：“太巧了，我也是漩涡人。”

小同志大叫一声，“太好了，老乡见老乡，双眼泪汪汪。我自小死了爹娘，跟随舅舅生活，后来舅舅死了，我就出来当叫花子，后来是八路军收留了我，人们都叫我铁蛋，你以后也叫我铁蛋就行了。你知道吗，我们团长也是安阳人，他对我可好了。”

夏荷花说：“好啊。你们团长贵姓？”

铁蛋说：“我们团长姓孙，长得五大三粗，为人随和，人们都叫他孙大炮。”

夏荷花咯咯笑了。

穿过一个山谷，拐过一个弯，夏荷花看到青山绿树下有几排房子。铁蛋说："到了，团长办公室就在中间。"

夏荷花说："我现在就去找他。"

铁蛋说："门口有警卫，要提前通知。说不定团长正在开会呢……"

铁蛋的话还没说完，夏荷花已冲到团长门前，警卫拦住了她，"站住，干什么的?"

"我要找你们团长!"夏荷花强行朝里冲。

警卫拽住了夏荷花的衣服，夏荷花使劲推开警卫，冲了进去，迎面撞上一个人，她抬头一看，那人五大三粗，面带微笑望着她。夏荷花说："你就是孙团长吧?"

"你找他啥事?"那人依然面带微笑，"我就是。"

夏荷花笑着说："咱们还是老乡呢！我知道你是安阳人，我也是安阳人。"

孙团长呵呵笑了，"是吗！你找我啥事?"

"你要给我做主啊，我要告状!"

"你要告谁?"

夏荷花说："我要告乔雪峰，他把我肚子弄大了，就跑了，不管也不问……"

孙团长拍打着桌子，"岂有此理!"然后大喊一声，"通信兵，把乔雪峰给我绑来。"

通信兵应了一声，匆匆走了。

孙团长给夏荷花倒了一杯水，"你先坐下，喝口水，这事我给你做主!"

他们聊了一会家常，问了一下安阳县的情况，不一会儿，乔雪峰被绑了进来。乔雪峰望着夏荷花一怔，"你怎么来了?"

夏荷花哭着说："我费了千辛万苦才找到你，你这没良心的东西，一走就没消息，我现在怀了你的娃，你说咋办？”

乔雪峰没反应过来，“我的孩子？你没搞错吧？”

夏荷花哇的一声哭了，扑向乔雪峰，“你有种做，没种承认，算什么东西？你还是男人吗？”

孙团长把乔雪峰拉到一边，悄声问：“你跟我说实话，你到底跟她睡觉没？”

乔雪峰低下头说：“睡了。”

孙团长呵呵一笑，给乔雪峰松了绑，走到夏荷花面前说：“我看这事就这样办吧，既然夏姑娘怀了乔雪峰的孩子，这种事宜早不宜迟，今晚就给你们办一场婚礼，就算结婚了。等革命胜利后，我再给你们补办一场隆重豪华的婚礼，你们看行吗？”

夏荷花说：“我听你的！”

孙团长把头偏向乔雪峰，“你也表个态，同意还是不同意，说个话啊！”

乔雪峰低着头半天不说话，孙团长一脚踢了过去，“急死老子了，你小子，到底愿不愿意？”乔雪峰支吾了半天，才慢腾腾地说，“我们连队还有任务，马上就要跟鬼子开战了，这个时候结婚不是被人笑话吗？今晚我还要回连队呢。”

孙团长气得拍着桌子说：“你是团长，还是我是团长？人家姑娘都这样了，老远过来，容易吗？今天必须结婚，这也是任务，否则你就别想回去，或者你也别当这个连长了。”

乔雪峰叹了一口气，“官大一级压死人，你想咋办就咋办。”

孙团长说：“臭小子，瞧你那苦瓜脸，你还不乐意？”

乔雪峰低着头不说话。

这时政委开口了，“别看乔连长板着苦瓜脸，其实他心里早就乐开了花。我已通知了炊事班，今晚加菜，婚礼今晚进行。”

夜晚的时候又下起了雪，风在山谷里呼呼鸣叫，会议室里灯火通明，桌子上摆满了菜肴，排以上干部围了两桌，乔雪峰和夏荷花坐在一起，两人表情都很严肃，孙团长简短做了发言，宣布两人正式成为合法夫妻。有人起哄，“亲一个!”“亲一个!”乔雪峰抱住夏荷花亲了一下，掌声顿时雷动。人们依然不甘心，让他们讲讲恋爱过程。乔雪峰摸着头不好意思说，脸都憋红了，“还是让夏荷花同志讲吧!”夏荷花笑了笑说，“其实我们认识也很简单，乔雪峰他们当时被国民党围剿，部队被打散了，他晕倒在雪地里，我跟爷爷去山上打猎，是我无意之中救了他……”

战士们听得很入神，政委开口了，“菜都快凉了，大家快吃吧。”

战士们端起酒开始敬乔雪峰和夏荷花，乔雪峰笑着说：“夏荷花不能喝酒，她肚子里有我们革命后代，他的酒我代她喝。”夏荷花顿时脸红了，投去了感激的一瞥。

孙团长看喝得差不多了，站起来说：“你们小两口慢慢聊，我去查岗去了，最近小鬼子猖狂得很，常搞一些偷鸡摸狗的小动作。对了，我专门给你们腾了一间房，就当作你们的洞房。”

孙团长走了，其他人也不好久留，纷纷站起来走了。

2

乔雪峰和夏荷花回到了他们的洞房。

洞房里很冷，窗外的雪花还在零零碎碎地飘着，整个山谷白茫茫一片，有的树枝都被雪压断了，在静静的夜里，有种天籁的声音弥补在他们身边。

夏荷花说：“你今天好像不高兴?”

乔雪峰把话支开，“屋里冷，你到床上去吧。”

夏荷花说：“你还没回答我的问题呢。”

乔雪峰说：“这婚结得太突然了，我还没一点心理准备……”

“你什么意思？”

“没啥意思。”

夏荷花生气地说：“早知道如此，我就不该来找你。你知道吗，我千里迢迢来找你，被人卖到妓院，日本人占领了南京，我好不容易才跑了出来。”

乔雪峰盯着夏荷花看了半天，盯着她凸起的肚子说：“你被卖到妓院去了？我怀疑这孩子是我的吗？”

夏荷花拿起枕头砸向乔雪峰，呜呜哭了，“你这没良心的东西，我今天就死给你看。”说着就要朝墙上撞去，乔雪峰一把死死抱住她，“姑奶奶，我求求你，我错了，我该死。”

夏荷花一转身，捂住乔雪峰的嘴说：“别说不吉利的话。”

乔雪峰见夏荷花笑了，点了点头。

夏荷花说：“今后你走到哪，我就跟到哪。”

“恐怕不太合适吧，一个女人整天跟在男人屁股后面，你就不怕被人笑话吗？”

“我都不怕，你怕啥？”

“这不行，等你生完孩子后，就回安阳老家，等把小日本赶出中国后，我就天天陪你，哪也不去，过那种老婆孩子热炕头的生活。”

夏荷花说：“你让我回安阳，我现在没家了，回去了连个落脚的地方都没有。”

乔雪峰摸了摸头，嘿嘿一笑，“放心吧，到时我会让你住上宽敞明亮的三间大瓦房。”

夏荷花摸着肚子笑了，“你给我们孩子起个名字吧。”

乔雪峰耳朵贴在夏荷花的肚子上听了一会说：“我知道了，他是男孩，就叫乔卫国。”

夏荷花说：“万一是女孩呢？”

乔雪峰笑着说：“错不了，一定是男孩。”

夏荷花有点困了，说：“不跟你争了，时候也不早了，睡吧。”

第二天，他们早早醒了，雪已停了，窗外的白雪把屋里照得很亮堂。乔雪峰说：“你先留在团部，我要回连队了。”

夏荷花说：“不行，我怕你又跑了，我说过今后你走到哪，我就跟到哪。”

乔雪峰没理她，跟团长告别，牵着马就要离开，夏荷花追了出来，死死拽住乔雪峰的衣服说：“想跑，没门，要走，把我也带上。”

乔雪峰说：“你这人怎么蛮不讲理?”

夏荷花双手叉腰站在马前说：“老娘就不讲理，你今天必须带我走。”

孙团长笑着说：“你带她去看看也行，过几天再把她送回来。”

孙团长发了话，乔雪峰不情愿地把夏荷花扶上马，跟着一个警卫一同回连队。山间的小路被积雪覆盖，不敢快马加鞭，穿过几个山谷，道路变得平坦了些，突然一声枪响，马一下栽倒，夏荷花重重摔了下来，乔雪峰正要去扶，枪又响了，溅起了雪花。乔雪峰对警卫说：“有狙击手，躺下别动。照顾好她。”乔雪峰纵身一滚，滚到一个山沟里，他看到对面树丛在晃动，一会就平静了。乔雪峰屏住了呼吸，给警卫做了一个手势，警卫取下自己的帽子，把帽子顶在枪上，然后慢慢伸出，从远处看就像露出半个脑袋。枪响了，帽子打飞了。随即乔雪峰的枪也响了，林中尖叫了一声，乔雪峰接连开了几枪，他和警卫包抄过去，一个日本人趴在树林里的雪地上一动不动，头上咕咕流出的血染红了雪地，乔雪峰拿起日本人的狙击步枪，看了看，“好枪。”他想起了夏荷花，“你看看这小鬼子身上有没啥其他有价值的东西，我去照顾你嫂子了。”

乔雪峰跑下山，扶起夏荷花，见她脸色惨白，下身流了不少血，以为她中枪了，大喊道，“你没事吧?”

夏荷花不说话，呜呜直哭。

乔雪峰抱起夏荷花直奔团部的野战医院。

3

夏荷花醒来后，目光四处寻找乔雪峰。护士说："你怎么这么不小心，流产了。"夏荷花愣了半天，看了看自己的肚子，伤心地哭了。哭够了，她问："你们看到乔雪峰没？"护士说："他把你送到医院就走了，他还交代了，叫你安心待在医院养病，病好后可在医院打杂，不要去找他了。"

夏荷花心想，他这话是什么意思，难道是要分手吗？不就是流产了吗，男人怎么翻脸就不认人了。想到此处，她便要下床去找乔雪峰。护士说："你想干吗？"夏荷花说："我要去找乔雪峰。"护士说："乔雪峰对你怎么了？"夏荷花说："他不是个东西，姑奶奶找到他，非要好好教育他一下，把他撕扯成两半才能解我心头之恨。"护士笑着说："等养好身体，再去找他吧，再说你还不知道他在哪个山沟里呢，如何去找？"

夏荷花只好作罢。几天后，山上的积雪已全部融化，太阳很温暖，夏荷花感觉身体已恢复差不多了，心里也慌慌的，她就去医院外溜达，走累了就坐在路边草丛的一块石头上望着远去的群山发呆。树林里突然传来了马蹄声，她站起来一看，是个通信兵，他喊道，"小兄弟，你是去三连的吗？"那人应了一声，"是啊。"夏荷花说："你带我去三连，好吗？"那人说："我有任务在身，再说这是违反纪律的事，我可不敢。"那人快马加鞭走了，他怕夏荷花拦住他的马不让走。

夏荷花气得捡起一块石头，一挥手石头飞了出去，打在马的屁股上，马痛的一声长叫，扬起前蹄，差点把那兵摔下来。夏荷花又捡起一块石头，通信兵一看不好，双腿一夹，马如闪电般跑了。

夏荷花忍不住笑了，心想，乔雪峰啊乔雪峰，我今天就是走路也要找到你。她顺着马蹄印一路前行，沿途一路好风景她也没心情欣赏，她憋了一肚子的火，只愁没地方发泄。中午时分，她穿过山谷，马蹄印突然消失了，就在她东张西望时突然冒出一高一矮两个持枪的士兵，“站住！干啥的？”夏荷花说：“不干啥，我找乔雪峰。”高个子说：“你找我们乔连长干啥？”夏荷花说：“我是他老婆，你去通知他一下。算了，还是我自己去找他，我要亲自把他剁了。”矮个子用枪指着夏荷花说：“放老实点，别以为冒充别人的老婆，我们就信你。我怎么没听说过我们连长有老婆？你真是我们连长的老婆？你剁他干吗？”夏荷花笑着说：“小屁孩，你们不懂。”矮个子大喊一声，“我看你就像一个女特务，你要再过来，我就开枪了。”夏荷花呵呵一笑，突然向前插一步，右手一抓一推，抓住长枪，左手一推，矮个子顿时四脚朝天。高个子还没反应过来，夏荷花用枪指着他的头，“我不会伤害你们，我真是乔雪峰的老婆，带我去见他。”一高一矮两个士兵只好垂头丧气带着她去见乔雪峰。

乔雪峰他们正在开会，高个子说：“你自己去找他吧。”

夏荷花一脚踹开门，冲进了会场，用枪指着乔雪峰说：“乔连长，我们又见面了。”

政委和几个排长准备掏枪，乔雪峰挥了挥手示意他们别动，大喝一声，“夏荷花，把枪放下，你知道这是在哪里吗？”

夏荷花说：“我知道，不就是独立团三营三连吗，如果我是日本鬼子，我早就把你们大本营一锅端了。你们岗哨布局有问题，要多增加暗哨……”

乔雪峰说：“你一个女人家，懂啥啊！”

夏荷花说：“我这是从实战中摸索出的经验，我从小跟爷爷打猎，我们也设陷阱和暗哨，每次都收获不少呢。”

乔雪峰说："你一个女人家，懂啥啊！别太猖狂了。"

夏荷花冷笑一声，"我今天老账新账跟你一块算，你让我安心待在医院，不要去找你了，你这是啥意思？是想甩了我吗？"

乔雪峰连忙打断夏荷花的话，"她是我老婆，你们先出去，我们有悄悄话说。"

政委和几个排长把枪收了起来，忍住没笑。他们出去关好了门，几个排长趴在窗子下偷听。

乔雪峰见他们走了，语气一下软了，"你这样大吵大闹，让我面子朝哪搁了啊？"

夏荷花用枪抵着乔雪峰，冷笑一声，"少给我谈面子，你当面一套，背后一套，满肚子花花肠子，小心老娘一枪崩了你！"

乔雪峰说："你误会了，我让你安心待在医院养伤，不让你找我，这不是担心你吗，我们孩子是怎么流产的，这事我非常伤心，我怕你再遭遇到不测啊。天地良心，我对你一片真心，如有半句假话，不得好死……"

夏荷花收起枪笑了，"别说了，我相信你。"

窗子外传来了偷笑声，乔雪峰推开门，喝道，"笑笑笑，有啥好笑的。"

一个排长说："今晚我们要闹洞房。"

政委说："我通知炊事班，今晚加菜，好好庆贺一下。"

4

夏荷花大闹会场，连队的人都知道了乔雪峰的老婆是个"母老虎"，乔雪峰感觉丢了面子，在战友面前老抬不起头，但在嘴上他不服输，扬言要好好调教她，打打她的嚣张气焰。

早晨，乔雪峰带战士们在院子里操练，他看见夏荷花出来了，故意向她招招手，"过来。"

“啥事?”夏荷花走了过去。

乔雪峰指了指自己的鞋子，大声说：“鞋带松了，帮我系上。”

战士们的目光都盯着他们看。夏荷花望着乔雪峰，没吱声。乔雪峰把脚伸了过去，喝道：“没长耳朵吗？快点!”

夏荷花蹲下，给乔雪峰系鞋带，战士们纷纷扬起大拇指，乔雪峰脸上露出得意的表情。

夏荷花系完鞋带，站了起来，“请问，乔连长，还有啥吩咐?”

“去，把我的衣服给我洗干净。”乔雪峰板着脸说。

夏荷花瞪了乔雪峰一眼，走了。夏荷花回到房间生了一会闷气，把乔雪峰的脏衣服扔在墙角，自言自语，“长本事了，等你今晚回来我要好好收拾你。”迷迷糊糊中她睡着了，这些日子她太累了，醒来时天已亮了。院子里很静，没有操练声，她穿衣走到院子里一看，连半个人影都没有，她又跑到后院一看，也没人，炊事班做饭的铁锅都不见了，她知道他们走了。夏荷花蹲在空无一人的院子里，心里空荡荡的。她发现门前有一张纸条，捡起一看：我们走了，再不回来了。落款是乔雪峰。夏荷花顿时心里充满了一种难言的滋味，她知道乔雪峰把她当成了累赘，如今何去何从，她很茫然，她嘴里开始不停地骂乔雪峰，把乔雪峰的祖宗八代都骂完了。骂完后，她决定要找到乔雪峰，证明给他看，女人照样能杀小鬼子。

夏荷花简单收拾了行李就出发了，她跟着他们的足迹追了半天，穿过山谷，趟过一条小河，太阳已落山了，小路也开始模糊，在这前不着村后不着店的荒无人烟的地方，夏荷花的心感到了恐慌和对乔雪峰的恨。山上有个洞，她用随身带的砍刀砍倒一些杂草和树枝，点燃了一堆火。在静静的夜里，山泉呜咽，野狼嚎叫，她不敢入睡，只到东方露出鱼肚白，她才睡了一会。

迷迷糊糊中她隐隐约约听到了枪声，她翻身而起，阳光照射到洞里，一股微风刮过，草丛里的露珠金光闪闪，她抬眼望去，四周云雾缭绕，山峰若隐若现，侧耳听了一下，只有山风溪声和鸟叫声。旁边的灌木丛中接着一树一树红红的小小的果子，它们格外妖娆，别有一番风景。她知道那是救兵粮，小时候她常听爷爷说起，太平天国时，翼王石达开余部兵乏川滇，缺草断粮，就将这不起眼的果实采收起来磨碎后充作军粮，救了军需之危，民间就有人将俗称的“豆荆粮”改称“救兵粮”了。她摘了几大把，塞进了嘴里，有股涩涩的味道，她实在饿了，顾不得这么多了。

她匆匆下山，山里的雾很浓，能见度很低，路又滑，她走得很慢。突然她被路边草丛里的什么东西绊了下，她一个踉跄，抓住了路边的树才没被绊倒。她回身一看，是个死人，是个日本兵，她捡起他的枪和子弹夹，继续朝前走。走了没多远，又看见草丛里和树林里又躺着几个日本兵的尸体，她又收集了一些子弹，捡了几个手雷。突然几声枪响，在静静的山谷里回荡，接着枪声越来越密了。夏荷花立即钻进树林，爬上半山腰，他看见交火的双方是八路军和日本鬼子，她仔细一辨认，原来是乔雪峰他们。夏荷花立即爬上山顶，找了一个地方隐藏起来，她看见日本鬼子包围了八路军，乔雪峰他们几次突围都不成功，牺牲了不少同志。夏荷花决定从背后开冷枪，给他们突围创造机会。他瞄准了一个指挥官，一扣扳机，那日本军官头上顿时开了花，倒在地上死了。日本兵惊慌失措，四处张望，山谷里顿时异常安静。接着夏荷花又开了几枪，几个日本兵头上又开了花。日本兵终于顺着枪声发现了夏荷花，他们转身向夏荷花隐藏的草丛里乱开枪。夏荷花转身一滚，闪在一块石头的后面。乔雪峰他们趁机向日本兵发起了反攻，夏荷花又立即向日本兵扔了几颗手雷，炸的日本兵人仰马翻，屁滚尿流。前后夹击，她和八路军全歼了这小股日本兵。

“哈哈，怎么是你啊？”乔雪峰笑着说。

“如果不是我，你们能逃得出来吗？”夏荷花说。

“那是，多亏你相救。”

“你们走时，为啥不带我？怕我连累你们吗？”

乔雪峰摸了摸头说：“我可没这个意思，只是你一个女人，行动不方便……”

夏荷花说：“你看人家花木兰、穆桂英，不是照样带兵打仗吗？”

乔雪峰笑着说：“你怎么能跟人家花木兰和穆桂英比？”

“我怎么不能跟她们比？”

“就是不能比。”

夏荷花生气地用枪指着乔雪峰说：“不跟你废话了，我只问你一句话，今后带不带我？”

乔雪峰无奈地说：“带你不就行了嘛！”

5

日本人为了制造恐怖气氛和获得直接情报，特派了5个经过专业训练的狙击手，潜伏在团部附近的深山老林里，几乎隔十天半月他们就会来骚扰，常常猎杀通信兵和八路军战士，在部队造成了恐慌，有时信息不能及时传到各个营和各个连队，孙团长很恼火，派一个连几次搜山都是一无所获，这几个狡猾的狐狸总是成功地逃脱。孙团长决定以其人之道还治其人之身，打算成立一个狙击排来围剿这伙日本狙击手，想来想去，他把任务交给三连的乔雪峰。

乔雪峰接到命令后，立即挑选精兵强将，组成了狙击排，连夜开展了训练。

夏荷花临时被派到炊事班帮忙，中午吃饭时，夏荷花问乔雪峰，“连队最近配了一批狙击步枪，你们最近是不是有任务？”

乔雪峰：“不该问的就别问。”

夏荷花说："咦，把我当外人了。给我说说，也许我能帮你。"

乔雪峰说："日本人派了几个狙击手，潜伏在深山老林里，经常来骚扰我们，在部队已造成恐慌，我们的任务就是消灭他们。"

夏荷花说："这么好的事，让我也参加狙击排吧。"

乔雪峰拍了拍手说："就你，能吃得了这种苦？还是算了吧。"

夏荷花把勺子一放，对狙击排说："如果让我当狙击排的队长，我一定比你们乔连长干得好。"

战士们望了望乔雪峰，没人吱声。夏荷花接着说："我有狙击的经验，狙击野猪的经验。"战士们哈哈笑了，"说说听听。"

夏荷花笑着说："实话告诉大家，我从小就跟爷爷打猎，十几岁时我还打死了一只豹子。为打野猪什么的，我们常常设陷阱什么的，这些野兽吃了几次亏，变得聪明了，往往就不容易上当了，有时我们就要主动出击，我们常常躲在非常隐蔽的地方，当然也是野兽经常出动的地方，一躲就是好几天，等猎物来了我们就开枪，往往一枪毙命。如果我们把这些日本人当成野兽，我觉得这狙击就跟我打野兽一样。"

乔雪峰笑了，鼓起了掌。战士们也鼓起了掌。

夏荷花一脸严肃地说："我想加入狙击排，大家欢迎不？"

"欢迎！""欢迎！"战士们高呼。

夏荷花走到乔雪峰面前，"我全家都被日本人杀了，我要为他们报仇，让我参加狙击排吧！再说战士们都欢迎我呢！"

乔雪峰不知如何是好，在原地转了一圈，说："好，我同意你加入。"

夏荷花高兴地跳了起来。

乔雪峰板着脸说："作为一个优秀的狙击手，枪法好只是其中的一个必备条件而已。大家也许都认为，狙击手就是躲在隐蔽场所偷偷地向目标打冷枪，但事实上狙击手并非单枪匹马的自由行动，而是以小组形式在队长的指挥下对目标实施精确打击，并为现场指挥官提供及时的战场情况。要想成为一个好的狙击手，首先要学会伪装自己，寻找一个好的狙击点，要知道狙击枪会因为很多的因素导致偏差，所以要注意风向、风速等种种事情。现在我把狙击排分成若干小组，两人一组，一名狙击手和一名观瞄手。狙击手负责对目标的瞄准和射击，而观瞄手则负责观察和警卫……”

夏荷花分到跟乔雪峰一组，乔雪峰是狙击手，夏荷花是观瞄手。

夏荷花说：“我枪法不错，凭啥不让我当狙击手？”

乔雪峰说：“服从命令。”

夏荷花笑着说：“我这是临时帮你一下，你要知道我现在可不是八路军战士哦。”

乔雪峰生气地说：“到时你当狙击手，我当观瞄手，这下总可以了吧。”

夏荷花笑着说：“这可是你说的，说话要算话。”

几天后，乔雪峰接到孙团长的命令，鬼子最近可能又将来骚扰。乔雪峰带着狙击排悄悄来到了指定的区域，乔雪峰和夏荷花先去侦察了一下地形，在图上一一做了标记，在鬼子可能出现的地方挑选狙击位置，以及射击与后撤路线都安排好了，各狙击小组分别来到了指定的位置隐藏了起来，乔雪峰和夏荷花却隐藏在一个地势比较高的山崖上，整个山谷都清晰可见，只要下面一有风吹草动就可以观察到。

一轮明月挂在天上，天上布满星星，山谷很静，夜晚的风很冷，但又不能生火，怕暴露目标。夏荷花说：“我冷。”乔雪峰脱下外套披在夏荷花的身上。夏荷花说：“我还是冷。”乔雪峰准备再脱。夏荷花指着他的头说：“你猪脑子啊，你就是脱完了，我还是冷。”乔雪峰一脸无奈，“那怎么办？”夏荷花说：“你连猪脑子都不如，你就不晓得抱我一下吗?”乔雪峰呵呵笑了，紧紧抱住夏荷花，亲了一下。夏荷花说：“我问你，我们结婚时，看你不高兴，你是不是不喜欢我？是不是在外边有了别的女人?”乔雪峰说：“没有啊，我喜欢你。”第一天，一切正常。

第二天又过去了，鬼子一直没出现。他们只带了三天的干粮，乔雪峰有点急了，开始骂娘。夏荷花却满脸喜色，“慢慢等吧。”乔雪峰说：“鬼子不来，你倒高兴起来了。”夏荷花说：“是啊，我跟心爱的人待在一起，就是在这里待个一年半载，我也毫无怨言。”乔雪峰鼻子一哼，“别说一年半载，就是十天，早就把你饿死了。”两人你一言我一语，互相抬杠互不相让，直到东方出现鱼肚白，鬼子终于出现了。

夏荷花无意之中从瞄准镜发现的，当时无聊的她用狙击步枪的瞄准镜看着乔雪峰苍白的脸，乔雪峰用手一推，说看那边，她就在瞄准镜看见五个幽灵一闪而过，她仔细辨认是五个穿着吉利服的日本人，他们很快窜进了树林里消失了。

乔雪峰学了几声鸟叫，意思是鬼子出现了。接着林子里次第传来了鸟叫。

天已大亮，路上开始出现了行人。

乔雪峰对夏荷花说：“你守在这里别动，我去和他们较量一下，万一他们逃跑，这是他们必经之路。”

“你要小心。”夏荷花点了点头。

乔雪峰像只兔子一样转眼消失在丛林里。

夏荷花静静盯住山下的动静，一阵风刮过，茂密的树林掀起了波浪，风停后，山林又归于平静，一只老鹰在山谷里盘旋。突然传来一声枪声，接着又是一声枪声，接着枪声密集了，夏荷花用瞄准镜观察着山下，随时准备着扣动扳机。半个小时过去了，林子里依然还有断断续续的枪声。突然，她看见一个日本兵飞快地跑向山谷，一边跑一边朝后放枪，夏荷花瞄准了日本兵的头，那日本兵离她越来越近，她扣动扳机，日本兵一头栽在小溪里，一动不动。他看见乔雪峰他们追了过去。

夏荷花冲下山，她扬起巴掌跟乔雪峰击了一下掌。乔雪峰笑着说：“这次任务完成的非常好，击毙了五个鬼子。”

第四章　护送革命后代去延安

1

春天来了，春风暖暖的，山上的野花已开始盛开。

日本鬼子开始了疯狂的报复和扫荡，他们突袭了八路军的团部，团部伤亡惨重。接着大批日军开始了疯狂的进攻。乔雪峰率领连队过来增援，日本人用三个团的兵力包围了八路军。

孙团长闷闷不乐，团里有个程红梅护士和一个后备干部刘国安本来要派去延安学习，刚好有几个孩子，他们的父母都牺牲了，其他部队知道了消息，又抽不开人手，就委托他们顺便带到延安。本来孙团长明天就派人送他们去延安，没想到鬼子会突然发动进攻。孙团长决定半夜突围，由乔雪峰的连队负责保护这几个孩子。

半夜突围开始，经过十几分的激战，终于撕开一条口子，部队迅速翻山，钻进一片密林，到达了一个山谷，清点人数，伤亡大半，好在孩子们没一人受伤。

孙团长说："天一亮，鬼子就会追上来。想来想去，孩子们跟着我们是死路一条，我决定，现在兵分两路，一路朝东负责护送孩子们去延安，大部队留下狙击，然后我们在朝西转移。"

乔雪峰说："我的狙击排留下负责狙击敌人，你们走吧。"

孙团长说："好。我还想抽调 4 名战士，化装成老百姓一同来负责护送这批孩子和程红梅、刘国安同志一同去延安，这个任务非常重要，来不得半点闪失，这批孩子是革命的后代，革命的火种，祖国的希望。同时程红梅和刘国安在延安进修和深造后，将是国家的栋梁之材。”

乔雪峰说：“派我去吧。”

孙团长说：“不行，你另有任务。”

孙团长说：“我推荐一个人，她去比较合适。”

“他是谁？”

“夏荷花。她枪法好，又是女同志，不会引起敌人怀疑，照顾孩子最合适不过。”

孙团长想了想，转身问夏荷花：“你想不想去？”

“听团长安排。”

孙团长说：“那好，那就辛苦你了。等你这次顺利完成任务，我就正式批准你加入八路军。”孙团长挑选了4名战士，一一给夏荷花做了介绍，“这是余班长，这是小马、小林、小王。”夏荷花跟他们一一握手，算是认识了。随即又把程红梅和刘国安给夏荷花做了介绍。孙团长说：“出发吧。”

乔雪峰送了夏荷花一段路，他把夏荷花拉到一边说：“我等你回来。”

“放心吧，把他们送到延安，我就回来找你。”

夏荷花他们翻过山头，就听见密集的枪声，她知道鬼子又开始了进攻。余班长说：“大家快走吧，翻过这座山，就相对安全了。”

四个战士一人负责一个孩子。走了不久，夏荷花慢慢对这五个孩子也有所了解了，最大的孩子叫阿毛，今年十三岁，某师长的儿子，父母都被日本飞机炸死了。爱国今年十岁，父亲是团长，在战役中牺牲。保国和建国今年9岁，父母也为国捐躯了。最小的是个女孩叫囡囡。

夏荷花问护士程红梅，“你会看病？”

程红梅一笑，露出白白的牙齿，“会一点点。”

夏荷花又问，“你是怎么参加八路军的？”

程红梅手一指刘国安，“还不是受了他的影响。我跟他是同学，他在苏联留过学，去延安深造，据说深造完毕回来将是一个参谋。”

刘国安腼腆一笑，“别胡说。”

余班长说：“我们团长说，不想当将军的士兵不是好士兵。”

刘国安又一笑，“那你想不想当将军？”

余班长说：“想，做梦都想。”

刘国安说：“等我将来当了将军，我就让你当个小将军。”

程红梅笑着说：“你就吹吧！都怪你，我可是大家闺秀，为了跟你，我可是跟家里人都闹翻了，他们都不认我这个女儿了，如今我只认你了啊。”

夏荷花望了望程红梅和刘国安，有点诧异，“原来你们关系不一般，是情侣，我怎么没看出来。”

余班长说：“小两口，别打情骂俏了，走吧。”

由于带着孩子，他们行走得很慢。翻过几座山，天已大亮，他们累得满头大汗，气喘吁吁。程红梅说：“这帮孩子累坏了，大家歇歇吧。”

余班长说：“大家原地休息吧。”小马、小林和小王在周围警戒。突然灌木丛里传来窸窸窣窣的声音，小马大声说：“是谁？再不出来，我就开枪了。”夏荷花掏出手枪，示意孩子们趴下。

“大哥，别开枪。”一个姑娘走了出来，十八九岁的样子，模样很俊俏。

“干什么的？”余班长问。

“回家。”

“家是哪的？”

“陕西延安的。”

夏荷花一怔，走了过去，“你叫什么名字，怎么跑到这里来了？”

“我叫段晓梅，是被人贩子拐骗过来的，他们把我卖到窑子里，我跑了出来，没想到被日本人抓去做了慰安妇，我实在受不了日本人的凌辱，一天晚上我跑了出来，我已三天没吃饭了。”

夏荷花想到了自己曾经的遭遇，她掏出一个馒头递了过去，段晓梅接过馒头狼吞虎咽吃了起来。夏荷花问：“你有啥打算？”

“我现在最想的就是回家。”

“跟我们一块走吧，路上也好有照应。”

余班长把夏荷花拉到一边说：“这样不太方便吧？孙团长交代我们一定要小心，万一是奸细什么的，我们如何交代？”

夏荷花呵呵一笑，“你多虑了，放心吧，她是延安人，正好也可以给我们带路。”

余班长见夏荷花执意要带段晓梅，便不再说什么了。

2

穿过山谷，他们来到河边树林，树林里聚集了好多逃荒的难民，男男女女，老老少少，他们大包小包，看上去都很憔悴，面色苍白。夏荷花看见几个国民党战士在殴打几个逃荒的难民，夏荷花朝他们走去，余班长拉住她说：“多一事，不如少一事，我们走吧。”夏荷花甩开他的手说：“这事我管定了。”夏荷花走上去，大喝一声，“住手！我看你们是逃兵吧，不去打日本鬼子，在这欺负老百姓，你们还算男人吗？”那痞子兵狠狠盯了夏荷花一眼，“少管老子的事，滚开！”夏荷花说：“你再瞪眼，小心我把你狗眼给挖出来。我一看你们就是逃兵，是孬种！”痞子兵撕开衣服说：“我叫齐继光，你看看我身上的伤，这一处是日本炮弹炸的，这一处是日本子弹打的，这一处是跟日本拼刺刀留下的……我可不是逃兵，我们跟鬼子激战几天几夜，我们一个连就剩下了这几个弟兄，最后打散了，我们只好在丛林里跟日本人打游击战，我的这帮弟兄已是两天没吃东西了，饿得实在不行了，老子在前线流汗流血，老子问他们讨点吃的，他们都不给，老子只好抢他们的干粮。”

夏荷花笑着说：“这位兄弟，多有得罪。我这里有几个饼，你分给弟兄们吃吧。”

齐继光接过饼说：“你们赶紧走吧，日本人说不定一会就会追过来。”

夏荷花说：“那你们怎么办呢？”

齐继光说：“我们准备绕过这座山，去找大部队。你们快走吧。”

逃荒的难民如潮水在树林里流动，突然有人喊道：“日本人来了。”接着传来一声枪声，人群顿时乱了，四散逃窜，有的人如无头苍蝇，直朝日本人奔来的方向跑去。齐继光大声喊道：“快回来。”等那些人认识到方向跑错为时已晚，日本人的机枪扫射了过来，他们纷纷倒了下来。齐继光和他的弟兄们趴在沟壕里向日本人开始了射击，几个日本人被击毙了。夏荷花拔出枪想冲上去增援，余班长死死按住她说：“我们还有任务，赶紧走吧，再不走，等下大批日军就会赶过来，到时想走就走不了呢。”

枪声越来越密集，山顶堆满了乌云。

夏荷花咬咬牙站了起来，她手一挥，“大家赶紧走吧。”

余班长带着孩子们随着那批难民穿过小溪跑向了山岭，夏荷花紧随其后快步跨过小溪。突然天色暗了下来，乌云滚滚，雷鸣电闪，狂风暴雨，山间的小河暴涨，翻着巨浪，击打在山石上溅起千丈水花，如老虎在吼叫，如狼在嚎叫……山谷顿时一分为二，把他们跟日本鬼子隔开了。痞子兵还在继续跟日本人激战，夏荷花恨不得身上长出翅膀飞过去助他们一臂之力，他们只有几个人，而鬼子至少上百人，无疑凶多吉少，夏荷花向他们喊道：“你们不是孬种，是爷们！”齐继光向她挥了挥手，示意他们快走。

夏荷花和孩子们随着那批难民翻过几座山岭，雨停了，个个淋得如落汤鸡一样，他们烧了几堆火烘干了衣服。夏荷花说：“也不知道齐继光他们是死是活？我挺敬佩他们的。”余班长说：“别想这么多，快想想眼前该怎么办吧？我们跟着这些难民走也不是办法，得尽早离开他们。”夏荷花说：“我也是这么想的。”

余班长带着孩子依次离开，夏荷花断后，几个逃荒的难民想跟在他们身后。

夏荷花说：“你们别跟我们走了，我们要去延安。”

“我们不想饿死，你带我们一块去延安吧。”几个逃荒的难民说。

余班长说：“坚决不行。”

其中一个身穿黑衣，脸上有块胎记的人说：“我叫王老七，大家出门都不容易，还不是混口饭吃，你看我们身强力壮，有啥事还可互相照应。”

夏荷花说：“看他们可怜，让他们跟我们一块走吧。”

四个身穿黑衣的拱了拱手，“多谢了。”

段晓梅的目光落到那个脸上有胎记的男人脸上，目光迅速收回，那人似乎也慌张，目光匆匆望向远方。这一切都没逃过夏荷花的眼睛。

他们继续向前行走，山间小路开始蜿蜒盘旋，夏荷花握着段晓梅的手说：“你认识王老七？”

“不……不认识。”段晓梅松开夏荷花的手说。

“凭我的直觉，你在撒谎。”夏荷花说。

“我……我没撒谎。”段晓梅慌张地说。

“有我们在，你不用担心什么，”夏荷花说，“实话告诉你吧，我们就是专杀鬼子的。”

段晓梅望着山谷，鼓起勇气低声说：“那个王老七虽然化了装，但我还是能认出来，他是日本人，在日本军营里强暴过我。”

夏荷花一怔，心想日本人化装成难民是为了啥？难道是想混进延安，刺杀毛泽东和周恩来等中央首长？想到此处，她感觉到了问题的严重性，非常镇定地说：“先别吱声，装作不认识，静观其变，我倒要看看他们有啥鬼点子。”

“两位姑娘走快点。”王老七向她们喊叫。

“来了。”夏荷花应了一声，转身对段晓梅说：“别怕，装作什么都没发生，装作不认识王老七。”

王老七在山洞里烧起了篝火，他们不知怎么弄来了两只野兔在烧烤着，香味弥散开来，孩子们围着篝火望着野兔直流口水，囡囡等不及了，问，“怎么还没熟啊？”

王老七说：“别急，快了，每人都有一份。”

阿毛手上拿着野花，他为了卖弄学问，“我考考大家，小日本的国花是啥花？”

孩子们面面相觑。

阿毛故意提醒大家，“小日本是兔子尾巴长不了，这种花，开在春天，花期很短，短的就像兔子尾巴一样。”

“狗尾巴花。”“臭水草花吧。”“臭野花。”

“八嘎雅鹿！”王老七大声说。空气顿时凝固了，夏荷花右手摸着枪，人们都望着王老七，他怎么会说日本话。

阿毛说：“有啥了不起，我也会说日本话：八嘎雅鹿！哟西，花姑娘通通过来咪西咪西！”

王老七竖起大拇指，“哟西，说得非常好。”

段晓梅和护士咯咯笑了，夏荷花摸枪的手放了下来。

3

段晓梅突然失踪了。

天刚刚亮，余班长发现段晓梅不见了，夏荷花感觉到了事情的蹊跷，有人说段晓梅跑了，还有人说是被狼吃了，夏荷花认为段晓梅不会这么傻，荒山野岭里独自一人逃跑，无意于自杀，既然她不会独自逃跑，更谈不上被狼吃了，那么她又去哪里了？余班长山前山后都找遍了，都没发现段晓梅的踪影。该找的地方都找了，不能再等了，余班长说："时间不早了，我们走吧。"

夏荷花有种不祥的预感，段晓梅出事了。她心里在揣摩，是不是王老七认出了段晓梅，然后杀人灭口？她把心中的疑惑告诉了余班长，余班长说："我现在就把他们抓起来。"夏荷花说："先别动，别打草惊蛇，俗话说狗急跳墙，兔子急了也咬人，为避免伤了孩子，等合适的机会吧。再说他们是想混进延安，目前不会伤害我们。"余班长说："我会盯住他们的。"

夏荷花快走几步，走到王老七面前时，故意一个趔趄，王老七伸手护住了夏荷花，"小姐，没事吧？"

夏荷花看了看他的手，一看就是摸枪的手，说，"谢谢。"

王老七嘿嘿一笑，"客气了，不用谢。"

"请问，王哥是哪里人？"

"你猜？"

夏荷花故意说："听你口音，像是河南人，又像河北人。"

王老七说："我爸是河南人，我妈是河北人，所以我的口音既有河南味，又有河北味。"

夏荷花笑着说："原来是这样啊，怪不得你说话口音听起来有点怪。"

他们步行了一天，沿途所见都很荒凉，人烟稀少，他们晚上就露宿在河边的树林里。夏荷花跟余班长偷偷商量了一下，孩子们由程红梅和刘国安照顾，准备晚上就动手，干掉那四个日本人。

篝火燃了起来，孩子们再也没以前那样兴奋了，吃了点东西就纷纷睡了。余班长就跟王老七他们聊天，月亮出来了，天上布满了星星。余班长靠近了王老七，突然拔出了枪，“别动，小心枪走火。”小马、小林和小王也迅速控制了王老七的三个同伙。王老七笑着说：“你们这是干吗？”余班长说：“我问你们，你们化装成难民是不是想混进延安，刺杀我们领导人？”王老七说：“我不知道你们在说什么？”夏荷花用枪指着另一个人说：“别装了，我知道你们是日本特务。我问你，段晓梅是不是被你们杀了？”王老七冷笑着说：“你们有什么证据？”

余班长咳嗽了三声，小马、小林和小王同时掏出枪指着那三个日本人，“不许动。”

王老七说：“你们这是干啥？我们可是逃难的难民。”

余班长说：“你们别装了，我知道你们是日本人。”

王老七说：“你们一定误会了，我们怎么会是日本人？”

余班长大声呵斥：“还在狡辩，再狡辩我就一枪崩了你。我再问你一遍，段晓梅是不是被你们杀了？”

王老七冷冷一笑，“事到如今，我就实话告诉你们吧，段晓梅是被我们杀的。”

“你们为啥要杀她？”

王老七鼻子一哼，哈哈笑了起来，“她是慰安妇，她认出了我们，杀她，是怕我们的身份暴露，但没想到我们的计划还是被你们识破了。日本人来了，快跑。”

余班长回头一看，王老七乘机一脚踹倒余班长，他顺势一滚，滚到沟里。其他三个日本人也同时跑了，枪声随即响起，击毙了两个日本人。夏荷花听见枪声也赶了过来。余班长从地上爬起，冲到沟前，沟又长又深又黑，沟里长满野草和灌木，却没见那两个日本人。夏荷花发现沟里草丛在动，她向草丛里开了一枪，草丛没动静了，她冲了过去，扒开草丛见是打死了一只兔子，没见王老七的身影。余班长和夏荷花沿着长沟搜索，在一块石头的后面，夏荷花发现了草丛在动，她给余班长做了一个手势，她从后面绕了过去。余班长猫着腰朝前移动，突然枪响了，子弹从他头发上擦过去，余班长身子一缩，藏在树后开始反击，两人你一枪我一枪的僵持着。夏荷花已绕到石头后面，居高临下，一枪打爆了那日本人的头，她冲过去旋开那人身子一看，不是王老七。夏荷花预感到不好，立即转身奔向孩子们。

“把枪都放下，否则我杀了这些孩子们。”王老七用枪指着孩子的头。

夏荷花朝前走了一步，说：“别乱来，有话好商量。”

“别过来，再走一步我就开枪了。”王老七说。

夏荷花站住了。

王老七说：“都给我朝后退。”

夏荷花示意大家朝后退。王老七说：“今天我要跟你们鱼死网破，实话告诉你们吧，我们的计划一旦失败，一直跟在我们身后的特别小分队就会把你们杀光。”夏荷花说：“你们的计划已失败，现在投降吧，我可饶你不死。”王老七冷笑一声说：“少废话，都把枪放下，否则我就杀了他们。”

夏荷花说：“好，我们可以放下枪，但你不要伤害孩子。”

王老七挟持着孩子正准备逃跑，树林里突然传出猫头鹰的叫声，声音听上去很恐怖，王老七表情复杂，他回头一看，就在此时，夏荷花掏出藏在身上的另一把手枪，一枪击毙王老七。

4

天一亮，夏荷花和余班长带着孩子们出发了。

余班长说：“你的枪法太好了，你是怎么练的？”

夏荷花说：“我从小就跟爷爷进山打猎，每次打中野鸡、野兔、野猪什么的，我就特别兴奋，后来在爷爷的指导下，我的枪法就百发百中。其实我的爷爷枪法那才叫好，可惜他被日本人杀了。”夏荷花的声音有点颤抖，眼睛红了。

余班长说：“对不起，不该说到你的伤心事。”

夏荷花说：“等这次完成任务，我回到连队，要继续杀鬼子。”

余班长说：“其实，我的父母哥哥姐姐他们也都被日本人杀害了。等完成任务，我也要回到部队继续杀鬼子，为死去的亲人们报仇。”

夏荷花伸出手，余班长也伸出手，两只手紧紧握在一起，“杀鬼子。”

“快看，那就是黄河！”他们站在山上，隐隐约约可见弯弯曲曲一条银白色的长龙在阳光下银光闪闪。

余班长兴奋地说：“不错，那就是黄河，只要过了黄河就安全了，离延安也近了。”

夏荷花给大家打气说：“大家加油吧，出发！”

突然身后传来了枪声，大家回头一看是日本人追了上来。余班长瞅了一眼，大概有三十多个鬼子，余班长对夏荷花说：“你带着孩子们快走吧！到黄河边赶紧找到船过河，过了河就有人接应你们。”

夏荷花说：“不行，我跟你们一块狙击鬼子。”

余班长说：“我求求你们了，快走吧！”

小马说：“余班长，还是你跟他们一块走吧，我们三人负责狙击，你们快走吧。再说我受伤了，行动不便，我这里还有几颗鬼子的手雷，大不了我跟他们同归于尽。”

小林和小王也说：“余班长，你们快走吧，再不走就来不及了。”

余班长向小马、小林和小王敬了一个军礼。

余班长、夏荷花、程红梅和刘国安抓着孩子们的手奔跑着，小马、小林和小王在后面狙击日本人，枪声越来越密。他们逃出了好远，后面的枪声依然清晰可听见。他们不停地奔跑，几个孩子鞋子跑掉了都顾不上捡。过了一阵，传来一阵爆炸声，随即枪声停止了，余班长知道他们一定是打完了子弹，然后跟鬼子们同归于尽了。余班长身子有点晃动，心如刀割般难受，他差点晕倒，他知道自己不能倒下，他咬了咬牙，嘴唇都咬出血来，他手一挥，“大家别停，前面就是黄河。”

大家都用百米的速度在奔跑，站在滔滔的黄河面前，大家松了一口气。

余班长和夏荷花的目光在河畔扫过，他们希望能发现船，结果一无所获，他们恨不得长出翅膀，带着孩子和他们飞过去。

“不好，有十几个鬼子追了上来。”余班长说。

夏荷花指了指前面不远处的人家，对程红梅和刘国安说：“快，我们去那，说不定河湾里有船。”

“你们快走，我断后。”余班长说。

“不行，我跟你一块留下。”夏荷花说。

“你怎么总是婆婆妈妈的，快走！”余班长说。

“保重！”夏荷花的声音带着哭腔。

“等等，”余班长说，“有句话我一直埋在心里，如果今天不说，我怕是再没机会说了。”他附在夏荷花的耳边说，“我第一次见你，就喜欢上你了。”

余班长看见了夏荷花眼里的泪，他突然浑身充满力量，大声喊道，“小鬼子，来吧！”他朝鬼子冲去。

夏荷花在河湾里终于发现了一只船，他们快速上船离开。船到河中心时，枪声依然不断，夏荷花突然听见嘭的一声，随即升起一朵似蘑菇云的烟雾，随即枪声停止了。

夏荷花喊叫了一声，“余班长!”

声音在山谷回荡。过了一会，声音随风飘去。

河谷突然好静。

第五章　遭遇鬼子伏击遇恩人

1

夕阳映红了山谷，层林尽染，满眼梦幻般的感觉，像幅绝美的油画。

乔雪峰坐在山顶发呆，他抬头凝视着远处的天边，晚霞正绚烂地散布开来，落日圆而大，迅速地向山谷中沉落。夏荷花走了两个多月了没一点消息，乔雪峰忧心忡忡，也不知道她现在好不好，他甚至担心夏荷花走了后再也不会回来了。这些日子来，他们被鬼子追得四处跑，好不容易才突围出来，部队伤亡过半，团长也牺牲了，他的连队也只剩下几十号人了。乔雪峰早已憋了一肚子的火，好想打场痛快的仗，好好教训一下日本人，打击一下他们嚣张的气焰，也好给战士们鼓鼓气。

机会终于来了，乔雪峰接到情报，日本人的运输车队将要路过兔儿岭，他决定打日本人一个伏击，提提战士们的士气。参谋长首先反对，战士们疲于奔命，士气低落，弹药又不充足，再加上兔儿岭不适合打伏击，如果这是鬼子故意设的圈套，退路就可能被他们堵死，就会遭到两面夹击。乔雪峰拍着桌子说，我是连长还是你是连长，你要是孬种可以不去。参谋长也拍着桌子说，谁是孬种，每次打战我从没退缩过，去就去。

乔雪峰带人提前埋伏在公路旁的山坡树林里。

日本人的运输车队终于来了，乔雪峰数了数共 15 辆车，他笑着说："我们发财了。"他伸出四根指头扬了扬，"四人一组，每组负责一辆汽车。"

车队进了伏击圈，乔雪峰枪一响，山上滚下的石头和木头拦住了头车，随即枪声和手榴弹爆炸声响成一片，车上没见动静，好像鬼子被炸死了，乔雪峰大声喊道："冲啊！"战士们如猛虎冲出树林，直奔汽车。就在战士们快接近汽车时，车上突然冒出一堆日本人，他们的枪噼噼啪啪响，冲在前面的战士倒了下来，乔雪峰一见情况不妙，大声喊道："不好，我们中了埋伏，快撤！"

日本人从车上跳了下来，向八路军战士开枪，战士们一边跑一边回头开枪。乔雪峰纵身朝坡上高地跑去，只有占领高地，才能阻止鬼子追赶。他看着战士们一个个倒下，像发疯的狮子吼叫着，端着机枪朝鬼子扫射。鬼子趴在地上停止了射击，战士们趁机跑到了树林里，乔雪峰清点了一下人数，只剩下十几个人了。乔雪峰伤心地哭了起来，"我对不起你们，我后悔没听参谋长的话。"参谋长说："别说没用的话了，我们赶紧撤，一旦鬼子包围过来，情况就不好了。"乔雪峰说："你们快撤，我来掩护。"鬼子又开始了进攻，参谋长咬咬牙说："撤！"乔雪峰不敢恋战，狙击了十多分钟，估计参谋长他们走远了，就钻进了树林里。鬼子又追了上来，乔雪峰决定把鬼子引开，跑一会就回头放一枪，如此反反复复，鬼子累得气喘吁吁，跟在身后的鬼子也越来越少了。乔雪峰子弹打光了，累得也跑不动了，他干脆不跑了，坐在石头上大口大口喘气，四个鬼子围了上来，嘴里叽里呱啦，乔雪峰没有一点惧色，扬了扬手中的匕首说："有种的跟老子单挑。"鬼子想抓活的，其中一个小头目拔出长剑，左手做出挑衅的动作，意思是过来。乔雪峰一动不动，双眼盯着小头目，目光里充满寒气和霸气，小头目倒退了一步，乔雪峰也伸出左手做了个挑衅的动作，小头目气得哇哇直叫，挥舞着长剑冲了过来。乔雪峰一闪，小头目刺了个空，他一脚踹倒鬼子，旁边一个鬼子突然用枪托打在他的背上，他脚一滑，倒在地上，三个鬼子用明晃晃的刺刀对住了乔雪峰。

乔雪峰闭上了眼睛，大义凛然，他做好死的准备。枪响了，接着又是几声。乔雪峰没感觉到一点疼痛，他睁开眼，看见三个鬼子和小头目倒在地上，满身是血。乔雪峰正在迷惑时，他听到有人在叫他的名字，声音甜美又迷人，顿时心花怒放，他知道是谁回来了。他抬头一看，果然是夏荷花，他以为自己在做梦，夏荷花已扑进了他怀里，他闻到了熟悉的香味，那种香味是夏荷花身上独有的味道。乔雪峰激动地话都不会说了，“你……你怎么一个人回来了?任务完成没?”夏荷花说，“任务完成了，余班长他们牺牲了。我把他们送到延安，我就回来了。我回团部找你，见团部的房子都被烧了，我知道你们一定遭遇不测，我就在山里四处找你们。后来，我听到枪声，就顺着枪声偷偷摸了过来。”乔雪峰说：“走，我们去找参谋长，回头你给我好好讲讲。”

身后传来了鬼子说话的声音，乔雪峰牵着夏荷花的手朝山上跑去。

前面突然传来了枪声和脚步声，乔雪峰和夏荷花立即藏在草丛后面，脚步声近了，夏荷花做好了随时射击的准备，乔雪峰轻轻拨开草丛，他看见是参谋长，站了起来喊道：“参谋长，你们怎么回来了?”参谋长见是乔雪峰和夏荷花，苦笑了一下说：“乔连长，前有伏兵，后有追兵，我们被包围了，前面鬼子太多了，冲不过去，害得我们又牺牲了几位同志。”乔雪峰骂了一句脏话，左右看了看，他指着右边那个山包说：“我们朝山包转移，占领了有利地形，不怕他们前后夹击了。”

他们跑向山包，山包不高，就像一个馒头，山包上密林覆盖，静得让人窒息。乔雪峰说：“我感觉不对，我要是鬼子，肯定会在这埋伏一队人马。”其实这是鬼子设的一个圈套，故意把八路军赶进这个山包，然后四周一围，就像用绳子封住了口袋。

参谋长站在山包上，四周一览无余，他突然看到四周都有大批鬼子，“我们被鬼子包围了。”

乔雪峰见鬼子不急于进攻，而是在山包下四周扎起了帐篷，乔雪峰说：“这帮兔崽子不笨，他们这是围而不打，想困死我们。”

参谋长说：“我们也生火做饭。”他头一偏，才想起炊事班的班长都牺牲了，就是想做饭连锅都没有，“我去打只野兔。”

过了一阵，参谋长拎着一只肥硕的兔子回来了，其他几个战士捡来柴火在一块比较平坦的地方生起了篝火，战士们围在一起异常兴奋。

参谋长说：“嫂子，你给我们讲讲你去延安的事吧。”

夏荷花笑着说：“鬼子真狡猾，他们化装成老百姓跟着我们，想混进延安刺杀我们的大领导，结果被我们识破，打死了。我们过黄河时遭到鬼子追杀，余班长他们掩护我们也牺牲了，好在我们把孩子和程红梅、刘国安他们安全地送到延安了。具体细节我就不多说了，就说我到延安后吧，我见到了宝塔山，做梦都没想到的是我还见到了党的领导人。”

一个小战士激动地说：“你太伟大了，领导人对你说了啥？”

夏荷花笑着说：“最高领导握住我的手说：‘巾帼不让须眉’！我到现在都还不太明白这话的意思。”

参谋长说：“嫂子，领导人夸你呢，说你不比你男人差。”

夏荷花不好意思地说：“领导人怎么知道我有男人？”

乔雪峰说：“参谋长这是逗你玩呢，领导人的意思是说你是花木兰、穆桂英。”

夏荷花不好意思地笑了：“我哪有她们的本事。”

吃完兔子，说说笑笑，夜已深了。夏荷花靠在乔雪峰的身上睡着了，睡得很安逸。

2

天亮后，夏荷花醒了，她看了看乔雪峰憔悴的脸：“昨晚没睡好吧？”

乔雪峰点了点头：“鬼子这次下了血本要消灭我们，这次我们凶多吉少，好不容易相见了，恐怕……”

夏荷花说：“别说丧气的话，大不了跟他们同归于尽，能跟你死在一起我愿意。”

乔雪峰拥抱了一下夏荷花：“我去看看，顺便找点吃的。”

乔雪峰在山包上四周查看了下，山包是个弹丸之地，山包下鬼子的帐篷清晰可见，山上没水没吃的，再这么耗下去也不是办法。参谋长也看透了鬼子的把戏，“乔连长，我们突围吧。这样耗下去，鬼子不费一枪一弹，我们就会全军覆没。”乔雪峰摸了摸头说：“今晚就行动。召集大家讨论一下作战计划。”

半夜时分，战士们悄悄摸下山，乔雪峰摸到哨兵身后，突然一纵身，用匕首在哨兵脖子上一抹，哨兵悄无声息地死了。乔雪峰猫着腰又朝第二个哨兵悄悄移动，哨兵突然一转身，发现了乔雪峰，“什么人？”乔雪峰扬起手中的匕首一挥手，匕首嗖嗖飞了过去，直直插在鬼子的心脏上，哨兵尖叫一声倒了下去。突然从帐篷中冲出几个鬼子，其中一个朝天上放了一枪，乔雪峰立即击毙几个鬼子，喊道：“大家快冲吧。”参谋长和十几个战士一边开着枪一边朝前冲，冲在前面的战士倒下了，参谋长捡起鬼子的机枪，一阵狂扫，杀开一条血路。

“快走，我掩护你们。”乔雪峰推了夏荷花一掌。

“我不走。”夏荷花说。

参谋长瞪大了眼睛，大喊道：“你们两个都给老子滚，快撤！”大批鬼子扑了上来。

“快走!”

“走!”乔雪峰拉着夏荷花的手冲了出去。身后传来了机枪声和鬼子的喊叫声。乔雪峰和夏荷花追上了前面的几个战士，后面的机枪声突然停了，接着传来爆炸声，乔雪峰预感到了不好，参谋长一人如何能阻挡气势汹汹的鬼子，他知道鬼子很快就会追过来。果然，大批鬼子追了上来，战士们又累又饿，有几个跑不动了，干脆不跑了，等鬼子靠近时就拉响手榴弹跟鬼子同归于尽。战士们都牺牲了，只剩下乔雪峰和夏荷花两人了，夏荷花胳膊中了一枪，乔雪峰撕了一块布缠住了她的胳膊说：“我扶你走。”夏荷花说：“这点小伤算不了什么。”空中传来嘘嘘的叫声，乔雪峰说：“快趴下，鬼子的炮弹。”乔雪峰纵身一跃，整个身体压在了夏荷花的身上，炮弹在他们身旁爆炸了，滚烫的气浪冲了过来……

3

闪电雷鸣，瓢泼大雨。

夏荷花迷迷糊糊中感觉到身上压着千斤巨石，又像压着一个男人，她使劲推使劲掀，浑身软绵绵的又没力气，她想喊想跑，又喊不出跑不动……震天的雷声在她头上爆炸，雨水淋醒了她，雨水流进了她的嘴里，她嘴动了动，抿了一下，有股淡淡的咸咸的说不出的那种味道，她努力睁眼睛，眼皮挣扎了几下，终于睁开了，她看到了压在自己身上的那张脸，那张脸虽然有点变形，她还是一眼就认出了是乔雪峰，“你快起来啊，别压在我的身上。”乔雪峰一动不动，夏荷花伸出右手摸了摸他的脸，她尖叫一声，他的脸冰冷冰冷。夏荷花想站起来，用双手推，左手有股钻心的痛，她才想起左手受了枪伤，她挪动了一下上身，右手使出吃奶的力气才掀开他。雨水蒙住了她的双眼，她抹了抹脸上的泪水和雨水，她想站起来，看见自己的左腿也受伤了，她挪了挪身体，扑在乔雪峰的身上号啕大哭起来。

雨停了，太阳出来了，山谷很寂静。

夏荷花才发现附近还有几个八路军战士和一些鬼子的尸体，还有一些残缺不全的尸体，她感觉胃在翻江倒海，忍不住哇哇吐了出来。她突然听到了窸窸窣窣的声音，赶紧屏住呼吸，仔细聆听，是脚步声，她爬到了草丛后，摸了摸身上的枪还在。脚步声越来越近，她抬头一看，是几个日本人在给日本人收尸，夏荷花目测了一下，大概有十几个鬼子。鬼子遇见穿八路军服装的尸体，为了解恨，还要补上一刺刀。鬼子来到了乔雪峰的尸体旁，一个鬼子又要用刺刀捅，就在鬼子举起刺刀时，夏荷花早已忍无可忍，一枪击毙了那鬼子。其他几个鬼子听到枪声，围了上来。夏荷花不敢浪费子弹，等鬼子靠近时才扣动扳机。击毙了几个鬼子后，她发现没子弹了。剩下的几个鬼子围了上来，他们发现是个女人，异常兴奋，双眼放着淫光，哈哈大笑，“花姑娘，花姑娘。”

他们扑上来，按住了夏荷花。突然一个鬼子一头栽倒在夏荷花身上，她看见了鬼子恐怖的脸和头上冒出的血。就在其他几个鬼子惊慌失措时，他们也纷纷倒了下来，每个鬼子的头上都插着一把匕首一样的小刀。

夏荷花看见一高一矮两个男人朝她走来，她的心怦怦直跳。

“夏姑娘，怎么是你?”

“你是——哦，我认出来了，你是江霸天。”夏荷花笑着揉了揉眼睛说。

“正是在下。”江霸天拱了拱手。

“还有我，我是小猴子，外号钻天猴。”小猴子笑了笑。

“你们怎么在这里?”夏荷花问。

“说来话长，我们刚好路过这里，听见枪声就赶了过来，做梦都没想到会在这里遇见你。”江霸天扶起夏荷花，“你受伤了，我来背你吧。这附近都是大山，得找一户人家先住下来，然后好好养伤。”

“我没事，我能走。”夏荷花走了一步就要歪倒，江霸天伸手护住了她。

“别逞强了，我来背你吧。”江霸天弯下腰，小猴子护住她，她趴在了江霸天的背上。

山路弯弯，丛林茂密，他们翻过几座山岭终于见到一户人家，小猴子走上去敲了敲门，“有人吗?”

一位老太太颤巍巍走了出来：“你们找谁啊?”

江霸天笑着说：“老奶奶，我们讨口水喝。”

老奶奶给他们倒了三碗水，江霸天把碗递给夏荷花，“你先喝。”夏荷花喝了一半，不想喝了，剩下的江霸天一口喝了。

“附近有没有郎中?”江霸天问。

“镇上有，不过镇上离这里有五六十里路。”

江霸天望着门前的竹园说：“要不我们做个滑竿，把夏姑娘抬到镇上去。”

小猴子摸了摸头说：“我看这办法行。”

老太太说：“这山路不好走，一路颠簸折腾，姑娘恐怕骨头都会散架，再说小镇上还驻扎着日本人。”

小猴子急了说：“这也不行，那也不行，难道活人还被尿憋死不成?”

“老太婆，我回来了。”一个老爷爷背着花花草草出现在院坝里，他看了江霸天他们一眼，“稀客，稀客!”

老太太说：“我差点忘了，老头子会看病，让他给这位姑娘看看。”

老头子瞪了老太太一眼说：“我哪会看病，只会看些简单的病。”

江霸天嘿嘿一笑，“太好了，给这位姑娘看看，她可是位杀鬼子的英雄。”

江霸天把夏荷花扶到床上，老头子伸出手给她把了一下脉，解开她胳膊上的绷带，看了一下伤口，又看了一下她腿上的伤口，江霸天急了，“伤到底如何?”老头子轻轻一笑，“子弹擦破皮，好在子弹没留在身上，无大碍，我给她弄点中药，要不了多久伤口就会痊愈。”

江霸天笑着说：“太好了，我都不知道怎么感谢你才好。”

夏荷花醒了，听见了他们的谈话，也说了声谢谢。老头子摆了摆手，“你们太客气了，我给你敷上了些草药，你就好好休息吧。”

换了几次药后，夏荷花慢慢能下床走动了。为了改善生活，江霸天和小猴子去山上打了几只野兔。

吃午饭时，江霸天对老人说：“我看你医术不简单啊，不像一般的郎中。”

老头子说：“我看你们都是好人，我就实话告诉你们吧，我原是清朝皇宫的一位郎中，那时我还年轻，还算不上太医，清朝灭亡前，我带着这位格格私奔到了这里，过起了世外桃源的生活。”

夏荷花睁大眼睛望着两位老人，心里非常羡慕他们。

江霸天说：“那你认识一位姓沈的厨师不？他是汉阴南山人。”

老头子说：“听说过，他好像拿走了皇宫的宝物，朝廷派人追杀过他，后来不了了之，也没消息，估计死了吧。”

江霸天说：“被日本人杀了。”

“奇怪了，日本人为啥要杀他?”

“日本人也得到消息，想从他手中得到宝物，他死活不肯说，结果就被日本人杀害了。后来我多次去沈家打听，沈家后人也说从没见过什么宝物，我一直怀疑这消息的真实性，估计是有人故意栽赃想陷害他们。”

“也有可能，不好说，皇宫里的事很复杂。”

“孙殿英，你听说过吗？”

“就是挖乾隆皇帝和慈禧太后墓的那个人吧？”

“就是。他挖了慈禧太后的墓，盗窃了大量稀世珍宝，但他仍不满足，又挖了乾隆皇帝的墓，他亲自进墓点视宝物，得黄金、珍珠、翡翠、玉石、象牙、雕刻、字画、书签、宝剑等无数，装了四五十箱，用30多辆骡马车才拉完。”

“你怎么关心起这个来了？”老人问。

江霸天说：“说来话长，孙殿英手下有个连长叫孙麻子，是安阳南山漩涡人，深得孙殿英信任。孙殿英掘墓盗宝被发现后，此事一时轰动全国，好多人都想杀他。孙殿英为平息此事，挑选了一批珍贵的宝物装了两大箱，让孙麻子带了一批人押送这些宝贝去南京。走到半路，孙麻子用麻醉药放倒了他手下的这些人，杀了他们。然后孙麻子带着宝物回到了安阳南山，从此杳无音信。如今日本人也在找他，我不能让这批珍贵的文物落到小鬼子手上。”

老人摸着长须，不语。

江霸天说：“我听说孙麻子有个远房亲戚，就住在附近，我想通过他们得到一点线索，前天去打听了一下，没想到他们都死了。”

老人说：“这事得从长计议，不能莽撞和草率。”

4

山里的雨，一下就是阴雨绵绵。

夏荷花的伤也慢慢好了，雨一停，他们就跟老人告别了，老太太还有点舍不得，走时还抹了泪。夏荷花的心情也不好，一路也不说话。

江霸天问夏荷花：“夏姑娘，你有啥打算？”

夏荷花叹了一口气，“我也发愁啊，我不知道该咋办？如今，我男人的连队全军覆没，我男人也走了，部队我怕是回不去了。”

江霸天说：“你的伤还没完全的好，回部队干啥，我看要不这样，你跟我一块回擂鼓台，等你伤彻底好后，要走要留，你自己做主，我绝不拦你。”

“这不行，我去了会给你们添麻烦的。”

小猴子说：“你是我们的救命恩人，怎么会添麻烦的，我求之不得。”

江霸天说：“对对，你是我们的救命恩人，我也求之不得。”

夏荷花指着江霸天的鼻子说：“我救了你，你也救了我，如今我们扯平了，谁也不欠谁的，今后再不提这事了。你们走吧!”

小猴子一愣，“夏姐姐，你不跟我们一块走了?”

“你走你的阳关道，我走我的独木桥。”

夏荷花独自走了，江霸天和小猴子默默跟在后面。

夏荷花一回头，说：“你们老跟着我干吗?”

江霸天说：“这路又不是你家的，凭啥不让我们走?”

突然夏荷花吓得尖叫起来，江霸天冲了上去，扶住她说：“怎么了?”

“蛇——蛇——蛇!”夏荷花指着路中间的一条蛇说。夏荷花小时候被蛇咬过，俗话说“一朝被蛇咬，十年怕井绳”，长大后她一直对蛇充满着恐惧。

江霸天走过去，就像捡东西一样，一弯腰，蛇就在他手中，然后手一挥，蛇被扔进了山谷。

“别怕，蛇被我扔进了山谷。”

夏荷花慢慢睁开眼，瞅了瞅山路，蛇果然不见了。

江霸天见夏荷花怕蛇，故意逗她说：“这山叫蛇山，满山遍野都是蛇，这蛇也怪，通人性，它们一般袭击独来独往的路人，对于成群结队的路人，它们却不敢袭击，至今我都没搞明白这事呢。”

小猴子也故意说：“蛇蛇蛇！”

夏荷花吓得扑进了江霸天的怀里，江霸天高兴地抱着她，他对小猴子眨了眨眼睛。小猴子故意夸张地用木棒在草丛里一边打一边喊叫，“打死你，打死你。”小猴子折腾得筋疲力尽了，才一屁股坐在地上，“蛇被我赶跑了。”

江霸天附在夏荷花的耳旁说：“我们一块回安阳吧，路上我们还可以相互照顾。”

夏荷花点了点头。

第六章　山寨初得宝贝

1

经过20多天风尘仆仆的奔波，江霸天、夏荷花和小猴子终于来到了安阳县城。城里驻扎着很多日本人，他们不敢在街上久留，去了刘家饭庄。

江霸天认识刘家饭庄的刘老板，他进门就嚷道："刘老板，上一壶苞谷酒，再上几个好菜。"

刘老板见是大名鼎鼎的土匪头子江霸天，得罪不起，弯腰赔笑，"请，雅座！"回头吩咐店小二，"好好伺候这位爷！"

店小二声音干脆响亮，"好呐！三位爷，请！"

三人在雅座坐下后，夏荷花说："街上怎么那么多日本兵？"

小猴子故意卖弄学问，"安阳县是个鱼米之乡，是个风水宝地，安阳城南有凤凰山和月河，北有北山，南北二山相拥，冬暖夏凉。安阳自古以来物产丰富，山货土特产驰名，商贸繁荣，商贾云集，北连长安西去的古丝绸之路，东经汉水、长江连接各通商口岸。我听老辈人说，在清代、民国的安阳城，是秦南东南部的第二大商品集散地。这么好的一块肥肉，日本人自然想吃啊。"

江霸天笑着说："行了，别说了，就你那点墨水还班门弄斧。"

小猴子说："别笑我，箩筐大的字，你也不认识几个！"

两人你一句我一句开始抬杠，夏荷花坐在那默默不语，闷闷不乐。

菜端上来了，江霸天给夏荷花倒上酒，“要不喝一口。”

夏荷花说：“今天破一次戒。”

江霸天笑着说：“好，爽快！干！”

三人碰了一下，干了。江霸天笑着说：“夏姑娘原来是高人，真人不露相啊！”三人又喝了一碗，夏荷花突然趴在桌子上哭了起来。小猴子说：“夏姐姐，你哭啥啊？”夏荷花依然在哭，江霸天起身过去安慰，夏荷花歪着身子站了起来，有点要倒的样子，江霸天立即扶住她坐在椅子上。夏荷花指了指江霸天和小猴子说：“你们知道吗，乔雪峰曾在这里当过伙计，如今他走了，睹物思人，我心里难过啊！”

江霸天说：“都怪我，我不知道有这事。”

夏荷花又趴在桌子上呜呜哭。

江霸天大喊了一声伙计，一个伙计颤巍巍地走了过来，“爷，有啥吩咐？”

“去把你们老板叫来。”

一会儿，刘老板上来了。刘老板弯腰赔笑，江霸天说：“乔雪峰以前是不是在你这里干过？”

“你……问这干吗？”

“我只问你，他是不是在这里干过？”江霸天眼睛一瞪。

“干过，当过伙计，他可是一个老实本分的人。”刘老板小心地说。

“别怕，乔雪峰是这位姑娘的男人，如今他死了，这位姑娘心里难过，把你知道的有关乔雪峰的情况给她讲讲，也许她心里就会好受点。”

刘老板就把乔雪峰的情况一一告诉了夏荷花，夏荷花虽然醉了，但心里明白，她认认真真地听着。刚好厨房的沈师傅来找刘老板，刘老板说：“乔雪峰在沈师傅手下帮过厨，有啥事你问他。”刘老板趁机脱身了。

沈师傅把他知道的有关情况也讲了，夏荷花听完后果然精神一下好多了。

沈师傅要走，江霸天一把抓住他的手，“别走，陪我喝几杯，我有事找你?”

沈师傅说：“你找我能有啥好事？你都找了我好几次了，你今天就是打死我，我还是要说不知道。”

江霸天说：“请坐，你误会了，我相信你的话。这事我一直在琢磨，他们都说你父亲不知怎么得到了皇宫里的几件价值连城的宝物，具体是什么你们也没见过。我一直怀疑这消息的真伪，估计是有人故意栽赃想陷害你父亲。还有井上龟郎打死了你父亲，走时还带走了几个婴儿，其中就有你的大儿子，我估计你的大儿子现在还活着。”

“你怎么知道?”

“我猜测的。难道你不想给你父亲报仇?”

“杀父之仇，谁不想报，问题是我势单力薄，时机还不成熟。”

江霸天笑着说：“等有机会了，我可以帮你啊。但我也有条件，日本人经常到这里吃饭，你打听到什么情报，特别是有关孙麻子的消息，立即告诉我，我不能让这些文物落到日本人手里。”

“没问题。”沈师傅说，“我还有事，我先走了。”

酒足饭饱，三人走出刘家饭庄都有点飘飘然了。他们沿着县城大街，穿过南门来到月河畔，然后坐船来到河对岸，沿着大路走了一个多时辰，终于来到了山脚下的小溪旁。风一吹，小猴子哇哇吐了，他喝了几口清澈的溪水，用溪水洗了一把脸，头脑一下清醒多了。江霸天抓住夏荷花的手说：“有句话我一直憋在心里，今天我非要说出来，我喜欢你，我喜欢你！”江霸天双手做了个喇叭状，对着山谷大喊：“夏荷花，我爱你！”夏荷花走上去，抽了江霸天两个耳光，“你喝多了，喊啥喊，你不嫌丢人，我还嫌丢人。老娘在这里！你再喊，我把你揪到河里喂鱼。”小猴子捂着嘴在一边偷笑。

江霸天摸着脸发了一下呆，“谁打老子？哪个吃了豹子胆的敢打老子？老子偏要喊！”夏荷花用力一拽，江霸天脚上像踩着棉花一样踉踉跄跄跟着她走了，她手一松，江霸天像面条一样一下瘫软在溪边。夏荷花拽住江霸天，把他的头按在水里，“我让你清醒一下！”小猴子怕闹出人命来，急忙过去劝，夏荷花呵斥道：“你滚远点，小心老娘连你一块收拾。”小猴子不敢吱声，只是在旁边看着夏荷花一会把江霸天的头从水里抬起来，一会儿把江霸天的头按进水里，如此反反复复十几次，然后把他扔在草地上。江霸天四脚朝天，大口大口喘气，小猴子扑了过去，摇晃着他的身子，他哇的一口吐了出来，吐了小猴子一身。小猴子捏着鼻子跑到溪边也哇哇吐得天昏地暗。

“我怎么睡在这里？”江霸天吐完后，酒也醒了，他自己爬了起来。

“你喝多了。”小猴子说。

江霸天对着夏荷花说：“我没说什么胡话吧？”

小猴子笑着说：“你对着山谷大喊‘夏荷花，我爱你！’”

“住嘴！”夏荷花说：“狗嘴吐不出象牙！”

江霸天摸了摸头笑着说：“我说了吗？我怎么记不得了？我没对你怎么的吧？”

小猴子插嘴说：“酒后吐真言。夏姑娘倒没事，倒是你，挨了两巴掌不说，差点就把这河水喝干了。”

“活该！”夏荷花说。

“我该死，夏姑娘，”江霸天呵呵笑了，“刚才多有得罪，大人不记小人过。”

“以后别夏姑娘夏姑娘的叫，听到怪不舒服，以后直接叫我夏荷花或荷花都行。”

江霸天听夏荷花如此说道，知道她原谅了他，嘿嘿笑了，“好的，荷花妹子。”

三人开始说说笑笑进山。山路蜿蜒，他们翻过一道又一道弯，这些弯道穿云破雾，悬架山崖，时而顺峰盘旋而上，时而沿坡迂回通幽，九曲婉转，一共翻了九道弯，才来到了凤凰山的山顶。江霸天说："大家先歇歇吧，要不了多久，我们就到擂鼓台了。"夏荷花站在山顶朝下一看，山顶上长满了松树和灌木，云雾缭绕，群山绵绵，若隐若现。

他们又翻山越岭，步行了十多里的山路，终于来到了擂鼓台的山脚下，抬头一望，云雾缭绕，那座如刀削一般的擂鼓台直插云霄。

2

"江爷，你回来了。"山寨门前几个人迎了上来。

"大当家，你回来了。"牛大鹏听见江霸天回来了，走出寨门来迎接，他看见了江霸天身边的夏荷花，作了一个揖，"问好夏姑娘。"

夏荷花笑着点了点头。

江霸天说："最近有啥事没？"

牛大鹏说："没啥事，你走后，我们一直规规矩矩待在寨里。"

"快派人去通报二当家，让他把饭菜准备好，我有事商量。"

牛大鹏陪着江霸天沿着陡峭的悬崖而上，悬崖如刀削一样笔直，站在山顶朝下一望，万丈深渊。不一会儿他们来到了聚义堂。

江霸天对猴子说："去擂鼓，把苟攀陵、林忠虎、申飞豹都叫来。"

猴子敲响了大鼓，鼓声在山谷回荡。

林忠虎听见鼓声匆匆赶来了，一看坐在老虎椅上的江霸天，做了一个揖，"拜见大当家！"

江霸天摆了摆手，"见到二当家没？"

林忠虎吞吞吐吐地说："二当家和苟攀陵好几天都没回来了，

按说今天就该回来了。”

江霸天问：“他们干啥去了？”

林忠虎说：“他们还能干啥，漩涡镇上有他们的相好，肯定见相好的去了，要么就是赌博去了。”

江霸天拍了椅子一巴掌，“太不像话了。别管他们了，我们坐下来，边吃边聊。”

江霸天就把这些日子的情况简单做了汇报，就在这时二当家龙盘山和苟攀陵醉醺醺闯了进来，江霸天板着脸问：“你们干啥去了？”

苟攀陵说：“没……没干啥，听说大当家回来了，我们立即就赶回来了。”

龙盘山歪着身子，摸着光头，小眼睛直直望着夏荷花，“哟，大哥又带回来了一个压寨夫人，好漂亮的美人！看得我心痒痒的。”

江霸天严肃地说：“我今天宣布一个消息，夏荷花是我的救命恩人，有胆有识，枪法又好，我决定让她当三当家。”

夏荷花站起来，连连摆手，“这不行，你也不提前问问我愿不愿意？”

江霸天说：“我提前问你，你会答应吗？再说你现在又没亲人了，你就把擂鼓台当你的家吧，我们齐心协力共同去杀鬼子，帮你报仇。这件事，就这么定了，大家有啥意见？”

牛大鹏和林忠虎说：“听大当家的。”

苟攀陵瞅了龙盘山一眼，龙盘山也瞅了苟攀陵一眼。龙盘山说：“让一个女人当三当家，传出去不让人笑话，擂鼓台的男人都死光了？”

江霸天说：“你别小瞧夏荷花，她可不是一般的女人，说实话，她各方面都不比你差。”

龙盘山说：“我就不信，出去比试比试。”

牛大鹏拦住龙盘山说：“你喝多了，算了吧。”

龙盘山一屁股坐在长条凳上，另一条腿踩在凳子上，满脸的不满。

江霸天问："苟攀陵，你有啥意见？"

苟攀陵有气无力地说："没……没啥意见。"

江霸天说："好，那我们就讨论一下山寨的发展大计，诸位有啥意见尽管说。"

龙盘山说："我们都是土匪，抢吃抢喝抢地盘，还讲什么发展大计，今朝有酒今朝醉，过一天算一天，兄弟们你们说是不是？"

没人吱声。

江霸天说："牛大鹏，你先说说你打听到的情况。"

牛大鹏说："日本人利用汉江水道，打通武汉到汉中的运输线，将在漩涡镇建兵工厂和弹药库，一旦建成，大西北将有可能成为下一个'满洲国'。"

江霸天说："这些我都知道，有没孙麻子的消息？"

牛大鹏摇了摇头。

江霸天说："听说日本人在找他，国军和共产党也在找他，我们要抢在他们之前找到孙麻子，我们更不能让这些宝物落到日本人手里。一旦我们得到这些宝物，我们就可以买枪买炮，壮大队伍，到时别说安阳城，就是整个秦南都可以买下来。就目前的情况，以后我们尽量不要得罪日本人，等找到宝物，老子再跟他们撕破脸。"

龙盘山说："我就不信找不到孙麻子，找到他，老子一定要活剥了他的皮，把他的宝物全部抢过来。有了这些宝物，下辈子就不用愁了。"

江霸天说："谁要是提供有价值的线索，我们就要奖赏。当然如果找到宝物，我们也要论功奖赏。"

夏荷花说："我有个建议。"

江霸天说："请讲。"

夏荷花说：“我们可以在漩涡镇和安阳县城建立内线，打听一些小道消息，你想想，孙麻子得这么多宝物，他肯定会出手一部分，我们特别要留意安阳的典当行、妓院、银行等等，还有就是那些出手阔绰的人。”

苟攀陵说：“如今事情都过去这么多年了，说不定孙麻子早死了或被仇家杀了，要找他就像大海捞针，谈何容易。”

江霸天说：“只要有一丝希望，我们就不要放弃。”

3

擂鼓台的夜晚很静，一丝呼吸、一丝风、一声鸟叫，在静静的夜里都是那么清晰。夏荷花半夜醒来，聆听着山泉的呜咽，山风刮过松树的呼啸声，她想起了乔雪峰，往事一点一滴都在眼前浮现，想着想着泪水就打湿了枕巾。

门锁突然出现了响动，夏荷花屏住了呼吸，那一刻她似乎出现了幻觉，她多么希望乔雪峰能出现在眼前。门轻轻开了，一个黑影轻手轻脚走了进来，没一点声音，夏荷花小时候听老人说过鬼走路没声音，那一定是乔雪峰来看她了。黑影慢慢朝她床头走来，她看不清他的脸，那人掀开她的被子扑了上来，夏荷花闻到了陌生的味道，不是乔雪峰身上的那种味道，她大声喊道：“你是谁?”那人一惊，用刀抵住夏荷花，“小美人，最好听话，放乖些，把衣服全部给我脱光，好好伺候老子，否则就杀了你。”夏荷花说：“老娘不是吓大的，再不滚，我就喊叫了。”那人说：“你敢喊，我就杀了你。”夏荷花大喊：“来人啊——”那人扑了上去，用手捂住了夏荷花的嘴，她挣扎着，用手抓破了那人的脸，顺势用膝盖狠狠顶在那人下身处，那人哎哟一声滚到床下，夏荷花双腿一摆，如燕子侧翻，双脚落在地上时她双手以迅雷不及掩耳之势扬起了长凳，那人跪了下来，“三当家，我是二当家，我见你第一面就喜欢上了你。饶了我吧，我不是人。”夏荷花瞪了一眼，“滚!”龙盘山爬起来灰溜溜地跑了。

经这么一折腾，夏荷花睡意全无，她越想越生气，想离开擂鼓台，可是离开擂鼓台她又能去哪里呢？如今亲人都死了，家没了，她辗转反侧，漩涡镇有个远房亲戚，要不先投靠他，然后在镇上做点小生意什么的。想来想去，最后还是决定离开擂鼓台。

天还没亮，夏荷花就起来了，脸都没顾得洗，提着行李悄悄下山。擂鼓台很静，她穿过下殿来到莲花峰，回头望了望山顶，心里突然有一丝依恋，她咬咬牙，转身下山，半个多时辰她终于来到了山脚下，回头一望，擂鼓台云雾缭绕，若隐若现。她加快了脚步，走了一个小时左右，遇见一个瀑布，她弯下腰洗了脸，然后坐在一块大石头上歇气。

“夏荷花!”身后突然传来了喊叫声。夏荷花仔细一听，是江霸天的声音，她立即藏在了石头后。

脚步声越来越近，她听到小猴子说：“大当家，夏姐姐非要走，你追上她也没用，算了吧。”

“你懂个屁。”江霸天吼道。

“我知道你喜欢夏姐姐，是吧!”

“说实话，不知道为啥，我见她第一眼，就喜欢上了她，我一见她心就怦怦跳，见不上她心里又特别想她，你说我该怎么办?”

“向她表白啊!”

“怎么表白?”

“就像上次一样，对着山谷大喊‘夏荷花，我爱你!’”

“我怕她又给我几个大耳光，我不敢!”

“亏你还是男人，男人脸皮就要厚点。”

“你一个小屁孩，怎么知道那么多?”

“我是在书上看的。现在又没外人，要不你演练一下。”

江霸天双手做了一个喇叭状，对着山谷大喊：“夏荷花，我爱你!”

他们的谈话，夏荷花听得清清楚楚，她咳嗽了一声，站了起来。江霸天见是夏荷花，吓了一大跳，腿突然一软，脚一滑，一屁股坐在水里。

夏荷花扑哧一声笑了，“刚才你们在嘀咕啥？”

小猴子说：“我跟大当家在说你的好呢，大当家还一直夸你如何如何的好呢！”

江霸天从水里站了起来，嘿嘿一笑，“就是就是，我们都在说你好话。”

夏荷花笑了笑，“真的吗？你们谈话我都听到了。鬼哭狼嚎，太难听了。”

江霸天的脸一下红了，一直红到脖子，说话也结结巴巴了，“你一个人回漩涡，我不放心，这山上有老虎、豹子和狼，要不这样吧，你跟我先回寨子，过几天我去漩涡镇有点事，到时你跟我一块去漩涡镇，你看怎么样？”

夏荷花鼻子哼了一下，“日本鬼子我都不怕，我还怕老虎、豹子和狼？”

小猴子哭着说：“夏姐姐，我求求你了，跟我们一块回吧。”

夏荷花沉思了一会儿说：“好吧。”

三人一同回山寨，龙盘山见了他们脸偏向一边，江霸天看见了他脸上的印子，“你的脸怎么了？”

龙盘山面色慌张，“自己不小心被猫抓的。”

有人开玩笑说：“我看好像是被女人抓的吧。”

龙盘山眼睛一瞪，“少胡说。最近风声紧，我下山巡逻去了，顺便去趟县城，打探一下消息。”

4

二当家龙盘山带着苟攀陵和林忠虎离开擂鼓台，直奔安阳县城。

荀攀陵望着龙盘山的脸说：“二当家，我看你的脸不像是被猫爪的，再说我们山寨又没养猫，我看是被女人抓的吧？”

龙盘山拍了一下荀攀陵的头说：“是被女人抓的，咋了?!”

林忠虎嘿嘿一笑，“我看是被夏荷花抓的吧？”

龙盘山说：“这个娘们不识抬举，一个寡妇有啥了不起的，回头看我如何收拾她。说实话，我早看她不顺眼了，她一个女人，凭啥让她当三当家？”

林忠虎说：“这个女人不简单，迟早有一天会爬到你头上拉屎拉尿。”

龙盘山冷笑一声，“骑驴看唱本——走着瞧。”

林忠虎说：“二当家，听说安阳城里的窑子来了几个漂亮的川妹子，你看……”

龙盘山嘿嘿一笑，“真的？”然后摸了摸光头，大笑一声，“快走，今天我请客。”

荀攀陵和林忠虎顿时加快脚步，健步如飞。龙盘山落在后面大声喊道：“一听逛窑子，跑得比兔子都快，等等老子。”

三人来到安阳县城直奔妓院，完事后三人又去饭馆点了几个菜美美吃了一顿。借着酒劲，他们又去了赌场。赌场上人很多，他们看到一位公子输红了眼，身上带的大洋全输完了，他在身上摸了半天，摸出一条两寸长的金龙放在桌子上，大声喊道，“老板，过来！”

“来了，什么事？”老板是个中年男人，看上去文质彬彬。

“把我这条金龙换成筹码。”小伙子得意扬扬地说。

老板拿着金龙仔仔细细看了看，“不会是假的吧？”

“实话告诉你吧，这可是从皇帝墓里弄出来的，它怎么会是假的呢？”

龙盘山一听是从皇帝墓里弄出来的，酒一下醒了，他想这该不会就是孙麻子当年弄走的那批宝物之一吧，如果真是，这条金龙跟那批宝物比只能算个毛毛雨，甚至连毛毛雨都算不上。他也听说过，孙麻子弄走了三大箱稀世珍宝，如金砖、金佛、珍珠、翡翠、玉石、象牙、字画、宝剑等无数。龙盘山给苟攀陵和林忠虎递了一个眼色，要他们看紧这小子。

老板笑了笑，“别介意，我只是随便问问。给这位公子换筹码。”

那位公子手气很差，所换筹码又全部输光，有人开始讥笑他，他拍了拍屁股说：“你们等着，老子还有更值钱的宝贝。”

龙盘山见那位公子走了，他给苟攀陵和林忠虎递了一个眼色，他们跟了上去。跟到马道巷，他们见巷子里没人，林忠虎快步追了上去，用枪抵着那位公子的后背说：“别动，小心枪走火。你只要乖乖听话，我们不会伤害你的。”

三人前后围着那位公子出了城门，天已黑了。

“你们到底是啥人？你们想干啥？”

“给老子闭嘴，小心老子打爆你的狗头，到时有你说话的时候。”

三人押着那位公子进入凤凰山，走了几个小时，终于来到了擂鼓台。

江霸天见了龙盘山笑了笑，“你们回来了。”

龙盘山也笑了笑，“我们抓住一条大鱼，这家伙手中有金龙，他说是从皇帝墓里弄出来的，只要我们顺藤摸瓜，也许就能找到孙麻子。”

江霸天围着那人转了三圈，那人浑身颤抖不已，江霸天说：“别怕，请问贵姓？”

“小的姓孔，叫孔二。”

“哪里人？”

“南山区汉阳坪的。”

“孙麻子你认识吗？”

“认识。”

“你手中的金龙是从哪里来的？”

孔二开始不语了。江霸天喊道：“大刑伺候，把他绑到老虎凳上，把手和脚砍了。”孔二吓得尿了裤子，“我说。”江霸天说道：“你要说半句假话，我就一刀一刀割下你的肉喂狗。”

孔二说：“实话告诉你们吧，孙麻子是我姐夫，那年他护送三箱宝物，路上他杀了他的手下，连夜带着宝物回到漩涡镇，然后带着我姐跑到西安，没想到孙殿英一直派人在追杀他。后来孙麻子回到了安阳县躲在凤凰山里隐姓埋名，我姐过不惯这种野人生活，偷偷回到娘家，给了我一些金龙、金砖什么的，我一直不敢用，后来我看风声过去了，就吃喝嫖赌，把这些金龙、金砖挥霍掉了。”

龙盘山说：“孙麻子现在在哪里？”

“几年前死了，具体怎么死的，我也不知道。”

“那你姐呢？”

“我姐跟她相好的跑了，我一直觉得这事蹊跷，我怀疑是她相好的害了孙麻子……”

龙盘山急了，把刀驾到孔二的脖子上，说：“快说，你姐现在在哪里？”

孔二说：“我姐一走就没消息，我也不知道她现在在哪里。”

“你敢骗老子。”龙盘山说。

“我真的不知道。”孔二跪了下来。

“把他吊起来，给我打。”龙盘山说。

孔二被吊起来打了三天，不给吃不给喝，被折磨得都不像个人了。

“还不老实，老子杀了你。”龙盘山把刀架到孔二的脖子上说：

“你姐留给你的宝贝还有啥？再不说，我不但要杀了你，还要杀了你全家，快说。”

“我说我说，还有一套白玉三羊执壶和一个金杯，这金杯据说是当年乾隆皇帝用过的，是款金瓯永固杯，杯把是两条金龙，杯子上还镶了几十颗宝石。每年初一乾隆皇帝要这杯子装屠苏酒，寓意大清的疆土、政权永固。这两件东西我一直舍不得卖，偷偷藏了起来。”

“你说的都是真的？”江霸天高兴地问。

“千真万确。”孔二说。

龙盘山抓起孔二说：“走，你敢耍老子，老子就宰了你。”

“小的不敢。”

江霸天和龙盘山带了十几个弟兄，押着孔二连夜下山直奔汉阳坪。天还没亮，他们来到了孔二的家。龙盘山说：“东西在哪？”孔二说：“我埋在后院了。”孔二用锄子开始挖，挖出一个大坛子，他从坛子里拿出了一套白玉三羊执壶——一个玉杯和一个玉壶。这玉壶白玉质地，玉如凝脂，洁白无瑕。壶体为圆形。腹部一侧雕壶柄，另一侧凸雕羊首为流，羊昂首、张口，口部即为壶嘴，脑后双角与壶身相连。壶肩部另凸雕二羊首，盖顶有圆形纽。江霸天捧着玉壶笑呵呵地赞不绝口，“好东西。”

“还有那个金杯呢？”龙盘山问。

孔二慢腾腾地从坛子里拿出金杯，顿时金光闪闪，这杯子造型别致，杯为圆形口，口边刻有回纹。杯口边铸有“金瓯永固”“乾隆年制”篆书；通体錾刻缠枝花卉，其上镶嵌数十颗硕大珍珠，红、蓝宝石和粉色碧玺。杯两侧为双立夔耳，夔龙头各嵌珍珠一颗；底部是三象首为足，外形呈鼎式。在杯身的左右两侧各有一条向上奔腾的夔龙，它们的头顶上也都带有一朵宝相花。这杯子充满着生机与威严。江霸天和龙盘山都看傻了，那十几个土匪也看傻了，天下竟有制作这么精美的东西。

孔二颤巍巍地说："这东西我不能白送你们，你们得给点大洋意思一下。"

龙盘山哈哈大笑起来，"我给。"他在身上摸了半天，突然拔出大刀，一刀砍下孔二的头，"敢问老子要钱。"

江霸天望了望地上孔二的尸体，皱了一下眉，本想说龙盘山几句，话到嘴边忍住了，他挥了挥手，"走，回山寨。"

第七章　狼子野心

1

井上龟郎是个中国通，自小就随父亲经常来往中国。他父亲是个收藏家，特别喜欢中国的文物。1900 年，八国联军进攻北京，井上龟郎的父亲也参加了联军，那时他是日本的一个小兵，他也听说了清咸丰十年（1860）英法联军攻占北京后，3500 名英军冲入圆明园，纵火焚烧圆明园，大火三日不灭，圆明园及附近的清漪园、静明园、静宜园、畅春园及海淀镇均被烧成一片废墟，安佑宫中，近 300 名太监、宫女、工匠葬身火海。成为世界文明史上罕见的暴行。如今八国联军又进攻圆明园，他异常的兴奋和激动，他们大肆哄抢值钱的东西，搬不动拿不走的就砸了，最后再次放火烧圆明园，使这里残存的 13 处皇家宫殿建筑又遭掠夺焚劫。当他看到这些文物被烧毁时，他伤心地哭了，只恨自己没能力把它们搬运到日本。

井上龟郎的父亲回到日本后，以身体不适离开了部队，他开始带着井上龟郎收购文物。在父亲的熏陶下，井上龟郎也迷上了中国的文物。为了强身健体，他父亲让他学剑道，加入了二天一流系。井上龟郎的父亲死后，他成了日本浪人，他留着怪里怪气的发型，身穿和服，腰挂日本佩刀。他骄狂横暴，好勇斗狠，经常无端生事，动辄与人刀拳相见。

清朝灭亡，井上龟郎来到中国开了一家剑道馆，他名义上是开剑道馆，暗地里一直在收购中国文物。一天，他无意中得知皇宫里的沈霄师傅和一位格格私奔了，带走了几件宝物，逃到了秦南汉阴的漩涡。关于传说中的这几件价值连城的宝物，井上龟郎私下打听，有人说是唐代金盒子、贵妃的金玺印、金嵌珠宝花饰、金镶嵌杯盘、金八宝双凤纹盆，这些东西可是中国古代皇宫的精品文物啊，件件都价值连城，井上龟郎心动了，他带着几个日本浪人，化装成当地农民来到了安阳县漩涡镇。

那天，漩涡镇飘着雨，井上龟郎和几个日本浪人刚走出漩涡镇码头，瓢泼大雨迎面而来。他们跑进了一家饭馆，点了几个菜。

井上龟郎对店小二说："把你们老板叫来。"

"我……我就是……"老板见他们腰上挂着长刀，以为他们是来找麻烦的。

"别怕，我向你打听一个人，他叫沈霄，在皇宫里专门给皇帝做菜的那个大厨师傅。"井上龟郎说。

老板说："我知道，听说他跟一位格格私奔了，你们是皇帝派来的吧?"

井上龟郎哈哈一笑，"皇帝早都被赶下台了，如今哪有什么皇帝，我们是想请沈霄师傅出山。"

老板笑着说："他住在漩涡上街头的李家沟，穿过冷水河，进入一条长长的峡谷就到了。"

井上龟郎说了声谢谢，吃完饭雨就停了，他们找了一家客栈住了下来。

第二天，天晴了，太阳出来了。井上龟郎独自一人去了李家沟，树叶在阳光的照耀下金光闪闪，山谷中弥漫着好闻的香味。他怕打草惊蛇，装成文物贩子，一路打听，找到了沈霄师傅。

沈霄的院子在山脚下，庭院里开满了各种花，几个小孩在院子里玩耍。

“有人吗？”井上龟郎站在院子里喊道。

“叔叔，你找谁？”一个小孩问道。

“口渴了，我想找口水喝。”

“爷爷，来客人了。”另一个小孩跑回屋子里叫道。

一位老者走了出来，“你找谁？”

“过路的，讨口水喝。”

井上龟郎自己走进灶房，用水瓢在缸里舀了一瓢水咕咕喝了起来，“山泉水，真甜！”井上龟郎掏出香烟递给老者一根烟，两人开始在院子里聊家常。

“你就是皇宫里给皇帝做菜的沈霄师傅吧？”

“是的。你怎么知道我的名字？”

“你的大名谁不知道啊，都夸你的手艺好。”

“是吗？”

“实话告诉你吧，我是个文物贩子，专门高价收购文物。你在皇宫待了这么多年，手上有没值钱的东西？”

“我一厨子，哪有什么值钱的东西？”

井上龟郎提醒说：“比如唐代金盒子、贵妃的金玺印、金嵌珠宝花饰、金镶嵌杯盘、金八宝双凤纹盆，这些皇宫的精品，你该见过吧？”

“没见过。”沈霄冷冷地说。

井上龟郎无趣地走了。他不甘心，第二天他派他的手下半夜偷偷翻进院子里，在屋里翻箱倒柜一无所获。几天后，井上龟郎带人直接冲进屋里，绑架了沈霄和他老婆，井上龟郎说：“只要你们交出唐代金盒子、贵妃的金玺印、金嵌珠宝花饰、金镶嵌杯盘、金八宝双凤纹盆，就可以饶你们不死。”

沈霄说：“我们哪有这些东西啊——”

井上龟郎用剑指着沈霄的老婆说：“再不交出来，我就杀了她。”

沈霄说：“我真没有那些东西，你们不要相信外边的谣言。”

井上龟郎伸手把格格脖子上的一块玉佩摘了下来，他看了看，眼睛放绿光，“果然是皇宫里的东西，不错！”

格格说：“把玉佩还给我！”

井上龟郎冷笑一声，“快把其他东西交出来。”

“没有，就是有也不给你们这些狗东西！”

井上龟郎哈哈一笑，长剑插在了格格的胸口上，“快交出来。”

沈霄挣扎着骂道：“你们这些龟儿子，要杀要剐冲我来，你们就是把我们杀了，我们也拿不出你们想要的东西。”

其实，沈霄真没有井上龟郎所说的什么唐代金盒子、贵妃的金玺印、金嵌珠宝花饰、金镶嵌杯盘、金八宝双凤纹盆等宝贝。当初，沈霄和格格私订终身，沈霄的师兄也喜欢上了格格。沈霄和格格私奔逃出了皇宫，师兄就私下造谣说沈霄和格格偷走了皇宫的宝贝，格格跟厨子私奔本来就是新闻，谣言越传越广，最后说得有鼻子有眼，说他们偷走了唐代金盒子、贵妃的金玺印、金嵌珠宝花饰、金镶嵌杯盘、金八宝双凤纹盆，这些文物都是皇宫中的精品。一个人身上一旦有这些东西，必将招来杀身之祸，这些东西人人都想得到。这也是师兄造谣的目的，他想让沈霄死无葬身之地。

井上龟郎一用力，剑深深插在了格格的身体上，然后他突然拔出剑，血溅了他一脸。格格的头慢慢低了下去，死了。沈霄哭喊着格格的名字，泪流满面。井上龟郎的刀一横，刀架到沈霄的脖子上，“我再问你最后一遍，交不交出来?”

沈霄大喊道：“你们都不得好死。”

井上龟郎的刀在沈霄脖子上一抹一拉，血流了出来，沈霄睁着眼睛，头一歪，死不瞑目。井上龟郎手一挥，几个浪子冲进房子里掘地三尺还是一无所获。气急败坏的井上龟郎举起剑想杀掉沈霄的孙子，在举起长剑的那一刻他犹豫了一下，他头脑里突然冒出一个念头，杀人的快感还是要看中国人杀中国人，他决定把这孩子带到日本，把他培养成一个刽子手，到时利用他来杀中国人，如此一想，他收起刀，哈哈笑了。他在孩子脸上摸了一下，孩子吓得倒退了几步。

这一天，井上龟郎血洗了李家沟，把沟里的房子全部烧了。走时，他们带走了五个孩子，他要把他们带到日本，培养成杀人的机器。

2

井上龟郎带着这 5 个孩子回到了日本京都，先把他们暴打了一顿，然后饿了他们几天饭，孩子们的意志全被他折磨和摧残完了，他们成了温顺的小绵羊，他让这些孩子们喊他为父亲，他把沈霄的孙子起名叫小林次野，其他四位分别起名铃木丽子、田中优子、泷原三郎和平野菱，然后教他们学日语、剑道和格斗等等，他严格地训练他们，完不成任务就用皮鞭抽打和饿饭。

十余年后，他们慢慢长大了，他们离开漩涡时最大的才五岁，最小的也才两三岁，中国在他们心中是个模糊的概念，家乡安阳县漩涡镇在他们心目中已支离破碎，记忆中已没有有关漩涡的一丝残余，仿佛他们成了真正的日本人，他们也一直把自己当成日本人。井上龟郎为了把他们培养成一个合格的军人，又把他们送到日本陆军士官学校。

那个樱花盛开的季节，小林次野、铃木丽子、田中优子和平野菱他们去赏樱花，铃木丽子认识了从中国来的留学生马北辰，原来他们就读同一所学校，马北辰学的是炮科，铃木丽子学的是步科，两人的关系飞速发展，很快发展成为恋人的关系。

两人常常约会，马北辰就给铃木丽子讲中国的屈辱史，英法联军火烧圆明园，甲午中日战争，八国联军侵华战争等等，马北辰讲到这些就非常气愤，发誓学成后一定要报效祖国。铃木丽子非常敬佩马北辰这个中国人，认为他是一个敢作敢为的热血男儿。

小林次野、田中优子和平野菱被井上龟郎洗脑后，就一直非常瞧不起中国人，当他们得知姐姐爱上马北辰这个中国人后，他们约马北辰在校外见，然后一块暴打了马北辰一顿，并警告他再纠缠铃木丽子就卸掉他一条胳膊。

小林次野又把这事告诉了井上龟郎，井上龟郎听后非常生气，把铃木丽子吊了起来，边打边说："你必须要跟他断绝关系，作为一个女人，对男人决不能动感情，必须要学会绝情，这样才能战无不胜。"

铃木丽子是个倔强的人，但在井上龟郎皮鞭的折磨下，她屈服了，她要效忠天皇，她要效忠大日本帝国。

一年后，他们毕业。马北辰回到了中国，铃木丽子回到了日本军营，从此杳无消息。

3

1928 年，孙殿英盗了两座墓，一座是慈禧太后的定陵，一座是清朝乾隆皇帝的裕陵。

井上龟郎也知道了这些消息：孙殿英掘墓盗宝装了四五十箱，用 30 多辆骡马车才拉完。他掘墓盗宝被发现后，好多人都想杀他。连居住在天津日租界的溥仪等满人也上告到蒋介石那里，要求严惩。此事一时轰动全国。孙殿英想要把风浪平息下来，派人给蒋介石送了一把九龙宝剑。又派亲信孙麻子押送三箱宝物给蒋介石，没想到孙麻子却杀了手下，独吞了这些价值连城的东西。

1931 年 9 月 18 日夜，盘踞在东北的日本关东军炮轰沈阳北大营，制造了震惊中外的"九一八事变"。早已等不及的井上龟郎也在这天悄悄潜入安阳县漩涡镇。这一天的天气很不好，还有点冷，连夜雨已下了好几天，却还没有停的意思。屋檐下的雨水像一条长龙直奔下来，射在青石板的街道上啪啪作响，溅起老高，街面上也形成了河，雨水浑浊，雨点打在水面上开出一朵又一朵的雨花朵，这些雨水形成了河流，顺着街道绕来绕去，最后又流向了汉江。附近的几条河流像冷水河、富水河和几十条没有名字的小河都是河水暴涨，纷纷涌入汉江，汉江暴涨，水位不停地在上升，江面上漂着连根拔起的大树和死狗、死猪、死猫，乱七八糟的东西。岸边聚集了很多人，他们在打捞木材和檩子，有水性好的人见了好木材，手心痒痒，舍不得错过就扑通扑通跳下河游过去抓住木材朝岸边一点一点移动。漩涡镇下街头孙家咀一处地势比较低的土房子在洪水涌进房子的瞬间，啪的一声倒了，激起千层浪花，瞬间就被洪水吞噬消失了。

“快走吧，再不走就会被洪水淹了。”街头有人穿着蓑衣带着斗篷，在朝外搬东西。

漩涡街上顿时乱成一锅粥，在河边看热闹的人纷纷涌向自己的家，拖儿带女，搬之前的东西，有老太太开始呜呜哭了起来。就在人们手忙脚乱的时候，雨突然停了，有人喊道：“水停止上涨了。”有人跑向河堤，插了一个木棍做记号，过了一阵，人们发现水位确实下降了，人们开始欢呼。河堤上又聚满了人，开始打捞木材和檩子。

井上龟郎和他的手下也挤在人群中看热闹，他们看了一会儿，感觉很无聊，回到漩涡街上找了一家客栈住了下来。第二天他们租了一家门面房，开了一家茶馆。初来乍到，开张那天，井上龟郎特意宴请了镇上有头有脸的人物，请他们多关照。

井上龟郎的茶馆是镇上唯一一家茶馆，生意还不错。为了招揽生意，他们还在茶馆备有麻将，客人一边喝茶一边打麻将，很悠闲。慢慢地茶馆就变成了麻将馆，每天高朋满座。井上龟郎还特意叮嘱手下留意客人的谈话，特别是有关孙麻子的消息。

一天，客人一边打麻将一边说："孙麻子弄了那么多值钱的东西，也不知道跑到哪去了？"

"这家伙心太贪了，可能跑到凤凰山躲了起来。"

"我听说他带着老婆跑到西安去了，过逍遥日子去了。"

……

他们的谈话，井上龟郎听得一清二楚，第二天他去了孙麻子住过的老屋，人去屋空。他又去了孙麻子老婆娘家汉阳坪，一打听，他们也没见过孙麻子。没有一丝线索，井上龟郎就像老虎吃天无法下爪。

半年过去了，井上龟郎一无所获，他失望地回到了日本。

4

井上龟郎回到日本后，被迫加入了日本军队。

1937 年，卢沟桥事变后，他奉命来到了中国。这年的冬天，井上龟郎带着小林次野、铃木丽子、田中优子、泷原三郎和平野菱他们几个人来到了南京，那时他已是一个小头目。日本人攻陷南京城后，井上龟郎把那些捆绑的成千上万俘虏押在江边，用机枪扫射。在南京城里他疯狂地屠杀手无寸铁的老百姓和强奸女人，他还让小林次野他们开展杀人比赛，谁杀得多他就大大的奖励。每当看到一个中国人的人头被小林次野他们砍掉，他的脸上就露出一丝得意的奸笑。

随着中国军队的节节败退，日本人似乎看到了迅速吞并中国的希望，东北早已建立了满洲国，汪精卫与日本合作成立了伪"国民政府"，中国南部大都又被日本人占领，中国西部还是空白，他们秘密制订了占领中国西部的计划，日本人打算打通武汉——汉中的交通水上枢纽，而漩涡镇和安阳县将是中转站，将为他们下一步占领西部做好准备。水上枢纽一旦打通，日本人将长驱直入，一旦跟东线进攻的日军形成合围，将成前后夹击，大西北很快就会沦陷，又将是下一个“满洲国”。

井上龟郎因在南京立下赫赫战功，晋升为大佐，当他听说要打通武汉——汉中的交通水上枢纽，又将在安阳县和漩涡镇建据点，他主动请缨来到了安阳县。其实，井上龟郎来安阳县的目的，主要还是想找到孙麻子，得到那批文物。

第八章　天狼突击队

1

雨后天晴，天空挂着一道彩虹，阳光照射在擂鼓台上，霞光万道。

江霸天用白玉三羊执壶泡了一壶紫阳茶，然后倒在玉杯里品尝了一口，哈哈大笑道：“乾隆皇帝做梦也许都不会想到，当年他用过的玉壶竟落到老子手上。想想乾隆皇帝当年多么威风和风光，死后墓还不是被人挖了，皇帝老儿不过如此吗。”

龙盘山说：“我还听说，慈禧嘴里含有一颗巨大的夜明珠，据说正是这颗夜明珠致尸体不腐。劫取棺内宝物过程中，她的尸骸被抛出棺外，脸朝下趴在泥水中，一手反扭在身后。她做梦都没想到，生前要啥有啥，死后又风光大葬，让无数人羡慕，结果呢？还不是死无葬身之地。”

苟攀陵说：“还是我们二当家懂得多，见多识广。”

龙盘山呵呵一笑，“你们知道吗？慈禧嘴里含的那颗夜明珠最为珍贵，开是两块，合拢是一个圆球，分开透明无光，合拢则透出一道绿色的寒光，夜间在百步之内可照见头发，孙殿英将这件宝物托戴笠送给了宋美龄。孔祥熙和宋霭龄见后十分眼红，孙殿英便又挑选了两串朝鞋上的宝石送去，才算了事。并将价值50万元的黄金送给了阎锡山。”龙盘山端起玉杯喝了一口茶水。

林忠虎说："二当家，接着讲啊。"

龙盘山抹了抹嘴说："孙殿英盗墓后，溥仪等满族人上告到蒋介石那里，要求严惩。此事一时轰动全国。孙殿英想要把风浪平息下来，托戴笠送给了蒋介石一把九龙宝剑。蒋介石收到九龙宝剑非常高兴，赞不绝口。孙殿英怕一把九龙宝剑不能把事情办妥，又派亲信孙麻子押送三箱宝物给蒋介石，据说这里面就有另一把九龙宝剑。"

林忠虎插嘴说："二当家果然懂得多，见多识广。"

牛大鹏不屑地说："二当家，我有个问题想问你，你说这白玉三羊执壶的造型为啥要用三只羊呢？"

龙盘山一愣，摸了摸光头，"这……这……"

牛大鹏笑着说："你不知道了吧？"

龙盘山急了，"老子不知道，难道你知道？"

牛大鹏呵呵一笑说："我要是知道问你干吗。"

申飞豹和小猴子哈哈大笑。

一直没说话的夏荷花站了起来，说："这玉执壶是清代宫廷重要的陈设品，样式极多。将三只羊组合的艺术造型和纹饰图案在清代非常盛行。除了玉器、陶瓷、青铜器和绘画中往往亦以三羊作饰，俗称'三阳开泰'。古时'羊'通'阳'，据《易经》记载：'正月为泰卦，三阳生于下。'后人因'阳''羊'谐音，用三羊喻三阳，取其冬去春来阴消阳长，有吉亨之象，多用于岁首祝颂之辞。"

牛大鹏鼓起了掌，顿时掌声一片。龙盘山鼻子一哼，不情愿地也鼓起了掌，他的两只手慢腾腾地鼓着，掌声很不协调。

江霸天站了起来，掌声立即停了，他手拿金杯爱不释手，他朝杯子里倒满了酒，放到鼻子跟前闻了闻，"金杯装美酒，感觉就是不同。荷花妹子，讲讲这金杯的故事。"

夏荷花说："还是请二当家讲吧。"

龙盘山摆了摆手，说："我又不是乾隆皇帝，我哪知道这金杯的来历，还是请三当家讲吧。"

夏荷花又站了起来，说："大家见笑了，那我就不客气了。"

江霸天摆了摆手，说："坐下来，慢慢讲吧。"

"乾隆年间，清宫造办处制造了各式酒杯，其中大多是龙耳作品，且式样颇多，但这种以象鼻为足的作品却很少，你们看，它外壁满錾宝相花，花蕊以珍珠及红、蓝宝石为主。两侧各有一变形龙耳，龙头上有珠。三足皆为象首式，象耳略小，长牙卷鼻，额顶及双目间亦嵌珠宝，可见这款'金瓯永固'，弥足珍贵。这件金杯的设计及加工皆属上乘，是皇帝专用的酒杯。根据清'内务府活计档'记载，上面镶嵌的36颗大小珍珠、红宝石、蓝宝石和粉色碧玺都是极品，每颗珠宝都是价值连城。当年乾隆对'金瓯永固杯'的制作十分重视，而且在制作的每道工序之前都要先精细地画图样呈览，直至皇帝十分满意方可。每当元旦凌晨子时，乾隆皇帝在养心殿明窗，把'金瓯永固杯'放在紫檀长案上，把屠苏酒注入杯内，亲燃蜡烛，提起毛笔，书写祈求江山社稷平安永固的吉语，所以这个金杯是中国乃至世界金银器史上的巅峰之作，是难得一见的无价之宝。"

夏荷花一口气讲完了，大家竖起耳朵听完，大叫道："妈啊！妈呀！妈呀！"

江霸天哈哈大笑，"没想到，这简直是个国宝，我们发财了。"

龙盘山笑着说："既然这么值钱，我看还是卖了吧，大家把钱一分……"

江霸天拍着桌子说："你就知道钱。"

龙盘山苦笑着说："既然大当家提到钱，我就直说了吧，当初你是不是说过只要提供线索找到宝物就有奖赏，如果不是我抓到孔二，你们能找到这金杯吗?”

江霸天一愣，随即笑道：“我是说过。来人，先奖赏二当家100块大洋，等事成后再奖。”

“谢谢大当家。”龙盘山嘴上说着谢谢，其实心里一点不高兴，他嫌少。

“抓孔二也有我们的功劳!”林忠虎和苟攀陵立即站起来说。

“先奖赏你们各50块大洋。”大当家说。

林忠虎和苟攀陵有声无力地说了声谢谢。江霸天喝道：“怎么嫌少?”林忠虎和苟攀陵脸上立即堆满笑，“没有，没有，我们高兴都来不及。”

江霸天说：“从这两件东西可以看出，孙麻子弄了很多值钱的宝物，我们下一步就是要找到这些宝物，然后大家一块发财，一块大碗喝酒，一块大块吃肉。”

众人顿时鼓起了掌，哗啦啦一片。

江霸天挥了挥手，掌声立即停了，“今天我们开过会，大家汇报一下这几天了解的情况，”他目光落到夏荷花的脸上，“荷花妹子，还是你来说吧。”

夏荷花说：“我到孙麻子生前住过的房子勘查了一下，没发现啥。走访了一些乡亲，也没得到啥有价值的线索。”

牛大鹏说：“我见到了孙麻子的儿子，他现在在县城城关小学教书。”

龙盘山一怔，“这龟儿子不是被他老子一块带走了吗?”

牛大鹏说：“不急，听我慢慢讲。当初孙麻子带他儿子一块出逃时，他儿子那时才十岁左右，如今都长成大小伙子了。情况是这样的，我有个亲戚也在县城城关小学教书，通过他我认识了孙麻子的儿子，据他讲，我了解了大概情况，孙麻子带着老婆孩子和宝物连夜跑到西安，没想到孙殿英一直派人在追杀他们。后来孙麻子回到了安阳县躲在凤凰山里隐姓埋名，这些情况跟孔二说的基本差不多。孙麻子老婆过不惯这种担惊受怕和野人般的生活，恰好那几天孙麻子生病了，她就跟相好的合伙杀了孙麻子，他们在药里下了剧毒。孙麻子死后，他们带着一些值钱的东西跑到重庆，在重庆她的相好就把这些东西换钱用于吃喝嫖赌，很快挥霍一空，他还动不动回家打女人，孙麻子老婆伤心欲绝就动了杀相好的，然后再自杀的念头。那天晚上，她在菜里和酒里下了毒，相好的在赌场里输了钱，回家就把气发泄到她身上，她说你有种就掐死我，他真动手死死地掐她，没想到失手了，真掐死了她。他心里很害怕，就把桌上的酒和菜统统吃光了，结果毒性发作，死了。孙麻子的儿子靠他母亲给的几块金砖和玉佩，一直读到大学毕业。孙麻子的儿子还说，他曾在他父亲孙麻子的遗物中发现了一个笔记本，这笔记本上画了一幅《升官发财》草图，他看到这个笔记本就想起父亲对他说的最后一句话，'升官发财，官财。'他一直认为他父亲的意思是希望他将来升官发财，光宗耀祖。"

江霸天赞道："你说的这些情况非常重要，我代表擂鼓台的弟兄们向你表示感谢。"

牛大鹏憨憨一笑，"大当家客气了。"

夏荷花说："最好能把孙麻子这本笔记本搞到手，看看能不能从中发现什么线索。"

荀攀陵说："刚才牛大鹏都说了，孙麻子老婆的相好早就把这些东西挥霍一空了，他们也都死了，找到这本破本子有屁用。"

"只要有一丝希望，我们都不要放过。"江霸天说。

"说不定真能发现什么。"夏荷花说。

"要不明天牛大鹏和申飞豹再进趟县城，"江霸天说："申飞豹没落草前专干偷鸡摸狗的事，人们都叫他'鼓上蚤时迁'，让他去拿个笔记本还不是小菜一碟。"

“大当家放心，保证完成任务。”申飞豹笑着说。

2

擂鼓台的夜晚很静，风声呼呼刮过，不时还传来风声的尖叫。

在一片鲜花盛开的草坪上，江霸天遇见了夏荷花，夏荷花白衣白裙长发飘飘，香风阵阵飘来，弥漫在山谷，突然出现一只老虎，扑向夏荷花。江霸天急了，拔刀就朝前跑过去，可腿上无力，就像踩在棉花上，眼看老虎离夏荷花越来越近，他朝夏荷花跑去，边跑边大喊大叫，“夏荷花——”突然脚下被什么东西绊了一下，他一个扑爬栽倒在地上，他一下醒了，原来是一场梦。

江霸天醒来后，再也睡不着了，他开始回忆跟夏荷花认识的前前后后，往事一幕幕在眼前出现，他辗转反侧，他心里承认自己已喜欢上了夏荷花。他真希望能有孙悟空的本领，钻进夏荷花的肚子里看看，她心里到底是咋想的，他在她的心里到底有没有位置，她心里是否也有他？他该如何向她表白呢，万一拒绝又咋办？一串又一串的问号缠绕在他的脑海里，他感觉头在无形地膨胀，像个气球一样，刚开始一点点大，慢慢越来越大，他觉得头快要爆炸了，身体四肢好像也脱离了身体，身体仿佛也慢慢飘了起来，飘到一个阴森恐怖的森林里，几只怪兽扑了上来，撕咬着他，他感到心一阵又一阵的疼痛，他感觉自己要疯了，彻底地要疯了。

他坐了起来，朝杯子里倒满了酒，品尝了一口。他贴在窗前看了看对面夏荷花的睡房，屋里没灯，他心怦怦直跳，他真想推开夏荷花的门，当面向她表白，我喜欢你，我爱你。他的心乱了，双腿仿佛不听大脑指挥，情不自禁地慢悠悠地走到门前，他双手准备拉木门锁时，仿佛看到了夏荷花的目光，像把寒光闪闪的匕首刺向他，他倒退了一步，又慢腾腾地回到床上，开始辗转反侧地想夏荷花。

其实，夏荷花这一夜也做了一个梦，她梦见了江霸天，半夜醒来后，她心里很奇怪，她怎么会梦见江霸天呢？她想起了江霸天对着山谷大喊她名字的情景，忍不住笑了。她对江霸天心里充满了好感和感激，她想到了死去的乔雪峰，心里特别难受，开始回忆跟乔雪峰认识的前前后后及相处的那些恩爱日子，点点滴滴的往事一幕幕在眼前出现，仿佛这一切都发生在昨天，想想以后再也见不到他了，只能在梦中相见，她的心如刀割般难受，嘤嘤哭了起来。

这一夜，江霸天和夏荷花都没想到的是两人都失眠了。夏荷花比平常起得晚多了，她推开门，阳光很刺眼，发现窗台放了一把野花，野花上还带着露珠，看上去是刚采摘不久的，她拿起来闻了闻，脱口而出："好香。"刚好江霸天从房间出来，他问："谁送你的？是香，这么远我都闻到了。"夏荷花突然笑着说："老实交代，这花是不是你送的？"江霸天的脸一下红了，说话吞吞吐吐，"不……不是我……"

夏荷花知道是江霸天送的，故意说："我知道不是你送的，你也别这么紧张。"她话题突然一转，"牛大鹏和申飞豹是不是去县城了？"

江霸天说："是的。二当家带着林忠虎和苟攀陵也下山了。"

"他们下山干吗？"

"他们说去查线索去了。这次能找到玉执壶和金杯，多亏了他们，二当家虽然毛病多，在这一点上还算仗义，没有私心。"

"这么金贵的东西，你一定要保管好，得找个安全的地方。万一走漏风声传到日本人那里就麻烦了，不怕贼偷，就怕贼惦记。"

江霸天哈哈一笑，说："我知道了。我倒要看看，谁吃了豹子胆敢来偷老子的宝贝。"

"还是小心点好。"

两人一同去后院的厨房吃饭，吃完饭，江霸天见阳光很好，就说："我们到山上走走，顺便视察一下。"

"好啊。"

两人沿着蜿蜒的小路，穿过山壁，来到了寂静的山顶。江霸天心里忐忑不安，他心里憋了一句话一直想当着夏荷花面说'我喜欢你'，这几个看似简简单单的字，从他嘴里却怎么也说不出来，他给自己暗暗打气，握紧了拳头，憋了一股气，刚一张开嘴，就像泄气的皮球，一会儿就瘪了，他后悔没带瓶酒，如果喝了酒此刻他早就把该说的话全说了。夏荷花看他举止怪异，嘴一张一合，就问："你今天怎么了?""没啥。"夏荷花伸手摸了摸江霸天的额头，说："不烧啊。"江霸天趁机握住了她柔软的手，他闻到了她的发香，淡淡的幽香，情不自禁地一拉，她倒向他怀里，他在她额头吻了一下，她挣扎着，用力推开他，挥手在他脸上打了一巴掌，然后跑了。

江霸天摸着火辣辣痛的脸，望着夏荷花的背影消失在树林里，他疯了般站在山顶喊道："夏荷花，我喜欢你!"然后蹲在地上呜呜哭了起来，他自小死了爹娘，缺少关爱，好不容易遇见自己喜欢的一个人，可她不喜欢他。

江霸天回到房子里把自己关了两天，晚上他实在无聊，就把小猴子叫过来陪他喝酒，他问："牛大鹏和申飞豹回来没?"小猴子说："还没。"江霸天又问："有没龙盘山的消息?"小猴子说："也没。"江霸天把酒倒满，"不说这些了，喝酒。"两人喝了两碗后，小猴子说："大当家，我看你今天好像有心事?"江霸天呵呵一笑，"我问你，你说夏荷花这个人怎么样?""不错。大当家，你怎么突然问起这个来了？我知道了，你喜欢她，对不对?"江霸天有点不好意思，他说："喝酒。"小猴子说："追女人，脸皮要放厚，穷追猛打，屡败屡战，坚持不懈，还要学会甜言蜜语。"江霸天哈哈笑道，"人小鬼大，好像你谈过似的。"小猴子摸着头笑了，"没吃过猪肉还没见过猪跑吗，我都是从书上看的。”江霸天说：“回头教我几招。”小猴子说：“没问题。”

喝到半夜，小猴子趴在桌子上呼呼大睡。江霸天虽然也喝多了，但他的头脑还是清醒的，他倒在床上又想起了夏荷花，他承认自己已深深地爱上了她，他愿意为她做一切，包括付出生命。窗外风声在吼叫，树木哗啦啦作响，溪声在呜咽，偶尔有几声鸟叫。迷迷糊糊中，他听到了门锁在响动，他竖起耳朵仔细听，有人，他故意把鼾声打得很响。门轻轻被推开了，他看见了两个蒙面人蹑手蹑脚走了进来，他们在翻找东西，江霸天明白了，他们是冲着玉执壶和金杯来的，他们翻找了半天，摸索到了床下，没发现他们要找的东西，他们又掀开被子看了看，江霸天突然坐了起来，大喊一声：“谁?”蒙面人一惊，挥刀就朝江霸天砍去，江霸天一闪，没砍着。小猴子被惊醒了，他也大喊一声：“谁?”两个蒙面人飞快闪出屋子，小猴子追了上去。夏荷花也从房子里跑了出来，她手上拿着枪，“大当家，发生了啥事?”江霸天说：“有贼。”说着就要追上去。夏荷花说：“我担心他们用的是调虎离山之计，你留在这里，我去追。”夏荷花追了半天，追上了小猴子，小猴子说：“奇怪了，他们突然消失了。”夏荷花看了看高山和密林，问小猴子：“他们偷到啥没有?”“没有。”“没有，我们就回吧。”

夏荷花和小猴子回到了江霸天的屋里，查看了房间，好在没丢啥，江霸天说：“谁吃了豹子胆，偷到老子头上来了。”小猴子说：“一定是日本人干的。”

夏荷花沉思了一下，说：“日本人不会这么快知道消息啊，我看这事蹊跷，以后得小心了。”江霸天说：“等我抓到这些兔崽子，一定要剥了他们的皮。”小猴子见已是后半夜，他知趣地关上了门，走了。

夏荷花说：“日本人一直也在寻找这批宝物，他们迟早会找上门来的，一定要把玉壶和金杯保管好，特别是金杯一定不要落到日本人手里。”江霸天笑着说：“你放心，我告诉你一个秘密，这个秘密只有小猴子知道，再没外人了。我房间后院有个暗道密室，密室里还有机关，我把它放在那里了，走，我带你去看看。”夏荷花站住没动，用手指着江霸天的鼻子说：“你敢动歪点子，小心老娘把你阉了。”江霸天笑着说：“我哪敢，你怕我吃了你不成?”夏荷花跟着江霸天来到里屋，移动柜子，墙上有个按钮，外人根本看不出来，他轻轻一按，墙上出现一条一人宽的缝，江霸天钻了进去，夏荷花跟着进去了，里面越来越宽，可容十几个人，江霸天点燃煤油灯，他指着墙上厚厚的石板说：“这里有个小洞，洞口上着锁，宝贝就放在这里。”江霸天掏出钥匙递给夏荷花，说：“想来想去，钥匙交给你保管我才放心。”夏荷花说：“还是你自己保管吧，万一出了啥事，我可担待不起。”江霸天说：“现在好多人都在打这宝贝主意，钥匙整天揣在我兜里，我老感觉心里不踏实，生怕出意外。”夏荷花见江霸天话都说到这份上只好答应了。

两人从暗室里出来，夏荷花说：“我有个建议，不知道该不该说?”江霸天说：“你跟我客气啥，快说。”夏荷花说：“日本人对我们虎视眈眈，迟早会对我们动手，早晚我们要跟他们决一死战，我们要做好心理准备。我们也该挑选精兵强将成立一个特战小分队，作为我们的奇兵。我在八路军特战队待过，他们的特战队曾重创过日军，立下了赫赫战功。你想想，古代皇帝都有禁卫军，我们也该成立一个这样的小分队，万一发生政变，我们也不至于手忙脚乱。”江霸天一拍大腿，说：“对啊，我怎么都没想到。这样，你来当特战队的队长，手下的弟兄你随便挑选。”夏荷花说：“人不要多，20个就够了。他们不但要功夫好，还要忠心耿耿。”江霸天笑着说：“好，我大力支持你，我推荐三个人，小猴子、牛大鹏和申飞豹，这三个人各有所长，是比较合适的人选。”夏荷花说：“好。

明天开始我就去物色人选，不过这事最好不要龙盘山插手，先别告诉他，说句你不爱听的话，我觉得这人不可靠。”江霸天揉了揉眼睛，“龙盘山这人毛病虽多，但还讲义气。”夏荷花冷冷地说：“既然你让我当特战队的队长，有些事你最好不要插手，不该管的别管，不该问的别问。”江霸天点了点头。

3

中午时分，牛大鹏和申飞豹回到了山寨。

江霸天问：“事情办得还顺利吧？”

申飞豹端起桌上的一碗水咕咕一口喝完了，嘿嘿一笑，“只要我出马，没有办不成的事。”

牛大鹏说：“喜得我们早去一个小时，我们趁孙麻子儿子上课时，溜进了他的宿舍，费了半天工夫，才找到这个破本子。我们前脚刚拿走，没想到日本人就把他抓走了，估计还是有关孙麻子的事。”

江霸天翻了翻这笔记本，这笔记本上画了一幅图，其他啥也没有，这图画得歪歪趔趔，像小孩胡乱画的，他骂道：“这本子有球用，扔了。”

牛大鹏说：“我听孙麻子的儿子说，他每次看到这个笔记本就想起父亲临终对他说的最后一句话‘升官发财，官财’，他一直也认为他父亲的意思希望他将来升官发财，光宗耀祖。他也一直把他父亲的这句话当作奋斗的目标。我认为，孙麻子的儿子说得对，他父亲的意思就是希望他将来升官发财，光宗耀祖。”

夏荷花说：“我看问题不会这么简单。我看看。”她接过本子看了半天，这图画得有点怪，不像大人画的，但从题字“升官发财”这四个字笔迹来看，这却是出自大人之手。夏荷花琢磨了半天，也没看出什么问题来，她说：“本子我先拿着，回头我慢慢研究一下。”

江霸天环视了一下大家，说：“我今天给大家商量个事，前几天，有人来偷我们的宝物，也不知是谁干的，我估计是日本人干的，好在他们啥都没偷到，我想他们还会再来的。为了防止一些突发事情发生，我们想成立一个特战队，好好教训日本人一顿，不知道大家有没啥意见？”

“好事情啊！”大家纷纷赞同。

江霸天说：“好。特战队的名字我都想好了，叫‘天狼突击队’，队长就是夏荷花，具体事情听她安排，谁想加入‘天狼突击队’就找她那报名。”

夏荷花说：“我丑话说到前面，要想成为一个合格的特战队员，必须接受最苦、最严的魔鬼训练，首先要学会吃苦，不知道大家有没有信心？敢不敢参加？”

牛大鹏和申飞豹举起手说：“我愿意。”

小猴子也举起手说：“我也参加。”

牛大鹏故意推开小猴子，“你也不撒泡尿照照，就你还想参加‘天狼突击队’，要身材没身材，要长相没长相。”

小猴子不服气地说：“别看你长得五大三粗，论起跑山路你跑不过我，论起爬树你爬不过我……”

牛大鹏大拇指一扬，“要不我们比试比试。”

夏荷花说：“别争了，你们三人都先参加‘天狼突击队’，是骡子是马拉出来遛遛就知道了，到时草包和装怂的，都给我滚蛋。”

三人嘿嘿笑了。

小猴子说：“我听说特战队员都配有冲锋枪和手枪，我们是不是也要配冲锋枪和手枪？”

夏荷花说：“这个吗……”

江霸天说：“这个我会想办法的，上次我们从鬼子手里抢了十几把冲锋枪，都是清一色的德国货，这枪我以前见过，估计小鬼子是从国军手里缴获的。这些枪我非常喜欢，一直舍不得用，都送给你们吧。”

“大当家你太好了，有了这些东西我们就如虎添翼了。”

4

经过几天的观察和调查，夏荷花从一百多弟兄中挑选了 30 个，刚开始是单调的体能训练，她给每一位特战队员的日常“食谱”是这样的：每天跑一个 5 公里山路，一周跑两次 10 公里武装越野。每天睡觉前是 6 个 100：100 个仰卧起坐、100 个俯卧撑、100 次握力掌、100 个深蹲、100 次压腿、100 下推举石锁。一周下来，就有 10 人主动退出。

夏荷花带着队员来到山后的悬崖峭壁前，她问：“现在还有没有要退出的?”没人吱声。夏荷花又大声问，“现在退出还来得及，有没有要退出的?”

小猴子说：“报告队长，没有。”夏荷花说：“小猴子，出列。”小猴子站了出来，夏荷花让他站在悬崖边，小猴子看了看脚下的万丈深渊，悬崖上长满松树，云雾缭绕，他头有点晕，朝后退了一步。夏荷花说：“小猴子，我命令你，跟我跳下去。”小猴子脸都吓白了，他知道跳下去就会浑身碎骨，“我不敢。”夏荷花咯咯笑着说：“逗你玩的。假如追兵来了，你们弹尽粮绝，要怎么办?”牛大鹏说：“跟他们拼了。”申飞豹也说：“对，跟他们拼了。”夏荷花指了指自己的头说：“你们要运用自己的脑子，只要你们团队配合，就能逃过这一劫，现在我给你们做个示范，你们每个人不是都有一根绳子吗，只要运用好这根绳子，就可以逃出去。”小猴子插话说：“我明白了，只要我们把所有的绳子结成一根长绳，顺着绳子就可以爬下去。”夏荷花笑着说：“理论上是对的，但要是追兵追上来了，他们只要割断绳子，你们就会全部完蛋。再说这么高的悬崖用一根绳子接一根绳子很不安全，万一哪一环节出错，后果不堪设想。现在我给你们做个示范。”夏荷花用一根绳子拴住悬崖上的一棵树，然后把绳子递给小猴子说：“顺着这根绳子快速降到悬崖上那棵松树上，然后用你携带的绳子拴住那一棵松树，然后你再移动到悬崖下一棵松树上。”小猴子不愧叫小猴子，他嗖嗖像猴子一样滑了下去，站在了松树上，他用携带的绳子拴住了另一棵松树，然后又滑了下去，站在了松树上，一摸身上没有绳子，他望着脚下的云雾心里充满了恐惧，顿时不知道该怎么办了，就在他茫然无措时，申飞豹顺着他的绳子爬了下来，递给他一根绳子，小猴子接过绳子笑了，他又拴住那一棵松树，顺着绳子又爬向另一棵松树，绳子不停地传递，小猴子终于来到了山下的平地。一站在土地上，他高兴得手舞足蹈，他望着高高的悬崖，他都不知道自己是怎么下来的，一直还以为是在做梦。队员们一个接一个的下来了，有几个腿都吓软了，一站在地上立马倒在地上大口大口地喘气。夏荷花压阵，她是最后一个下来的，面不红心不跳，她笑着说：“大家感觉怎么样?”

小猴子说：“刚开始我魂都吓掉了，后来就慢慢好多了，真过瘾，真刺激!”其他队员也说过瘾，刺激。夏荷花说：“我这是在做心理训练，以锻炼克服你们的恐惧心理。特战队员在作战中经常要碰到难以预料的复杂局面。因此，具有临危不惧、处变不惊的心理素质，也是完成任务的重要保证。以后，我们还有很多训练科目，不知道大家有没有信心?”

“有!”队员们大声说。

“好，我们现在训练攀登技术，顺着绳子爬上山顶。”夏荷花大声说。

有了刚才的经历，队员们心里都没有恐惧感了，虽然爬得气喘吁吁，但个个都不示弱，最后都爬上了山顶。经过几次反复练习，队员们都已熟练掌握要领和技巧。就在队员们得意时，夏荷花又给他们加大难度，让他们徒手从平地攀上几十米高的垂直崎岖崖面，然后通过绳降快速下滑到地面。夏荷花给他们规定时间，用时要不到一分钟才合格，不合格重来，直到合格为止。

经过体能和心理素质的训练后，接下来就是射击训练，夏荷花给他们做示范，只见她从枪套中掏出枪、上膛、瞄准、射击、击中目标，全部完成不到2秒钟，她说："记住，对于特战队员而言永远没有第二枪，要么你首发命中，要么就被对方击中。"

队员们练习了一阵，夏荷花让队员们歇歇，队员们坐在草地上，她把大家召集起来给他们讲理论知识，她说："刚才大家练习的只是简单的射击，作为特战队员，必须要掌握本能射击法、反应射击法和突击射击法。"

小猴子问："队长，什么是本能射击法？"

夏荷花拿着枪给大家演示，她持枪的手腕自然放松垂下，手臂平举，与视线成一直线，移动及搜索时，视线、手臂与枪支也都一起移动。她一边移动一边说："本能射击法也是在双眼齐睁的战斗搜索模式中进行。大家看好，枪支与手臂保持在水平线略低的下方，这样一来不会妨碍搜索的视线，二来枪支在射击时最可能击中的是敌人的身体，其目标比敌人的头部要大得多，可以增加射中的概率。枪口下垂的角度在45度左右，因为在遭遇紧急情况时，人体肌肉会自然收缩，手腕与手掌自然用力，就可以使枪管抬起呈水平状态。这种情况下射出的子弹，最理想的目标是敌人的心脏部位。如果击中了，就可以一枪毙命，即使击不中，打中敌人身体的概率也较高，如果不想留活口，上前补一枪就行了。"

牛小三问："队长，什么是反应射击法？"

夏荷花咯咯一笑，指着一棵树说："去给我摘一个水果来。"

“是。”牛小三跑过去，一会儿就回来了。

“把水果扔到天上去，能扔多远就扔多远。”

牛小三一愣，手臂朝后一扬，使劲把水果扔了出去。只见夏荷花举起枪，啪的一声，水果在空中就被子弹打得稀巴烂。

“好！好！好！”队员们鼓起了掌。

“这就叫反应射击法。”

“什么是突击射击法？”

“说起来简单，但这个非常重要，团队配合很重要，突击射击法是在突击的同时进行射击。这种方法广泛用于各种类型的攻坚、冲刺、垂降或水下突击，一般情况下，特战队员对每个目标射击两发子弹。因为在快速移动过程中，真正与敌人接触的时间，一般不会超过两秒，在此期间对目标射击的结果只有打中或打不中两种，如果打中，那问题好说，如果打不中，对方肯定会被你的枪声吓得躲起来，因此突击射击的要求，第一是气势、第二是速度、第三才是精度。突击射击训练对姿势没有特殊要求，但队员在第一时间内射出的两发子弹中至少有一发击中视线范围内，随机出现的目标，而且不能恋战，每一个靶只有一次射击机会，射击两发，最多不超过三发，同时保持自身的机动性，即使换弹或重新装弹时，都绝不能停下脚步。所以，在突击射击过程中，必须计算射出的弹药数，千万别等到子弹射完了再退弹匣、装新弹匣、重新上膛瞄准。因为这虽然只需要几秒时间，但也可能事关生死。”

队员们大开眼界，连呼过瘾。

经过一个月的射击训练，队员们个个几乎都成了神枪手。

接下来的就是野外生存训练。夏荷花让他们进入一座荒无人烟的大山，随身不准携带一点干粮，要在山上待十天，吃的问题自己解决。

十天后队员们都回来了，虽然他们面黄肌瘦，但精神状态很好，夏荷花很满意。

最后一个科目是山地丛林作战训练。夏荷花将队员又召集起来，先给他们上理论课，她说："丛林作战，决定胜负的最主要因素是地域，即队员是否对当地环境绝对熟悉。我要从下面五个方面对大家一一培训。丛林作战行进的第一课是距离，即每一个队员都要知道自己每一步的距离，知道自己在平地、上山或下山时踩出第几步刚好是100米，走出100米的时间也必须能在掌握中。这是每一个队员必须掌握的基本功。在执行任务时，地图上的距离都必须用队员的脚来测定，这项技能在暗夜的丛林中更显重要。第二课是判断方位。根据太阳、星象、植被来判断方向，这也是野外求生的一项重要课程。在丛林中，特战队员先要确定方位，再以该方位的某一点为前进目标，到达该点后再在同一方向确定下一个目标点，此时，默数脚步数也非常重要，只有这样，才可以确保行进的方向与距离。"

夏荷花停了下来，小猴子问："第三课是啥?"

"第三课是情报收集。特战队员原则上能不与敌接触则尽量避免。因此，搜索、回避、前进……是一个永无止境的循环。对于习惯用右手的特战队员而言，挂在身上的冲锋枪枪口自然朝向左前方，他的第一反应时间里的射击方向也是左前方，因此，他的危险区在右前方。在搜索中，他应该特别注意防范自己的右前方，不时转动身体或将枪口指向右方。一般特战队员都愿意采用侧身行进的方法，侧行一段路后，暂停一下，换个角度继续侧行。这种方法的优点是行进时头、手、枪口大体指向同一直线，身体不必做大幅摆动，可有效降低暴露自身的危险。但缺点是万一敌人藏身在你所不注意的方位，那就万分危险了。两人一组的话，你们可以各守一方，侧身前进。但对于个人而言，安全的行进搜索方式应该走'之'字形路线，分别向左、右走出四个肩宽后，随即转向行进，这个方法的优点是身体不需转动就可以兼顾正面的每一个方向，缺点是走的距离会超过原先的预期，对体力是一个大挑战。”

夏荷花讲得口干舌燥，她拿起水壶喝了一口，“第四课是接敌。虽然大部分的特种作战任务都要求队员尽量避免与敌正面冲突，但接敌的危险仍需要充分考虑到。接敌的主要原则是：在最短时间内、以最大火力、给敌人最大伤害。对于个人而言，接敌也需要掌握三个原则：不浪费弹药、不浪费时间、不给敌人任何机会。特战队员最不愿遇见，也最危险的作战是反伏击。在遭受伏击的一刹那，所有人都应该面对火力轴线趴下，在第一时间里还击，并迅速把情况向队长汇报，队长根据得到的情况分析敌我态势，并部署反击。这说起来很简单，做起来却危险万分。最后一课是撤离。一般情况下，撤离的方式、路线与进入相差不大。但随时我们都可能遇到特殊情况，撤离时带上人质或伤病员的情况就非常常见，受伤人员的血迹、气味等都需要妥善处理。总之，对于特种作战而言，个人总是渺小的，伙伴之间的协同与合作才是成功的最关键因素。”

讲完后，队员们鼓起了掌。夏荷花将队员分成两组，一组十人，牛大鹏和申飞豹各带一组，进行对抗模拟训练。

经过几个月的封闭训练，队员们个个“炼”成了钢筋铁骨，个个身怀绝技。就在夏荷花准备宣布魔鬼训练结束，准备回山寨时，小猴子喊道：“你们快看，山下有汽车。”夏荷花用望远镜一看，山下S盘道有两辆军用卡车，她说：“是小鬼子的汽车。”申飞豹心痒痒地说：“队长，端了她。”夏荷花说：“好，检验你们的时候到了，我倒要看看你们这几个月的训练成果，我就坐在这里看你们的行动。”她简单做了安排，让牛大鹏带一组埋伏在山谷的左侧，申飞豹带一组埋伏在山谷的右侧。牛大鹏这组先行动，先打死司机，车上的鬼子必将反击，等鬼子跑到汽车右侧时，申飞豹这一组再开火。

鬼子汽车越来越近，小猴子和牛小三各瞄准前后两辆卡车的司机，牛大鹏做了一个手势，小猴子和牛小三同时开枪，司机头一歪，卡车嘎的一声停了下来，从后车上跳出十几个鬼子，牛大鹏喊道："打。"几个鬼子立即倒下了，其他鬼子果然跑向卡车右侧反击。申飞豹给队员做了一个手势，他们一人瞄准一个，几乎同时开枪，十个鬼子头上立即开了花，先后倒下死了。两边同时发起冲锋，冲到车上一看，鬼子全部被打死。小猴子爬上前一辆车，见车上装的都是麻袋，他用刀子划开一条口子，喊道："粮食。"

夏荷花走了下来，小猴子笑着问："我们这仗干得漂亮吧？能打多少分？"

夏荷花说："勉强及格。好在这次鬼子人少，如果鬼子人多，还有活口，你们贸然冲下去，很危险。"她看了看粮食，吩咐小猴子道："快去通知大当家，多派些弟兄们来扛粮食。"

第九章　巧换武器拒绝收编

1

午后阳光照在人身上暖烘烘的。江霸天用白玉三羊执壶泡了一壶紫阳茶，然后倒在玉杯里慢慢品尝。

夏荷花说："我们队员还少几把冲锋枪，要不想想啥办法。"

江霸天说："我一直在想办法，上次我去抢鬼子的武器，要不是你救了我，我恐怕都活不到现在。这次你们抢了鬼子粮食，真解气，也解决了我们的大问题。为了保险起见，我觉得买武器还是比较安全些。"

"买武器要钱啊，我们哪有钱?"夏荷花说。

"安阳县警察局长兼保安队长魏民州，他是我乡党，我找他谈谈，他这点面子还是会给的。如果他愿意，我用白玉三羊执壶换他一批武器。"

"估计危险。"

"不谈怎么知道呢？魏民州这人好财，喜欢古董，我想他不会拒绝的。等我们换到武器后，我再派申飞豹悄悄偷回来。"

夏荷花见江霸天这样说，她也就不好再说什么了。江霸天说："要不我们现在带着玉壶进城去找魏民州。"

夏荷花说："要不我把'天狼突击队'也带上?"

"不用了，这事知道的人越少越好。"

江霸天把玉壶包裹好后，两人立即动身。两人翻过凤凰山，穿过一片松树林，步入蜿蜒的峡谷，溪声潺潺，阳光穿过茂密的树林，洒下了五颜六色的光芒。江霸天走在夏荷花的身后，他望着她的背影目光有点走神，寂静的山谷没有外人，他觉得这是难得的好机会，应该大胆地向她表白，他几次想说但一张嘴，该说的话就卡在喉咙里了，尽说些不该说的话，“荷花妹子，感谢你帮我组建了‘天狼突击队’。”

“大当家客气了，说这话就见外了。”

“你知道吗，你组建‘天狼突击队’的那些日子，我心里特别想你，每天晚上做梦都梦见了你。”

“是吗?”

“真的。我喜欢你!”

“什么？我听不见。”

“我喜欢你!”

“什么？我听不见。”

“我喜欢你!”

“你说什么？奇怪的很，我耳朵现在啥都听不见了。”夏荷花指了指耳朵，大步朝前走。

江霸天急了，气得话都不想说了。两人一路无语，穿过山谷，来到月河川道，进入安阳县城，直奔警察局。

“干什么？站住。”门前站岗士兵拦住他们。

“我找你们局长，敢拦老子，滚开。”江霸天憋了一肚子的火正愁没地方发泄，他扇了站岗士兵一巴掌。

“请进！小的有眼不识泰山!”站岗的捂着脸挤出一丝笑。

江霸天推开魏民州办公室的门，拱了拱手说：“魏局长，我来拜访你了!”

“什么风把你吹来了，稀客稀客，请坐。”魏民州说。

“我就不绕弯子了，开门见山地说吧，我手下弟兄们缺枪缺弹，”江霸天拿出玉壶放在魏民州的办公桌前，“这可是当年乾隆皇帝用过的东西。”

魏民州拿着玉壶眼睛都直了，他故意套江霸天的话，‘你怎么知道他是当年乾隆皇帝用过的东西？”

“这是从乾隆墓里挖出的东西，你说它是不是乾隆皇帝的东西？”

“你是怎么得到的？”

“这你就别问了。”

“你是知道的，日本人对我们武器管得很严，这恐怕——”

江霸天拿过玉壶，转身欲走，“那就算了，我去武汉，我就不信找不到懂家子。”

“慢——，有话好商量。”

“这就对了。武器你可以告诉日本人坏了或被凤凰山游击队抢去了，至于弹药就说训练消耗了。”江霸天说。

“你们想要多少枪？”

“步枪一百支，冲锋枪十支，轻机枪四挺，子弹三千发，手榴弹三箱。”

“你这是狮子大开口啊，其他条件我都可答应，这冲锋枪我这真没有。但我有个条件，你们不能用这些枪打皇军。”

“我答应你们的条件。我这玉壶可是无价之宝，我可是吃了大亏。唉，算了，成交。明天下午五点，我们在凤凰山山谷口一手交货一手交枪。”

“好，我准时赶到。”

江霸天作了一个揖，“告辞了，明天见。”

江霸天和夏荷花在街上吃了碗燕面，在街上不敢久留，立即马不停蹄回山寨。

夏荷花说：“你觉得魏民州这人可靠吗？”

“应该没啥问题。”

2

第二天，夏荷花带着“天狼突击队”早早埋伏在凤凰山里，她感觉魏民州这人不可靠，下午三时左右，牛大鹏发现一伙人，大概有一百多人悄悄埋伏在山谷里，这不就是约好的交货地点吗，夏荷花明白了，魏民州是想等货一到手，然后全歼江霸天他们，魏民州的这招够狠啊，他可以在日本人面前表功，又悄悄得到了玉壶，他这是一箭双雕。

夏荷花说：“牛大鹏，你带一组人，绕到他们后面，一旦他们开枪，你们就狠狠地给我打。”

“是。”牛大鹏带一组人走了。

夏荷花说：“其余人分成两组，我和申飞豹各带一组，绕到山谷左右两侧包围他们的退路，我们的目的是抢回玉壶，我一直主张中国人不打中国人，但他们如果顽强抵抗，我们也就手不留情了，只要他们放下武器，我们就给他们一条生路。大家听明白了没？”

“听明白了。”

“好，行动。”

夏荷花和申飞豹各带一组人翻过山岭，然后悄悄达到了指定的位置，隐藏了起来。五时左右，夏荷花看见魏民州的副官带着一队人马拉着一辆马车出现了，她数了数共五十人，她示意大家别动。在指定的地点，江霸天和副官寒暄了几句，江霸天查看了枪支弹药，他把玉壶交给了副官，副官看了看，交给了手下。江霸天说：“兄弟们，拉着马车回山寨。”江霸天他们刚走，副官手一挥，他手下的人立即占据了有利的地势，把枪对准了江霸天他们。江霸天走了百米远左右，埋伏在山谷的保安队向江霸天他们开了火，几个弟兄倒下。埋伏在保安队后面的牛大鹏他们也向保安队开了枪，保安队被逼到山下，又遭到江霸天他们的反击，保安队只好举手投降。副官见势不妙，立即带人撤退。夏荷花瞄准了副官，一扣扳机，副官一头栽在地上死了，其他人立即趴在地上不敢动。有胆大者刚一抬头就被打死了，他们不知道子弹从何处射来的。夏荷花大声喊道："只要你们放下武器，乖乖投降，我们给你们一条生路，否则一个不留。"

牛大鹏带着一队人员也追赶了上来，保安队见大势已去立即纷纷举手投降。夏荷花和申飞豹带人冲了下来，她一把从一个保安队的人手中夺过玉壶，"把他们的枪全部没收了，然后让他们滚蛋。"

3

井上龟郎知道土匪江霸天劫了他们的军粮很生气，后来又听说他们又击败魏民州保安队，他觉得这股土匪一旦形成气候，或者跟凤凰山游击队联合起来，将会对他们的西部计划发展形成影响，他忧心忡忡。

他把小林次野叫了进来，让他谈谈看法，小林次野说："父亲，让我带我的特战队员，去消灭这股土匪。"

"现在还不到时候，等时机成熟再说。"井上龟郎摆了摆手说："擂鼓台地势险要，易守不宜攻，正可谓是一夫当关，万夫莫开。"

"这帮乌合之众，我不费吹灰之力就灭了他们。"小林次野不屑地说。

"年轻人，不要狂妄。我听说他们也成立了特战队，不可小瞧他们。"井上龟郎说："我想试探一下他们再做打算。你派人去通知县长汪忠卫，维持会长苟容生，警察局长魏民州立即到我这来。"

"是。"小林次野说。

一会儿，县长汪忠卫，维持会长苟容生，警察局长魏民州战战兢兢地来了。魏民州以为井上龟郎是向他问罪的，他本来想独吞玉壶，如今偷鸡不成反蚀一把米，他说：“我用的缓兵之计，本来想等拿到玉壶交给太君的，没想到这帮土匪太狡猾了。”

“什么玉壶？”井上龟郎问。

“他们手中有把玉壶，是当年乾隆皇帝用过的东西，他们说是从乾隆墓里挖出来的。”

井上龟郎眼睛一亮，“千真万确？”

“是的，我亲眼见过，绝对是真品。”

“这么说，他们手中肯定还有更值钱的东西，说不定他们已找到了孙麻子。”井上龟郎笑着说。

魏民州为了表示对皇军的忠心，他故意说：“我带人去踏平他们的山寨。”

井上龟郎轻蔑地笑了笑，“就你手下这些草包，痴心妄想。”

“井上龟郎大佐，一定有高见！”县长汪忠卫说。

井上龟郎说：“我想派维持会长苟容生代表皇军去跟他们谈判，收编他们，顺便摸摸他们的底细。”

“小的不敢。”苟容生吓得头上冒出冷汗，“我听说这帮土匪都是杀人不眨眼的魔王。”

“你代表的是皇军，他们不敢把你怎样，我会派人接应你的。”

魏民州在井上龟郎耳旁耳语了几句，井上龟郎顿时喜笑颜开，他指着苟容生说：“你在这等我，我一会就回来。”

魏民州带着井上龟郎来到了警察局的牢房说：“这个人是擂鼓台的土匪，是被我们在妓院抓的，他们无意说出他们有价值连城的玉壶和金杯，是从乾隆墓里挖出来的，妓院老妈子就偷偷告了密。”

“干得漂亮，他们手里一定还有别的东西，好好审问下。”

井上龟郎走进牢房，看见一个五花大绑的光头男人在喊叫：“放老子出去，老子不就逛了窑子吗，又没犯啥错。”

井上龟郎笑眯眯地说：“你叫什么名字？”

“老子是擂鼓台的二当家，老子叫龙盘山，快放了老子。”

“只要你把问题交代清楚了，我立即放人。”魏民州笑呵呵地说。

“你让老子交代啥？”

“你说，你们山寨只有玉壶和金杯，还有啥值钱的宝贝？你们是怎么得到的？”

“只有玉壶和金杯，啥也没有了。”

“还不老实，给我打。”

龙盘山被打得皮开肉绽，鬼哭狼嚎，“我交代。”

魏民州手一挥，皮鞭停了下来。

“我说的句句都是实话，我们山寨只有玉壶和金杯……”

魏民州手一挥，“还不老实，给我打。”

“慢着，”井上龟郎喊道，他拍了拍龙盘山的光头，“只要你老老实实交代，我可以放你一马，不杀你。如果你跟皇军合作，奖赏大大的，我们还可以帮你成为大当家。”

龙盘山想了半天才说：“是是是，我愿意交代。我们山寨真的只有玉壶和金杯，是我们从孙麻子的小舅子手中抢来的，当时我还一刀宰了他。”

“你们见过孙麻子？”

“没有。我们从他小舅子嘴里得知孙麻子早死了……”

“太可惜，这么多年我一直在寻找孙麻子，没想到他死了。”井上龟郎摇了摇头，他拿出一份协议，“只要你在上面签了字，就表示你效忠天皇，效忠大日本帝国，从今以后你就是我们的人，当然你还是回你的山寨当土匪，不过你要随时给我们提供有价值的情报，当然只要情报有价值，我们统统有赏。”

龙盘山已饿了三天，他早已饿得肚子咕咕叫头发晕，他已管不了那么多了，“给老子松绑，我签。”

龙盘山签了字，按了手印，井上龟郎笑着说："你这几天好好在这养伤，我让他们好酒好肉，好好伺候你。"

4

井上龟郎想摸摸擂鼓台土匪的底，他派苟容生代表皇军去跟他们谈判，派小林次野化装成他的助手，是为提前了解一下擂鼓台的地形，为下一步攻打擂鼓台做准备。小车把他们送到凤凰山山顶后就停了下来，去擂鼓台没有马路，全是羊肠小道，还得穿山越岭穿过丛林，步行十几里的山路才能到达。

小林次野对身后卡车上的一个军官模样的人说："你们负责接应，我怕情况万一有变，你们先把车藏起来，然后在丛林里躲起来。"

"是。"他们纷纷跳下车。

"去了山寨，我一句话不说，主要是你跟他们谈判。"小林次野对苟容生说。

"好，他们不会杀了我吧？"苟容生说。

"有我在，别怕。"小林次野给他壮胆。

他们沿着羊肠小道步行了一个小时左右，突然从石头后面跳出两个拿枪的人，"站住，干什么的？"

苟容生举起两只手说："我们是来找大当家的，有重要事要汇报。"

"都给我放老实点。"两人收起枪，掏出黑布条蒙住了苟容生和小林次野的眼睛，一人用一个木棍一头给苟容生，一头自己拿着，小林次野抓住苟容生的衣服一角，后面一个人用枪指着他们说："快走。"

小林次野高一脚低一脚走了半天，终于被带到了山寨，在聚义厅他们才被解开黑布条，小林次野揉了揉眼睛，阳光穿过窗子射在他的脸上，他看到了坐在老虎椅上的江霸天，江霸天望着他冷冷一笑。

苟容生说："我是代表皇军来跟你们谈判的……"

江霸天哈哈一笑，笑声震得房子嗡嗡响，"笑话，我跟鬼子有不共戴天之仇，有啥好谈的，拉出去枪毙了。"

苟容生吓得双腿发颤，说："自古以来，两国交兵，不斩来使。"

"在老子的地盘，老子就是规矩。少给我来这一套。"

小林次野说："只要你们归顺了皇军，我们可以给你们提供枪支弹药及后勤保障，共同去消灭凤凰山的游击队和八路军。"

"我们跟凤凰山游击队和八路军一无冤二无仇，我们凭啥要去给你们当炮灰？"江霸天说："你把我们当三岁小孩啊，回去告诉井上龟郎，让他该吃就吃，该睡就睡，把身体养好，过几天我就来宰这个龟儿子。"

小林次野气得眼睛冒火，发着绿光，恨不得扑上去撕咬江霸天几口，他狠狠盯了江霸天一眼，目光从夏荷花脸上一扫而过，奇怪的是他觉得夏荷花很亲切，目光也温柔多了，"我们走。"

"趁老子心情好，你们赶紧滚蛋，小心老子改变主意。"江霸天说。

小林次野和苟容生又被蒙上眼睛带下山。

夏荷花说："我们应该先答应他们的条件，等拿到他们提供的枪支弹药，我们再跟他们反目也不迟啊。"

"我只要拿了他们的枪支弹药，我岂不就成了汉奸，传出去，你让我哪有脸在江湖上混？再说上次从魏民州的保安队缴获了一批枪，目前我们啥也不缺了，只想跟鬼子痛痛快快干一场。"

"好。"夏荷花说："这几天，怎么没见龙盘山？"

"他这人喜欢吃喝嫖赌，肯定又去窑子找乐子去了。"

"你怎么不去？"夏荷花盯着他的眼睛故意说。

“我才不去那种地方，再说我有相好的。”江霸天盯着她的眼睛说。

“哪天，把你相好的带来让我看看。”夏荷花酸溜溜地说。

“这个人呀，远在天边，近在眼前。”

“不理你了。”夏荷花脸一下红了，气呼呼地走了。

第十章　间谍同盟赶走夏荷花

1

夏荷花独自下山去漩涡镇，她好久没回老家了，表姐添了孩子，捎信给她，她决定去给孩子做满月。

夏荷花走到凤凰山顶时遇见了二当家龙盘山，当时夏荷花面朝漩涡的方向，一缕太阳光穿过山岚之间，照射在夏荷花的脸上，升起一层暖暖的七彩光晕。龙盘山被夏荷花的美震撼了，他见前后无人，嬉皮笑脸地说："妹子，你这是去哪里?"

夏荷花说："去漩涡镇。"

"要不我陪你一块去。"

"不用了。你脸是怎么回事?"

"喝醉了酒，不小心摔了一跤。"

夏荷花转身欲走，龙盘山一把抓住她的手说："别急，你看这荒山野岭的，连个人都没有，我陪你说说话。"他开始动手动脚。

"你干啥?"夏荷花抽出手说。

"你说，这荒山野岭的孤男寡女能干啥?"龙盘山笑嘻嘻地说，他抱住夏荷花想把她放倒在草地上，夏荷花一边挣扎一边掏出枪指着龙盘山说："放老实点，小心老娘一枪毙了你。"

龙盘山抱头蹲在地上，"我错了，姑奶奶饶命。"

龙盘山见夏荷花走远了，他站了起来，朝夏荷花的背影吐了一口口水，"臭娘们，你等着，等老子做了大当家，看我怎么收拾你。"他没立即回山寨，而是转身去了安阳县城，去给井上龟郎报信去了。

夏荷花在表姐家吃了酒席，第二天就去街上转了转，她没想到的是漩涡镇上驻扎了那么多伪军和小鬼子，她在一家卖布的摊位前站住了，她想扯点布给自己和江霸天做套衣服。就在此时，她听到了喊救命的声音，她看见几个流氓在调戏一个姑娘，为首的一个脸上长着疤子，她知道那人就是杜疤子，她也听乔雪峰说过杜疤子是漩涡镇有名的恶霸淫棍，欺男霸女，无恶不作。夏荷花冲了过去，"住手!"杜疤子歪着脖子看着夏荷花，"这位姑娘貌如天仙，一块给我绑了，今晚一块入洞房。"夏荷花突然一脚踢倒杜疤子，杜疤子趴在地上说："都给我上!"其他几个地痞流氓就冲了上去，夏荷花三拳两腿就把他们全打倒在地，个个鬼哭狼嚎。夏荷花说："还不快滚。"杜疤子和他的手下爬起来灰溜溜地跑了。杜疤子边跑边说："你等着，我去叫人来收拾你们。"

夏荷花扶起那位姑娘，说："你没事吧?"

姑娘笑了笑说："多谢你相救，要不是你，我恐怕就被他们糟蹋了，就没脸见人了。"姑娘说着就哭了。

"你叫什么名字?"

"我从小就死了爹娘，我也不知道自己叫啥名字，人们都叫我樱花你就叫我樱花或樱花姑娘。"

"你从哪来?"

"我是从武汉流浪过来的，一路靠卖唱为生，本来是想投靠亲戚，没想到亲戚全家都不知道搬到哪去了，我刚到漩涡镇就遇到了地痞流氓。"樱花说着就哭了。

夏荷花叹了一口气，"苦命的人啊！要不这样，你跟我去擂鼓台，不过我们都是土匪，不知道你愿不愿意?"

"只要能有口饭吃就行，我愿意。"樱花点了点头。

夏荷花带着樱花直奔擂鼓台，沿途的美景让樱花激动不已，她东张西望，手舞足蹈快乐得像个孩子。

夏荷花带着樱花拜见了大当家江霸天，她就把遇见樱花的经过及樱花的遭遇一一讲给了江霸天，江霸天说："真是个苦命的人，今后擂鼓台就是你的家，只要我们有口饭吃，就有你吃的。"

樱花说："谢谢大当家。"

夏荷花拉着樱花的手说："我跟樱花妹子有缘，我们都带花，我叫荷花，她叫樱花。"

江霸天嘿嘿一笑，"是啊，你们真是擂鼓台的两朵金花。擂鼓台有了两朵金花，弟兄们干活也不嫌累了。刚好，夏荷花晚上一个人住，这样你就可以有伴了，晚上也不寂寞了。"

夏荷花抿嘴笑了。

樱花是个能干的女人，每天打扫院子，洗衣做饭，几乎没见她停过半刻，她见人就笑，嘴又甜，深得江霸天和夏荷花的喜欢。

一天，樱花去江霸天的房间打扫卫生，把他房间收拾得整整齐齐，桌子擦得亮亮的。江霸天推门进来很不高兴，"谁让你进来的?"

"这些日子你对我很照顾，我一直愧疚没啥能报答你，我看你房间太脏了，就进来打扫了一下。"樱花说着就哭了。

江霸天见樱花哭了，心也软了，毕竟她是夏荷花带来的人，"好了好了，别哭，我也没责备你的意思。"

樱花笑了，她笑起来很迷人，"说心里话我很敬佩江大哥，人们都说江大哥为人正义，是个顶天立地的男人，他们说的果然不错。"

漂亮女人一夸，江霸天脸上乐开了花，"他们还说了啥?"

"他们说江大哥用皇帝的玉壶喝茶，用金杯喝酒，像个皇帝，我看江大哥将来一定也会做皇帝的。"

江霸天哈哈笑了。

"江大哥，你真有乾隆皇帝的玉壶和金杯?"樱花问。

“不错，我确实有。”

“我长这么大，还没见过皇帝的东西，能让我看看吗？”

“这……这……”

“我只是随便问问，这么值钱的东西，你可要保管好啊，小心被人偷走了。”

“你放心，我藏在一个安全的地方，没人能偷走。”

“那就好。江大哥，我先告辞了。”

2

擂鼓台的夜晚很静，晚风习习，一弯月儿挂在天上。

自上次发生了有人偷擂鼓台的玉壶和金杯后，山寨每天晚上就加强了巡逻，山寨主要负责人轮流值班。今晚是夏荷花值班，樱花见夏荷花走了，她就出去散步，她看见江霸天房间有灯光，走过去一看，江霸天一个人在喝闷酒，她推门走了进去，“江大哥，你怎么一个人在喝闷酒？”

“你来得正好，快坐。我有事问你，你帮我分析下。”

“什么事啊？”樱花咯咯一笑，很迷人。

“我喜欢夏荷花，我也对她表示过，但她总是支吾过去，我不知道她心里是咋想的，你帮我分析下，她心里到底有没有我？”

“这个不好说，也许她心里早有意中人了，又怕伤了你的心，所以就搪塞你。”

江霸天端起一碗酒，咕咕一口喝干了，脸上的表情很痛苦，“可我真的好喜欢好喜欢她，你说我该怎么办呢？”

“感情要讲缘分，不能强求，再说天涯何处无芳草？不要在一棵树上吊死。”

江霸天端起一碗酒，眼睛盯着樱花的脸，说：“如果你是她，我向你表示我喜欢你，你会答应吗？”

樱花咯咯笑了，很妩媚，“你怎么会向我表示爱意，如果你向我表示爱意，我高兴都来不及，怎么会拒绝你呢？你长得高大英俊，身材魁梧，为人仗义，你就是我心目中要找的那个男人。”

江霸天苦笑了一下，“这么说，看来她是不喜欢我了。”

樱花抛了一个媚眼，做了一个害羞的样子说：“那你就喜欢我吧！”

江霸天顿时语塞，不知道说啥好了。

樱花又一笑，“别说这些不高兴的事了，给我也倒酒，我陪你喝。”

江霸天哈哈一笑，“好，喝酒。”

几碗酒下肚后，江霸天有点醉了。樱花说：“今晚这么好的月色，要是能用你的玉壶泡壶茶，金杯斟满酒，那该多好啊！让我也过过当皇帝的滋味。”

江霸天在身上摸了半天，他不好意思地一笑，“玉壶和金杯我藏在我屋里的暗道里，暗道里的墙上有个小洞，我上了锁，钥匙交给夏荷花保管着呢。”

“这么贵重的东西你把钥匙交给她，你就不怕她拿着玉壶和金杯跑了？”樱花说。

“我放心她，不会的。”

“知人知面不知心，还是小心点好。”

江霸天醉眼蒙眬地抓住樱花的手，他把樱花当成了夏荷花，他说：“荷花妹子，我喜欢你，你为啥不喜欢我？”樱花手没朝后缩，任凭他握着，“荷花妹子，你的手好软，让我抱抱……”江霸天刚站起来，就像面条一下倒在地上，呼呼大睡了。

樱花来到里屋，观察了半天没发现什么暗道，她看了看墙角的柜子，她移动柜子，发现墙上有个按钮，她轻轻一按，墙上出现一条一人宽的缝，她提着灯钻了进去，里面越来越宽，可容十几个人，她看见墙上厚厚的石板，石墙上着一把大锁，她想宝贝肯定就放在这里了，她摸了摸大锁，嘴角露出一丝微笑。樱花立即钻出暗道，把柜子摆好，她看见江霸天还在呼呼大睡。

樱花回到自己房间，她开始翻箱倒柜寻找江霸天给夏荷花的钥匙，她想夏荷花不会把钥匙整天带在身上，一定藏在房间某个角落或什么地方，她四处寻找都没发现，她移动床头柜，用手敲了敲地面，发现一块有空洞的声音，她小心撬开地板，发现里面有个小瓶子，瓶子里装着一把铜钥匙，她欣喜如狂，她知道它就是江霸天让夏荷花保管的钥匙。突然有人敲门，樱花立即藏好，把床头柜摆好。樱花打开门一看，原来是龙盘山，她笑着说："二当家，这么晚了，找我有啥事？"

龙盘山挤了进来，关好门，转身抱住樱花，说："樱花姑娘，我想你了。"

"你快滚开，再不滚我就喊人了。"

"老子不怕，你喊，今晚不会有人听见的。"龙盘山抱住樱花按在了床上，他开始脱樱花的衣服，樱花一边挣扎一边说："我是日本人铃木丽子，化名樱花，暗地里是来配合你工作的。"

龙盘山一听樱花是日本人，立即松开手，扇了自己一个嘴巴，"小的有眼不识泰山。"

樱花说："我已知道江霸天把玉壶和金杯藏在什么地方了。"

"藏在哪里？"

"藏在他房间的暗道里，一般人根本发现不了。我现在有钥匙，我们现在就行动，你负责警戒。"

他们正准备出门，突然传来了脚步声，樱花一听好像是夏荷花的脚步声，来不及走了，她突然抱住龙盘山，朝后倒在床上，刚好龙盘山趴在她上面，她做出挣扎的样子，双手紧紧抱住龙盘山的腰，嘴里喊道："救命啊！"

夏荷花一脚踹开门，抓住龙盘山朝后拽，顺手打了龙盘山一巴掌，"滚！"

龙盘山捂着脸跑了。

樱花扑在夏荷花怀里呜呜哭了。

3

樱花独自在山后漫步，龙盘山从树林里蹿了出来。

龙盘山说："后天就是江霸天的36岁生日，36岁是个坎，只要迈过这道坎，以后才吉利，所以这次他准备大办，杀猪宰羊，准备让弟兄们快活几天。"

樱花说："好，我们就后天晚上动手。你不是刚好去安阳县城采购吗，顺便把这封信捎给井上龟郎。"

"没问题。"

"我是这样安排的，后天你的主要任务是陪江霸天和夏荷花喝酒，最好把他们统统都灌醉。我乘机去江霸天房里偷宝贝。我拿到宝贝到后山，小林次野在那接应。然后我们装作什么都没发生，等合适的机会让大当家把宝物拿出来，到时他一看宝物没在，然后我们就怪罪夏荷花。这样夏荷花就会被江霸天赶走，我们再趁机杀了江霸天，这样你就水到渠成地成了大当家的。"

龙盘山伸出大拇指，呵呵一笑，"高！我先走了。"

江霸天过生日这一天，擂鼓台张灯结彩，杀猪宰羊。为了助兴，他们还请了安康的戏班子唱安康汉调二黄和民间花鼓戏。夏荷花带着"天狼突击队"还打了不少野兔、野鸡、麂子等野物，聚义厅大摆酒席，划拳喝酒，好热闹。弟兄们轮流敬江霸天喝酒，他来者不拒，一口一杯，大家都赞大当家好酒量。江霸天几次要起身，都被龙盘山按住了，"喝酒。"龙盘山见樱花离席了，故意起哄，"大当家和三当家喝一个怎么样?"弟兄们都起哄，"喝一个!"江霸天端着酒来到了夏荷花的面前，夏荷花说："你今天喝得太多，不能再喝了。"龙盘山又起哄，"还没过门，就开始心疼我们大当家的了。"弟兄们都笑了。江霸天端起酒先干了，"先干为敬，我今天高兴，给我一个面子!"夏荷花见江霸天喝了，只好端起酒也喝了。

龙盘山不罢休，又起哄，“好事成双，大当家和三当家再喝一个交杯酒，怎么样？”掌声一片，“喝一个！”“喝一个！”夏荷花狠狠盯了龙盘山一眼。江霸天笑嘻嘻端着酒伸出胳膊望着夏荷花，夏荷花犹豫了一下，也伸出胳膊，两只胳膊缠绕在一起，掌声雷动，达到了高潮，人们都睁大眼睛看着他们把交杯酒喝了下去。有人高喊，“送新娘新郎，进入洞房！”笑声一片，夏荷花的脸一下红了，起身欲走。江霸天按住了夏荷花，“你不能走，你一走，弟兄们喝酒就没兴趣了。”夏荷花坐也不是站也不是走也不是，龙盘山说：“大当家说的有道理。来，我敬三当家一个，以前多有得罪，还请多担待，就当我给三当家赔罪了。”夏荷花说：“不敢。”夏荷花说啥也不喝，龙盘山下不了台，他苦笑了一下，“要不这样，我喝三碗，你喝一碗。”龙盘山没等夏荷花答应，他端起酒连喝三碗，抹了抹嘴，“三当家，该给我一个面子吧？”夏荷花极不情愿地端起酒喝了。弟兄们又开始划拳喝酒，高声喧哗。这顿酒从下午一直喝到后半夜，个个都喝多了，有的趴在桌子上，有的溜到桌子底下去了，有的躺在地上一动不动……

夏荷花也喝多了，她是第一个醒来的，醒来时太阳已经出来了，她看到地上横七竖八，东倒西歪躺满了人，还以为遭到了鬼子的屠杀，她吃一惊，立即翻身而起，地上有人在打鼾，有的伸了下胳膊有的伸了下腿，她才想起昨晚喝酒喝多了，她四周瞅了下，没见江霸天，她在一个桌子下发现了江霸天和龙盘山，两人在呼呼大睡。夏荷花踢了江霸天一脚，“死猪，还不起来。”江霸天一动不动，她又踢了龙盘山一脚，龙盘山醒了，见是夏荷花便呵呵一笑，爬了起来。地上的人陆续醒了，都慢慢爬起来，见地上横七竖八，东倒西歪躺着的人就嘿嘿笑了。

江霸天被抬到他的睡房，直到第二天才醒过来。

4

江霸天醒来后，睁开眼第一个看到的就是樱花在用热毛巾捂着他的头，江霸天顿时心里有一丝感动。

樱花望着江霸天一笑，“江大哥，你醒了！吓死人了，我好为你担心，你都昏睡了两天了，我还以为你醒不过来了呢。”

江霸天哈哈一笑，“放心，我属猫的，有九条命。”

樱花低着头说：“江大哥，你说奇怪不，这几天晚上，我做梦都梦见你了。”

“不会吧？你怎么会梦见我？”

樱花红着脸，嗲声嗲气说：“实话说吧，江大哥，我第一次见到你，就喜欢上了你。”

江霸天长这么大，第一次听到有女孩子说喜欢他，江霸天摸着头不知该说啥好，脸都憋红了，其实他心里乐开了花，顿时又对樱花充满了好感。

樱花见他那样子，心里在想男人真好骗，嘴上却说：“我好敬佩你啊，你好酒量，我就喜欢你这样的男人。那天你把弟兄们全放倒了，遗憾的是你没用金杯斟酒，如果用金杯斟满酒，喝起来那将是另一种感觉，那你简直就像个皇帝了。”

江霸天叹了一口气，“是啊，其实我也想到了。乾隆皇帝每年元旦凌晨子时就把这金杯放在紫檀长案上，把屠苏酒注入杯内，亲燃蜡烛，提起毛笔，书写祈求江山社稷平安永固的吉语。我也想过过皇帝瘾，用金杯来求擂鼓台平安永固吉祥，可夏荷花劝我最好不要用金杯，怕晚上人多手杂弄丢了。”

樱花笑着说：“这么值钱的东西，没拿出来也好，万一丢了就可惜了。”

“你放心，这东西我看得比命都重要，丢不了。”

“我劝你还是小心为好，特别是你最信任的人。”

“你这话啥意思?”

“我不能说，说了你也不信，还是不说的好。”樱花故意卖了一个关子。

“说啊，急死人了。”

“说可以，但我有个条件，你不能把我卖了。”

“我答应你。”

“你是不是把钥匙交给夏荷花保管了?”

“是的。”

樱花开始编故事，“那天我无意在后山林子里听到夏荷花跟一个陌生的男人在说话，那男人蒙着脸，没看清楚，他们在商量如何把玉壶和金杯偷走，我听那男的说等偷到玉壶和金杯后，就带着夏荷花远走高飞，隐姓埋名过两人世界。夏荷花还说，你先走，我随后就来找你……真是知人知面不知心啊!”

江霸天摆了摆手，说:“不可能!你是不是看错了?”

“我怎么能看错，她就是化成灰我也认识。”

“我还是不信。”

“眼见为实耳听为虚，你打开看看不就清楚了。”

江霸天起身准备去找夏荷花，夏荷花推门进来了，夏荷花看了看江霸天和樱花一眼，樱花说：“大当家喝多了，我来照顾一下他。”

夏荷花问:“大当家，没事吧?”

江霸天说:“我今天高兴，去把玉壶和金杯拿来，再喝几杯。”

夏荷花说:“大当家，你刚醒酒，不能再喝了。”

“哪那么多废话，叫你拿就快去拿。”江霸天严肃地说。

夏荷花就去自己房间取钥匙，一会儿她拿着钥匙进来了，她望了樱花一眼，樱花知趣地关上门走了。江霸天移动柜子，按了一下墙上的按钮，墙上出现一条一人宽的缝，他们提着灯钻了进去，江霸天用钥匙打开石墙上的大锁，他顿时傻眼了，里面空空如也，啥也没有，“我的玉壶和金杯呢?”夏荷花看了看锁，没有人为破坏的痕迹，她不相信自己的眼睛，她伸手一摸，里面啥都没有，“奇怪了，我明明就放在这里，锁又没被人撬过，难道它们长了翅膀飞了?”江霸天一字一顿地说：“夏荷花，玉壶和金杯呢?”夏荷花说：“你问我，我还问你呢!”两人气呼呼来到客厅，江霸天说：“你给我解释一下，只有你有钥匙，再说外人也不知道，你说是不是你想独吞?现在只要你交出来，我就当什么事都没发生过。”

夏荷花说：“天地良心，我又没拿你的东西，你让我如何给你交出来?”

“怪不得我过生日那天，你不让我拿金杯出来喝酒，原来你是早就预谋好了，你把它藏到哪去了?”

夏荷花生气地指着自己的鼻子说：“你的意思是说我拿走了玉壶和金杯?”

“手心里的虱子——明摆着的事，还要我明说。你以为我不知道，你拿走玉壶和金杯，然后你就远走高飞，跟你的相好过好日子。”

夏荷花生气地拍着桌子说：“胡说八道，你这是冤枉我，我还怀疑是你自己拿走了，然后栽赃陷害我。”

两人大声吵了起来，小猴子、申飞豹、牛大鹏和龙盘山他们都围在门外。

江霸天气呼呼地说：“画龙画虎难画骨，知人知面不知心，算我瞎了眼，认错了人。”

“你看我不顺眼，我走就是，从今以后咱们井水不犯河水，你走你的阳关道，我过我的独木桥。”

小猴子冲了进来，“大当家和三当家，你们都先冷静一下，事情还没搞清楚前，先别下结论。”

江霸天吼道：“秃子头上的虱子——明摆着，还有啥好说的?”

夏荷花指着江霸天的鼻子说：“你会后悔的。我走了。”

“你就这样走了，岂不便宜了你。”

小猴子、申飞豹和牛大鹏都去劝夏荷花，让她别走。夏荷花吼道：“你们都给我滚。”江霸天拔出枪，说：“站住！再走我就开枪了！”

夏荷花说：“你有种就开枪！我又没偷你的东西，我走的问心无愧。”夏荷花抬头挺胸只顾朝前走。

江霸天朝天上放了两枪，蹲在地上哭了。

第十一章　夏荷花重回山寨

1

月光如水，山林寂静。

夏荷花走了三天，江霸天就睡了三天，整个事件他又从头捋了捋，想来想去，觉得夏荷花不是这种人，在事情还没搞清楚前就下结论，不免有点草率。他推算，玉壶和金杯被偷这天应该就是他过生日那天晚上，而夏荷花一直在陪他喝酒，也没作案时间。如果不是她又是谁呢？这天晚上，龙盘山也一直在陪他喝酒，也没作案时间，何况他又没钥匙，也不知道地道的秘密。小猴子虽然知道，但他忠心耿耿，绝不会做出这种事情来。想来想去，毫无头绪，最后想的全是夏荷花的种种好处，他彻底失眠了。

申飞豹和牛大鹏也觉得这事蹊跷，打死他们都不会相信，夏荷花会偷玉壶和金杯，她一定是被人栽赃陷害了。上次不是就发生了一次偷玉壶和金杯的事吗，有可能是同一伙人所为。他们首先怀疑的是龙盘山，龙盘山这人毛病虽多，但为人仗义又讲义气，当初能找到玉壶和金杯，他立了汗马功劳，如果他有私心，当初他就不会把孔二带上山来审问，如果他直接私下审问，就可私吞金杯了。想来想去，他们排除了龙盘山，他们把山寨的人在心里一一过了一遍，最后怀疑到了樱花，樱花这人来历不明，值得好好观察。

樱花独自下山了，她说去县城。申飞豹偷偷一路跟踪来到了县城，他看见樱花穿过南街，拐过小巷子，来到了民主街，在日本司令部门口东张西望，然后直接进去了，门口的士兵好像和她很熟，对她还敬了一个礼。申飞豹心想，樱花原来是日本人，看来玉壶和金杯是被樱花偷走了，这说明玉壶和金杯一定在日本人手中。申飞豹立即回到了山寨，把这一情况告诉了牛大鹏。牛大鹏说："我去告诉大当家的。"申飞豹说："先别打草惊蛇，再说我们没有证据，就是说了大当家也不信。我们先盯住她，看她下一步行动再说。"

天黑时樱花悄悄回到了山寨，她直接去了江霸天的房间，她看见江霸天一人在喝闷酒，樱花说："大当家，我给你买了一条烟。"江霸天说了声谢谢。樱花说："大哥，我看你闷闷不乐，我陪你一起喝酒吧。"江霸天说："好，快坐下，还是樱花姑娘好。"樱花笑着说："大哥说得我都不好意思了。"江霸天端起一碗酒喝了，"我对夏荷花那么好，没想到她却做出对不起我的事，我真瞎了眼。"樱花给江霸天抛了一个媚眼，"别说不高兴的事，不是还有我么，喝酒。"江霸天哈哈一笑，"喝酒，得即高歌失即休，多愁多恨亦悠悠；今朝有酒今朝醉，明日愁来明日愁。"樱花说："没想到大哥也会背诗。"江霸天说："我哪会背诗，这是龙盘山的口头禅和座右铭，他整天唠叨这几句，我就记下了。我就不明白，龙盘山大字不认识几个，他却会背这首诗。"

樱花见江霸天提到了龙盘山，她立即转移话题，她不能把龙盘山暴露出来，留着龙盘山今后还有大用，一旦龙盘山当了擂鼓台的大当家，就等于皇军控制了擂鼓台。樱花决定今晚灌醉江霸天，然后就干掉他。樱花扭动身子，坐到了江霸天的腿上，一阵阵香风扑进他的鼻子，他闭上眼睛做陶醉状，樱花附在他的耳旁轻声说："把酒喝了，今晚我不走了，我留下陪你，好吗?"江霸天心痒痒的，端起酒就喝了，他抱着樱花就朝里间的睡房走，刚走到床边，他自己就倒在床上一动不动了。樱花看江霸天喝醉了，就用绳子把他捆在床上，樱花露出了她本来的面目，她端起一盆冷水泼在江霸天的头上，江霸天睁开醉眼，看见樱花手中的刀架在了自己的脖子上，他挣扎要起来，浑身动不了，发现自己的手和脚都被捆住了，“你这是啥意思?”樱花冷冷一笑，“陪你玩玩，玩点刺激的。”江霸天说：“快把绳子解了，这样不好玩。”樱花嘴角露出一丝笑，“休想，明年今天就是你的忌辰，我要杀了你。”江霸天望着樱花手中的刀，酒一下醒了，“你想干啥?”樱花笑了笑，用刀拍着江霸天的脸说：“谁要你跟日本人作对，这就是跟日本人作对的下场，不过你要是跟皇军合作的话，我可以饶你不死。”江霸天说：“原来你是日本奸细！让我跟日本人合作，休想！要杀要剐，随你便，爷连眼睛都不眨一下。”樱花举起刀子，说：“好，我现在就送你上路。”江霸天喊道：“慢！我想死的明白，我问你，是不是你偷走了玉壶和金杯? 你又是怎么偷的?”樱花笑了笑，“好，我让你死个明白。玉壶和金杯是被我偷走的。那天夏荷花去漩涡镇，我们故意在她面前导演了一出地痞流氓调戏我的好戏，夏荷花真是个好人，她救了我，这样我就跟她一块上山了。后来我无意中听你说，你房间有暗道，玉壶和金杯就藏在那里，你把钥匙交给夏荷花保管，我就趁机拿走了夏荷花的钥匙。在你生日这天晚上，趁你们喝醉的时候，我就偷偷跑到你房间，偷走了玉壶和金杯，小林次野在后山接应，我就把玉壶和金杯交给了他，然后嫁祸于夏荷花，目的是想让你把夏荷花赶走，要把你们山寨搞得鸡犬不宁。”

“大当家！你在吗?”门外突然有人喊。

樱花握紧了手中的刀，“别动。”

江霸天吹了一声口哨，只有山上几个弟兄能懂得暗语，意思是救命。

门外暗中监视的申飞豹和牛大鹏一脚踹开门冲了进来，樱花见势不好，顺手把刀狠狠插在江霸天的肚子上，然后从后窗跑了。申飞豹和牛大鹏冲了进来，他们见江霸天满身是血，“大当家，你没事吧。”江霸天说：“我恐怕不行了。樱花是日本奸细，是她偷了玉壶和金杯，我错怪了夏荷花。”

申飞豹说："大当家，你一定要挺住。"他转身对牛大鹏说："如果把大当家送到镇上医院，这山高路滑，一路颠簸我怕他受不了。我是飞毛腿，我跑得快，干脆我去镇上找医生来。你快去通知弟兄们，去抓樱花，见到她直接枪毙。"

牛大鹏刚跑出门，遇见了龙盘山，他慌慌张张地说："二当家，快通知弟兄们去抓奸细。"

龙盘山问："怎么了？"

"樱花杀了大当家。"

"岂有此理，胆子也太大了。"龙盘山心里暗笑，表面上装出痛苦的样子，"我抓住她非要剥了她的皮不可。现在兵分两路，你负责朝山下追，我负责后山。"

"好。"牛大鹏带着部分特战队员朝山下追去。

龙盘山带着几个弟兄朝后山追去，穿过丛林和岩石，在后山果然发现了樱花，龙盘山装作没看见，准备转身搜索别的地方，江霸天身边的两个亲信看见了，他们冲了过去，把樱花逼到了悬崖边，就在他们准备开枪时，龙盘山的枪抢先一步响了两声，江霸天的两个亲信一头栽在地上死了。

"谢谢，后会有期。"樱花作了一个揖。

龙盘山把长长的绳子扔给她，说："你快走吧！"

2

夏荷花离开了擂鼓台，回到了漩涡的表姐家。

夏荷花每天帮表姐洗衣做饭，照顾孩子。晚上她做梦梦见了江霸天，半夜醒来，她也奇怪怎么会梦见这个狼心狗肺的东西，她睡不着了，可满脑子都是江霸天，她心里无法否认，她也喜欢江霸天，但一想到乔雪峰，她心里就把这份感情深埋起来了，装作满不在乎，装作毫不喜欢他。如今江霸天说她偷了玉壶和金杯，她觉得自己比窦娥还冤，越想越来气，为什么江霸天不听她解释要冤枉她，她心冷了，心里已发誓，从此跟江霸天断绝关系。可如今她听人说，江霸天被樱花捅了一刀，也不知道是死是活，宝贝也被偷走了，她心里又开始担心起他了，甚至还想回擂鼓台去看望他，可一想到他说的那些狠话，就打消了这个念头，心里骂道活该。

一天又一天过去了，每天她都望着擂鼓台的方向发呆。

这天，漩涡镇逢集，天气又好，夏荷花实在无聊又没啥事干，就决定去街上逛逛。街上人很多，人山人海，大多是从附近各村庄赶来的，他们牵羊抱鸡，担柴挑米……他们是想卖了这些东西，再采购一些日常用品，像盐、酱醋、煤油、花布、红糖什么的。自水路通后，外地客商也抓住这些商机，上从汉中，下从武汉等地的粮商、茶商、药材商等等纷纷涌向漩涡镇，街上常常可以听到四川、湖北、广东、河南等不同的口音在说话，所以人们称漩涡为“小武汉”。

夏荷花坐在江边码头看来往的船只，一只船呜呜离开，波涛一浪又一浪涌向岸边，有的冲向岸边的悬崖，卷起一堆浪花。又一只船驶进码头，从船上下来了一堆人，他们都是大包小包，夏荷花看见一个戴墨镜的小伙子长得非常英俊，她不由得多看了几眼，小伙子走到她跟前，停住了脚步，他问：“你是梅子小姐吧?”

夏荷花一怔，望了他一眼，心怦怦直跳，感觉在哪见过，“我不是，你认错人了。”

“对不起。”小伙子走了，回头还望了她一眼，吹了一声口哨，“姑娘好漂亮。”

夏荷花心里一笑，此人不过是街上的小混混而已。

夏荷花离开码头，又去街上闲逛，突然她听到有人在喊她的名字，她一回头，见是山妮和罗玉燕，她们三人高兴地拥抱在一起，夏荷花问：“你们都还好吧?”山妮和罗玉燕说：“我们好不容易离开了南京，后来又千辛万苦回到了漩涡镇，没想到漩涡镇也被日本人占领了。对了，你怎么也回来了?”夏荷花说：“我找到了我爱人，我也参加了八路军，后来我爱人死了，全军覆没。我就参加了土匪，后来又离开了。说实话，在南京要不是张大山他们，我们恐怕就回不来了，也不知道他现在是死是活。”罗玉燕说：“好像还活着，具体我也不知道。孙福海那狗东西善于巴结日本人，现在是漩涡镇的镇长，还有那个杜疤子转身也成了漩涡侦缉队的队长……”山妮说：“他们都是狗汉奸，提他们就来气，好久没见了，我们去酒楼聚聚，尝尝地道的安阳菜，那个安阳蒸盆子味道很不错。”

三人刚走到酒楼门口，遇见一个小伙子撞了她们一下，夏荷花一看这不就是刚才在码头遇见的那位小伙子吗，罗玉燕正要发火，一看是漩涡首富马财主的公子，笑着说：“马公子，听说你在国外留学，啥时回来的？”

“今天刚回来。我叫马北辰，别叫我马公子，太难听了。你们这是干啥？”

山妮笑着说：“马少爷，我们三人从小一块长大，谁不知道你叫马北辰，你油腔滑调，满肚子花花肠子，没想到你却是我们镇上第一位出国留学的漩涡人，祝贺祝贺。我们请这位小姐吃饭，要不跟我们一块去吃饭？”

“好啊，今天我请大家。你们不要用老眼光看人，我现在可是一个敢作敢为的热血男儿。”

山妮笑着说：“马少爷，马公子，你看见那头牛没，肚子快爆了，别吹了！”

四人嘻嘻哈哈来到酒楼，马北辰紧挨夏荷花身边坐下，“请问这位小姐贵姓？”

“夏荷花。”

“好名字，你长得就像朵洁白的荷花，亭亭玉立……”

“今天我在码头遇见你，你错把我当梅子小姐，梅子小姐是谁？”夏荷花打断他的话。

“嗨，我为了跟你搭讪，随便编了一个名字。”马北辰笑着说。

罗玉燕敲了一下桌子，说："你们两个这么快就打得火热，该不会是相见恨晚吧？"

夏荷花脸一下红了，"别乱嚼舌根子，小心我撕了你的嘴。"

罗玉燕伸了一下舌头，"不说了。"

山妮笑着说："马北辰，你怎么没把你女朋友带回来？"

马北辰说："我在日本谈了一个，后来分手了。现在我是孤家寡人，哪有女朋友，这次父亲给我拍电报说我母亲病危，我匆匆赶回来了，结果母亲啥病都没有，他们骗我回来就是定亲，我跟那姑娘认都不认识，定哪门子亲，我现在是偷偷跑出来，陪你们喝酒。"

罗玉燕开玩笑说："我给你介绍一个？"

"好啊！谁啊？"

罗玉燕笑着说："远在天边，近在眼前。"

马北辰望了夏荷花一眼，呵呵一笑，"我没啥，就看这位夏姑娘了。"夏荷花狠狠盯了他一眼，"你的脸比城墙拐角都厚，开啥玩笑，说点正事。"

安阳蒸盆子端了上来，热气腾腾，满屋飘香。马北辰说："来来来，快动筷子。"

山妮望着安阳蒸盆子突然哭了，夏荷花问："你怎么了？"

山妮擦了擦泪水，"我突然想到了张大山在南京说的一句话，他说'大家要好好活着，我到时请大家在漩涡镇上吃正宗的安阳蒸盆子'，如今他的那帮弟兄们都战死了，他们都是好样的，我们为他们干杯！"

"干杯！"四只杯子碰在了一起。

一阵唏嘘伤悲之后，不知谁又转移轻松话题，一扫刚才的阴郁气氛，开始了说说笑笑，不知不觉折腾到晚上才散。临走时，马北辰把夏荷花拉到一边说："夏荷花，我对你一见钟情，要不明天我带你私奔吧？！"

"私奔个辣子。"夏荷花说："再胡说，小心我抽你！"

马北辰举起双手做了个投降状。

第二天一早，马北辰真的走了，离开了漩涡镇，没人知道他去了哪里。

3

夏荷花回到了表姐家。

晚上她失眠了，她睡不着了，她又想到了江霸天这个狼心狗肺的东西，越想越来气，恨得咬牙切齿，除非江霸天当面向她道歉，哭着求她回去，甚至用八抬大轿抬她回山寨，否则她永不回山寨。她又想到了马北辰，他觉得马北辰这人有点意思，虽然吊儿郎当，油嘴滑舌但人不坏。越想越乱，理不出头绪。鸡叫了，天亮了，她又睡了个回笼觉，院子里狗叫声把她惊醒了，她一看窗外阳光都照了进来，不好意思再睡了。起床后，她右眼老跳，心也慌慌的，她看见小猴子在院子里喊道："荷花姐，你在吗?"夏荷花装作没听见，待在屋子里没出来。

"你找谁?"表姐问。

"请问夏荷花在没?"小猴子说。

"你找她干吗?"

"我找她有事。"小猴子直接冲了进来，他看见了夏荷花，急忙说："我们大当家，请你回去。"

"江霸天的伤，好没?"夏荷花问。

"基本好了。我们大当家知道错怪你了，他后悔不已，心里非常内疚，他说只要你回去，今后他听你的，你想咋的就咋的。"

"你回去告诉江霸天，我再也不回去了。"夏荷花推开小猴子说。

小猴子急了，"大当家给我下了硬任务，必须要带你回去，否则他要剥了我的皮。"

"我量他没这个胆，你回去告诉他，我跟他已一刀两断，没任何关系了。”夏荷花把小猴子推出门。

第二天，江霸天亲自来了，他在门外喊道：“夏荷花，夏荷花——我是江霸天。”

夏荷花对表姐说：“你去告诉他，就说我不在。”

表姐走了出去，“你找谁?”

“夏荷花在没?”

“你谁啊？她不在。”

“她去哪里了?”江霸天冲进去，表姐没拦住，江霸天满屋找，结果在一间睡房里看见了夏荷花，他嘿嘿一笑，“荷花妹子，你跟我一块回吧!”

“你谁啊？我不认识，给我滚。”夏荷花板着脸说。

“我错了，我不该怪你，这一切都是樱花搞的鬼，她原来是日本特务，是她把宝贝弄走了。我想请你出山，把那宝贝从日本人手中抢回来，说啥也不能让它落到日本人手里。”

“要抢你自己抢去，找我干吗？我说啥也不回山寨了。”

江霸天突然跪了下来，“我求你了，只要你回山寨，你怎么打我骂我都行。”

夏荷花扫了江霸天一眼，“男儿膝下有黄金，你不是说你只跪天跪地跪父母，你这样我受不起。我告诉你，你就是跪一天，我也不会跟你走。”

“你就原谅我这一次吧，我错了，我向你道歉。”

“快滚!”

“你让我怎么做，你才肯跟我一块回山寨呢?”

“除非你用八抬大轿抬我回山寨，否则我永不回山寨。”

江霸天站了起来，“好，我现在就去找八抬大轿来接你。”顿了顿，“不过八抬大轿一般是用来抬新娘子的。”

夏荷花抿着嘴笑了。

表姐在外面喊道：“你们快从后门走，侦缉队的人来了。”

江霸天拉着夏荷花的手从后门进入了山林，他们一口气跑到一个山顶上，在一块石头上歇气。夏荷花关心地问："你的伤好没?"江霸天拍了拍胸说："承蒙你关心，好了。"夏荷花站了起来，"我该走了，我可没答应跟你一块走。"江霸天急了，一把紧紧抱住夏荷花，他炯炯有神的目光盯着夏荷花的眼睛，她的眼里没有了刚才的凶光，柔和多了，他在她额头亲了一下。

"你干吗?"夏荷花想推开他，推不动，他抱得更紧了，仿佛一松手怕她飞了似的。江霸天的嘴唇顺着她的额头下滑，猛地一下封住了她的嘴，她挣扎了一下，挣扎不动，她放弃了挣扎，任凭他吻着，慢慢地她也抱紧了江霸天，两人久久地吻着。

4

江霸天带着夏荷花回到了山寨。

"天狼突击队"的队员们知道夏荷花回来了，都来看她。嘻嘻哈哈说笑了一阵，小猴子说："荷花姐姐，你啥时当压寨夫人?"江霸天拍了小猴子头一下，"就你话多，把嘴闭上。"小猴子呵呵一笑说："我是想荷花姐姐当了压寨夫人，她就可以永远留在山寨，我是舍不得她走。"申飞豹说："小猴子说的也有道理，你们看最近寨子发生了那么多霉气事，是需要一场喜庆的事来冲冲霉气。"牛大鹏说："也是，最近干啥都不顺。"其他队员们跟着起哄，夏荷花脸红了，她不知道说啥好了，用眼睛扫了江霸天一眼，江霸天呵呵一笑，"先谈正事，我一定要把玉壶和金杯弄回来，大家谈谈有啥办法?"

申飞豹说："最近我去县城打听了一下，井上龟郎确实得到了玉壶和金杯，他爱不释手。鬼子司令部看守很严，要想下手不容易。"

龙盘山说："要不我带'天狼突击队'冲进去，直接干掉井上龟郎这孙子，把宝贝从他手里抢过来。"

江霸天咳了一声说：“这个办法我也想过，鬼子看守很严，我怕偷鸡不成反蚀把米。”

夏荷花说：“这事不能莽撞，我看得从长计议，等有机会再下手不迟。”

商量不出结果，人们都散了。这时夕阳开始下山，西边的天空一片金黄，山谷也被蒙上了神秘的色彩。夕阳慢慢地一点一点下坠，最后终于消失在山后。夕阳虽不见了，但西边的天空还燃烧着一片橘红色的晚霞。江霸天对夏荷花说：“我们去后山走走吧。”

“好啊。”夏荷花跟在江霸天的身后。

“刚才兄弟们说的话，你有啥意见？”

“他们说的啥？”夏荷花故意装糊涂。

“就是压寨夫人那事啊，兄弟们说的也有道理，最近寨子发生了那么多霉气事，是需要一场喜事来冲冲霉气。”江霸天不好意思地说。

“你怎么还这么迷信。”夏荷花红着脸说。

一弯月牙升了起来，群山模模糊糊，一阵风刮来，悬崖上的松树哗啦啦作响。江霸天脱下身上的外套披在夏荷花的身上，夏荷花的眼里有丝感动，他趁机握住了她白白的小手，树上传来了不知啥鸟的怪叫，声音很瘆人，她一下扑进他怀里，他趁机捧起了她的脸吻着，她像遭了电击，浑身发软发晕，站立不稳，江霸天紧紧地抱住了她，久久地吻着，一股股暖流传遍她的全身，那一刻她出现了错觉，她把江霸天当成了乔雪峰，她幸福地闭上了眼睛。“嫁给我吧！”江霸天在她耳边轻声耳语。夏荷花陶醉了，她感觉自己回到了那个鲜花盛开的草坪，那个蝴蝶飞舞的瀑布大峡谷，乔雪峰在她耳边轻声耳语“嫁给我吧！”夏荷花幸福地点了点头……

夏荷花睁开眼看见自己一丝不挂，她看见江霸天也是赤身裸体，她脸红了，一边穿衣服一边流泪。江霸天擦着她的泪水说：“我们结婚吧！”夏荷花说：“这也太快了吧。”江霸天笑着说：“这一刻我已等得太久了，从见你第一眼我就喜欢上了你。下月初八就是个好日子，你不是都答应了吗，我们结婚吧！”夏荷花说：“我现在恨不得一脚踢死你，我啥时答应你了？”江霸天急了，“刚才你不是就答应了吗？这么快就反悔，你不能说话不算数。”

夏荷花整理好衣服，满眼柔情地望了江霸天一眼，“我走了。终身大事，我得考虑一下。”

5

“到底嫁不嫁给他？”夏荷花漫步在山上一直在想这个问题。山上开满了紫丁香，有白的、蓝的、红的，远远望去紫丁香树枝繁叶茂，花团锦簇，犹如点点“粉梅”撒在树枝上，在阳光的照耀下，显得格外漂亮。细看，又像云雾，又像淡紫带红的云彩。

夏荷花来到一树紫丁香花下，那层层叠叠的花就由这一朵朵精致的小花组成，花中有四片粉色的花瓣，犹如桃花瓣，像水滴，又似粉珍珠，花瓣中有一根淡紫色的深管，一股幽香就是从这深管里飘出来的。她想起了小时候听说的一个故事，传说紫丁香一般是四瓣的，如果找到五瓣的紫丁香花，就会找到自己爱的人，就可以得到幸福，实现愿望，要是吃掉第五片花瓣，你就会对你爱的人一直不变，会爱他一生。夏荷花觉得有趣，决定自己赌一下，如果找到五瓣的紫丁香就嫁给他。夏荷花就开始在花丛里找，结果都是四瓣的紫丁香，她心里不免有点失望和失落，看来这一切都是老天对她的安排，认命吧。就在她转身准备放弃时，却在不经意的一回头间在另一丛丁香花树间蓦然发现了五瓣的紫丁香。夏荷花喃喃自语，“难道是上天可怜我！”

几天后，夏荷花终于答应嫁给江霸天，日子就定在下月初八。

山寨开始忙活了，弟兄们开始进城采购，上山打猎，杀猪宰羊，简直就像准备年货一样，山寨整天都弥漫着酒香和腊肉的香味，弥漫着欢声笑语。

夏荷花和江霸天成亲的消息传到龙盘山的耳朵里时，他感到了不安和惶恐，他们一旦结合，将对他的地位产生威胁，他感到了问题的严重性，他偷偷把苟攀陵和林忠虎找来商量，苟攀陵说："干脆把他们杀了算了。"龙盘山说："这样太冒险了，不妥。"林忠虎说："要不等结婚这天，把他们灌醉，然后再做点啥文章。"龙盘山摸了摸光头，突然一拍大腿说："有了，在他们床下放个定时炸弹，时间就定在深夜两点，等他们进入洞房甜蜜入睡时，嘭的一声，送他们上西天。然后我们就怪罪日本人，说是他们干的。"苟攀陵伸出大拇指说："还是大哥高明！"龙盘山笑着对苟攀陵说："明天你进趟城，找到樱花姑娘，让她给你准备一颗定时炸弹。"苟攀陵说："没问题。"

结婚这天日子终于来了，山上张灯结彩，鞭炮噼噼啪啪，好不热闹。江霸天没邀请外人，全是寨上的兄弟。结婚仪式是在聚义厅里举行的，拜了天地后他们没有直接进入洞房，而是步入酒席。夏荷花的右眼不停地跳，她总有种不祥之兆，总觉得要发生点什么事，但具体是什么事她也说不清。她偷偷把申飞豹叫到一边，让他和天狼突击队员们注意警戒，特别是后山，防止日本人突袭。申飞豹点了点头，走了。

龙盘山大声吆喝，"今天是大当家的好日子，不醉不归。来，大家都来敬新郎官和新娘子一杯！"

"好！干！"

大家都纷纷来敬江霸天和夏荷花，江霸天来者不拒，夏荷花喝了三碗后感觉有点上头，她表示不能再喝了，龙盘山不依，非要夏荷花喝。江霸天说："她不能再喝了，我替她喝，再说我们晚上还有事。"龙盘山哈哈大笑，"我知道你们晚上有啥事，不就是想早生贵子吗，不急这一下。"弟兄们都哈哈笑了起来，夏荷花脸都被笑红了，她说："女人酒量本来就不如你们男人，你不能这样欺负我们女人家，要不这样，我喝一碗，你喝三碗！"龙盘山一怔，只好硬着头说：“好，我喝三碗，你喝一碗。”夏荷花端起酒一口就干了，她举起碗说：“谁还想跟我喝？我喝一碗，你们就要喝四碗。”没人敢吱声，她趴在桌子上睡了。弟兄们又开始纷纷敬江霸天。龙盘山见时候不早了，弟兄们也喝得东倒西歪，他说：“弟兄们都回吧，我们要送新郎官和新娘子进洞房了。”江霸天和夏荷花被扶到了床上。龙盘山手下一个人说：“我们要闹洞房。”龙盘山拍了一下他的头说：“都醉成这样，闹个屁！等下他们两口子自己闹，你瞎搅和啥，快滚！”

弟兄们都走了，洞房里只剩他俩，房间里很静。窗外飘来一丝风，蜡烛左右摇摆，影影绰绰。

夏荷花虽喝多了点，但她的头脑非常清醒，她听到了滴滴答答的声音，以为是下雨了，她仔细听了一下，不是雨声。她坐了起来，又仔细听了一下，这声音来自床下，她钻到床下，发现了定时炸弹，她拿起来一看，还有一分钟就要爆炸，她拿起炸弹飞快地冲出门，把定时炸弹扔到了山谷……

第十二章　大闹县城

1

樱花回到了城里的日本司令部，井上龟郎正捧着金杯爱不释手。

“父亲，我回来了。”樱花说。

井上龟郎哈哈一笑，“你辛苦了，任务完成得不错。这金杯可是个国宝啊，你来看，这可是乾隆皇帝专用的酒杯，这件金杯的设计及加工皆属上乘。上面镶嵌的36颗大小珍珠、红宝石、蓝宝石和粉色碧玺都是极品，每颗珠宝都价值连城。当年乾隆皇帝把这金杯放在紫檀长案上，把屠苏酒注入杯内，亲燃蜡烛，提起毛笔，书写祈求江山社稷平安永固的吉语，所以这个金杯是中国乃至世界金银器史上的巅峰之作，是难得一见的无价之宝。哈哈，它将是大日本帝国的国宝了。”

“真没想到啊，简直不可思议。”樱花说。

小林次野说：“父亲，据可靠消息，凤凰山游击队最近一直在城里活动，也在打探消息，他们也想得到这两个宝贝。”

樱花说：“擂鼓台的那帮土匪也不会罢休的，特别是他们有支‘天狼突击队’，实力不可小瞧。”

小林次野说：“我的特战队一直没有对手，我想好好跟他们较量一下，打一场真正的丛林战，一帮土匪能培养出什么突击队，笑话。我看他们不过是一帮乌合之众而已。”

樱花说：“他们的队长叫夏荷花，曾参加过八路的特战队，打死过我们不少的狙击手，我们大日本帝国的不少优秀特战队员和军官都曾死在她的枪下。”

“好，我一定要亲自去拜访她一下，我倒要看看他们能有多厉害。你这是长他人志气，灭自己威风。”两人开始了争吵。

“好了，别吵了。既然他们都想得到这两个宝贝，我有个一箭双雕之计，我们就在安阳县新政府成立两周年的大会上，把金杯放在紫檀长案上，把酒斟满，亲燃蜡烛，提起毛笔，书写祈求大日本帝国江山社稷平安永固的吉语。”

小林次野说：“你这样做，一定会激怒他们，你就不怕凤凰山游击队和土匪来抢吗?”

“就是要他们来抢，我们要把消息放出去，让他们知道，我们要用金杯祈求天皇健康长寿，并祈求大日本将统治整个中国。你想，凤凰山游击队和土匪听到这个消息一定会气死，他们一定会来的。到时我们布下天罗地网，将他们一网打尽。”井上龟郎伸出五指，慢慢变成一个拳头。

“好。”小林次野赞不绝口。

“今天我心情很好，樱花又回来了，走，我们去刘家饭庄给樱花接风洗尘。”井上龟郎说。

他们三人来到刘家饭庄，县长汪忠卫、维持会长苟容生、警察局长魏民州早已在包间等候，他们见了井上龟郎立即站起来毕恭毕敬地问好。井上龟郎挥了挥手，他们忐忑不安地坐了下来，他们以为皇军又有什么重要的事让他们去办。井上龟郎说：“大家不要紧张，今天是带我女儿来品尝汉阴的十大名菜、八大名小吃的。”

魏民州亲自给井上龟郎和小林次野斟满酒，他转到樱花面前，“要不也尝尝我让他们专门给皇军烤的苞谷酒，这可是用当地最好的苞谷烤的，这是刚刚出槽的酒，味道地道正宗。”

樱花正要拒绝，井上龟郎望着她笑着说：“还是品尝一下吧。”

“嗨。”樱花点了点头。

井上龟郎说：“马上就是新政府成立两周年，为了大东亚共荣，我想举办一场隆重的纪念大会，表示我们皇军的诚意，这件事就交给汪县长来办。”

汪忠卫站了起来，“一定完成任务。”

井上龟郎又说：“在大会上，我将把金杯放在长案上，把酒斟满，亲燃蜡烛，提起毛笔，书写祈求大日本帝国江山社稷平安永固的吉语。”

魏民州说：“这主意不错，只是我担心凤凰山游击队和土匪也来凑热闹，怕万一……”

井上龟郎哈哈一笑说：“说实话，我没把他们放在眼里，这你就不用担心了，到时你把安保工作做好就是，其他你就不用管了。”这时店小二进来了，把腊肉炒粉条和酸辣茴香小鱼端上了桌子，汪忠卫指着酸辣茴香小鱼说：“这是用正宗月河白条鱼做的，鱼香酥软，酸辣可口。太君请！”

井上龟郎品尝了一下，赞不绝口。

这时又一道安阳特色菜汉水蒸盆子端了上来，井上龟郎望着热气腾腾的汉水蒸盆子对樱花说：“这道菜简直是个大杂烩，你看有猪肘、整母鸡、野生甲鱼、五花肉、墨鱼、莲菜、胡萝卜……这道菜很有特色：肉烂汤鲜，肥而不腻，营养丰富，色泽诱人，你尝尝。”他亲自给樱花舀了一碗汤。

“谢谢，父亲！”樱花说。

魏民州为了讨好井上龟郎，他舀了一碗汤，汤里有块甲鱼，他说：“王八，请！”

井上龟郎脸上露出一丝不高兴，魏民州明白了刚才的话容易让人误解，他一慌张，急忙说：“请！王八，请喝王八汤！”

井上龟郎正要发火，汪忠卫站了起来，“太君，我来敬你一杯酒。”

井上龟郎端起酒就喝了，跷起大拇指，“苞谷酒，哟西。”

维持会长荀容生为了献殷勤，他分别给井上龟郎、樱花和小林次野一人舀了一个王八蛋，他又给县长汪忠卫、警察局长魏民州舀了一个，在汤里找了半天也给自己舀了一个，他笑着说：“刚好六个王八蛋，王八蛋，来喝汤！”

井上龟郎变了脸，荀容生见他误解了自己的意思，急忙说：“我的意思是王八蛋是大补的。”

荀容生见井上龟郎笑了，他松了一口气，擦了擦额头上的冷汗。

汪忠卫又开始分别敬小林次野和樱花。

菜全部上完，沈师傅又坐在灶前抽了一根烟，这是他多年的规矩，抽完烟后他感觉浑身轻松。饭馆里喝酒很吵闹，他站起来，来到了大厅里，这时小林次野从包间出来，沈师傅的目光停在小林次野的脸上，他心里在想，“这人怎么这么像我？”小林次野的目光也停在沈师傅的脸上，他心里也在想，“这人怎么这么像我？”小林次野嘿嘿一笑，“请问，厕所在哪里？”沈师傅指了指门外，小林次野慌慌张张走了。

沈师傅回到了厨房，他心里也慌慌的，他心里在琢磨，“当年我的孩子失踪了，据说是被井上龟郎带到日本去了，难道小林次野就是我的儿子？”但他立即又否定了，“他怎么会是我的儿子呢？我的儿子应该不会长这么高大，比我高一个头还高。”

小林次野回到了座位，井上龟郎心情高兴，他们又喝了几杯。完毕，魏民州亲自保驾护航把井上龟郎送到了日军司令部。

樱花扶着井上龟郎来到了他的睡房，她正要离开，井上龟郎抓住了她的手，把她按在床上，开始解她的衣服，樱花抓住他的手说："不要！"井上龟郎挣脱她的手，扇了她一巴掌，"八嘎——"樱花躺在那里一动不动，任凭泪水恣意。

2

床下怎么会有炸弹？几天来，夏荷花一直在思索这个问题。

江霸天说："这种炸弹只有日本人才有，我看一定是日本人趁我们结婚时，偷偷混了进来，想置我们于死地。"

夏荷花说："我看不会这么简单，会不会是我们内部人干的也不好说，这事我得好好调查一下。"

"这事不好调查，以后我们小心就是。"

"都怪我，我不该把樱花带进山寨，要不是她，玉壶和金杯不会丢，我一定要把它们找回来。"

"这事不怪你，你也不要自责，我们想办法把它们弄回来就是。"

这时，申飞豹进来说："我得到消息，日本人想在安阳县新政府成立两周年纪念的大会上，把金杯放在紫檀长案上，把酒斟满，拜天拜地，井上龟郎要亲笔书写大日本帝国江山社稷平安永固的吉语，他们还要用金杯祈求天皇健康长寿，祈求大日本将统治整个中国。"

"岂有此理！"江霸天拍着桌子说。

申飞豹说："他们这不是挑衅我们吗？太气人了。"

江霸天骂了一句粗话，又拍了一下桌子，"老子一定要把宝物抢回来，不能让它落到日本人手里。"

夏荷花说："这事不能莽撞，我估计这是日本人设的套，让我们朝里钻。"

江霸天说："就是设的套，我也要朝里钻，我一定要去把宝物抢回来。”

明知山有虎偏向虎山行，江霸天是倔脾气，他认定的事八头牛都拉不回，夏荷花见他执意要去抢玉壶和金杯，也不好阻拦什么，说不定还真抢了回来，她对申飞豹说：“你去再侦察一下，我们好制订一个详细的行动计划。”

“没问题。”申飞豹说。

一场大战眼看就要来临，夏荷花开始带领“天狼突击队”提前进入战争准备，每天练习射击、格斗和体能训练。

眼看新政府成立纪念大会就要来到，龙盘山突然说自己的脚崴了，江霸天开始安排行动计划，夏荷花说：“我们主要任务是抢宝，所以不要人多，我带‘天狼突击队’的队员去就行了。”

龙盘山说：“三当家说的也对，她带‘天狼突击队’就足够了，到时我带弟兄们接应就是。”

江霸天说：“好，你留下来看家，我带‘天狼突击队’现在就出发，提前一天潜入县城。”

龙盘山一拐一拐地把江霸天送出山寨，江霸天说：“擂鼓台就交给你了。”

龙盘山嘿嘿一笑，“你们就放心去吧，我等你们好消息。”

经过几个小时的跋山涉水，他们乔装打扮来到了县城，小猴子在城外接应，其他人员两人一组分批潜入县城，他们在后街的一家旅馆相聚，旅馆的老板是擂鼓台的眼线，早已把枪给他们准备好了。

纪念大会地点在安阳简易师范学校的操场。第二天，江霸天、夏荷花和申飞豹他们趁人多混了进去，牛大鹏几个人在校门口接应。主席台搭在文庙前，操场人山人海，县长汪忠卫做了简单的讲话，然后井上龟郎上台讲话，他说安阳县将是“大东亚共荣圈”的一部分，将在安阳县建一个王道乐土的示范区，到时在大东亚推广。接着礼炮齐鸣。井上龟郎把金杯放在长案上，把酒倒入杯内，他亲自点燃蜡烛和三根香，朝着东方拜了拜，然后提起毛笔，书写“天皇万岁”。江霸天给申飞豹递了一个眼色，申飞豹朝操场边的保安队里扔了一个手榴弹，砰的一声，人们神色慌张，四处逃窜。江霸天趁机健步如飞窜上主席台，用台上的红布包住金杯和玉壶，然后一个鹞子翻身，朝门口跑去。文庙里突然窜出一大批鬼子追了上来，江霸天和夏荷花朝门口冲去，后面枪声响成一片，有几颗子弹擦着他们的头发飞过，等他们冲到门前时看到大门已被关上，门口重兵把守，他们用枪打死几个鬼子，鬼子就用机枪封锁了他们前进的路口，他们冲不过去。夏荷花回头一看，大批鬼子追了上来，她开枪打死了两个鬼子。突然申飞豹他们从鬼子后边冒了出来，啪啪枪声一片，他们冲了过来跟夏荷花会合在一起。门口的机枪疯狂地向他们扫射，压着他们抬不起头。鬼子后边又冒出来一拨陌生人，他们纷纷向鬼子和保安队开枪，会场乱成一锅粥。在门外负责接应的牛大鹏他们见里面枪声一片，他们干掉了守门的，炸开了门。

“冲!”夏荷花向门口的鬼子开了一枪。

江霸天和申飞豹他们一边奔跑一边开枪，他们冲了出去，朝南门奔去，却发现城门已关闭，而且埋伏了很多鬼子。

“看来我们中计了。”夏荷花说。

江霸天说：“我带人冲过去。”

“不行，那样只能送死。”夏荷花说。

小林次野带着他的特战队员赶了过来，夏荷花对大家说：“注意隐蔽!”

两个鬼子悄悄摸了过来，夏荷花对申飞豹做了一个手势，她和申飞豹突然出枪，击毙了他们，其他鬼子躲了起来。夏荷花和申飞豹侧身翻到一堵墙后，申飞豹刚一抬头，子弹从他头上飞过，他头缩了回来，夏荷花跑到一边藏了起来，给他做了一个手势，申飞豹取下帽子，用枪顶着慢慢升起来，啪的一声他的帽子被打飞了，就在此时夏荷花的枪声也响了，那个鬼子头开了花。小林次野躲在墙后，他们都不敢探出头。

南门城门也开始了激战，凤凰山的游击队炸开了铁门。夏荷花说："快撤!"申飞豹说："大当家，你们快走，我掩护。"江霸天和夏荷花朝城门跑去，小林次野的枪瞄准了江霸天，他一扣扳机，奔跑中的江霸天"啊"的一声停了下来，接着第二颗子弹又打在他背上，江霸天一下倒在地上。申飞豹大声喊道："大当家!"申飞豹气红了双眼，向小林次野连开几枪，小林次野胳膊中了一枪，他立即藏了起来。

夏荷花哭着扶起江霸天，"你没事吧?"

江霸天笑了笑，"没事。"

申飞豹冲了过来，背起江霸天就朝城门外冲，夏荷花也边撤退边掩护。他们来到了月河边，江面上突然冒出几只船，小猴子向他们招手，"大当家，我在这。"申飞豹背着江霸天上了船，夏荷花和其他几个弟兄跳上船，鬼子从南门追了出来，岸边的游击队和几个队员阻击着鬼子，有的人直接跳进河里游到对岸。

江霸天捂着胸口，血从他指缝里流出来，夏荷花抓住他另一手，"挺住。"船靠岸后，夏荷花扶着他上岸，江霸天说："让我休息下。"夏荷花抱着他坐在地上，江霸天的头靠在她怀里，江霸天摆了摆手，示意大家靠拢，申飞豹和小猴子他们围了过来，江霸天说："我恐怕不行了，我走后，就由夏荷花来当擂鼓台的大当家!"夏荷花说："我怕不行。"江霸天说："你必须当，只有你最合适。"申飞豹和小猴子说："就是，你就答应吧!"夏荷花点了点头。江霸天用尽最后一丝力气笑着说："擂鼓台交给你了，拜托了……"说完他头一偏，闭上了眼睛。夏荷花抱紧了江霸天，泪水滚滚而下。申飞豹像只发疯的豹子，站起来向对岸的鬼子射击，"小鬼子，受死吧！"树林里突然冒出一伙伪军，封锁了他们的退路。小猴子说："你们快撤吧，我来掩护。留得青山在，不怕没柴烧。"

夏荷花带着"天狼突击队"的十几个弟兄边打边撤，他们背着江霸天的尸体撤到了凤凰山山谷口，夏荷花见安全了，她望了望江霸天苍白的脸，泪水又流了出来，是她怀里的金杯让他丢了命，她恨恨打开布袋，拿出金杯一看，感觉这金杯跟上次有些差别，她再仔细一看，这金杯和玉壶做工粗糙，原来是个假的。其他几个人看后，也认定这是假的。

申飞豹气得大骂："忙活了半天，抢的竟是假的，井上龟郎真是个老狐狸。"

3

山路崎岖一直蔓延到天边，天边乌云滚滚，黑压压一片。

夏荷花带着"天狼突击队"来到了擂鼓台，擂鼓台云雾缭绕，山寨大门紧闭，门前异常寂静，夏荷花有种不好的预感，她让队员们分散开，注意警戒。小猴子大声喊道："快开门，大当家的回来了。"没有反应。小猴子又大声喊了几遍，还是没有动静。小猴子猫着腰朝门口移动，山寨门上突然冒出一堆人来向他们开火。小猴子顺势滚到一个土凹里，夏荷花一边开枪掩护小猴子一边躲到一棵树后，"瞎了你们的狗眼，你们听着，我是夏荷花，大当家的回来了，快开门。"

枪声停止了，山寨门前传来一阵狂笑，"江霸天，我知道是你们，今天就是你们的死期！从今天开始，我龙盘山就是擂鼓台的大当家，顺我者昌逆我者亡。"

"龙盘山，你太让我们大当家失望了，他现在不想跟你说话了。我问你，你为什么要这么做？"夏荷花说。

申飞豹让江霸天成坐立状，他模仿着江霸天的声音说："龙盘山，你想造反不成？快快打开寨门，往事我们一笔勾销。以后我们还是兄弟！”

龙盘山又一阵狂笑，“老子今天就是要造反，说实话吧，我早就想当擂鼓台的大当家，刚好有了这次机会，我要把你们什么‘天狼突击队’赶出擂鼓台。”

“我看不会这么简单吧，有人给你撑腰吧？所以你说话这么狂。”夏荷花说。

“不错，是有日本人给我撑腰，实话告诉你们吧，我和樱花一同参与了策划偷盗玉壶和金杯的事。”

“狗汉奸！没想到你暗中勾结日本人，我要杀了你。”申飞豹指着龙盘山说。

“哈哈，你怎么杀我？你们死期来临，嘴还硬。准备射击！”龙盘山说。

“慢——”夏荷花扬了扬手中的袋子说：“你没想到吧，我们把玉壶和金杯从鬼子手里抢了回来。”

龙盘山举起的手停了下来，他摸了摸光头说：“看在兄弟的情义上，只要你们交出武器和宝物，我保证不杀你们，给你们一条生路。”

“要是我不答应呢？”夏荷花说。

“别怪我无情了，你们只有死路一条。”

夏荷花故意拖时间说：“你给我十分钟，我们商量一下。”

“好，我只给你五分钟。”

“看来龙盘山是要置我们于死地，”夏荷花对大家说，她目光落到申飞豹和小猴子身上，“你们带五个人绕到后山，从悬崖上爬上去，一旦你们爬上去就开始射击，我们在门口拖住他们，听到你们枪声我们就开始反攻，这样前后夹击他们，夺回山寨。”

五分钟后，龙盘山的心腹林忠虎站了出来喊道：“快交出武器和宝物，免你们一死。”

“休想。”夏荷花说。

“给我朝死打。”龙盘山喊道。

夏荷花边战边退，她发现龙盘山在他们身后树林里早已埋伏了一些人，想要封锁他们的退路。夏荷花带领大家迅速改变了线路，占领了左边的山包，这山包正好对着山寨门，可进可退。夏荷花把人分成前后两组各守一边，他们埋伏在树林里，只要龙盘山手下的人一抬头，夏荷花他们就一枪打爆他们的脑袋，龙盘山他们不敢贸然进攻，双方僵持着，这正是她需要的结果，她要给申飞豹和小猴子他们赢得更多的时间。

龙盘山失去了耐心，他打开寨门，林忠虎带领一批人冲了出来。同时埋伏在夏荷花他们后面的苟攀陵也开始带人进攻。夏荷花说：“节省子弹，等他们靠近了再开枪，一枪一个。”

冲在前面的几个人立即倒下了，后面的开始畏缩不前，有的人其实并不想跟夏荷花作对，但迫于龙盘山的压力只好硬着头皮向夏荷花他们开枪，夏荷花也看到了这点，她每次打死几个只是想吓唬吓唬他们。林忠虎拿着枪说：“谁要朝后退，我就打死谁。”就在林忠虎准备开枪时，夏荷花一枪打在他手上，他鬼哭狼嚎地叫了一声，枪掉在了地上。

林忠虎准备撤退时，山寨里枪声一片。申飞豹和小猴子他们带五个人绕到后山，从悬崖上爬了上去，他们居高临下朝下进攻，有几个原是江霸天身边的人立即站在了申飞豹他们这边，还有几个早已看不惯龙盘山的人也迅速倒戈，他们利用地势优势朝山下进攻。夏荷花对牛大鹏说：“你一定要拖住苟攀陵，我带人包围龙盘山他们。”牛大鹏说：“没问题。”

林忠虎跑进山寨，他说：“大哥，不好了，我们被包围了，赶紧想办法吧。”

山上山下开始了同时进攻，龙盘山见大事不好，他虚放了几枪，带着人从小路跑了。苟攀陵见龙盘山跑了，他立即成了缩头乌龟，带着人也跑了。

申飞豹和小猴子他们跟夏荷花会合了，小猴子说："我带人去追!"

夏荷花说："算了，这山高林密的，回头再跟他们算账。"

第十三章　寻找藏宝图

1

井上龟郎的天网计划，只抓了几个虾兵蟹将，夏荷花和凤凰山游击队都漏网了，为此他心里很恼火。就在此时，他得到密报，孙麻子给他儿子的那个本子有可能是个藏宝图。这个本子樱花在夏荷花房间见过，笔记本上只画了一幅图，其他啥也没有，这图画得歪歪趔趔，像小孩胡乱画的，她当时也没在意，如今井上龟郎说它是藏宝图，她说啥也不相信。

"我不管它是不是藏宝图，但你必须想办法找到它，我要亲眼见见。"井上龟郎说。

"嗨！我一定找到它。"樱花说。

"龙盘山求见。"门外警卫通报。

"他来干什么？"樱花说："看来是被土匪赶了出来，如今留他也没啥用了，要不宰了他？"

"不不，"井上龟郎摆了摆手，"让他进来，听听他怎么说。"

龙盘山战战兢兢进来了，樱花眼睛一瞪，"你来干什么？"

龙盘山说："我原本想灭了'天狼突击队'，掌控擂鼓台，然后为皇军效力，没想到他们很厉害，把我赶了出来，如今我没落脚点，这不来投靠你们了吗。"

井上龟郎沉思了一下说："我交给你一个任务，如果你完成了，这县城侦缉队队长的位子就是你的了。"

“没问题，什么任务？”龙盘山说。

“你还记得吗，夏荷花房间有本笔记本。”

“记得，那个破本子，我差点撕下来擦屁股了。”

“我现在交给你的任务就是——你想办法把她那笔记本给我弄到手。”

龙盘山摆了摆手说：“还是算了吧，我不敢回擂鼓台了，他们见了我，非要杀了我不可。那破本子又不值钱，你们要它干吗？”

井上龟郎说：“这你就不用管了，你只管拿到本子就是。如今江霸天已经死了，你有什么好怕的？”

龙盘山吞吞吐吐半天，“这……这……”

“你是猪脑子，你不会想办法？我们会暗中帮助你的。”樱花说。

“我不管你想什么办法，只要拿到笔记本就重重有赏。”井上龟郎说：“否则你的脑袋将搬家，你的，明白？”

龙盘山点了点头。

龙盘山从日本司令部出来后，拿着赏钱，带着林忠虎和苟攀陵去饭馆暴吃了一顿。苟攀陵说：“大哥，你说下步该怎么办？”林忠虎指着受伤的手臂说：“老子要杀回擂鼓台，要报仇。”龙盘山拍了一下他的头说：“你这猪脑了，就晓得报仇，现在拿啥报？目前首要的任务是找个落脚点，然后再想报仇的事。”林忠虎说：“要不让日本人给我们安排个差事？”龙盘山笑着说：“日本人答应了，只要我帮他们办成一件事，我就是安阳县侦缉大队的大队长，等我当了大队长，你们两个就是小队长，到时我们就不愁没发财的机会了。”苟攀陵哈哈一笑，“到时我去逛窑子和去烟馆抽大烟，谁他妈敢问老子要钱，老子就找茬毙了他。”

龙盘山说：“你们就晓得吃喝嫖赌，也不问问井上龟郎交给我的什么任务？”

苟攀陵又一笑，“这不有大哥你吗，你说朝东我们绝不朝西，你说朝南我们绝不朝北。大哥，你说啥任务？”

“去擂鼓台偷笔记本。”

苟攀陵和林忠虎一听要回擂鼓台，立即不吱声了。

龙盘山说：“我是这样想的，凤凰山不是还有股土匪，他们的寨子叫天星寨，大当家叫吴敬山，我有个亲戚叫吴明兹，跟我关系不错，在他手下当了一个小头目，要不我们去投奔他。然后我让吴明兹混进擂鼓台，再偷走那个本子。”

苟攀陵说：“办法是不错，但这么多年来擂鼓台跟天星寨井水不犯河水，从不往来，据说是结了很深的梁子。”

林忠虎说：“我早就听说他们不合，他们具体结了啥梁子我就不知道了，大哥你给我们讲讲。”

龙盘山说：“说来话长，其实我很敬佩吴敬山，这人出身豪门，幼时聪颖，曾在西安一中学上学。成年后，家道日趋衰败。民国17年，投奔西北自治军西路军第2师第2营任中尉书记，在军阀部队里练就一套百发百中的射击本领。民国19年脱离部队，潜逃回家。不久，他纠集了一伙人上山为匪，当时他手上没枪，擂鼓台几个土匪在凤凰山上寻找猎物，吴敬山设计将他们骗到家里，将匪徒们灌得酩酊大醉。当晚他将熟睡中的5名匪徒全部杀掉，夺得5支步枪。此后，吴敬山以天星寨为据点，隐匿于主要路口，拦截过往行人，杀人越货，搞得路断人稀。后来，江霸天知道了他的五个弟兄是被吴敬山杀的，扬言要灭了天星寨，杀了吴敬山替死去的弟兄报仇。吴敬山那时势单力薄，手下人又少，他知道不是江霸天的对手，好汉不吃眼前亏，他就带着金条和枪支去请罪，江霸天自然不答应，吴敬山就砍掉了自己一根手指来谢罪，江霸天最后放了他一马，从此两人井水不犯河水，各走各的道。”

林忠虎说：“原来是这样啊，看来吴敬山也是个重情讲义之人，只怕他不肯收留我们。”

龙盘山说：“这你就放心，凭我们三人的本事，我们再带一伙人入伙，他求之不得呢。”

苟攀陵说：“我们这是看得起他才入伙，大哥，你说是吧！”

龙盘山嘿嘿一笑，说：“吃饱喝足，我们现在就出发去天星寨。”

三人出了县城，步入凤凰山，沿着峡谷溪流而上，穿过小毛坝大毛坝，翻过正沟垭、牛家山、赵家山，终于来到了天星寨。天星寨地势险要，山高林密，怪石林立。三人正在东张西望，从石头后面冒出两个土匪用枪指着他们说：“干啥的？”

“找你们大当家吴敬山，去通报一下。”龙盘山说。

“我们大当家吴爷是你随便叫的吗，小心老子毙了你。”一个土匪说。

“我真找你们大当家有事，如果误了事，小心你们的脑袋搬家。”龙盘山吓唬他们说。

一个土匪把他们身上的手枪没收了，用黑布蒙住他们的眼睛，一前一后押着他们来到了大厅。三人黑布条被解开，龙盘山揉了揉眼睛，揉出几滴泪，他擦了擦，见关云长的雕像下坐着一个中年男人，正用眼睛望着他冷笑。龙盘山作了一个揖说：“你就是大当家吴爷吧，我是擂鼓台的二当家龙盘山，小的拜见大当家。”吴敬山拍了一下桌子，“一提擂鼓台我就来气，拉出去毙了。”龙盘山连忙说：“慢，等我把话说完再枪毙也不迟。我现在跟江霸天翻脸了，我手下还有十几个弟兄，我是想入伙的。你想想，我的弟兄一旦加入，你将如虎添翼，天星寨也将壮大，到时你就是南山的一哥，官府不敢把你怎么样，就是日本人也不敢惹你了。”吴敬山摸了摸胡须，“听说江霸天被日本人打死了，是真的吗？”龙盘山说：“千真万确。”吴敬山哈哈一笑，“好，我答应你。如果你表现好，二当家的位子我给你留着。”

2

龙盘山为了获得吴敬山的信任，带着他的弟兄拦路抢掠，打家劫舍，发了几笔横财，所得钱财如数上缴，很快获得吴敬山的信任，如愿地当上了二当家。

为了庆祝龙盘山当上了二当家，吴敬山摆宴设席。酒过三巡，龙盘山说："大当家，想不想发大财？"

吴敬山说："废话，我做梦都想发财。"

龙盘山说："孙麻子你知道吧，他把孙殿英给蒋介石的三箱宝贝独吞了，据说他回到漩涡逃跑时这三箱宝贝无法同时携带，还有一箱不知埋藏在什么地方，也许江霸天早已偷偷得到这批宝贝，他不告诉任何人是想私吞。江霸天的死就跟这些宝贝有关，日本人偷了他的无价之宝——乾隆皇帝的金杯和玉壶，江霸天一气之下就带人去抢，结果就被日本人打死了。你知道吗，擂鼓台还有好多无价之宝。"他只字不提井上龟郎让他找笔记本的事。

吴敬山哦了一声，"要不我带人去灭了擂鼓台，然后掘地三尺，我就不信找不到。"

龙盘山说："不妥，夏荷花不是一般的女人，她手下有支'天狼突击队'，我跟他们交过手，个个武艺高强，骁勇善战，再说擂鼓台地势险要，就连日本人也不敢轻易去攻打擂鼓台。"

"你说怎么办？"吴敬山说。

"老子说过一句话，知己知彼，百战不殆。"龙盘山说。

"不是老子，是孙子。"吴敬山说。

"孙子能说这话，老子一定更厉害了。"龙盘山悄声说："擂鼓台现在正缺人手，最近他们肯定要招兵买马，我们找个机灵人过去做卧底，这样他们的一举一动我们都掌握在手中，一旦得知宝物消息，我们就里应外合，一举歼灭他们。"

"办法不错，你看派谁去最合适？"

"还是派你的人去吧，据我观察，吴明兹这个人脑瓜子灵人又聪明嘴又会说，派他去最合适。"

"好，这事就这么定了。"

3

秋天来临，层林尽染。

龙盘山把吴明兹送到山寨外，说了一些家常话，最后他悄声说：“只要你能拿到那本黑色笔记本，然后交给我，我包你一辈子荣华富贵，还让你当个官。记住，这事不能让吴敬山知道。”

吴明兹说：“知道了。我想问下，是啥官？”

龙盘山拍了拍他的肩膀说：“具体啥官到时你就知道了，相信表哥的话，我怎么会害你呢？”

吴明兹高兴地走了，他翻山越岭来到了凤凰山，突然冒出几个人用枪指着他说：“干啥的？”吴明兹见他们穿着打扮像是擂鼓台的土匪，开门见山地说：“我想加入擂鼓台。”

“我看你像个奸细，把他抓起来。”几个人用绳子捆住了吴明兹。

“我不是奸细，你们误会了。”

“把嘴闭上，到时有你说话的机会。”

吴明兹被带到了擂鼓台，摘下了眼罩，他见聚义厅的老虎椅上坐着一个年轻女人，他想一定就是大当家夏荷花了，他没想到是这个女人长得太漂亮了，简直比仙女都好看，她的美丽震撼了他，他看见她在看他，心慌慌的，说话也结结巴巴了，“你就是大当家夏爷吧，我是想来入伙的。”

“正是。怎么称呼你？”夏荷花说。

“小的叫吴明兹，家住堰坪村，我的父母都被小鬼子杀了，我想为父母报仇，听说你们真心打鬼子，我就投奔你们来了。”吴明兹说。

“欢迎你加入，我们也正缺人手。你就先负责挑挑水，打扫院落什么的。”夏荷花停顿了一下，指着申飞豹和牛大鹏说：“这是我们的二当家和三当家，以后有啥事找他们就是。时间不早了，让三当家带你去安顿下。”

“谢谢夏爷。”吴明兹退了下去。

吴明兹来历不明，夏荷花吸取了上次樱花的教训，她派小猴子偷偷去堰坪村调查，堰坪村确实有个叫吴明兹的人，父母都被小鬼子杀了，但不知道后来吴明兹去了哪里。看来吴明兹说的都是真的，夏荷花这才放心了。

立秋过后，山下暑气未消，擂鼓台就已悄然进入秋天，后山的悬崖上还缠绕着一层薄薄的雾，就像仙女穿着白纱裙在轻轻地舞动，山崖跟着若隐若现。擂鼓台的秋天是色彩最为缤纷的季节，一夜秋风过后，万山红遍，层林尽染，显现出秋色的无限诱惑，如同一幅重彩的油画。特别是日出、晚霞、云海和佛光等自然奇观互现，又给擂鼓台披上了一层神秘的面纱。傍晚时分，夏荷花站在山顶，望着天空出神。突然，天边喷出一道灿烂无比的霞光，刹那间，天空都被染成了深红色，就像是一片波澜壮阔的红色海洋。红色海洋中突然出现了两朵洁白的云朵，可刹那间，它们又被霞光染红了，晚霞呈四边形，一片片一簇簇，在太阳的映射下发出金灿灿的光芒。晚霞整整持续了一个多小时，直到天空全部暗下来，没有一丝光亮时，才停止了它澎湃而富有激情的表演，所有的景物都融入一片苍茫之中。面对连绵的群山和空旷的山野，夏荷花想到了乔雪峰和江霸天，两个男人的脸在她面前不停地变换，面对如此美景，没人能陪她欣赏，她的心里充满了失落和惆怅，她准备回房间。

夏荷花看见吴明兹在她窗前打扫被风刮下的树叶，夏荷花说：“这么晚了，别打扫了，等明早再打扫吧。”

吴明兹应了一声，匆匆走了。

夏荷花走进房间，她从枕头里又翻出那个笔记本，她看了无数遍，图画得歪歪趔趔，没发现什么蛛丝马迹，难道“升官发财”这四个字有什么寓意？孙麻子临终时对他儿子说的最后一句话就是

“升官发财，官财”，他为什么要说这句话？她百思不得其解。就在这时，有人敲门，夏荷花立即收拾好本子说：“进来。”门吱呀一声推开，原来是申飞豹。申飞豹说：“我在城里得到情报，说孙麻子留给他儿子的那个笔记本，里面画了一张图，据说是藏宝图。现在日本人、军统和游击队都在寻找这个本子呢。”夏荷花啊了一声，打开笔记本又仔细研究了一下，但还是没发现什么破绽。夏荷花说：“我们必须要抢在日本人之前找到这批宝物，明天你跟我悄悄去趟漩涡，去孙麻子的老屋实地考察一下，看能发现什么。”

申飞豹说：“好，我去把寨子里的杂事安排下。”

4

夏荷花和申飞豹悄悄来到了漩涡，他们沿着孙麻子当年回漩涡可能走的路线重走了一遍，她们找到了孙麻子的老屋，老屋因常年没人住，房屋已破落，墙也倒了半截，墙角挂满了蜘蛛网，屋前屋后被挖得到处都是大洞小洞，坑坑洼洼，看来好多人都想得到宝物在他家已掘地三尺了。如今院外屋里都长满了齐人高的杂草，成了小虫子和兔子们的乐园，草丛里突然跑出一只兔子，吓了他们一跳。他们又来到屋后的荒山上，荒山上全是密密麻麻的坟头，看来小路很少有人走动，野草都掩盖了路面，他们穿过一座又一座的坟，有的坟已破落，坟上杂草丛生，坟前没有香火的痕迹和鞭炮的纸屑，看来已是野坟了。雾开始弥漫上来，坟头若隐若现，给人阴森之感。夏荷花来到了山顶，她四周看了看，正前方是汉江，左侧是冷水河，右侧是雕老梁，后面是山谷和连绵的群山，她拿出笔记本开始一一标记，然后对照孙麻子画的图，她看了半天，指着图对申飞豹说：“你看这条弯曲的∽线像不像汉江，这条⌡线像不像冷水河？”申飞豹说：“有点点像。”夏荷花又看了看右侧的雕老梁，后面的山谷和连绵的群山，她又对照图仔细辨认，她高兴地指着图说：“你看这边∧代表是雕老梁，后边那条∪线代表山谷，那∧∧

∧形状表示群山……”申飞豹高兴地说：“越说越像，这么说孙麻子把宝物就藏在这附近了，可我们怎么去找啊？”夏荷花望着图说：“是啊，我们先回镇上，找个客栈住下来，我再研究一下图。”

黄昏时分，两人来到漩涡镇上找了一家客栈住了下来。晚上，夏荷花睡不着，她望着藏宝图看了又看，想了又想，迷迷糊糊中她睡着了，梦见了爷爷，爷爷对她说：“你去给你父亲坟上烧点纸吧！”爷爷说完就不见了。迷糊中她又醒了，她又看了一会图，这∩形状表示啥意思，还有★又表示啥意思？她越看脑子越乱，她又回忆起了梦中的情景，难道是爷爷给她托梦暗示着什么？

天一亮，夏荷花和申飞豹又来到了孙麻子老屋后的荒山，夏荷花给申飞豹讲了她昨晚的梦，申飞豹听完后说：“估计是你爷爷给你托梦。”夏荷花说：“巧合而已，我从不信这些。对了，孙麻子的父亲叫啥名字？”申飞豹说：“孙麻子的父亲叫孙啥星，好像叫孙兆星。”夏荷花看了一下图，突然高兴得跳了起来说：“我找到了，我找到了。”

申飞豹半信半疑地说：“你找到了啥？不会吧！宝物呢？”

夏荷花指着图上的∩形符号说：“这∩表示碑，你再仔细看∩里有个★，表示是他父亲孙兆星的碑。你再看这碑后面有个□符号，你再仔细看□里有个$……”

“你越说我越糊涂，听不明白。”

“孙麻子的儿子说，他父亲临终对他说的最后一句话是‘升官发财，官财’，他一直也认为他父亲的意思是希望他将来升官发财，光宗耀祖。其实他听错了，他父亲说的是‘棺材’而不是‘官财’，他父亲的意思是说将来要升官发财，就去棺材里找宝贝，估计孙麻子的话没说完就死了，或者他的女人在身边不便明说。你看看这图，□符号表示棺材，□里有个$，表示孙麻子把宝贝藏在他父亲的棺材里了。”

申飞豹说：“你推理的有道理，但你想想，孙麻子怎么会去挖自己的祖坟呢？挖祖坟是大忌，孙麻子不会不知道，所以你的假设是不成立的。”

“孙麻子这人贪得无厌又多疑，他啥事不敢做，他弄了那么多宝物，携带不方便又怕被人谋财害命，这些东西藏在哪里都不安全，只有藏在棺材里他才觉得安全，心里才踏实。乡里乡亲都知道，他父亲一生穷困潦倒，死后用薄薄棺材埋葬的，所以他不用担心有人来盗墓，他正是利用人们这种心理才这么做的，而这些宝物都是乾隆皇帝和慈禧太后的陪葬品，他把这些东西放在他父亲的棺材里，是对父亲莫大的尊敬。”

“分析得有道理。我们去孙家坟地看看，看看到底有没有孙兆星这个人。”

两人穿过一座又一座的坟，在密密麻麻的坟地里终于找到了孙家的坟地。在坟地他们一块碑一块碑地找，终于找到了孙兆星的碑。孙兆星的坟杂草丛生，毫不起眼。

夏荷花说：“等天黑后，我们就动手。”

申飞豹一听说要挖坟，心里有点胆怯，“要不我回山寨，找些弟兄来帮忙。”

“这事知道的人越少越好。你是不是心里害怕？我一个女人都不怕，你一个大男人怕啥？”

“不是怕……我们连工具都没有，如何挖？”

“去山下农家偷几样工具，对你来说，简直小菜一碟。”

“没问题。”申飞豹摸着头笑了。

夏荷花躺在草丛里休息了一下，她心里非常激动和高兴，棺材里有没有宝物，其实她心里也没底。如果真是宝物，她就打算购买枪支弹药，壮大队伍，然后跟日本人大干一场，杀了井上龟郎，为江霸天报仇，为父老乡亲们报仇。就在她胡思乱想时，申飞豹扛着铁铲和锄头来了。

申飞豹铲平了坟包，露出了棺材，一弯月牙儿挂在树梢，他抬头看了月亮一眼，月亮发出冷冷的光，这冷冷的光又落在黑黝黝的棺材上，折射出阴阴的光。夏荷花说："打开吧!"申飞豹用铁铲撬开一条缝，然后用另一把铁铲顺着缝插了进去，他用力一撬，吱呀一声掀开棺材，一股难闻的味道扑鼻而来，他看见了骷髅和一堆白骨，他一屁股坐在地上干呕起来，把苦胆水都吐了出来。夏荷花用手帕捂着鼻子朝棺材里一看，她高兴地尖叫起来，她看见了里面有个箱子，用右手一提，箱子很沉没提动，"快来帮忙!"申飞豹走了过去，两人屏住呼吸抬出箱子，撬开锁一看，金光闪闪，他俩顿时惊呆了，里面有金龙、玉石、珍珠、翡翠等等。申飞豹说："我们发财了。"夏荷花说："快把棺材盖上，重新填上土。"两人把坟恢复原貌，然后在坟上用树叶和杂草遮盖，忙完这一切，他们已汗流浃背，但没感觉到一点累。

两人抬着箱子，趁着夜色马不停蹄地回到了擂鼓台。他们回到擂鼓台时，天还没亮，兄弟们都还在睡觉。夏荷花一回到房间，她看了一眼床上的被子和柜子等，感觉有人来过她房间，她也知道日本人和游击队都在找这个本子，她查看了一下东西没发现丢什么。夏荷花探出头看了看，没发现异常，她就关上门窗，打开箱子开始一一清点和登记，除了金龙、玉石、珍珠、翡翠外，还有座金宝塔、金盒子、金玺印、金碗、金盆，件件都价值连城，在箱底她看见一把宝剑，剑鞘面上嵌了九条龙金，剑柄上嵌满了钻石和宝珠，拔出宝剑一看寒光闪闪。申飞豹说："这一定就是传说中的九龙宝剑。"夏荷花说："这就是乾隆皇帝当年用过的九龙宝剑，孙殿英当时送了蒋介石一把，蒋介石爱不释手，好事成双，孙殿英决定再送一把给他，没想到这把落到了我们手上，这可是一件价值连城的国宝。"

这些宝贝放在哪里，夏荷花很纠结，江霸天那个暗道是不能放了，这个地方日本人和龙盘山都知道，想来想去，她决定分两批藏，把小金龙、玉石、珍珠、翡翠还是放江霸天那个暗道里，就是日本人知道了，还以为这就是全部的东西。再把那些贵重的金宝塔、金盒子、金玺印、金碗、金盆、九龙宝剑等埋藏在山坡的树林里。两人立即分开行动，申飞豹负责把小金龙、玉石等转移到暗道里，夏荷花扛着箱子去了后山，其实她并没有把这些贵重的东西埋在山坡上，而是埋藏在一个非常隐蔽的山洞里，她之所以这么做，她不想让任何人知道，万事还是小心点好。

忙完这一切，天已亮了，夏荷花回到房间美美睡了一觉。

第十四章　将计就计

1

夏荷花醒来后，拿出枕头下的笔记本，她想万一日本人得到了这本笔记本，破解了这其中的奥秘，他们就会去挖孙麻子的祖坟，到时发现坟被挖过盗过的痕迹，那他们一定就会认为孙麻子当年确实藏了一箱宝藏，凭着日本人的狗鼻子他们一定会找上门来的，为了让日本人彻底相信藏宝图是个“谎言”，断了他们的念想，她决定伪造一份藏宝图，故意泄露出去，让日本人挖个空，日本人自然就相信了藏宝图是个无稽之谈，是谣言，那么日本人就不会打这些宝物的主意了。

让日本人去挖谁的祖坟呢？她把汉奸一一在头脑中过了一遍，县长汪忠卫、维持会长苟容生、警察局长魏民州、漩涡镇的镇长孙福海，还有那个漩涡侦缉队的队长杜疤子……最后把目标定在独眼龙孙福海身上，孙福海当年把她们卖到南京，差点丢了命，如今他又仗着日本人给他撑腰，欺男霸女，无恶不作，这个狗汉奸迟早要除掉。

吃完早饭，夏荷花带着申飞豹又去了漩涡镇，孙家祖坟在漩涡镇后面的坡上，夏荷花也知道孙福海的父亲叫孙红日，小时候她也见过，是位和蔼的老人，没想到他却有这样一个汉奸儿子。他们很快找到了孙红日的坟，坟前修着漂亮的亭子，碑又高又大，一看就知道孙家家大业大，后人很有钱。夏荷花站在亭子上看了看，正对面是汉江，右侧是冷水河，左侧是朝阳岭，后面是山谷和连绵的群山，她拿出草纸开始一一标记，标记完毕，她高兴地说："太巧了，这跟孙麻子画的标志很相似。"

实地考察完毕，两人立即回到了擂鼓台。回到擂鼓台时天已黑了，夏荷花匆匆吃了点饭，在灯下开始构思草稿方案。经过两天两夜的构思，夏荷花照着孙麻子的图画了一份，她在∩形符号里加了一个⊙，表示是孙红日的碑，这碑后面有个□符号，□里有个＄……夏荷花在本子上画完这张图，虚掩着门，她故意去了后山，暗地里派小猴子躲在一旁去监视。

夏荷花回到房间一看，果然那黑色笔记本不见了。小猴子和吴明兹也不见了。

第二天天黑时，小猴子回来了，他说："吴明兹装着打扫卫生，溜进房间拿走了黑色笔记本，吴明兹揣着笔记本把扫帚一扔就下山了，我就偷偷跟着。吴明兹去了天星寨，我就在山下树林里躲了起来，后来我就看见龙盘山跟吴明兹在嘀咕什么，再后来我就看见龙盘山去了县城，我就偷偷跟着，他果然去了日本人司令部。"

"龙盘山怎么会在天星寨？"夏荷花问。

"我也奇怪，打听了一下，他现在是天星寨的二当家了。"

"天星寨跟擂鼓台一直不和，难道他想联合天星寨来消灭我们？凭他们的势力，我想他们还不敢用鸡蛋去碰石头。看来以后要多留意天星寨的动向。"

夏荷花知道，日本人得到了笔记本，会把全部精力放在研究笔记本上，暂时不会有啥行动，这正是他们购买武器弹药的时候。夏荷花让小猴子把申飞豹和牛大鹏叫来。

牛大鹏说："大当家，最近看你忙得人都瘦了，要多注意休息啊。"

夏荷花呵呵一笑说："没啥。我把你们叫来是商量购买枪支弹药的事，最近寨子又招了一些新人，他们连枪都没有，如何去跟鬼子拼命。"

牛大鹏说："要不我们去抢鬼子军火库?"

"好枪都被龙盘山弄走了，就我们这些枪，如何去抢?"申飞豹说。

"抢又不行，要去买我们哪有钱啊。"牛大鹏说。

夏荷花呵呵一笑说："钱的事你不用操心，我自有办法。你们有没有认识做军火生意的人?"

牛大鹏说："要不我们还是去找魏民州。"

申飞豹说："不行，这人不可靠，上次差点让我们赔了夫人又折兵。"

夏荷花说："安康专员、兼保安司令魏席儒的副官是安阳人，要不我去找找他看看。"

牛大鹏说："他是我亲戚，拐弯抹角地算起来，他还喊我大哥。"

夏荷花说："好，这事就交给你去办。同时我们也要做两手准备，实在不行就去汉中、西安和武汉买。"

2

龙盘山去了县城的日本司令部，他把笔记本交给了樱花，樱花又转交给了井上龟郎。

井上龟郎说："你曾经见过这个笔记本，你看看是这个本子吗?"

樱花说："是这个本子，记得我当时还不小心在上面画了一个印子，你看印子还在。"

"那这个藏宝图呢?"

“当时没细看，没记住，感觉是原来的那个样子。”

“好，那太好了。”井上龟郎拿出放大镜仔细观看，他心里也开始怀疑，“这怎么会是藏宝图呢？如果是，画这个图的人简直是个天才，只有天才才能画出这种诡异的图来，要破译这图太难了。”

“要不我们请大日本谍报专家来破译?”

“这上面几乎没有数字，如何破解。不用了，先别声张，万一藏宝图是假的，或者根本就不存在藏宝图这事，传出去岂不让人笑话。都在传说孙麻子当初带三箱宝贝，携带不方便，又怕引起别人怀疑，就藏了一箱，我估计就藏在漩涡的某个地方，如果不确定位置，这样找就像大海捞针。”

“难道好不容易弄来的藏宝图，就这样算了。”

“不不不，这事我交给你来办，我相信你会破解的，你不会让我失望的。还有，小林次野现在负责漩涡的治安和剿匪，你有啥事可以去找他。”

“嗨。”

樱花白天黑夜都把自己关在屋里研究图，晚上做梦都是这图。一个月过去了，她没看出什么破绽，她决定去漩涡看看，看能发现什么线索不。

樱花穿着便装独自来到了漩涡镇，小林次野也穿着便装陪她在镇上吃了饭，两人来到了汉江边，汉江和冷水河交汇处布满了大大小小的石头，奇形怪状，有的似牛似马似狗，绵延几里路，就像摆的石头阵。在江边逛了下，两人拐入冷水河，然后沿着山间小路来到了山顶，站在山顶整个漩涡镇都呈现在眼前。樱花拿出笔记本看了看，她又望了望正对面的汉江，右侧的冷水河，左侧的朝阳岭，后面是山谷和连绵的群山，她拿出草纸开始一一标记，标记完毕，她对了对笔记本上的原图，指着图对小林次野说：“你看这条弯曲的∽线像不像汉江，这条线⌡像不像冷水河？”小林次野说：“有点点像。”樱花又看了看左侧的朝阳岭，后面的山谷和连绵的群山，她又对照图仔细辨认，她高兴地指着图说：“你看这边∧代表是朝阳岭，后边那条∪线代表山谷，那∧∧∧形状表示群山……”小林次野说：“你说的有道理，但∩形符号里加了一个⊙，又怎么解释那？”樱花说：“这个还不清楚，回去我再研究一下。”

晚上，樱花在漩涡镇上住了下来。她想了几晚上，都想不出∩形符号里加了一个⊙的含义，她回到了县城，把情况一一向井上龟郎做了汇报。井上龟郎不愧为中国通，他说：“中国的文化博大精深，含义深刻，具有几千年的历史，汉字又是中国文化博大精深的见证。古代传说仓颉造字，‘天为雨粟，鬼为夜哭，龙为潜藏。’虽是神话传说，但足可见，汉字对于中国文化的意义，它除了是语言的表达方式和留存方式外，还蕴含了中国伟大的哲学思想。先说说‘俗’字，什么是‘俗’？就是一个人一个谷，人吃五谷，就是俗。谁能脱俗？除非不食人间烟火。大家其实都是俗人，不要想脱俗，那么什么是‘雅’？就是一个牙一个佳。要想雅，就要先吃饱了，所以雅从俗中来，要想成为一个雅士，就先做好一个俗人。大俗才是雅。”

樱花说：“听你一番话，我受益匪浅，茅塞顿开，∩形符号里加了一个⊙估计是个象形字，我去查查资料。”

樱花就去查资料翻古书，并没发现有∩形符号里加了一个⊙的象形字。

第二天，樱花又去找井上龟郎。井上龟郎问：“查到这个字没？”

“好像根本就没有这个字。”

井上龟郎想了半天说：“如果把它们拆开，再去破解∩和⊙的含义呢。”

樱花说：“我怎么都没想到呢？这∩表示碑，⊙表示太阳。”

“是的，⊙表示太阳，在中国就叫日，你再看看大日本的国旗，大日不落帝国，太阳永远是红的。”

“碑是给死人立的，我想碑后面埋葬着一个太阳，那人一定叫红日什么的。”

“八嘎。”井上龟郎说：“他这是对我们大日本日不落帝国的不尊敬。”

“碑后面有个□符号，你再仔细看□里有个＄，□符号表示是棺材，□里有个＄，表示孙麻子把宝贝藏在这个人的棺材里了。”

井上龟郎说：“立即去查孙家族谱，看看有没有名字里带‘日’的人，或者叫什么‘红日’的人。”

樱花又去了漩涡镇，她把这事交给了漩涡侦缉队的队长杜疤子，杜疤子见是日本人交代的事就格外卖力，他把孙麻子家的家谱翻了好几遍，都没发现名字里带‘日’的人，或者叫什么‘红日’的人。

樱花几天没见结果，她亲自找上门来，询问杜疤子，“查得如何?”

“我把他祖宗八代都查了，都没发现有叫什么‘日’的人，或者叫什么‘红日’的人。”杜疤子说。

“这就奇怪了。∩里有一个⊙到底是啥意思?”樱花自言自语。

杜疤子跟镇长孙福海面和心不和，他也一直想当镇长，心里琢磨了半天说：“樱花姑娘，我就不明白，你为啥只找孙麻子家家谱，为什么不在全镇上找找那些大户有钱的人家，比喻同是孙家家谱，孙麻子家的家谱和孙福海的家谱就不一样，孙麻子的祖先是从湖北逃荒过来的，而孙福海的祖先是从广东逃乱过来的，他们不是一支的，各自按辈分排述就不一样。”

樱花说：“这个建议很好，扩大范围，在全镇上查。”

杜疤子说：“我几天几夜都没合眼，皇军交代的事我一定要办好。实不相瞒，我早已把镇上的几个大户人家家谱都摸了一个底朝天，查了半天，镇上确实有个带‘日’并且叫‘红日’的人。”

“你的良心大大的好，回头我将重奖你。他的名字叫什么?”樱花高兴地说。

“孙红日。只怕你们不敢动他!”杜疤子故意这样说。

“为什么?”

“孙红日的儿子就是漩涡镇的镇长孙福海，他们家族大，人多，如果你要打他祖坟的主意，他会跟你拼命的。”

“我就枪毙了他。”

“对对，枪毙了他。”杜疤子点头哈腰地说。

樱花说：“带我去孙福海的祖坟看看。”

杜疤子像只狗欢快地带领着樱花去了漩涡镇后面的山坡，樱花在坟地里找到了孙红日的坟，碑又高又大，还修着漂亮的亭子，一看就知道后人很有钱。樱花站在亭子上又看了看正对面的汉江，右侧的冷水河，左侧是朝阳岭，后面是山谷和连绵的群山，她拿出笔记本一一核对完毕，心里想，如果把宝藏在这里，凭孙家的威望和势力是没人敢动的，孙麻子把宝藏在这里是最安全的，她高兴地说：“一定就藏在这里。”

杜疤子看了看樱花，“什么意思?”

樱花说：“不该问的就别问，从现在开始，你给我把孙红日的坟看好，不准外人踏近一步。”

杜疤子弯下腰，学日本人“嗨”了一声。

樱花立即给井上龟郎打电话，汇报了这一切。第二天一早，井上龟郎坐车赶到了漩涡。

日本宪兵队包围了孙家祖坟，孙福海听说日本人要挖他的祖坟，他带着一伙人冲了上来。

“站住!”小林次野拔出手枪说。

他们没有停下脚步，挥舞着木棍、铁铲等朝上冲，小林次野一枪打死一个冲在最前面的人，他们顿时停下了脚步。

“你们为什么要挖我的祖坟？我对皇军可是忠心耿耿，没有二心啊。”孙福海说。

“如果你对皇军忠诚，请你马上离开。”小林次野说。

孙福海一屁股坐了下来，“不给个理由，我今天就不走。”

井上龟郎走了过来说：“孙镇长，关于这件事我很抱歉，我向你赔罪。你先回去，回头我跟你解释。”

井上龟郎手一挥，孙福海被两个日本兵拖了下去。

两个日本兵用仪器在坟上探测了一下，他们高兴地说：“下面有东西。”

井上龟郎高兴地说：“把坟挖了！”

坟包铲平，打开棺材，里面只有一堆白骨，和一些不值钱的盆盆罐罐。樱花说：“仔细找找。”他们在白骨下发现了一个小金佛和金元宝，其他啥都没有了。

“八嘎！”井上龟郎气得叫了起来。

3

夏荷花得到消息，井上龟郎带着一批人去了漩涡，她认为这是大好时机，她决定带几个人晚上摸进鬼子司令部，把玉壶和金杯找回来。

牛大鹏说：“我去。”

夏荷花说：“你留在山寨，我怕万一天星寨的人攻打我们山寨。等我们回来后，你再去安康找找魏席儒的副官谈谈。”

夏荷花带着申飞豹和小猴子当天下午就进了县城。他们在日本司令部四周逛了逛，摸清了门口守卫和换岗的情况。半夜时分，夏荷花和申飞豹翻过围墙杀了两个哨兵，悄无声息地摸进了井上龟郎的办公室。夏荷花看见了办公桌旁有个保险柜，悄声说："估计玉壶和金杯就在里面，你是开锁专家，这个就交给你了。"申飞豹从身上掏出一串工具，伸进锁孔，捣鼓了半天，他头上开始冒汗了。夏荷花说："你到底行不行？"申飞豹又掏出一个工具说："这是我有生以来碰到的最难打开的锁，我再试试。"申飞豹正要把工具伸进锁孔，夏荷花听到了响动，她说："有人。"

两人迅速藏了起来，夏荷花藏在门后。门轻轻推开，借着淡淡的月光，夏荷花看那人穿着不像是日本人，她突然蹿出一手捂着那人的嘴，同时把匕首架在那人脖子上，"什么人？"那人一边挣扎一边嘴里说着什么。夏荷花松开手，"放老实点，你要敢出声，我就杀了你。你是谁？"那人说："我是凤凰山游击队的，我叫马北辰。"夏荷花说："怎么是你啊？你来干什么？"马北辰说："目的都是一样的。"

申飞豹钻了出来，马北辰说："用我的工具试试。不过丑话说到前面，见者有份。"夏荷花没吱声。申飞豹接过马北辰的工具，朝锁孔里捣鼓了半天，然后用力一拉，拉开了保险柜的门，但警报突然响了起来。马北辰说："不好，鬼子一会儿就来了。你们快走，我来掩护。"申飞豹用手一摸，果然玉壶和金杯在里面，他把它们装进了随身携带的布袋子里，顺手拿了几份文件塞了进去。院子里灯大亮，大批鬼子奔了过来，看来冲不出去了。马北辰把他们一推说："快从后门走。"

夏荷花和申飞豹刚跑出井上龟郎的办公室，他们看见鬼子冲了上来，枪声和手榴弹的声音响成一片，有人从背后向鬼子开了枪，鬼子顿时乱成一锅粥，夏荷花和申飞豹乘机翻过院墙跑了。

回到山寨，夏荷花打开布袋，看了看玉壶和金杯，她笑了，接着她又想到了江霸天，江霸天就是为这两个宝贝丢了命，夏荷花又伤心地哭了。

“大当家，你看这是什么，上面字好奇怪。”申飞豹说。

夏荷花擦了擦眼泪，接过看了看说：“这是日本人的文件，日文我也不认识，也不知道上面写了啥，先留着吧。”

申飞豹惊叫道：“大当家，你看这是龙盘山写给日本人的保证书，上面写着‘我愿效忠天皇，效忠大日本帝国’，上面还有龙盘山的签名和红手印，原来他早就跟日本人勾结了。”

夏荷花看了看，“这就是龙盘山投敌的证据，我抓到了他，要好好羞辱他一番……”

夏荷花来到了山坡，她把玉壶和金杯放在了江霸天的坟前，“大当家，你的仇，我一定给你报，我要提着井上龟郎和小林次野的头来祭奠你。”

4

“八嘎！”井上龟郎听说有人夜袭了他的司令部，带着小林次野和樱花立即赶回县城。

井上龟郎迫不及待地赶到办公室，他打开保险柜一看，傻了眼，气得说不出话来，他一屁股软在椅子上。

小林次野和樱花查看了现场，没发现蛛丝马迹，从保险柜没有被撬的痕迹来看，此人一定是开锁专家。

魏民州匆匆赶来了，“听说司令部被盗，我特地赶来，看看有啥需要帮忙的。”

小林次野指着魏民州，“县城有没有开锁的行家？”

“有，王麻子和章跛子算是行家，但他们胆小如鼠，借他们胆，他们也不敢来司令部，”魏民州说：“不过昨晚我抓了一个活的，此人腿上中了枪，逃跑时被我们抓住了，此人像是凤凰山游击队的，我审了一晚上，他啥都不说。”

“很好，我去你的警察局，我亲自审问。”井上龟郎说。

"嗨。"魏民州低下头。

井上龟郎来到了警察局的牢房，那人五花大绑在十字架上，脸上身上布满了血迹和鞭痕，井上龟郎挥了挥手说："给他松绑。"

"这……这……"魏民州说。

"你没听见?"小林次野说。

"松绑。"魏民州说。

那人被扶回到椅子上，瞪着眼睛望着井上龟郎，"老子啥都不知道，你们别费心思了。"

井上龟郎笑着说："我知道你是凤凰山游击队的，你们的队长叫马北辰，只要你能告诉我凤凰山游击队的驻地，我可以饶你不死。"

"不错，老子就是凤凰山游击队的，要杀要剐，你们随便，爷不怕。"

"我再问你，玉壶和金杯是不是被你们凤凰山游击队偷走了?"

那人哈哈一笑，"是的。它本来就是我们中国人的东西。"

井上龟郎一脚踩在那人的伤口上，"凤凰山游击队的驻地在哪里，你说不说。"

那人痛得叫了起来，突然他紧紧闭上嘴巴不发出一点声音，井上龟郎面带微笑用脚狠狠地踩着，不停地加大力气。那人嘴里突然流出血来，一动不动，他咬舌自尽了。

"八嘎!"井上龟郎对魏民州说："从现在开始你的保安队和你的警察全部改编成皇协军，你就是皇协军的司令。我要搜山，我就不信找不到凤凰山游击队的驻地。"

"嗨。"魏民州低下头。

小林次野说："要不我先带我的特战队化装成猎人，先去摸摸情况，探探凤凰山游击队的虚实再行动。"

"我也去。"樱花说。

“你去干什么?”小林次野说。

“我可以化装成村姑啊。”

“这样也好,”井上龟郎说:“保安队大多是当地人，从中挑选几个做向导。我等你们的好消息。”

第十五章　化解恩怨

1

经过几次偷偷跟安康专员、兼保安司令魏席儒的副官接触和谈判，他终于同意用五条小金龙和一些珠宝换50支步枪，五把冲锋枪，两挺机枪，两箱手榴弹和几千发子弹。

交货的地点定在半夜时分的安康江边。夏荷花早已包了一只船在江边等候。夜晚来临，倒映在江面上的灯光一闪一闪的，宛如天上的繁星一般。眼看交货的时间到了，江面上寒风阵阵，队员们待在船舱里感觉到了寒冷。小猴子有点不耐烦了，“他该不会不来吧?”牛大鹏说：“不会的，再等等。”夏荷花说：“大家都要提高警惕，注意四周情况。”

“来了，来了。”牛大鹏说。只见一辆车开了过来，停在了江边，从车上下来一个中年男人，他学了三声狗叫，牛大鹏也回应了三声狗叫，那人来到船上，小猴子爬到车上清点了一下枪支，然后跳下车跟夏荷花说：“是真货，刚好。”夏荷花递给那人一个小布袋子，“你也验验货。”

“不用了，牛大鹏是我亲戚，我信得过你们。”

小猴子和牛大鹏他们快速地把枪支弹药搬到船上，然后离开岸边，顺江而上，驶入了茫茫的夜色。经过几个小时的行驶，他们经过汉王城来到了漩涡镇的地界，离漩涡镇还有十几里路时他们把船停了下来，把枪支搬了下来。天已麻麻亮，不能从漩涡镇上走，镇上鬼子多，他们要走小路。负责接应的几个弟兄从林子里钻出来了，他们嘻嘻哈哈扛起枪。

“有了枪，我们要跟鬼子大干一场。”

“是啊，有了枪，我们就可以从鬼子手里抢枪了。”

夏荷花说：“大家都不要说话，回去慢慢说，大家提高警惕，上山。”

回到山寨，夏荷花让申飞豹把枪支分配了下去，让弟兄们开始训练。夏荷花又亲自把天狼突击队员召集在一次，开了一个小会。新来的弟兄们交给牛大鹏去训练，表现突出者直接进入天狼突击队。而天狼突击队的副队长由申飞豹兼任，后勤事宜由牛小三负责，对外情报搜集和联络由小猴子负责，他们已在漩涡和县城设了联络点。

几天后，夏荷花得到情报，鬼子在为消灭凤凰山游击队做准备，明天中午有一批弹药将从漩涡镇翻凤凰山运往县城。小猴子说：“正好干小鬼子一票。”夏荷花说：“这一票，一定要干得漂亮。我看伏击地点就定在十八盘，居高临下，可退可守。”

夏荷花早早带人埋伏在十八盘，她用从日本人手里缴获的望远镜观察着山下，山下驶来了四辆车，夏荷花观察了半天，负责押运的鬼子好像全在最后一辆车上，她对小猴子说：“听到我的枪声，你们就撬下山上的大石头拦住鬼子的头车。”小猴子说：“知道了。”夏荷花对牛大鹏说：“你们就用手榴弹朝后一辆车上扔，不要怕浪费，有多少扔多少。”牛大鹏说：“你放心，我让他们全上西天。”夏荷花又对申飞豹说：“你负责前三辆车，干掉鬼子的司机，只要鬼子一露头，就打爆他们的脑袋。”

鬼子的大卡车慢慢驶来了，进入了伏击圈，夏荷花拔出手枪朝天上放了一枪，山上的大石头滚下来拦住了道路，就在鬼子发愣时，密密麻麻的手榴弹飞向最后一辆车，炸得鬼子血肉横飞，有的鬼子刚跳下车就被击毙了，车上的司机也被狙击手击毙了。

“冲啊!”夏荷花手一挥，弟兄们纷纷冲下山，冲向公路，包围了卡车。有两个鬼子顽强抵抗，被夏荷花当场击毙。这是一场漂亮的伏击战，没人员受伤，用时也最短。

小猴子在车上喊叫：“全是好东西，有步枪、机枪、手雷、子弹，还有榴弹炮。”

“我们发财了!”牛大鹏张开双臂大声喊叫。

“能搬走的全搬走，不留给鬼子一样东西。”夏荷花笑着说。

车上的东西全被搬空，剩下空空的卡车，夏荷花说：“把车都给我炸了。”

2

山寨上飘荡着酒香和肉香。

为了庆祝这次漂亮的伏击战，夏荷花让厨师宰了一头大肥猪，让队员们放开吃放开喝。

申飞豹端起酒说：“我们大家都来敬大当家一碗。”

夏荷花端起酒，笑着说：“大家随意，喝过高兴就行。我们打了鬼子伏击，鬼子不会罢休的。”

牛大鹏已喝多了，他站起来说：“喝！鬼子来一个我干一个，来两个我干一双。”

“大当家，这个人非要见你。”就在此时，两个弟兄押着一个用黑布条蒙住眼睛的人走了过来。

夏荷花放下碗，“把他眼罩解开，我倒要看看谁吃了豹子胆，敢独闯我山寨。”

眼罩解开，那人揉了揉眼睛，嘿嘿一笑，“有酒有肉，不错，也不让客人入席。”那人落落大方就想入席，夏荷花认出了他就是马北辰，她装作不认识故意拔出手枪指着他的胸口，“退后，小心老娘枪走火。你是哪路神仙?”那人嘿嘿一笑,“自家人,自家人。我们见过面呢,还在一起吃过饭,这么快就忘了?”夏荷花脸一板,“谁跟你是自家人。”那人说:“我是凤凰山游击队的队长,我叫马北辰,你们打鬼子,我也打鬼子,你说是不是自家人?”夏荷花哈哈大笑着说:“少跟我套近乎,就你这花花公子还打鬼子,打死我都不信。你不是国军的人吗,怎么跑到八路这边来了?”

“说来话长,我简单给你说吧。我原先是打入国军的共产党,后来我的身份暴露,我就干脆回到了八路军。后来我就被派到家乡的凤凰山开展抗日工作。前些日子我们的队长遭到鬼子的伏击,牺牲了,于是上级就让我临时当凤凰山游击队的队长。”

“你来山寨干啥?”

马北辰说:“贵人多忘事。你还记得我们在日本人司令部偷玉壶和金杯的事吧,你们还是用我的工具打开了保险柜。当时我说过见者有份,对吧。”

“不记得了,你有证人吗?”夏荷花说。

马北辰说:“你言而无信,你这是耍赖。当时要不是我们游击队掩护你们,你们能顺利逃脱吗?你知道吗,我们还牺牲了几个同志,还有一个同志面对鬼子的严刑拷打,死活也不愿说出游击队的驻地,最终咬舌自尽了。我们替你们背黑锅,井上龟郎一直认为是我们凤凰山游击队偷了他们的玉壶和金杯,他们一直在偷偷打听我们的驻地,想围剿我们夺回玉壶和金杯,你说见者有份还算不算数?”

“井上龟郎这龟孙子真不要脸,这玉壶和金杯本来就是我们的,小鬼子抢了去,我们又从鬼子手里抢了回来,现在它物归原主,什么见者有份,我答应过你吗?”

马北辰指着夏荷花的鼻子说:“你这个女人蛮不讲理,我说不过你。你说,我们总不能白白牺牲几个同志吧?”

“你想怎样?”

“要么你把玉壶和金杯随便送我一个。”

“休想，一个不送。”

“要不，送我一些枪支弹药。”

“休想，一枪一弹都不送。”

“快走，快走。”小猴子说。

马北辰指着夏荷花说：“我记住了你这个无情无义的女人，你等着。我告辞了。”

“慢着——”夏荷花指着桌子上的酒，口气很坚决，“既然来了，坐下，喝酒。”

马北辰无法拒绝，他不知道夏荷花葫芦里卖的啥药，乖乖坐了下来。

夏荷花亲自给马北辰斟满酒，然后伸出白皮细嫩的手，“请——”

马北辰这才仔细望了夏荷花一眼，这女人的瓜子脸太漂亮了，他一愣，手有点抖，酒顺着碗沿洒了点出来，流在了他的手心，手心出汗了，有湿湿的感觉，他闻到了酒香，端着碗不知道喝还是不喝，这女人虽然长得漂亮，但却是个无情无义的女人，他恨不得把酒泼在她那冰冷无情的脸上。就在马北辰发愣时，夏荷花说：“我倒要看看，你是不是爷们。只要你把四碗酒喝了，我送你50支步枪，两挺机枪，两千发子弹。不过我有个条件，从今往后别再和我提玉壶和金杯的事了。”

“想得美。”小猴子说。

马北辰瞪了小猴子一眼，望着夏荷花笑着说：“你说话算数?”

“当然算数。”

“好。就是毒药我也要喝。”马北辰笑着端起碗，一口气连干四碗酒。

3

夏荷花决定去会会天星寨的大当家吴敬山。

夏荷花跟牛大鹏、申飞豹和小猴子等商量去天星寨的事，夏荷花说：“天星寨跟擂鼓台一直不和，我想缓和一下两家的关系，争取共同抗日，顺便也给他提个醒，认清敌我。龙盘山现在投靠了日本人，这一切也许天星寨的大当家都还蒙在鼓里，万一天星寨被日本人所利用，后果不堪设想。我必须要揭穿龙盘山的阴谋，把他捉拿归案，为擂鼓台清理门户。”

“好。”大家都同意夏荷花的意见。

“把天狼突击队都带上，万一打起来，我们也好照应你。”申飞豹说。

“不用了，人去多了反而不好，我一个人去就行了。”夏荷花说。

“这怎么行？要不我和小猴子跟你一块去，就这么定了。”申飞豹说。

“对，就这么定了。”小猴子说。

“好吧，我准备送给吴敬山一份大礼。”夏荷花指了指窗外。

申飞豹和小猴子突然冲出门，捉住了偷听的人，原来那人就是吴明兹。

“你在门外鬼鬼祟祟干吗？”夏荷花问。

“我……我扫地。”吴明兹结结巴巴地说。

夏荷花说：“别装了，我知道你是天星寨的人，如果你老实交代，我可以饶了你这条狗命，否则我把你从擂鼓台的山顶扔下万丈深渊，你信不信？”

“我交代。”吴明兹吓得头上冒冷汗。

“快说！”小猴子吼了一声。

“我是天星寨的人不假，龙盘山派我到擂鼓台当卧底，让我帮他偷笔记本，他说只要我偷到笔记本，他还让我当什么官，就这些，句句实话。”

“还不老实。”小猴子拔出枪指着吴明兹的脑袋。

“我说，我说，还有一天晚上，龙盘山想独吞宝物，趁江霸天和小猴子喝醉了酒，我和天星寨的另一个土匪去江霸天的房间偷宝贝，准备偷到宝物后嫁祸给日本人，说是日本人干的，可惜那晚没成功，要不是龙盘山及时接应，我可能就会被你们抓到了。”

“你还知道啥，统统说出来。”夏荷花拍了一下桌子。

“后来日本人知道了，日本特务樱花就混了进来，龙盘山还参与了配合樱花的行动。江霸天生日的那天，龙盘山故意把你们灌醉，樱花就乘机溜进江霸天的房间偷走了宝物。你们成亲那天晚上，龙盘山还在大当家的床下放了个定时炸弹，想等你们进入洞房甜蜜入睡时炸死你们。”

“龙盘山现在在哪里？”夏荷花问。

“估计还在天星寨。”吴明兹说。

夏荷花一把提起吴明兹说：“走，带路，我们去天星寨。”

申飞豹和小猴子押着吴明兹朝天星寨赶去，翻山越岭，走了几个小时，来到一处云雾缭绕地势险要的地方，吴明兹说：“前面就是天星寨。”

“站住！”突然冲出几个土匪围住了他们。

“别开枪，我是吴明兹。”

土匪望着捆绑着的吴明兹，有点莫名其妙，也不知道该怎么办。申飞豹和小猴子也用枪指着土匪，“都别动。”

夏荷花说：“我是擂鼓台的大当家，去通报你们大当家，我有事求见。”

一个土匪立即跑去报告大当家吴敬山，“擂鼓台的大当家要求见吴爷。”

“来了几个人?”吴敬山问。

“三个。”

龙盘山一听擂鼓台的人来了，他心里慌了，“大当家，干脆我带几个人，把他们灭了。”

吴敬山摆了摆手，“带他们进来，先看看情况再说。”

龙盘山说:“我身体不舒服，我先告退一下。”

“你是不是怕擂鼓台的人?”

“笑话，我怎么会怕他们。”

“那就坐下，见见老朋友。”

夏荷花他们被带到了大厅，吴敬山看见了被捆着的吴明兹，他一惊，“你们这是干吗?这是我的地盘，你们也太嚣张了，快把人放了。”

“这是我送你的礼物，等我把话说完，再给他松绑不迟。”夏荷花望了龙盘山一眼，“吴大当家的，我今天来就是想为擂鼓台清理门户，我要把擂鼓台的败类带走，希望吴爷高抬贵手。”

“龙盘山现在是天星寨的二当家，我不管你们之前有啥恩怨，他现在是我们天星寨的人，只要我在，你就休想在我的地盘把他带走。”

龙盘山坐在一边偷着笑，一副目中无人的样子。

“好，先不说这个，”夏荷花说:“吴爷你不够意思，你在我们寨子里安插一个卧底，你这是啥意思?”

“这……这……”吴敬山非常尴尬。

“不管吴爷的事，这事是我安排的。”龙盘山说。

“吴爷你可能还不知道吧，龙盘山之所以要在我们擂鼓台安插一个卧底，不是为了掌握我们的一举一动，而是为了得到那本黑色笔记本，然后他好交给日本人，日本人给他的承诺就是让他当安阳侦缉队的队长。”

龙盘山跳了起来，“胡说八道，你这是血口喷人。”

小猴子呵呵笑道，“你看，狗急跳墙了吧。”

夏荷花说：“你还记得你说给吴明兹的原话吗，‘只要你能拿到那本黑色笔记本，然后交给我，我包你一辈子荣华富贵，还让你当个官。记住，这事不能让吴敬山知道。’”

龙盘山说：“大当家，别听他们胡言乱语，把他们拖出去枪毙了。”

吴敬山摆了摆手，面带微笑，“接着讲。”

夏荷花说：“吴爷，你可以当面锣对面鼓，问问吴明兹，龙盘山说过这些话没？”

吴敬山望着吴明兹，“你给我说实话，龙盘山说过这些话没？”

吴明兹低下头，不敢说话。

“到底说过没？”吴敬山拍了一下桌子。

“说过，但我真不知道他让我偷黑色笔记本，是为了交给日本人。”

龙盘山站了起来说：“大当家，千万别听他们胡说，他们这是串通好了的，想要害我。当初派吴明兹，我们是商量好了的，是想里应外合，一举歼灭擂鼓台的土匪。”

吴敬山的脸色变了，很尴尬。

“你这是不见棺材不落泪，不到黄河不死心。”夏荷花说：“大当家，我这有份东西，你先看看。”夏荷花从身上掏了出来，递给了吴敬山。

这是龙盘山写给日本人的保证书，上面写着“我愿效忠天皇，效忠大日本帝国”，上面还有龙盘山的签名和红手印。吴敬山看完后脸色大变，大喊一声，“来人，把龙盘山给我抓起来。”

几个土匪冲上来，缴了龙盘山的枪，把他绑了起来。

夏荷花递了一个眼色，小猴子立即也给吴明兹松了绑。夏荷花说：“吴爷，请你把龙盘山交给我，我要把他带回擂鼓台。”

吴敬山说：“不行，我这人最恨日本人，龙盘山现在是天星寨的人，这事我会给你一个满意的答复。”

“吴爷，你是我敬佩的人，我早就听说你的枪法百发百中，我很想见识一下，你敢不敢跟我比一比？”

“好啊！赌什么？”吴敬山来了兴趣。

“要是我赢了，我就把龙盘山带走。”

“要是你输了呢？”

一个土匪说：“输了就当压寨夫人。”

吴敬山哈哈一笑，“你这不是欺负人家姑娘吗！闭上你的狗嘴！”

夏荷花说：“要是我输了，我给你磕三个响头，怎么样？”

“好，一言为定！”

“请！”吴敬山伸了一下手。

众人来到屋外一块平地，一张桌子上放了两把枪。吴敬山说：“怎么个比法？”夏荷花说：“随便。”树林里一只乌鸦呱呱叫，吴敬山说：“听见乌鸦叫，心就烦！”他掏出枪朝树林里开了一枪，“过去看看。”一个土匪提着乌鸦高兴地跑了过来，“大当家，枪法真厉害！”这时天上飞来一只鸟，夏荷花举起枪，枪声一响，那只鸟掉了下来，落在了他们面前。夏荷花微微一笑，“热热身，大当家见笑了。”吴敬山不屑一顾，他心想这是瞎猫撞上死耗子罢了，他清了一下嗓子，大声说：“比赛正式开始，那我就不客气了。”他努了努嘴，一个土匪拿起三个苹果扔向空中，吴敬山迅速出枪，开枪，三个苹果在空中就被打得稀烂。土匪鼓起了掌。吴敬山笑着说：“该你了，请！”

夏荷花看了看桌上还有六个苹果，她对申飞豹和小猴子说：

"把六个苹果同时扔向空中不同方向。"

申飞豹和小猴子各拿三个苹果同时扔向空中。

夏荷花拔出枪，如闪电般，指向空中前后左右开枪，她旋转着身子，像只蝴蝶在飞舞，六个苹果在空中都被打爆了，果汁如毛毛雨一般落了下来，犹如天女散花一般在空中飘舞。土匪们都看呆了，忘记了鼓掌。

"我输了。"吴敬山阴着脸，走了。

申飞豹和小猴子押着龙盘山就走，龙盘山一路哭哭啼啼，婆婆妈妈，说自己上了日本人的当，是被日本人逼的，看在多年兄弟的情分上放他一马，给他改过自新的机会，他决定重新做人痛杀小鬼子等等，小猴子心软，被他说得感动了。

龙盘山说："小猴子兄弟，当初在擂鼓台我对你可不薄。我想解大手，你看能不能把手上的绳子松一下？"

"你万一跑了怎么办？"

"我保证不跑。人有三急，快快，我快要拉到裤子上了。求求兄弟了。"

小猴子犹豫了一下，还是给龙盘山解开了绳子，龙盘山连放几个响屁，小猴子捏着鼻子说："懒牛懒马屎尿多，快点！"

龙盘山跑到大树后面方便去了。

过了一会儿，小猴子见龙盘山还没出来，跑过去一看，树后根本没有人。

"龙盘山跑了——"小猴子喊了一声，他看见苟攀陵和林忠虎的背影一闪，人就不见了。

夏荷花和申飞豹立马赶了过来，"追——"

"是苟攀陵和林忠虎救走了龙盘山。"小猴子喊了一声。

夏荷花追了一会，没发现踪迹，天色已晚，山林茂密，沟壑密布，群山连绵，要想找到龙盘山如大海捞针，她叹了一口气，"我们先回吧，先让他多活几天，回头再跟他算账。”

4

秋天是凤凰山打猎的最好季节，山上的兔子、野鸡、狼、豹子、野猪、羚牛等等经过一年的成长，膘肥肉多。夏荷花准备赶在冬天之前，为山上储备一些食物，要不然一到冬天大雪封山，动物都冬眠，猎物就单一数量又少。

为了提高战斗能力，夏荷花组织山上的弟兄分批进山打猎，让他们学会野外生存狩猎技巧，同时也训练他们的实战能力。申飞豹带队进山，收获不少，打了两头野猪，几十只兔子和野鸡等等。牛大鹏也不甘落后，他带队进山，打了三头野猪，上百只兔子和野鸡等等。夏荷花心痒痒地说：“不错啊，小猴子带一批新手，跟我进山打猎。”

“好的。”小猴子声音洪亮。

他们沿林间小道逶迤而上，古木参天显得格外的幽静，奇峰异石在飘忽不定的云雾映衬下更显绝妙。一只野兔从他们面前跑过，夏荷花对几个新手说：“快开枪。”等他们反应过来时，兔子早已跑得无踪影了。夏荷花说：“打猎其实有很多轻松的办法，比如挖陷阱、下套等等，坐在家里等猎物自己送上门，之所以这样，是想提高你们的实战能力，万一遇上鬼子也不怕。大家提高警惕，要眼观六路耳听八方。”夏荷花刚说完话，她突然朝草丛里开了一枪，一只野兔被打死了。

夏荷花一路走，一路教他们如何恰到好处的开枪，如何击中它们的要害等等，几个新手在她的指导下纷纷打到了野鸡和野兔，他们手舞足蹈，高兴得像个孩子。

夏荷花看见山谷小溪旁有四个猎人坐在石头上一边休息一边吃东西，夏荷花走了过去问：“你们是哪个村的？”

“大兴村的。”一个留着小平头的男人说。

“土包寨的钟拐子是我亲戚，你们认识他吗?”夏荷花说。

“认识，认识。”

“你们打的猎物不少啊?让我看看。”

“都是些野兔野鸡什么的，你随便看。请问，你们是哪个村的?”

“凤凰山北边金凤村的。”

“哦。听说凤凰山游击队可厉害了，他们夜袭鬼子司令部，还拿走了玉壶和金杯，简直大快人心。我们想参加凤凰山游击队，但不知道他们驻地在哪，你们知道吗?”

小猴子说：“不知道，我们跟凤凰山游击队从不往来，井水不犯河水。”

夏荷花说：“我们虽跟凤凰山游击队从不往来，但我知道他们的驻地在哪里。”

“很好，你带我们去吧。”小平头说。

“不急，你们先吃，吃饱了我带你们上路。”夏荷花说了一句江湖黑话，给小猴子递了一个眼色，她突然拔出枪朝小平头和一个胖子开了枪，其余两人转身就跑，被小猴子放倒一个，另一个举枪反击时被夏荷花又当场打死。

擂鼓台的几个新手还在莫名其妙，“干吗要打死他们?”

小猴子说：“还没看明白，他们是日本人。以后跟夏爷多学学!”

“夏爷，你是怎么看出来的?”

夏荷花说：“其实很简单，我故意编了一个土包寨的钟拐子是我亲戚来试探他们，土包寨根本没有钟拐子这个人，我问他认识不，他说认识。他们问我是哪个村的，我故意把凤凰山南边的金凤村说成是北边的金凤村，如果是当地人就会发现我说错了，他们竟没有反应。还有当地猎人打猎用的是土枪，而他们却是三八大盖，从猎物身上看，枪枪致命，说明他们是经过训练的军人。你再看他们吃的是罐头，当地猎人从不吃这些东西。还有他们穿的是军鞋，而他们又急于想知道游击队驻地，说明他们是鬼子化装的。”

“万一他们不是日本人呢?”人们还是不信。

夏荷花说：“不信的话，你们扒下他们的裤子看看，他们穿的肯定是兜兜裤，当地猎人不会穿这种短裤的。”

人们扒开他们的裤子一看，果然跟夏荷花说的一模一样。

人们彻底服了。

第十六章　美人计

1

马北辰和几个游击队员带着夏荷花给的枪支弹药离开了擂鼓台，一路上他心潮澎湃，夏荷花是他一生所遇见的女人中最漂亮的一个，她的美中含着善良、含着温柔、含着彪悍、含着霸气……这个女人像个谜一样让人捉摸不透，又像一个神秘的山谷让人诡异莫测。离开擂鼓台他曾附在夏荷花的耳旁说："我喜欢你。"夏荷花淡淡一笑，什么也没说，仿佛没听见，但她身上的如荷花般的清香深深印在了他的脑海中，以致多年后他都忘不掉这荷花般的清香。

马北辰的记忆中有个小女孩，他一直怀疑那个小女孩就是夏荷花。那时，漩涡镇上游滩上是个繁华的小街，街上铺的全是青石板，马走在上面滴答滴答很好听，两边店铺林立，客栈、饭馆、杂货铺、小商店应有尽有，滩上这个地名的来源就跟这个险滩有关，南来北往的货船经过这个险滩时汉江号子响彻云霄，那些纤夫赤裸着上身，弓着腰，皮肤黝黑发光，有的几乎是趴在地上，纤绳深深陷进他们肩膀，纤夫们随着摇橹、撑篙、拉纤等不同的节奏，会喊出各种不同节奏的号子："汉江水多少弯，弯弯都是滩连滩；有名滩无名滩，功夫不高莫闯关。男儿千里走汉江，踏破江上万重浪。莫歇气吆，往前闯，二天（不几天）便可回家乡。"过了险滩，船主就松了一口气，货船就停靠在滩上，找个客栈住下来，喝喝酒喝喝茶，为明天出发养精蓄锐做准备。

马北辰那时八九岁，他和那个小女孩常常坐在汉江岸边，看着来回穿梭的帆船，听着这震撼人心的汉江号子。后来马北辰去了日本留学，他和樱花坐在海边时，他时常会想起家乡汉江，父亲母亲都生长在江岸边，那里有他铭记一生的亲情，偶尔也想起汉江的纤夫和汉江的那个小女孩。

小女孩比他小三岁，整天像个跟屁虫跟在他屁股后面，哥哥长哥哥短地叫着他。一次，隔壁的小男孩欺负了她，他冲上去为她打抱不平，把那男孩狠揍了一顿，对方的家长找上门来，父亲一气之下打了马北辰两巴掌。

第二天，小女孩带着一个烤红薯给他，表示感谢。两人跑到雕老梁上去采野花，蝴蝶和蜜蜂在花丛中飞来飞去，他就用野花编制花环戴在她头上，“你好漂亮，像个公主！”他也用野花编制花环戴在自己头上，小女孩说：“你也好漂亮，像个王子！”他说：“公主都嫁给王子，你长大后就嫁给我吧！好吗?”小女孩点了点头，“长大后，我一定嫁给你。”

不久，马北辰全家离开滩上去了漩涡镇做生意。再后来，马北辰被送到安阳县城读书，几年后，马北辰又被送到西安上学，毕业后参加了张学良的部队，又被送到日本陆军士官学校学习。这十多年来他们一直没联系过。上次在漩涡镇上见到夏荷花，他感到特别亲切，总感觉在哪见过，他曾几次想问她，她是不是在滩上住过，她的小名是不是叫麻雀，但他自己又否定了，麻雀小时候长得丑，而这夏荷花长得跟天仙似的，不可能是她。

马北辰扛着枪支弹药回到牛家山，他心里一直想着夏荷花，他越来越觉得那个小姑娘就是夏荷花。

2

小林次野在凤凰山发现了特战队员的尸体，他气得嗷嗷大叫，扬言要全歼凤凰山游击队。小林次野经过多次明察暗访，他已摸清了凤凰山游击队的驻地在牛家山，他请示了井上龟郎，井上龟郎立即召开了作战会议商讨此事，井上龟郎的意思是想让小林次野带着他的特战队，皇协军司令魏民州带着他的保安队围剿游击队，然后把玉壶和金杯完好无缺地带回来。

小林次野说："这样贸然进攻很危险，我们对牛家山的地形不熟悉，游击队善于打游击，打一枪就跑，他不跟我们硬碰硬，这样在山里我们会吃亏的。"

樱花说："知己知彼百战不殆，最好先摸清牛家山的地形再做打算。"

井上龟郎挥了挥手，"大家先散会。"

小林次野和樱花留了下来，井上龟郎说："我知道你们心里早有主意了，说说看。"

樱花说："我先混进牛家山，然后再把情报传给你们。"

"好，我等你们好消息。"井上龟郎说。

小林次野和樱花带了一部电台，他们乔装打扮后进入了凤凰山，沿着峡谷溪流而上，穿过小毛坝、大毛坝，翻过几座山岭，来到了正沟垭，小林次野说："穿过正沟垭，前面就是牛家山，我只能把你送到这里了。"樱花说："好吧，你回吧。我把电台先藏起来，然后就直奔牛家山。"

樱花望着小林次野的背影消失在山的拐弯处，一抹夕阳映红了山谷，她穿过寂静的山谷，前面不远处就是牛家山，在山下她看见了两个哨兵，她朝两个哨兵走去，哨兵举着枪大声问道："干什么的？"

樱花突然晕倒了，人事不知。

哨兵慌了神，不知该怎么办。刚好又来了几个哨兵，其中一个大个子走了过来，看了看，"模样不错，赶紧抬到山上卫生室去抢救。”

一个小个子说：“班长，这女人来历不明，这样有点冒失吧，万一……”

大个子拍了小个子一下，“你是班长，还是我是班长，出了事跟你没关系。”

两个战士抬着樱花去了卫生室，医生看了看，没啥大病，劳累过度而已。一会儿樱花醒了，“我这是在哪里啊？”医生说：“这是牛家山。”这时一个浓眉大眼的男人走了进来，医生喊了声，“周政委，你来了。”周政委点了点头，望了望樱花，“怎么回事？你怎么会在这里？”樱花突然哭了，“我家住涧池，我父母被日本人杀了，我到凤凰山投靠亲戚，没想到我亲戚也被日本人杀了，刚遇到土匪，我就在山里乱跑，没想到刚跑到这里就晕倒了。”

“你亲戚住在哪里？叫什么名字？”

“大兴村的，叫张麻子。”

“哦，原来是他啊，我知道，去年全家被鬼子杀了。今后你有啥打算？”

“我家都没了，也没啥打算。不过我可以留下来，我给你们做饭、洗衣服、打扫卫生，以前我也学了一点医，我还可以当个护士。”

周政委说：“好啊，我们卫生队刚好也缺人，你就留下来吧。你先休息，我走了。”

第二天早上，樱花早早起来了，她看到满山坡的野菊花，金黄金黄一片，她独自跑到山坡逛了逛，她弯下腰正要采摘野菊花，背后突然传来一个声音，“你是新来的，我怎么不认识？”樱花一回头，她大吃一惊，“怎么是你，马北辰？”马北辰也一惊，“铃木丽子，你怎么在这里？”樱花说：“我现在不叫铃木丽子，我叫樱花。这些年你过得好吗？”

马北辰说："我听周政委说，你家住涧池，你父母被日本人杀了，你到凤凰山投靠亲戚，没想到亲戚也被日本人杀了，原来说的就是你。你满嘴胡言，到底想要干啥？是不是想混进我们游击队，然后给井上龟郎提供情报，一举歼灭我们，我说的对不对？"

樱花突然呜呜哭了，哭得很伤心。

"你哭啥？"马北辰问。

"我一直非常敬佩你这位中国人，你是一个敢作敢为的热血男儿。小林次野把我跟你谈恋爱的事告诉了井上龟郎，井上龟郎听了后非常生气，把我吊起来痛打，逼我跟你断绝关系。后来你回到了中国，杳无消息。你走后，我每天每夜无时无刻不在想你，我就偷偷跑到中国，目的就是想找到你，跟你好好过日子。那时我很傻，怎么就没想到要跟你私奔呢。"樱花扑到马北辰的怀里说："我这是做梦吗？"

往事一幕幕在马北辰眼中浮现，他心里充满了感动，"你到中国来，真的就是为了找我？"

樱花点了点头，马北辰亲了她一下。

3

面对樱花的突然出现，马北辰有点茫然无助不知所措，他怀疑这一切都是梦，樱花怎么会突然出现在游击队的驻地？她真是为了爱情才来找他，还是井上龟郎派来的奸细？一串串的问号缠绕在他的脑海里。

樱花对周政委说她家住涧池，父母被日本人杀了，来凤凰山投靠亲戚，这一切都是谎言，如果周政委知道樱花是日本人，一定会大发雷霆，把樱花抓起来或赶出牛家山。关于樱花的身世他决定先隐瞒下来再说。

樱花来到牛家山后，表现很不错，工作也认真卖力，一点也看不出什么蛛丝马迹。越是这样，马北辰越是不放心，他心里已觉得樱花不是以前他所认识的那个樱花了，那时的樱花目光是多么的清纯，就像山间山泉水清澈可见底，如今她的目光很复杂，让人捉摸不透，他决定试探一下樱花。

马北辰给周政委谈了自己的想法，周政委表示同意。马北辰从周政委的房子出来后，夕阳映红了山谷，他主动约樱花去山上散步。

樱花抓住马北辰的手说："这么多年来，我心里一直装着你，我从日本追了过来，就是为了你。"

马北辰呵呵一笑，"谢谢！"

"我现在讨厌战争，要不你离开游击队，跟我一同回日本。"

"我哪也不去，说实话，我在日本留学，留给我的记忆就是伤痛，日本人从没把中国学生当人看待，现在日本占领了大半个中国，我怎么好意思去日本呢？"

"反正我喜欢你，你到哪，我就跟着你到哪。"樱花扑进了他的怀里。

马北辰的心里突然有一丝感动，他奇怪自己怎么突然想到了夏荷花，那一刻他感觉出现了幻觉，感觉自己紧紧抱着的就是夏荷花，他忍不住捧起她的脸久久吻着。

马北辰陶醉了十几分钟，他睁开眼，看见的不是夏荷花，他脸红了，推开了她，"对不起！"

樱花呜呜哭了，"你不喜欢我？"

"喜欢，我真的喜欢你。"

樱花笑了，"我问你一件事，他们都在说凤凰山游击队夺走了价值连城的玉壶和金杯，是真的吗？"

"你打听这干吗？"马北辰心里提高了警惕。

樱花笑着说："我在想啊，如果我有了玉壶和金杯，我就在山上修栋别墅，跟你好好过两人世界。”

“现在日本人都在找玉壶和金杯，这是机密，暂时不能说，希望你能理解。”马北辰清楚，全安阳的人都知道是凤凰山游击队从日本人手里夺走了玉壶和金杯，如果日本人要是知道玉壶和金杯在擂鼓台的土匪手里，那么擂鼓台将凶多吉少，日本人岂能放过他们。

樱花调皮一笑，“连我也不能告诉?”

马北辰说：“是的，天王老子都不告诉。不过后天，我们将有大的行动，我们全部主力要去攻打漩涡镇。”

“我也去。”

“你去干啥？一路翻山越岭，怕你受不了这罪，你就留下来照顾伤员吧。说实话，全部主力去攻打漩涡镇，驻地只留下一个排，我还真有点担心。”

两人匆匆下山，各自回屋休息。樱花辗转反侧无法入睡，她想溜出去，但哨兵把守很严，她想把这情报发给井上龟郎，她认为这是全歼游击队的绝佳时机，井上龟郎会提前安排日军和伪军埋伏在游击队去漩涡必经过的山谷，然后打游击队一个伏击，同时小林次野会再带一拨人攻打兵力空虚的牛家山，活捉游击队最高指挥官。就是游击队死活不说，他们在驻地掘地三尺，说不定也能找到玉壶和金杯。

第二天天没亮，樱花背着背笼说是出去采草药，她偷偷溜到坡上，从地里挖出一个箱子，拿出电台，给井上龟郎发报。发完报，她装着若无其事的样子回到了驻地。

第二天，樱花等待着看一场好戏，她有点迫不及待，几次站在山上观望，看看有没有动静。山谷里终于传来了枪声，枪声很密集，还有手榴弹的爆炸声，密集的枪声持续了十几分钟，渐渐稀疏。樱花嘴角露出一丝笑，她等待着小林次野带着日本人包围牛家山，她等了半天，没看见小林次野，她看见马北辰和游击队员嘻嘻哈哈背着扛着缴获的战利品，一个队员说："这场伏击打得漂亮，可惜小鬼子跑了。""要不是跑得快，我们就全歼了他们。"

樱花见了马北辰问道："你们不是去攻打漩涡镇吗?"

马北辰笑了笑，"走到半路，队员们身体都不舒服，临时改变主意改天再去打漩涡镇，没想到在回来的半路上遇见了小鬼子。"其实，马北辰根本就没有去攻打漩涡，而是早早埋伏在山谷两侧等待着鬼子上门。

樱花哦了一声，"原来是这样啊。"

马北辰对周政委说："我们驻地已暴露，小鬼子不会罢休的，通知大家，立即转移。"

周政委说："我立即安排大家转移。"

马北辰望了樱花一眼，"别愣着，赶快去收拾东西。"

"你们这是去哪里?"

"跟着大家走就是。"

队员们收拾完毕，立即转移。井上龟郎带着鬼子和伪军想打游击队一个伏击，结果连游击队员的影子都没见到，他接到小林次野的电报，才知道小林次野遭了伏击，他立即带着大部队跟小林次野会合，立即赶往牛家山，可又扑了个空。

小林次野说："他们刚走，估计没走多远。"他观察了一下地上的痕迹和脚印，"顺着这条路追。"

追到一个山谷，小路变成了两条，该走那条路呢?小林次野停了下来，仔细观察了一下，他发现了用小树枝做的标志，她知道那是樱花给他们留的路标，他们顺着樱花留下的标志，紧紧跟随着游击队。

马北辰带着游击队转移，他也奇怪，这帮小鬼子如幽灵一样缠着他们，怎么甩也甩不掉这尾巴。他开始放慢脚步，暗暗观察着樱花的一举一动。又走到一个十字路口，他看见樱花故意在后面磨磨蹭蹭，摘了一个树枝放在路上。樱花果然是日本的奸细，她口口声声说爱他，原来这一切都是假的。

马北辰故意说："我肚子痛，想拉屎了，你们在前面等我。"他钻进了树林，假装蹲下，看樱花他们走远了，他跑过去把树枝放在了朝西的方向，这样就背道而驰。

小林次野追了上来，他看见了树枝，带着特战队朝西追去。小林次野一直追到天亮，也没发现游击队的踪影，这才发现不对头，立即又掉转头朝回追去。

4

马北辰带着游击队员终于甩掉了小鬼子，顺着黄龙河来到了游击队在凤凰山的另一个驻地蔡家湾。蔡家湾可进可退，山下有田禾村、凤岭村、四新村、金凤村、堰坪村，这里群众基础不错，随时可以发动群众联合抗日，还可提供粮食蔬菜什么的。

小林次野在山上寻找了三天，最后还是根据樱花留下的一块手帕锁定了游击队的位置，然后缩小搜索范围，终于发现了游击队在蔡家湾的驻地。小林次野怕打草惊蛇，立即给井上龟郎发报。井上龟郎命令皇协军司令魏民州带着他的队伍立即出发去围剿游击队，同时漩涡镇上的伪军和日军也悄悄出发，他们将形成前后夹击，趁机包围游击队。

漩涡镇上的伪军由杜疤子负责，他们走在前面，日军跟在后面。杜疤子边走边发牢骚，"让老子打头阵，是让我们当炮灰啊，日本鬼子真不是好东西。"

杜疤子的手下大多是当地人，他们也是满肚子怨言，所以行动起来就慢。就在伪军刚到田禾村，马北辰就已得到消息，他立即命令一纵队和二纵队在黄龙河和山冈上布防和修筑战壕，三纵队在后山守卫，防止鬼子偷袭。四纵队作为预备队守在驻地，等候命令。

马北辰正在驻地研究地图，樱花走了进来，“日本人马上就要来了，看来这次凶多吉少，我们走吧。”

“你这是扰乱军心，我作为一个队长，怎么能当逃兵呢？”

“我可是真心喜欢你，真心为你我考虑啊！如果有了玉壶和金杯，我们下半辈子就不用发愁了啊。你能让我看看吗？我从没见过这两件宝贝。”

“现在马上就要打仗了，要看这不妥吧？”马北辰笑了笑，故意这样说。

“那你一定要保管好它啊！”

“你放心，我知道。”

山下传来了枪声，马北辰说：“看来鬼子已到了黄龙河，我得去看看。”

“不是有周政委在那指挥吗，没事的。”

马北辰前脚刚走，樱花就在房间里翻箱倒柜，可她并没有发现玉壶和金杯，她心里在想，他会把它们藏到哪里呢？该想的都想了，该找的都找了，结果还是一无所获。

山下的枪声越来越密集，伪军和日军已攻下了黄龙河，游击队撤到了山冈上，打退了鬼子一次又一次的进攻，同时后山也遭到了魏民州带领的伪军的猛烈进攻，预备队也用上了。游击队被包围了，马北辰看照这样打下去也不是办法，得搬救兵，可另一支游击队离这里还有几百里，等他们赶来黄花菜都凉了。唯一就近的只有去擂鼓台搬救兵，可夏荷花她会同意吗？不管行不行，他决定试一试，他跟周政委谈了他的想法，周政委说：“派谁去呢？”马北辰说：“想来想去，还是我去最合适。”周政委说：“不行，你去了谁指挥战斗？”马北辰笑了笑说：“不是有你吗，只要你拖住鬼子，等我搬来救兵，我们在伪军后面进攻，你再发起进攻，我们给鬼子来一个反包围，这样就可击败魏民州的伪军，我们就可突围出去。”周政委拍了拍马北辰的肩说：“南北都有鬼子，东边是个悬崖，有条小路，你就从东边走吧。保重！一路小心点。”

马北辰刚跑到东边的树林里，突然樱花钻了出来，倒背着双手，她手上握着一把手枪，“马北辰，你这是去哪啊？”

马北辰没理她，只顾赶路。

“站住！”樱花喊了一声，用手枪指着马北辰，“我知道你是去搬救兵。”

“你这是干啥？把枪放下。”马北辰望着樱花的枪说：“你不是喜欢我吗？干吗用枪指着我？”

“我承认，我是喜欢你。你现在带着玉壶和金杯跟我走吧。”

“去哪里？”

“我们带着玉壶和金杯远走高飞，过我们想要过的生活。”

“你给我说句实话，你是不是为了玉壶和金杯才混入游击队的？”

“不是的。”

“你在撒谎，要我把事情的真相都说出来你才承认吧，我把攻打漩涡镇的消息故意透露给你，是想试探你一下，你果然传递给了井上龟郎。我们将计就计，打了鬼子一个伏击。还有我们撤离时，你用树枝做下路标故意留给小林次野……”

樱花哈哈一笑，“既然你什么都知道了，我就实话告诉你吧，我以前是喜欢过你，现在我也喜欢你，但这场可怕的战争让我们没有未来，让我看不到希望。请你原谅我，我有我的任务，我必须要完成。我再说一遍，请把玉壶和金杯交出来，我可以饶你不死，从今以后我们互不往来。”

“要不你打死我。”马北辰转身就走。

“你以为我不敢？”樱花朝他脚后跟的地面开了一枪，“再不站住，我真开枪打死你!”

枪声一响，几个游击队员冲了过来，马北辰喊道：“抓住这个奸细！她是日本人。”

“把枪放下!”一个游击队员说。

樱花突然朝一个游击队员开了枪，就在她准备朝另一个队员开枪时，马北辰拔出枪一枪打在樱花的手臂上，樱花闪到树林里，转身跑了。几个游击队员追了会，没发现踪影，马北辰说：“算了吧，你们负责守好东边的悬崖，防止鬼子特战队从这里爬上来。”马北辰说完顺着绳子爬下悬崖，钻入树林，步入山间小道，翻山越岭直奔擂鼓台。

第十七章　计中计

1

马北辰十万火急赶到了擂鼓台，天边露出了鱼肚白，山上起雾了，云雾缭绕，这次他没被罩上眼罩，被小猴子带到聚义厅时，夏荷花正坐在山顶看云海，四周的山岚若隐若现，无数雪白的云团聚集在远处，气势磅礴地覆盖了脚下的群山。云块轻轻地碰撞着，挤压着，推拥着，缓慢而又柔和地翻腾、起伏，无声无息地向这里涌来，一浪又一浪，如波涛汹涌，卷起千堆雪，不多一会，群山慢慢地消失了，四周白茫茫一片，视野所及全部被那一片奇妙的“海洋”淹没了，仿佛置身于蓬莱仙境，令人置身其中，神思飞越，浮想联翩，又好像进入梦幻世界，让人产生幽邃、神秘、玄妙之感，给人一种朦胧的美。一会儿太阳从“海”空交接处绽露出一个红色的光点。一瞬间，红点又变成了圆弧，弯弯的，在五彩缤纷的朝霞簇拥下，一轮晶莹剔透的胭脂色的朝阳腾空而出，在橙黄色的天幕上徐徐上升，像一个悬挂在天空的赤色玛瑙盘，鲜红欲滴，望之使人神采飞扬。一会儿，太阳便脱下了美丽的红衫，换上了金碧辉煌的新装。

小猴子见夏荷花看得出神，便没有打扰。马北辰见太阳升起了，云海在慢慢退去，四周的山岚若隐若现，他对小猴子说：“快去通报一下大当家，我有急事！”

小猴子说：“有啥事跟我说。”

马北辰说:“这事关系到我弟兄们的生死,你能做主吗?”

小猴子见马北辰话说到这份上,立即跑去禀告夏荷花。一会儿,夏荷花来到了聚义厅,“你找我有啥事?上次给的枪支弹药,是不是嫌少了?”

“不是的,我是来求你帮忙的,这事你一定要帮。”

“到底什么事?”

“我们凤凰山游击队在蔡家湾被鬼子和伪军前后夹击,陷入了他们的包围圈,如果没有援军,恐怕会全军覆没……”

“别说了,我知道你是来搬救兵的,你是想我帮你,在鬼子后面狠狠捅几刀,撕开几道口子,然后你们好突围,是吗?”

“是的,是的。”

“我凭啥要帮你?”

“看在我们共同打鬼子的分上,看在我帮你抢玉壶和金杯的分上……”

“你走吧,我不会帮你的。”

“我求求你了。”马北辰跪了下来。

“起来吧,快走。”夏荷花笑着说:“我最看不起的就是男人下跪。”

马北辰站了起来转身就走,大声说:“夏荷花,你太让我失望了。”

马北辰刚走出山寨,夏荷花带着一支队伍追了上来。马北辰问:“你们去哪里?”夏荷花说:“少废话,快带路。”马北辰呵呵笑了,“我就说吗,夏爷不会见死不救的。”

马北辰领着队伍飞快地朝蔡家湾奔去,他已听到了枪声,是鬼子三八大盖的声音和游击队杂七杂八的枪声混合在一起,他恨不得长出翅膀飞过去。他们抄小路,绕到魏民州的伪军身后,夏荷花说:“打!”手枪、冲锋枪、机枪同时响了,手榴弹一个接一个在伪军阵地炸开花。山上的游击队也发起了冲锋，魏民州一看情况不对，带着队伍边打边撤，最后溜得比兔子还快。

“周政委呢？”马北辰问。

警卫说：“他死活要留下掩护队伍撤退，我们没拦住他。”

马北辰说：“不行，我得去增援他。”

警卫说：“我们伤亡太大了，回去危险。”

马北辰说：“不怕死的跟我走。”

夏荷花带着队伍跟了上去。阵地上只剩下周政委他们三个人了，鬼子已冲了上来，他们已打完了子弹，上上了刺刀，准备跟鬼子拼命。周政委面带微笑站了起来望着鬼子，“来啊！来啊！”小林次野说：“他没子弹了，抓活的。”就在此时，马北辰和夏荷花带着队伍冲了上来，向鬼子猛烈地开火，密密麻麻的手榴弹扔向鬼子，鬼子死伤大半，剩下的赶紧撤退了。

马北辰跟周政委握了握手，他给周政委介绍说：“这就是擂鼓台的大当家夏荷花，这次多亏她的帮忙。”

周政委伸出手握了握夏荷花的手说：“谢谢你了，巾帼不让须眉啊！”

“哪里，哪里。”夏荷花呵呵一笑，“要不到我山寨喝杯酒。”

周政委摆了摆手说：“不用了，以后有机会我一定去。”

马北辰说：“是啊，我们得尽快离开这里，说不定鬼子大部队正朝这里赶呢。”

夏荷花说：“那我就不挽留你们了，缴获的鬼子武器，能拿走的你们全部拿走。”

马北辰张开嘴想问，你的小名是不是叫麻雀，话到嘴边忍住了，他哈哈笑着说：“大当家够意思，那我就不客气了。”

夏荷花作了一个揖，“后会有期！”然后回头对弟兄们喊道，“兄弟们，我们回。”

马北辰望着夏荷花的背影恋恋不舍，周政委推了他一下说：“你是不是喜欢上了她？”马北辰不好意思地笑了笑，“说哪去了。对了，我们得重新找个驻地，你说去哪比较好？”

周政委笑了笑说：“地方我早就选好了，也派人提前收拾好了。”

“别卖关子了，快说，我看跟我想的是不是同一个地方。”

“铁瓦殿。”

“跟我想的一样。”马北辰知道凤凰山的主峰铁瓦殿位于安阳县城西南方向，距高粱铺20余公里处，原是道教文化重要的传播地之一，海拔2000多米，原名“离尘寺”，始建于明代万历二年，山上古树参天，溪水潺潺，怪石嶙峋，奇花与异草遍布，竹林与云海为伴，登临峰顶，可眺安阳、紫阳、石泉三县，汉江如带绕其阳，月河似练环其阴。铁瓦殿是用精选的石条建成，因主殿用铸制的千斤铁瓦覆盖而得名。昔时香火鼎盛，香客游人川流不息，如今战火不断，土匪又很猖狂，香客慢慢就少了，道士也走了，加上铁瓦殿方圆十多公里均无人烟，后来慢慢无人问津，就荒芜了。

周政委说：“这是一个风水宝地，登临其上，环顾远眺，春群花齐放、百鸟争鸣；夏翠黛盈目、绿荫如盖；秋野果飘香，琳琅满目；冬满树晶莹、如冰似雪；雨则云封雾锁，晴则明媚宜人，景象万千，颇资游览。”

中午的太阳晒在人身上暖暖的，马北辰带着队伍朝铁瓦殿出发。

2

樱花受伤逃回县城养了几天伤，小林次野也垂头丧气回到了县城，井上龟郎围剿凤凰山游击队的计划失败了，井上龟郎对着他们两人破口大骂：“没出息的东西，我白养了你们这么多年。金杯和玉壶虽然重要，但同时丢的那批文件也非常重要，有关我们在漩涡镇的整个军事机密。”

小林次野垂着头说：“我一定要抓到马北辰。”

樱花也说：“父亲放心，我们会想办法活捉马北辰。”

“凤凰山群山绵绵几百里，怎么抓？你们太让我失望了，我已拍电报，让田中优子、泷原三郎、平野菱三人来帮助你们。”

这时警卫进来禀报，“龙盘山要求见樱花，说有重要事情要报告。”上次龙盘山半路上被苟攀陵和林忠虎救了后，他们走投无路只好投奔井上龟郎，井上龟郎看他忠心耿耿，任命他为侦缉队副队长，负责搜集情报工作，搜集的情报直接向樱花汇报。

樱花说：“让他进来吧。”

龙盘山进来后点头哈腰，“我已知道了凤凰山游击队现在的落脚点在铁瓦殿。”

“情报可靠？”

“绝对可靠。游击队在安阳县城有联络点，就是城西头饭馆的王老板，我们早就注意到他了，一直没敢惊动他。后来经过几次跟踪，发现跟他接头的那个叫彪子的男人我认识，早就听说他参加了游击队，后来我们暗暗跟踪，他去了高粱铺，然后拐于马池的山头二垭子，这二垭子是出入铁瓦殿的一条必经之路。只要我们在二垭子设个炮楼和哨所，严加盘查，就等于封锁了凤凰山游击队进入县城的通道，他们一旦没有粮食，然后再围山，他们只有死路一条。”

樱花笑着说：“这主意不错，你先回吧。继续监视城西头饭馆的王老板。”

“嗨。”龙盘山弯下腰。

樱花立即把这个情报告诉了井上龟郎，井上龟郎也同意了在二垭子修建炮楼和哨所。

炮楼和哨所很快修建完毕，由皇协军司令魏民州负责守卫。

马北辰很快知道了这一消息，周政委说："看来鬼子已知道我们的驻地了，不然他们不会在二垭子修建炮楼和哨所。"

"知道也没关系，铁瓦殿地势险要，易守不宜攻，我想鬼子不会不明白这个道理。"

"铁瓦殿方圆十多公里虽无人烟，但至少有5条小路通到南边山下村庄，像凤凰村、茶店子、宫地沟，然后就到了芭蕉河，芭蕉河两岸土地肥沃，两岸的村庄像干树垭、腰店村、砖房村、杜家垭和发扬村，粮食丰富。再说沿着芭蕉河就可到汉江，顺着汉江就可到漩涡镇。我们要啥有啥，鬼子修个炮楼顶球用。"

马北辰哈哈一笑，"是啊，鬼子困不住我们。眼下就派人下山去各村庄征集粮食，为这个冬天做准备。等我们征集够粮食，然后就把那炮楼炸了，打打他们的嚣张气势。"

一个月后，马北辰征集够了粮食，然后带人半夜悄悄摸下山，炸掉了伪军的炮楼。

井上龟郎知道凤凰山游击队把炮楼炸了，他把皇协军司令魏民州叫来狠狠训了一顿，让他立即重修炮楼，同时做好带领皇协军随时进山围剿游击队的准备。同时命令小林次野带着特战队员也秘密潜入铁瓦殿，他们的任务就是狙击游击队员，给他们心理造成恐慌，然后等皇协军攻打铁瓦殿时，他们再悄悄从后面摸上去，活捉马北辰。只有活捉了马北辰就可以知道玉壶和金杯的下落，才可以把那些文件抢回来。

樱花说："我有一个办法，不知道行不行？"

"快讲。"

"马北辰的父亲马老爷是漩涡首富，只要我们把马老爷抓来，他就会乖乖把玉壶、金杯和那些文件交出来，如果他不给，我们就杀了马老爷。"

井上龟郎哈哈一笑，"这主意不错。"他立即给漩涡镇镇长孙福海打电话。

第二天，杜疤子押着马老爷来到了县城。

樱花说："我跟马北辰是同学，我了解他的为人，要不我先去铁瓦殿劝劝他，让他交出我们想要的东西。"

小林次野说："不行，这样太危险，再说你的伤还没好。"

"他父亲在我们手中，他不敢把我怎样，再说这点皮肉伤算不了什么。"

井上龟郎微笑着点点头。

小林次野开车把樱花送到高粱铺，"前面没有路了，我就送你到这里，你一路要小心。"

"我知道。"

樱花顺着高粱铺，拐于马池的山头二垭子，她看见一群伪军在监视着一群民工在修炮楼，她挺直身子走了过去，几个伪军正在无聊，突然出现一个漂亮的姑娘，他们眼睛一亮，嬉皮笑脸地走了过去拦住她，"干啥的?"

"去铁瓦殿。"

一个伪军摸着下巴围着樱花转了一圈，吸着鼻子说："这娘们真香，一看就是八路，把她带到帐篷里乐和乐和。"

"你们谁敢动，我就打死谁。"樱花拔出枪说。

"哟，你胆子不小，来，朝这里开枪，"伪军指了指自己的胸口，"看你长得细皮白嫩的，你会开枪吗?来，我教你。"他走过去，想摸樱花的手。

樱花的枪响了，伪军歪歪趔趔地倒下了，其他几个伪军顿时惊呆了，不敢动了。

伪军的长官走了过来，樱花一看是林忠虎，"怎么是你?你的手下不懂规矩，我教训了一下。"

林忠虎弯下腰说："应该的，应该的。"他回头对几个伪军说：

“这是少佐樱花姑娘，瞎了你们的狗眼，都给我滚。”

“你不是在侦缉队吗?”

“临时委派的，这要多感谢龙盘山队长的推荐和皇协军司令魏民州的抬爱。”

“好好干，到时我让你当个营长。”

林忠虎敬了一个礼，“谢谢少佐。”

“我要去铁瓦殿，在你手下找个向导给我带路。”

“你去铁瓦殿干什么?”

“这你就别管了。”

林忠虎挥了挥手，一个大个子走了过来，“连长，啥事?”

“给这位姑娘带路，一定要保证她路上的安全。”

大个子是当地人，他带着樱花抄小路，山上古树参天，溪水潺潺，怪石嶙峋，他们很快来到了铁瓦殿的山脚下，他看见了哨兵停了下来说：“我只能带你到这里了，顺着这条山路就可到铁瓦殿。”

“好吧，谢谢你了。你回吧。”樱花说。

樱花大摇大摆地朝哨兵走去，哨兵举起枪说：“站住，干什么的?”

“我找你们队长马北辰，带我去见他。”

哨兵过来把樱花的手枪没收了，“走。”

樱花被带到了铁瓦殿，马北辰见了樱花冷冷一笑，“你还敢回来，我恨不得现在就杀了你。”

“这恐怕由不得你了，你的父亲马老爷在我们手里，只要你把玉壶、金杯和那些文件交出来，我们自然就会放了马老爷。”

马北辰气得骂了一句脏话，“我告诉你，如果我的父亲有三长两短，我不会放过你的。你这个卑鄙的女人，当初我怎么会喜欢上你，我真是瞎了眼。”

樱花冷冷一笑，“我劝你还是乖乖把皇军想要的东西交出来吧，井上龟郎只给你三天时间，三天之内要是见不到这些东西，你的父亲就完了。”

“我根本没有玉壶、金杯和那些文件，就是有，我也不会交给你们，玉壶和金杯是中国人的，凭啥要交给你们日本人？”

“要不了多久，整个中国都将是日本人的。”

“我呸，”马北辰指着樱花的鼻子说：“我告诉你，小日本是兔子尾巴长不了，过不了几天，你们就会被赶回去的。”

樱花哈哈笑了，“你想想，东三省不费吹灰之力就被我们占了，南方也被我们占了，现在我们准备占领大西北，要不了多久，你就成了亡国奴，跟日本人作对是没有好下场的，识时务者为俊杰，你是个聪明人，只有跟日本人合作才有出路。”

马北辰拍了一下桌子，“把她给我抓起来，关起来。”

马北辰犯愁了，他手上没有玉壶、金杯和那些文件，而那些东西在夏荷花手里，他站在山顶想了好半天，决定去擂鼓台找夏荷花看看她有什么办法。马北辰给周政委交代了一下工作，立即朝擂鼓台赶去。

黄昏时分，马北辰来到了擂鼓台时，天空飘起了小雨。

聚义厅烧了几盆火，房间很暖和，小猴子、申飞豹和牛大鹏他们围在火炉旁一边烤红薯一边说说笑笑，他们见马北辰来了都望着他停止了说笑。夏荷花问：“你怎么又来了？”

“我找你有事。”

“啥事？”

“你看凤凰山游击队现在队伍不断壮大，现在发展成上千人的队伍了，我们专打鬼子，在安阳县无人不知无人不晓，希望你们能加入我们的队伍，跟我们一同打鬼子。”

“你的意思是想收编我们？”

“算是吧。”

申飞豹插嘴说："你们被鬼子撵得到处跑，还想让我们加入你们的队伍，做梦吧。"

小猴子说："听说你们纪律严，我们在这里大口吃肉大碗喝酒，日子过得赛过神仙，干吗要加入你们队伍?"

夏荷花摆了摆手说："别说了，这件事以后再说。你来就是为这件事，还是有别的事?"

"实不相瞒，日本人抓了我的父亲，他们要我三天之内交出玉壶、金杯和那些文件，不然他们就会杀了我的父亲。你知道我手上根本没有这些东西，你说我该怎么办?"

"你的意思是要我交出玉壶和金杯?"

"我不是这意思。我听说你们上次在安阳县新政府成立两周年纪念会上，拿走的玉壶和金杯是假的，把假的给我，等交换时，我父亲一旦安全，我就跟他们拼了。"

"那破东西我差点扔了，在床底下，等下我给你找。日本人很狡猾，要不我把我的天狼突击队交给你指挥，怎么样？他们可都是神枪手。"

"谢谢，不用了，我手下神枪手也不少。"

"有机会，让你的队员跟我的队员切磋一下。"

"好啊。对了，小鬼子还提出什么文件，拿来我看看。"

夏荷花从柜子里翻了出来，"上面都是日文，我们寨子里没有一个人能看懂。我知道你留过洋，又懂日文，一直想让你看看，上面到底说了些啥。"

马北辰翻了翻，连"啊"了三声，夏荷花急了，"上面都说了啥?"

"我们一直在寻找这个东西，没想到踏破铁鞋无觅处，得来全不费工夫。这些东西太重要了。"马北辰激动地说。

"上面都说了啥？快说，急死人了。"

马北辰笑了笑，指着第一份说："这是鬼子在安阳南山漩涡山洞里建的兵工厂的示意图，上面标得清清楚楚，连出口和通气口都标注了出来。"他指着第二份说："这是鬼子准备在另一座山里建细菌武器研究室，我估计他们研究室快修建好了，实验室一旦建成，后果不堪设想。"

"怪不得我前些日子听说鬼子在安阳南山到处抓年轻人，说修什么工程，抓去就是死路一条，好多年轻人都跑到山上参加游击队或参加土匪了，看来得想办法把鬼子兵工厂和细菌武器研究室炸掉。"

"是啊，细菌武器研究室一旦建成，他们就会抓活人用来实验，一定要想办法炸掉。这两个东西太重要了，我代表八路军向你表示感谢。"

"还有那份呢？"

"这事情得从井上龟郎说起，井上龟郎是个中国通，自小就随父亲经常来往中国。他父亲是个收藏家，特别喜欢中国的文物。1900 年，八国联军进攻北京，井上龟郎的父亲也参加了联军，那时他是日本的一个小兵，当他看到这些文物被烧毁时，他伤心地哭了，只恨自己没能力把它搬运到日本。井上龟郎的父亲回到日本后，以身体不适离开了部队，他开始带着井上龟郎收购文物。在父亲的熏陶下，井上龟郎也迷上了中国的文物。同时他父亲让他学剑道，他父亲死后，他成了日本浪人。清朝灭亡，井上龟郎来到了中国后开了一个剑道馆，他暗地里一直在收购中国文物。一天，他无意得知皇宫里的沈霄师傅和一位格格私奔了，带走了几件宝物，逃到了秦南安阳南山的漩涡。这些东西可是中国古代皇宫的精品文物啊，件件都价值连城，井上龟郎心动了，他带着几个日本浪人，化装成当地农民来到了漩涡，他们找到了沈霄，逼他交出宝物，其实沈霄根本没有这些宝物，都是他情敌师兄造的谣。井上龟郎见沈霄不肯交出就杀了格格逼他交出，沈霄没有这些东西如何交出来，他就又杀了沈霄，气急败坏的井上龟郎本来还要杀沈霄的孙子，但后来，他把这孩子带到了日本，一同带到日本的还有 4 个孩子，他想把他们培养成杀人的机器，用中国人来杀中国人，这五个孩子日本名分别叫小林次野、铃木丽子、田中优子、泷原三郎和平野菱，而这个铃木丽子你们都认识，她就是樱花姑娘。上面就记载了这五个人从漩涡被带到日本的经过。”

“啊？原来是她，你怎么知道这么清楚？”小猴子问。

“我在日本学习时，樱花是我的同学。我不但认识樱花，其他四人我也认识。当然小林次野就不用说了，我跟他多次交过手，他是位优秀的狙击手。”

烤红薯的香味在房间散发，马北辰舔了舔舌头，夏荷花拿了一个烤红薯递了过去，“吃吧。”马北辰还没吃中午饭，狼吞虎咽吃了起来，夏荷花笑了笑说：“还没吃饭吧，我叫人弄几个菜，喝喝酒，暖暖身子。”

“我得赶回去。”

“天都黑了，今晚就在这里歇，明早你再走也不迟。”夏荷花说。

马北辰点了点头。

3

马北辰不胜酒力，加上心里有事，几杯酒下肚后感觉头有点晕沉沉就早早睡了。半夜他醒来，想起了父亲，又想起了夏荷花，他辗转反侧，不知不觉天就亮了。天一亮，他就起来离开擂鼓台。

马北辰回到铁瓦殿，他立即去看关在后院里的樱花，他说：“我想了一晚，我答应你们的条件，回去告诉你们的主子，明天上午在羊蹄岭交换人质。”

“好，你终于想通了，那我先走了。”

“慢着，我有几句话问你。你见过你的亲生父母吗?”

“你问这干吗?”

“我知道你对你亲生父母没有印象，你出生于安阳县南山区的群英村孙家，因为在你3岁多时，你的父母就被人杀了，然后你被井上龟郎带到了日本，同时被带到日本的还有小林次野、田中优子、泷原三郎和平野菱，井上龟郎是你们的养父，他从小就让你们接受严格的训练，还送你们去军校，你不想知道井上龟郎为什么这么做吗？他目的就是想把你们培养成杀人的机器，让中国人杀中国人。”

“我是日本人，我怎么会出生于安阳南山区呢？我不信，别瞎编故事了。”

“铃木丽子，我说的句句都是实话，难道你就不想知道你的父母是被谁杀死的吗？我告诉你，他们就是被井上龟郎杀的。井上龟郎不但杀了你的父母，还同时杀了小林次野、田中优子、泷原三郎和平野菱的父母，而你们到现在还被蒙在鼓里，还在替日本人卖命，你们每杀一个中国人，井上龟郎肯定会在背后偷着乐呢。”

樱花呵呵一笑，“你这是反间计，对吗？我不会上当的。”

马北辰气得蹬了一下脚，“你们彻底被他洗了脑，没法救了。我这有份东西，就是井上龟郎想要的文件，你仔细看。这是我们上次拿玉壶和金杯时，顺手从井上龟郎的保险柜里拿的，这可绝对假不了。”

樱花接过看了看，脸一会变白一会变红一会变紫，她扔下这份东西，转身跑了，“我不信。”

马北辰看见了她眼中的泪水，冲着她的背影喊道：“不信，你可以去问井上龟郎这个王八蛋。回去告诉他，他爷爷我明天准时在羊蹄岭等他这个龟孙子。”

第二天早晨，周政委带人提前在羊蹄岭的山沟里设下了埋伏，还在交换地点埋下了炸药，同时安排了几名狙击手埋伏在制高点。

马北辰带了几个人提着一个布袋，里面装着假的玉壶和金杯，他们来到了羊蹄岭的路口，路边开满了野菊花，太阳洒在身上很舒服，马北辰等了半天，他终于看见鬼子押着他父亲正朝这里赶来，在父亲的身后他看见了井上龟郎和樱花，却没见小林次野，他估计小林次野带人正埋伏在什么地方。井上龟郎看见了马北辰，他命令队伍停了下来，"马北辰，只要你交出玉壶、金杯和文件，我立即就放了你父亲。"

马北辰大声道："你先放人，我立即把你想要的东西给你。"

井上龟郎说："如果你用假东西来骗我，我就立即杀了你父亲。"

"要不你亲自过来验货。"

井上龟郎对樱花说："你过去看看真假。"

樱花阴着脸走了过去，"别开枪。"

马北辰见樱花离自己还有几米远时，他举起枪说："站住，别动。"十几只枪同时对准了樱花。马北辰拿出玉壶和金杯在樱花眼前亮了亮，"看好了，这可是乾隆皇帝用过的东西。"樱花朝前走了一步，她想看仔细些，马北辰喝道："再走一步我就开枪了。快告诉井上龟郎。"顿了顿又小声说："看来井上龟郎根本没拿你当人啊，他就不怕我拿你当人质？我知道你是一个聪明的人，回头是岸啊。"

樱花犹豫了一下，转身对井上龟郎说："大佐，是真的。"

井上龟郎说："把东西给我带过来。"

马北辰说："不行，你们先把我父亲放了。"

井上龟郎说："要不这样，一手给货一手放人，我数三下，我放人，你同时把货交给铃木丽子少佐。"

“好，我相信井上龟郎是个讲信誉的人。”

“一、二、三，放人。”

马北辰看见井上龟郎放了自己的父亲，他把布袋交给了樱花。

马老爷朝马北辰这边跑来，马北辰向父亲挥挥手，“爹，快过来。”埋伏在树林里的小林次野用枪瞄准了马北辰，就在他扣扳机的瞬间，父子俩拥抱了，子弹打在马老爷的头上。“爹——”马北辰知道是父亲给他挡了子弹，他大叫一声，“快隐蔽，有狙击手。”

马老爷紧紧抓住马北辰的手慢慢松了下来，他一句话都没来得及说就咽气了。

马北辰气疯了，他朝鬼子连开几枪，“给我打——”几名埋伏在山上的游击队的狙击手也击毙了几名鬼子，井上龟郎手臂上中了一枪，他准备撤退时，埋在山下的炸药爆炸了，火焰冲天而起，炸死了不少鬼子。小林次野见井上龟郎受伤了，他也撤了下来，扶住井上龟郎就跑了。

4

“八嘎雅鹿。”井上龟郎看着手中的玉壶和金杯，又好气又好笑，气得是好不容易用马老爷换来的却是假的，好笑的是他自己定制的假货又回到他自己手中。

井上龟郎不甘心自己的失败，他命令小林次野带着特战队员再次秘密潜入铁瓦殿，他们的任务就是狙击游击队员，给他们心理造成恐慌，然后等皇协军攻打铁瓦殿时，他们再悄悄从后面摸上去，活捉马北辰。只有活捉了马北辰就可以把玉壶、金杯和那些文件抢回来。一切照原计划行事。

就在井上龟郎秘密进行围剿铁瓦殿的凤凰山游击队时，他突然改变了计划，为啥要改变围剿游击队的计划呢？事情的缘由还得从安康司令的副官说起，他得了金龙等珠宝的事在一次酒后说漏了嘴，这事不知怎么传到了井上龟郎的耳朵里，他再联想到在漩涡挖墓的事，他就一直怀疑这藏宝图是假的，真的宝物早就被凤凰山游击队掉了包。他就一直派人秘密调查这事，但一直也没查出什么结果。前几天，龙盘山在城西头饭馆抓了正在跟王老板接头的彪子他们，刚开始王老板和彪子什么都不肯说，龙盘山掏出刀子说要阉了他们，让他们以后再也做不了男人，彪子一下软了，什么都说了，他说凤凰山游击队根本没有玉壶和金杯，玉壶和金杯在擂鼓台的土匪手里。龙盘山还得到小道消息，擂鼓台的土匪有可能已得到孙麻子的那箱宝物。

井上龟郎知道这消息后，立即把小林次野和樱花叫来商谈。

小林次野说："照原计划行动，不过就是把铁瓦殿换成擂鼓台而已。"

樱花说："擂鼓台我比较了解，地势险要，强攻不妥，只怕要付出惨重的代价。"

井上龟郎说："你有什么办法？"

樱花说："派个人过去跟他们谈判，只要他们归顺皇军，不再跟皇军作对，一切都好说。"樱花本来想当面质问井上龟郎，她到底是不是日本人，话到嘴边又忍住了，她想等时机成熟再问。

井上龟郎说："把县长汪忠卫、维持会长苟容生给我叫来。"

一会儿，县长汪忠卫、维持会长苟容生来了，"大佐，有啥吩咐？"

井上龟郎说："你们去擂鼓台一趟，就说我们皇军想收编他们，我们可以给他们武器物资等等，看看他们意下如何？只要他们归顺皇军，不再跟皇军作对，一切都好说。"

苟容生说："上次我去过，他们差点杀了我，还是派县长去最合适，县长是一县之主，说话有分量，土匪自然也重视。"

井上龟郎说："那好，那就麻烦汪县长辛苦一趟。"

"嗨!"汪忠卫不敢拒绝，心里在偷偷骂苟容生这个杂种。汪忠卫带着两个警卫就向擂鼓台出发，车开到凤凰山顶停了下来，去擂鼓台没有公路只有羊肠小道，汪忠卫一路走一路骂，还没到山脚下，就被巡逻的小猴子抓住了，带到了山寨。

"我是安阳县县长汪忠卫，快给我松绑。"汪忠卫大声嚷道。

"狗汉奸，再嚷嚷就杀了你。"小猴子踢了他一脚。

"给他松绑。"夏荷花说。

小猴子不情愿地给汪忠卫松了绑，汪忠卫望着夏荷花说："没想到姑娘这么漂亮，你就是大当家的吧?"

夏荷花说："少拍马屁，有话就说，有屁快放。"

汪忠卫擦了擦额头的汗说："是井上龟郎派我来的，皇军想收编你们，他说，只要你们归顺皇军，不再跟皇军作对，一切都好说，我们可以给你们提供武器、生活物资，等等……"

"快滚，回去给井上龟郎带个话，让他养好身子，我们随时来取他的脑袋。"夏荷花说。

汪忠卫灰溜溜地走了。

第十八章　嫁祸于人

1

樱花从日军司令部出来后，心慌慌的，难道马北辰所说的一切都是真的吗？虽然白纸黑字写得清清楚楚，但樱花还是不相信这一切。她来到了安阳县城东南城墙角的文峰塔下，文峰塔造型之美，设计之巧，构思之奇，匠艺之工，无不令人叹为观止。塔高十二丈，塔体五层，各层塔檐出角挂有小铜钟，塔顶不知何年长出一黄柏木树竟有小酒碗粗细，常年青叶盖塔顶，远望犹如龙吐须煞是壮观。樱花没有心情欣赏这一切，她在台阶上坐了一会儿，一阵微风吹过，小铜钟清亮的铃响不绝于耳，她的心更乱了。她起身离开，沿着东城街去了北坡的龙岗，山坡爬了一半，她来到了菩萨泉，一股泉水汩汩流着，她翻过《安阳县志》，上面记载过这样一段故事：明代之时，有一年大旱，人们举着火把，舞着旱龙，点放山铳，携香带表，前往龙泉虔诚求雨。碰巧“祷辄六澍”，天降大雨，干枯的农作物得救，民众欢心庆贺，认为是菩萨手握净瓶，滴水人间，解救了民困，故而将龙泉改为菩萨泉，并修建殿宇，供奉菩萨和龙王。樱花进了庙门，她看见好多人在烧香拜菩萨和龙王，她退了出来，站在庙门前望了望庙门两侧的石刻对联“三百里河山知是何年图画，数千家烟火尽归此处楼台”，她把对联读了两遍，心里为这对联叫好。樱花来到了山顶，安阳县城全城风光、月河田园景色尽收眼底，她一屁股坐在石头上，一种孤独感弥漫全身，她呜呜地哭了。

哭够了，她擦干了泪水，不管马北辰说的是不是真的，她决定去漩涡镇一趟，顺便去看看刚刚在漩涡上任的泷原三郎和平野菱，她已好久没见他们了，只是知道他们这次来漩涡将执行一项秘密的任务，具体什么任务，井上龟郎没有告诉她，看来这是一项高度机密的任务。

樱花开车去了漩涡镇，街上行人寥寥无几，巴掌大的漩涡镇她却没见到泷原三郎和平野菱，他们手下的人也不知道他们去了哪里，倒是杜疤子听到风声主动找上门来，要请樱花吃饭，樱花爽快答应。

他们来到漩涡镇上最好的饭馆望江楼，杜疤子对老板说："把特色菜尽管上。"

"杜爷，你上次吃饭还没……"吴老板说。

杜疤子把手枪朝桌子上一放，"难道你怕我不给钱是吗？我杜疤子是这种人吗？"

"马上上菜，稍等片刻！"吴老板战战兢兢地走了。

"镇上为啥人越来越少了？"樱花问。

"小鬼子修什么工程，"杜疤子扇了自己一个嘴巴，"说错了，不是小鬼子，是日本人修什么工程，听说整个山都被挖空了。安阳南山的年轻人都被抓去当劳工，现在没啥事，一般人不愿意上街。"

樱花"哦"了一声，"最近干得怎么样？"

杜疤子叹了一口气说："孙福海不是个东西，处处跟我对着干，要是让我当漩涡镇镇长，我保证比他干得好。"

"好好干吧，我会在井上龟郎面前给你美言几句的。"

杜疤子端起酒杯说："那太好了，多谢了，我敬你一杯！"

樱花端起酒杯，两人碰了一下，一口干了。樱花掏出手帕抹了抹嘴，"你帮我打听一件事。"

"尽管吩咐，上刀山下火海都没问题，啥事？"

“20 多年前，群英村孙家是不是发生了什么血光之灾，去村里打听一下，是不是有这事。”

“打听这干吗？”

“别问这么多了。”

杜疤子喊了一声，两个手下进来了，杜疤子在他们耳旁耳语了一番，两个手下立即出门走了。杜疤子笑了笑，“就这点小事，我派几个手下去打听，一会儿就知道了。来，吃菜，我们就在这里等他们消息。”

一瓶酒喝完后，杜疤子的两个手下进来报告，据村里几位老人说，20 多年前，群英村孙家确实发生了血光之灾，孙家 20 多口人全被杀了，唯独两个女孩没被杀，被他们带走了，那伙人说话叽里呱啦听不懂，好像是日本人。

樱花说：“我知道了，我先告辞了。”

第二天，樱花去了群英村，她推开了一户人家，一位老奶奶问：“你找谁？”

樱花说：“我向你打听一件事。20 多年前，群英村孙家全家 20 多口人是不是被杀了？”

“是有这么回事，据说是日本人来漩涡为了找什么宝，他们走时杀了孙家 20 多口人，唯独两个小女孩没杀，后来就不知道这两个女孩去了哪里，说不定被日本人扔到汉江里去了，日本人啥事都做得出来。”

“是吗？”樱花说：“孙家还有什么亲戚？”

“钟家院子的钟家是他们亲戚，你可以去问问钟老三，也许他们知道什么。”

“谢谢。”樱花转身走了，她雇了一条小船去汉江斜对面的钟家院子。钟家院子不大，只有十几户人家，都姓钟。她看见院子里有个老头在晒太阳，她走过去问：“请问钟老三住哪家？”老头说：“我就是钟老三，你是？”樱花说：“我向你打听一件事。20 多年前，群英村孙家全家20多口人是不是被杀了?"

"是有这么回事，是日本人来漩涡为了找什么宝，他们走时杀了孙家20多口人，唯独有两个小女孩没被杀，后来这两个女孩就失踪了。"

"你知道这两个女孩去了哪里吗?"

"不知道。"

"你有她们照片吗?"

钟老三蹒跚走进屋里，翻出一张合影的照片，他老泪纵横，"我看你不像坏人，刚好我家有一张，你看这就是那失踪的两个女孩，抱着她们的是她们父母。"

樱花接过照片又仔细看了一下，难道那扎着辫子面带微笑的小女孩就是自己？而那个被母亲抱着的就是田中优子？如果真是这样，那么田中优子就是她的妹妹。她越看那女孩越像自己的模样，而另一个越看也越像田中优子，樱花用自己随身携带的相机翻拍了这张照片。樱花说了声谢谢含着泪走了。

樱花坐船顺汉江而下，小船穿过乱石险滩，刚到汉江和冷水河交汇处，从汉江右岸朝阳岭的一个沟凹里冲出两条小船，船上站着几个荷枪实弹的皇协军，接着出现一只更大的机动船，嘟嘟地开来，波浪一浪一浪地涌向岸边悬崖，激起上米高的浪花，樱花坐的船如一个老太太在风浪中摇摆，随时都有可能翻船，几朵浪花打在了樱花的脸上，樱花的衣服上也溅了不少水，她紧紧抓住船舷。皇协军驾着小船斜插上来，故意一边摇晃着小船一边故意尖叫，有的还吹起了口哨，有一个皇协军学着日本人说话，"花姑娘，米西米西。"

樱花脸都气白了，如果再不制止，她的小船就会被波浪掀翻，她拔出手枪朝天上放了一枪。

皇协军见樱花手中有枪，顿时安静下来，他们的枪也对准了樱花。

“抓住这个女八路。”一个皇协军说。

枪声惊动了机动船上的日军，他们也围了过来。樱花看见了船上的两个军官很面熟，她仔细看了看，好像是泷原三郎和平野菱，她喊道：“是泷原三郎和平野菱吗？我是铃木丽子。”

“是的，我们是泷原三郎和平野菱。”

“你怎么也在这里？”机动船在小船旁停了下来，泷原三郎伸出手把樱花拉了上来。

“我只是出来随便走走，没想到遇见了你们。”

“你们怎么也在这里？”樱花问。

泷原三郎呵呵一笑，“现在我负责漩涡镇整个治安，平野菱是来执行大日本帝国一项绝密计划的，先别说这些，等到镇上我们再详细谈吧。”

三人来到镇上的望江楼饭店，三人开始诉说分别后的各自情况，泷原三郎和平野菱是从日本关东军特派来执行绝密计划的。樱花问：“什么绝密计划，我负责情报怎么不知道这事？”平野菱说：“这关系到大日本帝国的前途，知道的人越少越好，我现在不能说，到时候你就知道了。”樱花无形之中感觉到了她跟他们之间有了一层隔阂，她本想说说20年前发生在群英村孙家全家20多口人被杀的事，话倒嘴边忍住了，就是说了他们也不会信，何况自己一直怀疑这事的真假。

2

汪忠卫灰溜溜地离开擂鼓台去了日本司令部，他给井上龟郎汇报了土匪不愿收编的情况。

井上龟郎阴阴一笑，“没关系，意料之中的事。他们还说了啥？”

汪忠卫说：“大佐，我说了你千万别生气。”

“说吧。”

“擂鼓台大当家说，让你养好身子，他们随时来取你的脑袋。”汪忠卫说。

井上龟郎哈哈一笑，摆了摆手，“汪县长，你有什么高见?”

汪忠卫说：“我听说天星寨的土匪头子吴敬山跟擂鼓台一直有过节，不如让他们先狗咬狗，然后大佐你就坐收渔翁之利。”

井上龟郎说：“不错，你看这事怎么去办才最好呢?”

汪忠卫说：“我看这事交给龙盘山最合适，擂鼓台和天星寨都是他曾落草的地方，地形他比较熟悉，让他冒充擂鼓台的土匪去杀几个天星寨的土匪，然后嫁祸于擂鼓台，天星寨的大当家吴敬山岂能罢休，两家不就打起来了。”

井上龟郎挥了挥手说：“好，这事就交给你去办理，事情办好了，我会重奖你的。”

“嗨!”汪忠卫走了。

汪忠卫立即找到龙盘山，在饭店里请他吃饭。龙盘山说：“汪县长，怎么有雅兴请我呢？不胜感激。”

“我找你是想办件事，事情办好了，我会在井上龟郎面前给你美言几句，想办法让你官升一级，把副队长变成正队长。”汪忠卫说。

“啥事?”龙盘山笑呵呵地问。

“说起来也简单，你带领你的侦缉队的人扮成擂鼓台的土匪去杀几个天星寨的土匪，然后嫁祸于擂鼓台，让他们狗咬狗。”

“这事包在我身上，没问题。”龙盘山拍着自己的胸脯说：“再说我跟他们两家都有仇，我巴不得他们打得头破血流、鱼死网破。”

当天晚上，龙盘山戴着面具带了几个人翻过凤凰山，潜入天星寨。龙盘山对天星寨的一草一木都很熟悉，他们偷偷摸到山寨门口，看见站岗的只有六人，他对苟攀陵做了一个手势，苟攀陵带了三个蒙面人悄悄摸上去，用匕首干掉了最前面的两个土匪。同时龙盘山带人从侧面包抄过去，用刀子杀了三个土匪，剩下的一个跪在地上求饶，龙盘山说：“回去给你们大当家报个信，我们是擂鼓台的土匪，当年他杀了我们五个弟兄，我现在也杀他五个弟兄。如今在凤凰山上，擂鼓台夏荷花才是老大，而吴敬山狗屁都不是，告诉他以后要定期给擂鼓台上贡和交保护费，否则，擂鼓台就灭了天星寨。”龙盘山用刀子砍下土匪一根手指，“快滚。”

土匪鬼哭狼嚎地跑回山寨，一字不漏地告诉了大当家，大当家吴敬山气得从椅子上跳了起来，“岂有此理。弟兄们抄家伙，走。”

吴敬山赶到山寨门口时，龙盘山带人早跑了。

吴敬山蹲下身一一查看五个土匪的尸体，他们左手的拇指全被砍了下来，他再看看自己左手，当年他为了给擂鼓台的大当家谢罪，他自己把拇指砍了下来，一股奇耻大辱涌上心头，他大声说道，“召集弟兄们去擂鼓台，我倒要看看谁是凤凰山的老大。现在老子的天星寨壮大了，也不是当年的天星寨了，擂鼓台的人吃了豹子胆了，竟敢收我们的保护费，我看擂鼓台的人活腻了。今天我不出这口恶气，我对不起死去的这五个弟兄。”

三当家说：“现在天黑了，要不等明天白天再去。”

吴敬山说：“天黑正好，我们夜袭擂鼓台。”

吴敬山带着队伍，点着火把朝擂鼓台摸去。

龙盘山带人没走多远，他们埋伏在去擂鼓台的路上。龙盘山看见吴敬山的队伍走近了，他开了一枪，其他人纷纷开枪。吴敬山身边的一个手下喊话，“我们是天星寨的，你们是哪部分的?”

龙盘山让身边的一个手下回话，“我们是擂鼓台的，打的就是你们。”

吴敬山大吼一声，“给我打。”

龙盘山放了几枪，故意朝擂鼓台的方向跑，然后拐向北山坡跑了。吴敬山带人追到山寨前，不分青红皂白就朝山寨乱开了几枪，打死了几个守大门的。擂鼓台的人一边反击一边去给夏荷花报告。

夏荷花让人敲击大鼓，自己带着一伙人赶到山寨门口，“我是大当家夏荷花，请问你们是何方高人？”

吴敬山说：“我们是天星寨的，我们是来报仇的。给我打。”

夏荷花让队员先躲在掩体后，不急于反击。吴敬山的人打了一阵，慢慢也停了下来。夏荷花说：“我们无冤无仇，你们为啥要攻打我山寨？”

“夏荷花，你这是装糊涂啊，你杀了我们五个弟兄，还砍下他们的手指，这笔账老子今天要和你算一算。”

“你这话我不明白，我们啥时杀了你们五个弟兄？”

“你装吧。当年我杀了你们五个弟兄不假，但是我都给江霸天承认了错误，还砍下了我的手指来谢罪，这事早都过去了，你怎么又搬出来。你不是说你现在是凤凰山的老大，还要我们定期给你们上贡和交保护费，否则，就要灭了天星寨。”

夏荷花说：“天地良心，我敢发誓，我没说过这些话。我听明白了，有人冒充我们的人，杀了你们的弟兄，然后嫁祸于我们擂鼓台。你们先回去吧，这事我好好查一下，如果确是我们的人干的，我一定把他抓起来，交给你处理，要杀要砍你随便。”

吴敬山见这样硬打下去，自己也讨不到啥便宜，搞不好就会全军覆没，既然夏荷花给了自己一个台阶，何不趁着台阶下，他呵呵一笑，“好，你说话要算话。弟兄们，撤！”

夏荷花说：“都到了我的地盘，何不进来喝几杯！”

吴敬山拱了拱手，冷冷地说：“改天一定来拜访！”

3

吴敬山带人回到了天星寨，心里一直在琢磨夏荷花话里的真假，如果夏荷花在山寨真跟他打起来，他们占据着地势的优势，天星寨必定要吃大亏，可夏荷花并没有让手下的弟兄们反击。通过他对夏荷花的了解，夏荷花为人仗义光明磊落，应该不会使这种下三烂的手段，那么会是谁呢？会不会是日本人？吴敬山越想越气，干脆不想了，躺在床上呼呼大睡。一觉睡到天黑，三当家进来报告，“大当家，有人捎了一封信给你?”

吴敬山坐起来，打开信，他看完气得大骂：“敢敲诈老子，不想活了。”

三当家说：“信上写了啥?”

吴敬山递给他说：“安阳县城我有个相好，给我生了一个儿子，他们绑架了我的儿子，要1000大洋，否则就撕票。”

“谁他妈这么大的胆子?”三当家看了看落款说：“又是擂鼓台。我带人找他们理论去。”

“先别冲动，我觉得这事蹊跷，”吴敬山叹了一口气说：“没外人知道我在县城有个儿子啊。”

这时一个女人哭哭啼啼冲了进来，“吴敬山，你儿子被人绑架了，你说咋办?”

吴敬山笑嘻嘻迎了上来，“你怎么来了?”

“我儿子被擂鼓台的土匪绑架了，我不找你找谁?”

“你怎么知道是擂鼓台的土匪干的?”

“他们在我屋里留了一张字条，说他们是擂鼓台的土匪。”

吴敬山说：“这事你别急，你先在我这里待着，我立即去擂鼓台找他们谈谈，看看到底是不是他们干的?”

吴敬山带了两个弟兄去擂鼓台，他不像上次那样冲动，他冷静了下来，心平气和找到了夏荷花，开门见山地说：“这么晚打扰你了，实在不好意思。我这有封信，你看看。”

夏荷花接过信看了看，大骂起来，“谁这么大胆，冒充我们擂鼓台干坏事，这事我得管管了。”

“真不是你们的人干的?”吴敬山望着夏荷花问。

“我负责任地说，绝对不是。实话告诉你吧，这点小钱我还真看不上。我看这事一定是有人在栽赃陷害我们，他们目的是希望我们打起来，他们好坐收渔翁之利。”

“这是谁干的呢?”吴敬山摸着胡须说。

“以我之见，不是日本人干的，那就一定是龙盘山干的。他们不是说后天在火神庙交换人质吗，要不我带擂鼓台的人在火神庙附近埋伏起来，一旦人质安全，我就抓住他们。”

“多谢了，这事就不用你操心了，我自己能解决。”

“他们冒充我们擂鼓台的人，我必须要抓住他们，看看他们到底是谁?只有抓住他们才能还我们的清白。”

“你们可以参加，但前提是要保证我儿子的安全。”

吴敬山拱了拱手说:“告辞了。”

夏荷花带着天狼突击队提前埋伏在火神庙。就在离约定的时间还有三个小时时，吴敬山突然接到绑匪的通知，交换人质的地点改在桃子坪。夏荷花带人又飞快地赶往桃子坪，埋伏在树林里。过了半个时辰，绑匪带着一个小孩出现了，绑匪都蒙着脸，其中一个喊道:“把钱送过来。”吴敬山说:“你们千万不要伤害孩子，1000大洋一分不少，我派人立即送来。”

吴敬山的一个手下提着钱袋走了过去，“别开枪。”

蒙面人一把夺过钱袋，押着小孩跑了一会，他们见安全了，扔下小孩钻进树林就跑了。夏荷花和申飞豹带人分头去追，在一个山坳里，夏荷花看见了接应他们的人，她开枪击倒一个，申飞豹听到枪声围了过来，绑匪边战边退，夏荷花又一枪打在一个绑匪的腿上，其他人撤到马路边，跳上车开车跑了。申飞豹要去追，夏荷花说:“算了，把那个活口抓来。”这时吴敬山带人也赶了过来。

小猴子押着那个腿受伤的绑匪说:“我们大当家问啥，你必须老实交代，否则我就一枪毙了你。”

夏荷花对吴敬山说:“你来得正好，我们抓了一个活口，他可不是我们擂鼓台的人，有啥还是你来问吧。”

吴敬山用枪指着绑匪的头说:“你给我老实交代，你们是哪伙的，为啥要绑架我儿子?”

“爷爷饶命，我说，”那人跪在地上，“我们是安阳县侦缉队的，这一切都是龙盘山队长让我们干的，他让我们绑架吴爷的孩子，然后嫁祸于擂鼓台，目的是想让你们两家打起来……”

夏荷花对吴敬山说：“人我们已交给你们了，我们就先走了。”

4

夏荷花前脚刚回到山寨，马北辰后脚就找了上来。

夏荷花问：“你怎么又来了？”

马北辰说：“我找你是有重要事情商量。”

“什么事？”

马北辰说：“我们接到情报，鬼子有一批工程师和专家，估计就是兵工厂和细菌武器研究室的专家将抵达安阳县，他们一旦到达漩涡，后果不堪设想，上级指示我们一定要想办法把他们除掉。这批专家已从南京坐火车出发，到达武汉后，他们却临时改变线路，坐机动船走水路，这船化装成打鱼的船，沿途都有鬼子站岗，估计他们现在快到安康了，我希望你们能配合我们，把鬼子的船炸掉。”

“没问题，只要是打鬼子，我们一定配合。”夏荷花说：“现在时间不多了，你说怎么打？”

马北辰掏出随身带的地图说：“我准备在汉王城附近的汉江上游拐弯处钢锣湾设伏，周政委已带了一个小分队埋伏在那里了。我是这样想的，你带一队人也埋伏在河岸的树林里，然后挑选几个水性好的，化装成打鱼的，想办法靠近鬼子的船，然后把炸药包和手榴弹全扔过去。”

夏荷花对申飞豹说：“召集队伍，马上出发。”

马北辰笑着说：“我知道你会答应，我另外还带了一队人马在山下等着的。”

夏荷花和马北辰带着队伍，抄小路来到了汉王城汉江上游的钢锣湾。周政委指着一个河湾说：“我已在杉沟里藏了几条渔船，刚好这里汉江河道又窄，便于靠近鬼子的船。”夏荷花说：“这是一个打伏击的好地方，如果在河对岸山里的树林再埋伏一支人马就好了。”周政委说：“已埋伏好了，鬼子的船如果朝那边岸边行走，他们就会动手的。”夏荷花转身对牛大鹏说：“你带几个人，化装成打鱼的在杉沟待命。”小猴子说：“我也去。”牛大鹏说：“你是旱鸭子，我是《水浒传》的‘浪里白条’张顺，你能跟我比？”小猴子不服气地说：“‘浪里白条’咋了，我还是‘水上漂’呢。”牛大鹏说：“你就吹吧。”夏荷花说：“好了，都别争了。小猴子，等下你去把岸边站岗的两个鬼子干掉，穿上他们的衣服。”

一个负责侦察的游击队员跑过来报告，“鬼子的船已到了汉王城了。”

马北辰说：“大家做好战斗准备。”

夏荷花指了指两个站岗的伪军，小猴子和牛小三弯着腰手拿匕首摸了过去，从他们身后突然冒了出来，用匕首在他们脖子上一抹，把他们拖到树林里，脱下他们的衣服穿在身上，然后站在那里站岗。

两条机动船嘟嘟开来了，船上没插日本旗子，船上站的都是渔夫模样的人。小猴子看见前面的鬼子在挥舞着手中的旗子，小猴子说：“他们这是啥意思？”牛小三说：“他们这是旗语，意思前面平安，照着他们样子挥舞就是。”牛小三照着他们样子挥舞了几下。小猴子转身给马北辰挥舞了几下旗子。

马北辰说：“出发。”埋伏在杉沟里的四条渔船依次从杉沟冲了出来，每只船上坐了两个人。

小船慢慢靠近机动船，机动船上的人拿着枪问：“干什么的？”

“打鱼的。”

“请绕开，否则我开枪了。”

第一条小船奋力朝走在前面的机动船奔去，小鬼子开枪了，两个游击队员中弹身亡。第二条小船也奋力冲去，他们朝鬼子扔手榴弹，距离有点远，手榴弹在江面爆炸，激起十几米的水柱，然后又哗啦啦地落下。机动船上突然冒出一大堆鬼子，他们齐向小船开枪，第二条小船上的游击队员也牺牲了。第三条小船也奋力冲去，船上的两人虽然也中弹了，但他们点燃了炸药包，奋力朝鬼子的船撞去。砰的一声，机动船被炸了一个洞，水哗哗朝船舱里涌，船在慢慢下沉。另一条机动船赶紧过来营救，船上的人赶紧朝另一条机动船上跑。牛大鹏驾驶着另一只小船已靠近机动船，鬼子朝船上一阵乱开枪，等船靠近一看，船上没有人，牛大鹏其实早已钻在了水里，他在水下推着小船在行驶。就在鬼子发愣时，牛大鹏突然冒出水面，把几捆手榴弹扔在了鬼子的船上，接着他又点燃船上的炸药包，过了一会儿，砰的一声，几十米的水柱冲天而起。

“冲啊！”周政委驾驶着另一只小船冲在前面，身后也跟了几条小船。鬼子的机枪扫射过来，周政委中弹倒在了船上，临倒下时他开枪打死了机枪手。两条机动船慢慢沉了下去，后面冲上来的几条小船上的游击队员们向在水中挣扎的鬼子开枪，江面上飘满了油污、木头、文件等乱七八糟的东西，血已染红了半条江面。有几个鬼子刚爬上岸，就被埋伏在岸边的游击队击毙。

这是一场漂亮的水面歼灭战，消灭了几十个鬼子和十个专家。马北辰怕鬼子增援部队赶来，命令大家迅速转移。

小猴子在人群里瞅来瞅去，没看见牛大鹏，他一屁股坐在地上哭了起来，“牛大鹏，没了。”

“马队长，你带人先走。我带人去找找我的队员。”夏荷花对马北辰说，然后走过去安慰小猴子，“他不是‘浪里白条’吗，应该没事的，我们去下游找找。”

“不用找了，我在这里。”牛大鹏突然冒了出来。

小猴子擦掉泪水，跑过去狠狠给了他一拳，“你小子，命真大！”

“鬼子增援部队赶来了，大家赶快撤吧！”夏荷花说。

第十九章　分赃不均下黑手

1

鬼子兵工厂和细菌武器研究室的专家被杀，井上龟郎被降为中佐，他知道自己再不能出错了，如果再出错，他的前途将彻底完了，所以他调整了自己的计划，暂时放弃了攻打擂鼓台和寻宝的计划，他亲自坐镇漩涡，他要把全部的精力用在漩涡镇的兵工厂和细菌武器研究室上，而县城的工作他只好暂时交给樱花代为处理。

龙盘山为了立功和发财，带侦缉队破坏了凤凰山游击队在县城的地下联络点，顺手抓了一批无辜的人，抓进牢房就威胁和恐吓，只要他们家人交了赎金就放他们出去，有的不听话的就毒打，把他们折磨得死去活来。

这天，龙盘山带人控制了凤凰山设在县城后街的联络点，把老板抓了起来，然后龙盘山带人埋伏在客栈里，他自己坐在原老板私下会客的地方，悠闲地喝着茶，只要是进来找老板的先统统都抓起来，带回去审问。龙盘山喝完了一壶茶，已抓了三个人，他正在核算着今天能弄多少大洋时，门帘被掀开，进来一个身材高大的男人，“大哥，你今天怎么了？”龙盘山转过身来，哈哈一笑，“申飞豹，怎么是你，我们又见面了。”申飞豹伸手要摸枪，他身后突然伸出两把枪指着他的背说：“别动，动就打死你。”

“你们想干啥？”申飞豹的手枪被他们没收了。

龙盘山站起来说：“申大哥，我们做弟兄多年，你对我算是了解的，我想请你吃饭，不知道你能不能给我一个面子？”

“你这是黄鼠狼给鸡拜年——不安好心，”申飞豹鼻子一哼，“我怕你下毒。”

“看你这话说的，请吧！”龙盘山站起来说：“你是不是不敢去?!”

“有啥不敢的，我还怕你不成。”

两人前呼后拥来到李家饭庄，龙盘山要了一个包间，点了满桌的菜，酒是好酒，龙盘山给申飞豹斟满酒说：“大哥，我敬你一杯！先干为敬！”龙盘山端起酒杯一饮而尽，竖起酒杯给他看。

酒香在房间弥漫，申飞豹鼻子翕动了一下，龙盘山说：“请吧——”

申飞豹望了望丰盛的饭菜，喉咙动了动，他端起酒杯也一饮而尽。

“好好好。”龙盘山哈哈笑了起来，立即又给申飞豹斟满酒，“好事成双再来一个！”

几杯酒下肚后，龙盘山开始诉苦，“兄弟，我给你说几句掏心窝子的话，我今天走到这一步也是迫不得已，我承认我是对不起擂鼓台的弟兄，你以为我真给日本人卖命啊，我没这么傻，再说日本人迟早会滚出中国。”

申飞豹说：“你这是汉奸、卖国贼。”

龙盘山一笑，“我这是曲线救国。你在擂鼓台过的啥日子，我又不是不知道，实话告诉你吧，开年后，皇军将会大力围剿擂鼓台和铁瓦殿，你得为自己想一条后路，如果你手上有玉壶和金杯，就不愁后半辈子了。别说这些了，喝酒。”

申飞豹本来嗜酒如命，经不住美酒和佳肴的诱惑，他又喝了几杯。包间门吱呀一声被推开，“这不是申飞豹兄弟吗，好久没见了，近来可好？”他走到申飞豹面前伸出手，申飞豹一看原来是苟攀陵，坐着没动，苟攀陵缩回手，给申飞豹倒上酒，“看在咱们多年兄弟的情面上，我敬你一杯。”申飞豹面无表情，还是一动不动。苟攀陵连喝三杯，“兄弟，我给你赔罪，已自罚三杯，你总给个面子吧。”龙盘山也说：“你看苟攀陵也给你赔罪了，你总得给我个面子吧。”申飞豹端起酒杯直接倒进嘴里，苟攀陵笑了起来，“还是申兄好酒量，我给你斟满。”龙盘山站起来，又开始敬酒。

又是几杯酒下肚后，气氛没那么压抑了。几个人一下活跃多了，话也多了。门又被推开，林忠虎走了进来，“对不起，我来晚了。”龙盘山说：“林营长来了，请坐。”林忠虎坐在申飞豹旁边，“兄弟，好久没见了，今天可要好好喝几杯。”申飞豹不像刚来时那么拘谨和严肃了，“自罚三杯！”林忠虎站了起来，连喝三杯，“申兄，三杯我也喝了，该我敬你了。”申飞豹端起酒杯一饮而尽，苟攀陵给申飞豹斟满酒，“好事成双，再来一个。”两人又喝了一杯。龙盘山和苟攀陵又开始轮番给申飞豹敬酒，几圈下来，申飞豹有点醉了，他指着林忠虎淡淡地说：“你现在在忙啥？”林忠虎说：“别提了，在月河川道的平梁、涧池、蒲溪和双乳为鬼子征集军粮，我这个皇协军的营长也不好干，整天受气，老子早都不想干了。”龙盘山笑着说：“你不干，你又能干啥？再说当个营长，油水也不少啊。”林忠虎说：“我要有玉壶和金杯，早他妈离开安阳县，我去西安去重庆置两套房子，想去哪住就在哪住，整天搂着小老婆，吃香的喝辣的，赛过活神仙。”苟攀陵说：“我要是申飞豹，我早拿着玉壶和金杯跑了。”申飞豹醉眼蒙眬地说：“玉壶和金杯算个屁，擂鼓台还有比这更值钱的东西。”龙盘山一惊，眼睛放出贼亮贼亮的光芒，他笑着说：“还有啥宝贝，说来听听！”申飞豹打着酒嗝说：“我告诉你，你千万别告诉外人，特别是日本人。”龙盘山拍着胸脯说：“你放心，快说。”申飞豹说：“孙麻子当初确实藏了一箱宝贝，我们根据孙麻子的藏宝图，在他父亲的棺材里我们找到了这箱宝贝，这箱子里除了金龙、玉石、珍珠、翡翠外，还有座金宝塔、金盒子、金玺印、金碗、金盆，件件都价值连城，在箱底还有一把九龙宝剑，剑鞘面上嵌了九条金龙，剑柄上嵌满了钻石和宝珠……”申飞豹还没说完就一头栽在桌子上呼呼大睡。

龙盘山招了招手，苟攀陵走了过来，龙盘山在他耳旁耳语了一下，苟攀陵匆匆走了。林忠虎说：“大哥，你看这事是真是假?”龙盘山说：“酒后吐真言，我看这事是真的。日本人想尽各种办法都没找到，没想到被夏荷花找到了。”林忠虎说：“这事要不要报告给日本人?”龙盘山小声说：“这事先别声张，日本人是白眼狼，我们可以联手，一旦弄到这些宝贝，我们就远走高飞。”林忠虎说：“如何联手?”龙盘山指了指申飞豹说：“就从他下手。”

苟攀陵拿着一张纸走了进来，他拿起申飞豹的手在纸上按了手印，然后扶着他走了。

申飞豹醒来已是第二天下午，他发现床上躺着一个一丝不挂的女人，他一边匆忙地穿衣一边问：“我这是在哪里?”那女人像蛇一样缠了过来，嗲声嗲气地说：“别走嘛。”申飞豹推开女人就下楼，在楼下大厅里坐着的龙盘山望着他笑，“这可是‘天香楼’的头牌，昨晚不错吧。”申飞豹一怔，他知道“天香楼”是安阳城里有名的妓院，昨晚他干了什么他已没有一点印象，龙盘山把他拉到旁边的一个屋子里说：“申老弟，老当土匪也不是办法啊，你不为今后打算?”申飞豹说：“你啥意思，我不明白。”龙盘山说：“我就直说了吧，我们合作，把擂鼓台的那些宝贝弄到手，我们平分，然后离开安阳县，过我们的逍遥自在的日子，你看怎么样?”申飞豹说：“别做白日梦了，我不会跟你们合作的。”

龙盘山脸一板，掏出一份纸说：“你现在已签了誓死效忠皇军的承诺书，上面你可是按了手印的，上面还有日本人的公章，如果我把它送给夏荷花，你还能在擂鼓台待下去吗?”申飞豹大声说：“胡说八道，我啥时候签了，我怎么不知道?”龙盘山呵呵一笑，“昨晚你签的，这么快就忘了。”申飞豹明白了，他们昨晚趁他喝醉了酒抓住他的手按了红手印，他故意说：“绝对是假的。”龙盘山递给他说：“你自己看看。”申飞豹一看，这是他们提前写好了的，

"这字迹可不是我的，我不怕。"龙盘山说："这手印千真万确可是你的。"申飞豹把纸撕得粉碎，扔在地上。龙盘山哈哈笑着说："我手上还有一份。"申飞豹气得脸红脖子粗，他抓住龙盘山的衣领说："你到底想干啥?"龙盘山一字一顿地说："合作。"申飞豹说："我不会跟你合作的。"龙盘山笑着说："这由不得你了，你的母亲刚刚被我们从漩涡南山老扒里接到了县城，我请了丫鬟好好伺候她，你放心，我们不会伤她一根汗毛的，不过要看你的表现，我给你五天时间，把金宝塔、金碗、金盆和九龙宝剑交出来，否则你母亲的性命我就无法保证了。"申飞豹松开手，"你的胃口也太大了，擂鼓台没有这些东西。"龙盘山仰天长笑，"昨晚你亲口告诉我的，怎么转眼就不承认了。"申飞豹说："我要见我母亲一面。"龙盘山说："现在不行，你快回去想办法吧，以后有的是见面的机会。我告诉你，如果这事你告诉夏荷花，你就来给你母亲收尸吧。"申飞豹指着龙盘山的鼻子说："你要是动我母亲一个小指头，我跟你没完。"申飞豹说完就走了。

2

申飞豹心事重重地回到了擂鼓台，夏荷花看他精神萎靡，关心地问："你怎么了?"

申飞豹说："没啥，身体有点不舒服。"

夏荷花说："估计受了风寒，多休息几天就好了。"

申飞豹躺在床上无法入睡，这件事他想来想去，还是不告诉夏荷花，如果告诉了夏荷花，龙盘山这人心狠手毒，也许母亲的性命真难保了。记得当时他和夏荷花把宝贝分两批藏，他把小金龙、玉石、珍珠、翡翠藏在江霸天那个暗道里，而夏荷花负责把金宝塔、金碗、金盆和九龙宝剑等藏在山坡上。申飞豹推断来推断去，他觉得夏荷花不会把这些贵重的东西埋在山寨外的山坡，一定是埋在了后山，后山后面是悬崖峭壁万丈深渊，通往后山只有一条路，藏在后山是最安全的。

天一亮，申飞豹就起床去了后山，他在树林里逛来逛去，寻找蛛丝马迹，寻找可能藏宝物的地方，他用树枝拨开草丛和树叶，查看土质的松软。

“你在干啥？怎么不在房间休息？”夏荷花突然出现在他面前。

申飞豹惊出一身冷汗，“胸闷，出来透透气，刚走到这里看见一只兔子，跑到这里不见了，我就去草丛里找。”

“我找你有点事，今天我去漩涡镇侦察一下鬼子兵工厂的情况，山寨里的事就交给你了。”

“你放心去吧。”申飞豹从树林里来到了小路上。

“那我就先走了。”夏荷花说完就走了。

申飞豹站在山寨，看着夏荷花他们离开寨门，消失在茂密的树林里。申飞豹立即又跑到后山坡，他用铁铲和锄头挖那些可能藏宝的地方，结果没发现那个箱子。申飞豹不甘心，又继续去挖，累得满头大汗，还是一无所获。申飞豹又去后山山顶附近树林里找，这里杂草丛生，一只兔子突然蹿了出来，他追了过去，跑到一棵大树附近就消失了，他拨开草丛，发现岩石有点松，他用绳子拴住大树，顺着绳子滑到一个突出的岩石上，脚下就是刀削一样笔直的万丈深渊，这里不像东边的悬崖，这里的悬崖上没有一棵松树，几乎不可能攀登。申飞豹站在突出的岩石上，朝里一看，凹形处可容四五人，朝里走越来越窄，只能容一人通过，穿过几米长的窄窄通道后，里面顿时开阔，借着淡淡的光，他看见这里可以容十几个人，可并没发现箱子，他气得一拳打在墙壁上，吱呀一声，突然一扇门慢慢打开，他看看没有什么机关，小心翼翼东张西望走了进去，他看见了箱子，双手颤抖地迫不及待打开箱子，金宝塔、金碗、金盆和九龙宝剑都在，他拿起这四个东西往随身携带的布袋一装，然后顺着绳子爬了上来。

申飞豹回到房屋，简单收拾了一下行李，匆匆离开擂鼓台，直奔县城。走到半路，申飞豹起了一个心眼，他把金盆埋在了凤凰山上的一个树林里。

“你要的东西，我给你带来了。”申飞豹找到了龙盘山，扬了扬手中的袋子说。

“我看看。”龙盘山大喜，朝前走了一步。

“停——”申飞豹伸了伸手，“站住别动，我拿给你看看。”

龙盘山眼睛发直，闪着绿光，“好好好。”

“我母亲呢?”申飞豹紧紧握住袋子口说。

龙盘山朝外喊了一声，“苟攀陵。”苟攀陵慌慌张张跑了进来，龙盘山说：“去把申飞豹母亲带来。”

一会儿，申飞豹母亲被带来。申飞豹扑了过去问母亲，“妈，你没事吧?”

“我没事。”

“我们走吧。”申飞豹扶住母亲说。

龙盘山看着申飞豹走出院子大门，他搓着手心乐呵呵地回到房子，苟攀陵跟在后面关上门，正要反锁，林忠虎推开门走了进来，龙盘山说：“你是狗鼻子，闻到味就来了。”林忠虎嘿嘿一笑，“我在城门口派了人监视，只要申飞豹一到县城，自然就会有人给我报告。”

龙盘山打开布袋子，拿出金宝塔、金碗和九龙宝剑，三人眼睛都直了，同时“啊”了一声，龙盘山拿着九龙宝剑，林忠虎拿着金碗，苟攀陵拿着金宝塔，三人爱不释手，赞不绝口。

“不是说好了是四个宝贝，还有一个金盆呢?”林忠虎说。

“对啊，还有一个金盆，一高兴我咋忘了。”龙盘山摸着光头说。

林忠虎看着龙盘山的眼睛说：“不要把事情做绝了，人心不足蛇吞象。”

“你啥意思?你怀疑我把金盆藏了起来?”龙盘山说。

林忠虎说：“我可没说你把金盆藏了起来，乌龟吃了亮火虫——心里明白。”

龙盘山不高兴地说：“我没拿金盆，心里明白啥。”

苟攀陵看两人要吵起来了，连忙说：“算了，要不这样，刚好平分了，一人一个。”

林忠虎望着手中的金碗，又望了望龙盘山手上的九龙宝剑和苟攀陵手上的金宝塔，“不行，这样我吃大亏了，把九龙宝剑给我。”

龙盘山说：“我最喜欢宝剑，何况这把是乾隆皇帝的宝剑，你这不是夺人所爱吗？”

林忠虎说：“回头我给你搞一把日本人指挥官的宝剑怎样？”

“日本人的破宝剑不值钱，我不要。”

林忠虎说：“要不把金宝塔给我。”

苟攀陵说：“我最喜欢金宝塔，我信佛，刚好这上面有佛祖，我把它供起来，求佛祖保佑我，你这不是夺人所爱吗。”

林忠虎说：“反正我不要金碗，要么把金盆给我。”

龙盘山板着脸说：“你这不是故意捣乱，反正今天谈不拢，大家回去想想，明天继续谈。”

第二天他们又继续谈，龙盘山改变主意要金宝塔，苟攀陵改变主意要九龙宝剑，林忠虎死活不要金碗，结果还是意见不一致，没谈拢。

第三天，他们又继续谈。龙盘山和苟攀陵突然松了口，让林忠虎在金宝塔和九龙宝剑之间挑选。其实昨晚，林忠虎一走，龙盘山和苟攀陵偷偷商量好了要弄死林忠虎。龙盘山拍着林忠虎的肩膀说：“我怕夜长梦多，万一日本人知道了，我们就是竹篮打水一场空，啥都弄不到，与其这样，还不如退一步，你就在金宝塔和九龙宝剑之间挑选吧。拿到宝贝后也好早做打算。”

“是啊，总比日本人没收了强。”苟攀陵说。

“说实话吧，金宝塔和九龙宝剑我都喜欢，”林忠虎想了半天说：“我要九龙宝剑。”

苟攀陵说：“我要金碗，有了金碗走到哪都有饭吃。”

龙盘山说：“好，剩下的金宝塔就是我的了。不知兄弟们今后有啥打算？跟日本人干事出力不讨好，还受气挨骂，老子准备离开安阳县，去外地。”

苟攀陵说：“我也准备离开安阳县。”

龙盘山说：“兄弟一场，今日一别，不知道以后还能不能见面，我这里有上好的拐枣酒，还有牛肉、烧鸡和羊肉，要不喝几杯。”

苟攀陵说：“好，喝几杯。”

林忠虎见苟攀陵答应了，只好坐下喝酒。他们一杯接一杯地喝，喝到差不多时，龙盘山拍打着自己的光头说：“看我这记性，我这里还有一瓶从四川带过来的好酒，大家尝尝。”龙盘山起身从柜子里拿了出来，给林忠虎斟满，“你尝尝，这可是上等的好酒。”林忠虎嗜酒如命，他迫不及待地直接倒进嘴里，摸了摸嘴，“不错。”一会儿，林忠虎捂着肚子痛得直叫，额头也开始冒汗，鼻子也开始出血，他弯着腰指着龙盘山说：“你在酒里下了毒，你好狠心！”苟攀陵哈哈一笑，“只怪你太贪心了。”林忠虎拿起桌上的碗准备要砸苟攀陵，就在他举起碗时一头栽在地上，手上的碗掉在地上啪的一声碎了。

龙盘山弯下腰伸出手指放在林忠虎的鼻子前说：“断气了。找个麻袋装起来，拉到龙岗北坡埋了。”

半夜时分，街上无人，苟攀陵扛着麻袋朝北坡走去，龙盘山跟在后面，苟攀陵累得满头大汗，他把尸体朝地上一扔，四周看了看，然后开始挖坑。挖了半米深，苟攀陵说：“差不多了吧？”龙盘山说：“再挖深点，挖浅了万一被野狗刨出来，事情不就暴露出来了。”龙盘山也跳下坑去挖土，两人挖了半天，龙盘山爬上坑歇气，他趁苟攀陵正低头铲土时，扬起手中的铁铲一下打在苟攀陵的头上，苟攀陵叫了一声趴在坑里。龙盘山把林忠虎的尸体扔进坑里，他铲了一铲土扬进坑里，荀攀陵突然爬了起来，满脸是血，他扬起手中的铁铲砍向龙盘山，“大哥，我跟了你这么多年，没想到你连我都要杀，你想吃独食。”

龙盘山一闪没砍着，他挥舞着铁铲砸向荀攀陵，“不错，我是想吃独食。”

荀攀陵一挥，用铁铲挡住了，两人开始你死我活地厮打，铁铲冒出火星，龙盘山站在地面上占优势，荀攀陵几次都想跳出坑，龙盘山的铁铲压制着他，几乎没机会跳出来，两人就你来我往地僵持着。荀攀陵说：“大哥，只要你放我一马，我啥都不要了，这些东西全是你的。”龙盘山喘着气说：“好啊！这可是你亲口说的。”荀攀陵说：“君子一言驷马难追。”龙盘山突然用脚踢起地上的泥土，泥土落进了荀攀陵的眼睛里，他趁荀攀陵揉眼睛时，挥起铁铲削去，荀攀陵的脖子被削断，一下栽倒在坑里。

龙盘山迅速铲土把他们两人埋了，再撒上树叶，恢复到原先的模样。

3

夏荷花从漩涡镇回来后一直没见申飞豹，她问守山寨们的弟兄，他们说二当家申飞豹提着一个袋子走了，神色慌张，他们也不便问他去哪里。夏荷花感觉到了事情的不妙，她想到申飞豹早上在后山坡上草丛里像是在找什么东西，看见她时惊慌失措，当初她对申飞豹说是将宝贝藏在后山坡上，难道他这是在寻找宝物的埋藏之地。想到此处，夏荷花匆匆朝后山跑去，她发现树林里挖的大坑小坑，她感觉情况不好，她站在大树跟前四周看了看，没人，她用绳子拴住大树，顺着绳子滑到一个突出的岩石上，穿过几米长的窄窄通道后，进入洞里，借着淡淡的光，她看见那扇门是敞开的，她的心咯噔了一下，跑过去打开箱子，金宝塔、金碗、金盆和九龙宝剑都不见了，其他东西都在，夏荷花顿时懵了，申飞豹对她一直忠心耿耿，她无法接受申飞豹对她的背叛，她无法相信申飞豹会做出这种事来，一定是他遇到了什么难言之处。

夏荷花回到了聚义厅立即召集大家开会，夏荷花说："事到如今，我就不瞒在座的几位了，孙麻子当初确实藏了一箱宝贝，我们根据孙麻子的藏宝图，在他父亲的棺材里找到了这箱宝物，我怕日本人知道了就把这些宝物偷偷藏了起来，上次我们去安康买枪买子弹就是用的这些宝物，如今金宝塔、金碗、金盆和九龙宝剑被人偷了，申飞豹又突然不见了，这四件宝物件件都价值连城，你们说这事是谁干的呢？"

牛小三说："难道是日本人干的？"

夏荷花说："在座的都不知道这个消息，日本人又怎么会知道呢？"

小猴子说："我觉得申飞豹不是这种人。"

夏荷花说："如今我们只有先找到申飞豹，才好下结论。"

夏荷花立即把工作做了安排，让小猴子去堰河村，看看申飞豹是不是去看他老娘了；让牛小三去漩涡镇打听消息，让牛大鹏带几个人去县城打探消息。

第二天下午，小猴子回来报告，"我去堰河村打听了一下，申飞豹这几天根本没去看他老娘，倒是他老娘却突然不见了。"

夏荷花说："申飞豹是个孝子，他不会丢下他娘不管的，他又会去哪里呢？"

牛小三也回来了，他在漩涡镇没打听到啥消息。

第三天，牛大鹏从县城回来了，他带了些炕炕馍、米蒿馍、柿子馍和油炸果子，"大当家，我给你捎了些吃的。"夏荷花不高兴地说："你就知道吃，打听到啥消息没。"牛大鹏说："也没打听到啥有价值的消息，倒是看见林忠虎老去找龙盘山和苟攀陵，好像在商议什么。还有，他们抓了一个老太婆，后来就被一个中年男人领走了。"

“那老太婆去了哪里?”

“听说去了李家台的方向，估计去了平梁，或者去了石泉。”

“说不定这个老太婆就是申飞豹的母亲，如果真是他母亲，龙盘山抓他干啥？申飞豹在北山有个亲戚，住在铁佛寺，他该不会带他母亲暂时去投奔亲戚去了吧。”

“不好说。”

夏荷花对牛大鹏说：“我带几个人去铁佛寺，你带人继续监视龙盘山，如果这些宝物在他手里，就想办法干掉他。”

铁佛寺镇位于安阳县北秦岭南部浅山区，东临安康，西毗龙垭、双河口镇，南连涧池镇，北与石条街乡接壤，因北山山中寺庙殿中供奉一尊铁铸的弥勒佛，遂名为铁佛寺。后来因铁佛寺所在的乡镇，习惯上称为铁佛寺，世代相袭，延续至今。

第二天天还没亮，夏荷花和牛大鹏带了十几个弟兄，朝安阳县城出发，到了县城后就分手了，夏荷花带了五个弟兄朝铁佛寺走去，他们沿着崎岖的山间小路行走了几个小时，终于来到了铁佛寺。在寺庙附近他们发现了一户人家，两个老人正在院子里晒太阳，他们正准备过去讨口水喝时，其中一个老太太喊道，“豹儿，去把那个挠痒痒的给我拿来。”一个男人走了出来，夏荷花一看正是申飞豹，她向小猴子比画了两下，小猴子带人悄悄摸了过去，堵住了前后门，夏荷花拿着手枪大摇大摆走了过去，“申飞豹，你怎么在这里？你该如何解释?”

“我会给你解释的。”申飞豹脸上变了颜色，他把两个老人扶进屋里，然后走了出来，跪在了夏荷花的面前，“我错了，要杀要剐随你的便。”

“我问你，是不是你拿走了金宝塔、金碗、金盆和九龙宝剑?”

“是的。”

夏荷花用枪指着申飞豹的头说：“你为什么要这么做?”

申飞豹说：“我是被逼无奈，都怪我，我酒后说漏了嘴，龙盘山就绑架了我母亲，逼我用金宝塔、金碗、金盆和九龙宝剑来换我母亲，我如果交不出来，他们就要杀我母亲。我从小就死了父亲，是母亲一手把我拉扯大的，我不能看着我的母亲被他们杀了，所以我就偷偷拿走了宝物。”

“这些宝物现在在哪里?”

“在龙盘山手里。”

夏荷花收起枪说：“念在你一片孝心上，我不杀你，从此擂鼓台跟你一刀两断，擂鼓台再也没有你申飞豹这个人了。”

申飞豹抓住夏荷花的衣裙，“我错了，我还是回擂鼓台，好吗?”

“松手，”夏荷花大喊一声，“弟兄们，回。”

申飞豹望着夏荷花的背影，泪水哗哗流了出来。

4

夏荷花回到了安阳县城，跟牛大鹏会合，夏荷花说：“有啥情况?”

牛大鹏说：“龙盘山一直在侦缉队里，没见出来，院子里到处都有伪军在巡逻。”

夏荷花说：“派一个人继续监视，其他人回客栈睡觉，养好精神，今晚三点我们准备行动，活捉龙盘山。”

半夜时分，牛大鹏和小猴子翻过院墙，摸进了龙盘山的房间，牛大鹏一手拿枪一手掀开被子，床上没人，他伸手一摸，被窝还是热的，房间很凌乱，看来龙盘山刚走不久。小猴子在房间找了一下，没发现宝物。

牛大鹏和小猴子又翻过院墙，把里面的情况告诉了夏荷花。夏荷花问负责监视的那个牛小三，“有没啥情况?”

牛小三揉着眼睛说：“刚睡着了，不过我听到了马蹄声，出了西门，朝平梁镇的方向跑去了。”

“你看清那人没?”

“迷迷糊糊地，没注意。”

“糟了，估计就是龙盘山，他可能带着这些宝物跑了。”夏荷花说：“我带几个人朝西追，估计他先躲到石泉，然后去汉中或西安。为了保险起见牛大鹏带几个朝东追，我担心他跑到安康，一旦他跑到安康就不好找了，他可以坐火车或走水路。”

夏荷花带人顺着马车车轮子印追到高粱村时，天已亮了。突然前面山包传来了枪声，夏荷花说：“快，躲到前面那个山上树林里，注意隐蔽。”

夏荷花藏在山上的树林里，她看见几十个土匪围住了马车，“快下车，不然打死你。”

“把东西乖乖交出来，本大爷可以饶你一条狗命。”

夏荷花一听那人声音好熟悉，抬头一看竟是天星寨的土匪吴敬山，他们怎么会在这里，她感到有点奇怪。

“交什么东西？”龙盘山说。

“别跟我装糊涂，实话告诉你吧，我在你的身边安插了线人，我还知道你为了独吞金宝塔、金碗和九龙宝剑，杀了苟攀陵和林忠虎。我们早已布下了天罗地网，就等你上钩。”吴敬山哈哈一笑。

“胡说八道，我根本没有这些东西。”

“没这些东西你干吗半夜三更偷偷跑啊，放着你的好好侦缉队长不当，你傻啊？”

“侦缉队长老子早都不愿意干了，给日本人卖命出力不讨好，还背个汉奸罪名，有啥意思，我打算离开日本人，走得越远越好。”

“少啰唆，快把东西交出来。”吴敬山大吼一声。

“好汉不吃眼前亏，我这就给你们。”龙盘山从包里拿出几个手榴弹，扔了过去，吴敬山和那些土匪立即趴在地上，砰砰几声爆炸，尘土飞扬，等他们爬起来时，龙盘山提着一个袋子跑了。

“追——”吴敬山手一挥。

龙盘山边跑边回头开枪，吴敬山说：“把长枪给我。”一个土匪把枪递给吴敬山，吴敬山接过长枪瞄准了龙盘山的腿，一扣扳机，龙盘山叫了一声倒了下来，他又迅速爬起来，拐着腿在跑，速度没有那么快了。吴敬山带人包围了过来，龙盘山见跑不掉了，他拿着一颗手榴弹说："别过来，你们再朝前一步，我就把这些宝物炸了。"

吴敬山手一挥，放下枪，"停！大家都把枪放下。"

土匪们都站住了。

夏荷花对小猴子说："宝物一旦落到吴敬山手中，就会成为他的东西，他不会还我们的，我们必须要抢过来。找一个制高点隐蔽起来，我偷偷从后面摸过去，其他人负责阻击，一旦我拿到宝物，不要恋战，迅速撤离。"

小猴子点了点头，夏荷花猫着腰摸了过去，她藏在树林里大石头后面，下面的一举一动她看得清清楚楚，她知道吴敬山枪法好，他不会罢休的，只要一旦有机会，吴敬山会一枪毙了龙盘山，那么宝物就会落到吴敬山手中。夏荷花也恨不得一枪打死龙盘山，她感觉现在不是时候，现在最重要的是宝物，只有等拿到宝物后再跟龙盘山算账，现在她必须要救龙盘山，不能让宝物落到吴敬山手中，她拿出一个手榴弹朝吴敬山附近的空地扔了过去，她没想要炸死他们，只想吓一吓他们，第一个手榴弹爆炸了，土匪们正在惊慌时，第二个手榴弹朝人群飞去，土匪四处逃窜，纷纷趴在地上，龙盘山趁机爬起来，翻过一道土包，夏荷花爬过去抓住龙盘山的手说："跟我走。"后面的人追了上来，龙盘山不情愿地跟着夏荷花跑进她的伏击圈，然后躲在大石头后。埋伏在山腰的人向吴敬山他们开了火，吴敬山见一时半会冲不上去，他躲在一棵大树后喊道："你们是擂鼓台的人吧？"

"不错，我就是夏荷花。"

"只要你把龙盘山交出来，过去的恩怨一笔勾销。"

"这些东西本来就是我们的，我们拿回属于我们的东西，希望你不要插手，否则就别怪我不客气了。”夏荷花说。

“你说这话，我就不爱听了，它凭什么就是你的，他是乾隆皇帝的。如果你不交出宝物，也别怪我不客气了。”

“我早听说你是个不讲道理的人，果不其然。你有本事就过来拿。”

吴敬山手一挥，一个土匪站起来冲了过去，夏荷花手一扬，叭的一枪，土匪一头栽倒在地上。其他土匪犹豫了，不敢动，吴敬山挥着枪说：“给老子冲。”他话刚说完，站在他身边的一个土匪倒了下来，头上冒着血，接着他的帽子又被一枪打飞。“有狙击手，大家快趴下。”他躲在树后喊道。

夏荷花不敢久战，她知道自己只有十来个弟兄，而吴敬山则有七八十人，她抓住龙盘山说：“走。”她站在山上小土包朝四周一看，这个弹丸之地四周已被土匪包围，要想突围只能等到天黑再说。

夏荷花一屁股坐在地上，打开布袋子，看了一眼金宝塔、金碗和九龙宝剑，然后盯着龙盘山说：“金盆呢?”

“什么金盆?”龙盘山说。

“你跟我装糊涂，”夏荷花拔出枪说：“你再不老实，我就一枪毙了你。”

龙盘山跪了下来说：“申飞豹交给我的就只有金宝塔、金碗和九龙宝剑，如果有半句假话，天打五雷轰，不得好死。”

“我问你，你为了这些宝物，杀了苟攀陵和林忠虎?”

龙盘山低下头不语。

“我问你话，长耳朵没有?”

小猴子说：“别跟他废话，干脆一枪毙了这个狗汉奸算了。”

龙盘山扇着自己耳光，哭着说：“是我杀了他们，我不是人，我错了。看在多年兄弟的情分上，只要你们饶了我一命，这些宝物你们全拿走，今后我再也不当汉奸了……”

夏荷花想起了江霸天，龙盘山虽然跟江霸天不和，干了不少蠢事，可他毕竟是江霸天的拜把子兄弟，曾经一同出生入死，为建立擂鼓台立下了汗马功劳，看他眼下的处境，谅他以后再也不敢怎么样了，她心软了，“如果今晚我们能突围出去，我可以饶你一命，但前提是你不再当汉奸。”

龙盘山磕了三个响头，“我保证，从今以后不再给鬼子卖命了。”他举起手说：“我龙盘山发誓，今后我再也不当汉奸了，如有失言，天打五雷轰，死无葬身之地……”

“行了，你可要记得你发的毒誓。”夏荷花说。

“你放心，我永远都会记住，一辈子都不会忘的。”龙盘山信誓旦旦地说。

半夜时分，伸手不见五指，夏荷花决定带人从东边突围，突围前他派小猴子在西边和土匪交上火，造成要在西边突围的假象，等吴敬山带着大批人员赶过来增援时，夏荷花带人从东边突然发起进攻，迅速干掉东边的土匪，冲了出去。在西边的小猴子看时间差不多了，边战边退，黑灯瞎火的土匪又不敢贸然进攻。

天一亮，吴敬山带人冲上小土包山，山上连半个人影都没有，他气得把帽子扔在地上，开始骂娘。

第二十章　纸上谈兵

1

凤凰山游击队周政委牺牲后，上级从延安派了一位政委，他就是刘国安，随同他一块来的还有他的妻子程红梅医生和八个警卫，可见上级对鬼子兵工厂和细菌武器研究室的重视。刘国安长得文质彬彬，戴一副眼镜，满肚子学问，马北辰有点看不惯他，特别是在一些重大问题上两人意见经常有分歧，常常闹得不开心。马北辰想招安擂鼓台和天星寨的土匪，刘国安还没等他把话说完，就首先表态，绝对不行，共产党领导的队伍怎能招收这些乌七八糟的乌合之众。

刘国安为了树立他的威信，在队伍召开党员大会，跟战士们一一谈心，传达延安精神和指示，而马北辰不是党员，自然就被排除在外，有战士提议，马北辰是队长，起码要知道这些会议的内容。刘国安振振有词地说："革命的队伍要保持纯洁性，只有纯洁的队伍才能团结一致，才能打胜仗，才能战无不胜，马北辰参加过国民党，一个参加过国民党的人能带领共产党领导的队伍吗？我已派人把他关了禁闭，让他好好彻底反省自己。"

一个战士说："马队长虽不是党员，但他能打胜仗。"

刘国安拍着桌子说："你作为一个党员，应该明白一切行动听党的指挥，看来我也要关你禁闭，让你好好反省自己，不要满脑子都是江湖义气和个人英雄主义。"

其他同志都不敢吱声了。

刘国安接着说："打胜仗有啥了不起，我照样打胜仗，不行我就给你们打几个胜仗看看。"

第二天，刘国安带着队伍去攻打漩涡镇，结果遭到鬼子的反包围，好不容易突围出来，牺牲了十多个同志。

马北辰知道消息后破口大骂，他从禁闭室冲了出来，去找刘国安理论，"你到底会不会打仗？害得白白牺牲这么多同志，难道他们都不是爹娘养的？"

刘国安不以为然地说："打仗嘛总有输赢，总有牺牲，胜败乃兵家常事，有啥大惊小怪的。"

马北辰气得一拳打在刘国安的脸上，"王八蛋！"

刘国安捂着脸说："你要为你这一拳付出代价。"

马北辰气呼呼地走了，他的心情很糟糕，漫无目的朝山下走，突然他想到了樱花，如今她知道了自己的身世，看能不能把她争取过来，一旦争取过来，鬼子的一举一动都将掌握在手中，随时都可得到鬼子的情报。

马北辰去了县城，他没想到樱花正在饭馆里一个人喝闷酒，他走了过去坐下，"你的伤好没？怎么一个人？"

樱花淡淡地说："谢谢你的关心，你来是不是想要我的命？"樱花掏出枪放在桌子上说："我早都不想活了。"

马北辰把枪推了过去说："把枪收下。我知道你内心痛苦，无法接受这个现实，更无法接受井上龟郎是杀害你父母的凶手。"

"我一直以为自己是个日本人，想想南京大屠杀，想想那些被我杀害的中国人，我的心里就像刀剐般难受，晚上我常常做噩梦……"

"你没把真相告诉小林次野、田中优子、泷原三郎和平野菱？"

"我提过，他们都不相信，他们说我胡说八道在编故事，一定是被中国人蛊惑了，反而对我疏远了。我也一直奇怪，我刚到漩涡时感觉这里的山水有点熟悉，感觉在哪见过，又感觉是我曾经做过的梦，在梦中见过。”

“你们离开南山漩涡时还小，井上龟郎又给你们洗了脑，你们已认为自己是真正的日本人了，回头等有机会了你再和他们说说看。”

樱花点了点头，“上次专家被杀，上面又派了一批专家，估计后天左右将到安阳县。这次为了保险，他们绕道先到安阳县城，再绕道去石泉县，然后坐船顺汉江河直下去漩涡镇。”

马北辰呵呵一笑，“我有事先走了，回头聊。”

樱花说：“别走，陪我喝一杯。”

马北辰匆匆回到铁瓦殿，虽然他对刘国安有意见，但这毕竟是大事，他主动给刘国安道了歉，刘国安也原谅了他。马北辰乘机把情报告诉了刘国安，刘国安高兴地打开地图，他看了半天，指着地图说：“就在马池附近设伏，刺杀专家。”

马北辰看了一眼说：“不妥。”

“为什么？”刘国安不解地问。

“我是本地人，我对这里的地形比较熟悉，不用看地图我都知道这里的一草一木，马池的确是个设伏的最佳位置，这里山高树密，又是S行盘道，紧靠汉江，可进可退，但你能想到的鬼子也会想到，他们上次吃了亏，这次一定小心翼翼，他们可能提前在这里设下埋伏，我们去伏击专家，可能反被他们打了伏击。我认为应该在汉江的崖沟斜设伏，这里两岸悬崖笔直，河中又有几座小岛，可在岛上和悬崖上埋伏一些人，一旦交火可以前后照应，鬼子逃跑时埋伏在两岸悬崖的人还可以直接把手榴弹扔在鬼子的船上。”

刘国安抬杠说：“既然你能想到的鬼子也会想到，我认为还是在马池设埋伏比较好，就这么定了。”

马北辰大声说：“听我的，没错。崖沟斜偏僻，离擂鼓台和天星寨都比较远，鬼子根本不会想到我们长途跋涉会在这里设伏。”

“你现在还在观察期，部队的指挥权在我手上。你现在老老实实待在这里，哪里都不许去。”刘国安手一挥，他随身的两个警卫走过去没收了马北辰的枪。

第二天清晨，马北辰看见刘国安在召集队伍，他拍着门说：“放我出去。刘国安，我知道你这是为了贪功，让我参加战斗吧，这功劳全归你。”

两个警卫凶巴巴地说：“吵啥吵，闭嘴。”

队伍走了，院子里一下安静了许多。马北辰像是热锅上的蚂蚁在小屋里转来转去。太阳偏西了，屋子里慢慢暗了下来，送来的饭菜他也没心思吃，和衣躺在床上，他睁着双眼望着天花板发呆。天快亮时他才迷迷糊糊睡着，刚睡着不久院子里的吵闹声又把他惊醒，他起床站在窗前一看，院子里有好多伤员，有的痛得在喊叫，这喊叫声刺痛着他的心，他知道一定是刘国安遭到了鬼子的伏击，不然不会回来这么早。他看到了邱小波，喊了一声，邱小波走了过来，马北辰问：“怎么回事?”邱小波说：“马队长，我们这是打的啥仗，连鬼子都没看见，我们就糊里糊涂地牺牲了这么多同志。”马北辰又问：“刘政委呢?”邱小波说：“垮着苦瓜脸，正在生闷气呢。”马北辰说：“现在警卫都顾不上我了，早走了，你把门打开，出了啥事我担着。”邱小波用枪托砸开锁，马北辰拉开门直奔指挥室，他一脚踹开门，抓住刘国安的衣领说：“不听我的话，吃亏了吧。”

“松开，”刘国安板着脸说：“你来得正好，我正要找你，我怀疑你提供的情报有假，是日本人故意设下的圈套。”

“你倒打一钉耙，这是恶人先告状，”马北辰气得瞪起大眼，拳头捏得咕咕叫，恨不得一拳打碎他的眼镜，“亏你还是从延安来的，我都为你脸红，别以为你上过大学留过洋就了不起了，你只会纸上谈兵。”

刘国安又不以为然地说：“打仗嘛总有输赢，胜败乃兵家常事，有啥大惊小怪的。”

马北辰说：“我知道，只要你完成任务，炸了鬼子兵工厂和细菌武器研究室，你就会回延安，又奖赏又升官，我求求你别折腾了，我手下只有这么些弟兄了。”

“好事不过三，我会让你好好瞧瞧的。”

马北辰气呼呼地走了。

经过一段时间休整，刘国安老实多了，没啥异常的举动。一天，马北辰起床后见院子里空荡荡的，地上落满了树叶，一阵风刮过，地上的树叶沙沙地在翻滚，他感觉到不妙，问一个站岗的哨兵，哨兵说：“刘国安带着队伍半夜就悄悄出发了，他们好像是要去攻打漩涡镇上的鬼子兵工厂。”马北辰“啊”了一声，追了上去。哨兵说：“别追了，走了几个小时了，追不上了。”

马北辰追到快到漩涡时，战争已结束，路上遇见几个游击队员和一些伤兵，马北辰问：“刘政委呢?”一个人说：“被鬼子活捉了。”马北辰说：“到底是怎么回事?”一个伤员说：“我们刚走到冷水河的保河村就遭遇鬼子，鬼子的枪法太好了，领头的叫什么小林次野，他的特战队员很厉害，我们队伍被打散了，我们边打边撤，好不容易才跑了出来。”一会儿，又来了几批队员，马北辰清点了一下人数，103 人。马北辰伤心地哭了，“这次伤亡太厉害了，我对不起那些死去的同志，我一定要为他们报仇。我们先回铁瓦殿，鬼子的追兵说不定一会就会追上来。”

马北辰带着队伍回到了铁瓦殿，他又伤心地哭了一场。

第二天，马北辰正在沉思，刘国安妻子程红梅敲门进来了，她说：“马队长，你一定要救救刘国安，他就是个书呆子，干啥事死脑筋，以前他做了对不起你的事，我向你赔罪，”程红梅跪了下来，“我求你想办法救救他。”

“快起来，这要不得。”

“你不答应，我就不起来，我现在怀了他的孩子，我不想让孩子出生就没父亲。”程红梅哭了。

“好了，我答应你，快起来。”

“谢谢!”程红梅站起来，擦了擦泪水。

“实不相瞒，我跟刘国安意见老是不同，不过都是为了打小鬼子，意见分歧也正常，其实也没啥。刘国安被俘后，我也着急，毕竟都是革命同志吗，我已派人去县城和漩涡打探情况去了，一有消息我们就会营救他的，你放心吧。”

程红梅正要离开，邱小波气喘吁吁地跑了进来，“马队长，我刚从县城跑回来，刘政委一大早就被日本人从漩涡镇直接押到了县城，估计他们正在审问他呢。”

马北辰说：“明天你继续去县城打探消息，确定刘政委关押的监狱，哨兵守卫的情况等等，我们好确定下一步行动。”

邱小波端起桌子上的一碗水，咕咕一口喝完了，他擦了擦嘴说：“没问题。”

第二天下午，邱小波从县城回到了铁瓦殿，直奔马北辰的办公室，“马队长，打听清楚了，刘政委关押在日军司令部宪兵队的监狱里，鬼子对他动了大刑，也不知道刘政委能不能扛得住?”

“太好了，审讯工作归樱花负责，明天我去找她打探一下情况。”马北辰说。

天一亮，马北辰只身一人下山去了日本宪兵队，他在宪兵队门前等了半天，看见樱花走了出来，他跟了上去。走到健康巷时，马北辰见前后无人快步走了过去，“樱花姑娘，我想请你吃饭，不知道可以赏光吗?”

“好啊!”樱花爽快地答应了。

马北辰带着樱花来到了“刘家饭庄”，要了一个包间，给他们上菜的是个女孩，马北辰感觉在哪见过，多看了一眼，“你是新来的?你叫啥名字?”

姑娘腼腆地说：“我叫沈山菊，我是大厨沈师傅的女儿，我母亲死后，临时过来帮忙的。”

马北辰说：“哦，我见过你，你有个哥叫沈山勇对吧，他跟我是好朋友，去年我在华北见过他，他是八路军的团长。”

沈山菊高兴地说：“对对，他叫沈山勇，我还听我爹说，我还有位大哥，几岁时就失踪了，也不知道他现在是死是活。对了，乔雪峰你认识吧，你有没他消息？”

“听说他遭到鬼子伏击，他很勇敢很顽强，打完子弹，就跟鬼子开展肉搏战，最后战死了。”

沈山菊的眼睛红了，樱花咳嗽了一声，沈山菊慌慌张张地走了。

“你请我吃饭，怎么把我冷落了？”樱花酸酸地说。

“刚才你也听见了，沈山菊说他还有位大哥，几岁时就失踪了，我怀疑他就是小林次野。”马北辰望着樱花说。

“不会吧？”

“你没发现小林次野长得非常像沈山菊的父亲沈师傅，简直是从一个模子里刻出来的，等下你去看看沈师傅就明白了。”马北辰叫了一声，沈山菊推门进来了，马北辰说：“去把沈师傅叫来，这位姑娘有话问他。”

沈山菊应了一声，“好的。”

樱花说：“你这人怎么私做主张，我啥时要见他？”

沈师傅推门进来，神色慌张，弯着腰站在一边。马北辰笑着说：“你别怕，我是凤凰山游击队队长马北辰，也是你儿子沈山勇的朋友，听说你还有位儿子，几岁时就失踪了，你跟我们讲讲事情的经过。”

沈师傅陷入了沉思，泪水流了出来，“20 多年前，井上龟郎来安阳县，他听说我父亲不知怎么得到了皇宫里的几件价值连城的宝物，具体是什么我也没见过。井上龟郎不知道怎么得到了消息，他带着一批日本浪子，乔装打扮来到了安阳南山，逼我父亲交出文物，我父亲死活不肯交出，他们掘地三尺一无所获，就打死了我父母，血洗了村庄，走时还带走了一批婴儿，我的大儿子，那时刚满三岁，也被他们带走了，也不知道他现在是死是活。”

马北辰说：“没啥事了，你先忙。”

沈师傅擦着泪走了。

“沈师傅说的句句都是真话，所以我推断小林次野就是沈师傅那个失踪的儿子。”马北辰说。

“你今天请我吃饭，就为这些事情来的？”

“我还有别的事，”马北辰嘿嘿一笑，“听说你们抓了凤凰山游击队的刘政委？”

“是有这么回事，没想到他文质彬彬，骨头很硬，经过严刑拷打，他什么都没说。如果他再继续这么硬下去，得不到有价值的东西，井上龟郎的意思是把他枪毙了，尸体挂在城门上示众。”

“你看看有没啥别的办法，跟井上龟郎通融下，放他一马。”

“绝对不可能，想都别想。不过我有一个办法，我让皇协军把他拿到凤凰山脚下去枪毙，你们提前埋伏在那里，截下刘政委。只是我提前怎么通知你？”

“你去西门外找李家饭馆的李老板，你只要找到他，我们就能收到通知。”

“好，你们做好准备，等我消息。”

马北辰笑着说：“我知道你会帮我的，毕竟你也是个中国人，对吧？”

樱花说：“这么多年，我干了不少坏事，现在我的良心每天都要受到谴责，我对不起那些死去的中国人，我现在开始为他们赎罪，只有赎罪，我的良心才能安宁，才能靠近你，我以前做了很多对不起你的事，希望你能原谅我，其实我的内心里一直有你，无数次在梦中梦见你，我也曾告诫自己忘掉你，可是我做不到，我终于明白了越是想忘一个人越是忘不掉，我爱你。”

马北辰想到了夏荷花，他心里喜欢的是夏荷花，虽然以前他曾爱过樱花，不过随着时间的流逝，他对樱花的感情慢慢就淡了，而夏荷花让他魂牵梦绕，日日思念，他站了起来，不敢看樱花的眼睛，“时候不早了，我该走了。”

樱花从背后抱住他，嘤嘤哭了。

2

几天后，马北辰接到樱花的通知：明日中午在凤凰山下枪毙刘国安。

马北辰带人提前埋伏在山上，皇协军押着刘国安先在城里绕了一圈，然后出南门，拉入刑场。汽车刚行驶到三官庙，一个村民推着架子车突然横在马路上，汽车嘎的一声停了下来，司机吼了一声，“找死啊！”村民也吼道：“把我车撞坏了，你们要赔，不赔就休想从这里通过。”顿时围拢来了一大堆人看热闹，就在司机和一个长官下车跟那个村民理论时，有几个小伙子爬上卡车，掏出枪说：“都举起手来，否则我打死你们。”他们乖乖交出枪。几乎同时，车下那村民也掏出枪，“站好，别动，小心枪走火。我是凤凰山游击队队长马北辰，我们只要人，不伤人。”马北辰接着说：“我看你面熟，叫啥名字？”

“我叫张二狗。好汉饶命，其实我也不想给日本人卖命。”张二狗说。

刘国安被人从车上扶了下来，他脸上身上都是血和伤口，他站立不稳，精神萎靡不振，目光呆痴，简直像变了一个人似的。马北辰本想过去跟他握个手，看他如此样子就算了，他说：“快点把刘政委扶到担架上，快点离开这里。”马北辰转过身来，用枪拨了一下张二狗的大盖帽说：“不错啊，都混到营长级别了。”张二狗嘿嘿一笑，“原先的营长林忠虎突然失踪了，我临时补上的。”

马北辰说：“还不快走，站在这里干吗？”

张二狗点头哈腰说："是是是，立即滚蛋。"

刘国安被抬回到铁瓦殿，经过她爱人程红梅细心的治理和调养，精神状态慢慢好了，慢慢也可以下地走动了。经过这段时间的反思，他明白了许多道理，他主动去找马北辰，向他承认错误，并表示以后部队的指挥权由马北辰负责，他只负责部队的思想工作。马北辰也原谅了他，他主动伸出手，两人言和。

马北辰说："凭我们现在的力量，要摧毁鬼子的兵工厂和细菌武器研究室几乎不可能，我们不能硬碰硬，要避其锋芒，只能智取巧取。为了早日摸清兵工厂和细菌武器研究室的内部结构，我得去漩涡镇和擂鼓台一趟。"

刘国安说："好，我听你的。"

马北辰立即下山，顺着羊肠小道翻山越岭，翻过一座又一座山来到了凤凰山顶，山下云雾缭绕，北边的安阳县城和南边的漩涡镇、汉江隐隐约约可见，山顶上风很大，树叶纷纷坠落，在空中飞舞，有一片树叶落在了他的头上，他伸手抓住了树叶，这是一片非常好看的红树叶。树林里的草丛中有点异常，他拔出手枪说："谁？快出来，不然我就开枪了。"

"马队长，别开枪。"牛小三从草丛里站了出来。

"你们在干啥？"马北辰感觉头上有枪在指着，回头一看，竟是夏荷花，他呵呵一笑，"你们是在实战演习吗？"

"不错，我们是在演习，这是突发情况，不过你现在已阵亡了。"夏荷花说。

"你是说我死了？"马北辰指着自己的鼻子说。

"我不跟死人说话。"夏荷花背对着马北辰。

"麻雀！"马北辰喊了一声。

夏荷花猛地回过头，又望了树上一眼，"麻雀在哪？我怎没看见？"

马北辰说："我给你讲一个故事吧，漩涡滩上是个繁华的小街，街上有个小男孩和一个小女孩，他们常常坐在汉江岸边，看着来回穿梭的帆船，听着那些震撼人心的汉江号子。小女孩比小男孩小三岁，整天像个跟屁虫跟在男孩屁股后面，哥哥长哥哥短地叫着。一次，隔壁的男生欺负了她，他冲上去为她打抱不平，把那男生狠揍了一顿，对方的家长找上门来，父亲一气之下打了男孩两巴掌。第二天，小女孩带了一个烤红薯给小男孩，表示感谢。两人跑到雕老梁上去采野花，蝴蝶和蜜蜂在花丛中飞来飞去，他就用野花编制花环戴在她头上，说：'你好漂亮，像个公主！'他也用野花编制花环戴在自己头上，小女孩说，'你也好漂亮，像个王子！'他说，'公主都嫁给王子，你长大后就嫁给我吧！好吗？'小女孩点了点头说，'长大后，我一定嫁给你。'后来……"

夏荷花说："别说了，我承认我就是那个麻雀，那都是过去的事了，现在提它有啥用？"

"麻雀小时候长得丑，没想到你现在长得跟天仙似的，所以我一直不敢确定那个'麻雀'就是你，真是女大十八变，越变越好看。"

夏荷花踢了马北辰一脚说："你想找打是吗？"

"你说话还算不算数？"马北辰退了一步说。

"我说过什么？"

"你说过'长大后，我一定嫁给你'，这话还算不算数？"马北辰鼓足了勇气说。

夏荷花脸红了，"我跟小林次野的特战队迟早有一场真正的丛林战，我正在训练我的'天狼突击队'，我还有事，先走了。"

"等等，我跟你说点正事。"马北辰说。

夏荷花站住了，"什么正事？"

"关于鬼子兵工厂和细菌武器研究室的事，希望你能配合我们。"

"没问题，需要我们帮忙，你只要吩咐一声，我们义不容辞，绝不后退。”

“好，有你这句话，我就放心了。”马北辰说：“鬼子的兵工厂在朝阳洞里，鬼子防守很严，里三层外三层，强攻是不行的，目前我们还不了解内部的情况，仅凭那份图纸是不行的，就怕图纸万一有出入，我曾安排了几个队员化装成劳工去修建山洞，山洞修建完毕时1000多劳工全被杀害了，那几个队员也牺牲了，有的直接扔到汉江河里去了。”

“照你这么说，就没有办法了？”夏荷花说：“鬼子修这么大的山洞，总得有个出气口吧，不然他们会憋死的。”

“对啊，我怎没想到，我们可以通过出气口进去啊。”马北辰说：“不过这样也很危险，我再想想别的办法。”

“好的，我等你消息。”

3

马北辰去了漩涡镇，他找到了山妮和罗玉燕，他们在望江楼相聚。

罗玉燕说：“你现在是凤凰山大名鼎鼎的游击队长，鬼子到处都在抓你，你找我们有啥事？”

“老朋友吗，好久没见了，要不你们也参加游击队吧。”马北辰嬉笑着说。

“我才不参加你们游击队呢，下月我就嫁人了。”罗玉燕满脸幸福地说。

“我一直喜欢你，你就嫁给我吧！”马北辰笑着说。

罗玉燕板着脸说：“你现在还吊儿郎当，也不知道你这个队长是怎么当的，你再这样说，我去给鬼子告密，”罗玉燕伸出五个手指说：“500块大洋，够我风风光光地嫁人了。”

马北辰摆了摆手说：“好了，我不说了，你结婚时我一定给你送份大礼。”

罗玉燕说："上次我看你见了夏荷花眼睛都直了，我觉得你们倒是很般配的，谈得怎样？"

"不怎么样。"

"追女孩子脸皮就要放厚点，死缠烂打……"

"行了，这些还要你来教我，我比你懂。"马北辰说。

一直没说话的山妮突然插话问："你有没有张大山的消息？"

马北辰说："目前还没有，不过你放心，我会托人帮你打听的。"

罗玉燕说："山妮对张大山一直念念不忘，南京大屠杀，30 多万同胞都被鬼子杀了，国军都跑了，他还带着残兵败将顽强地坚持着抵抗，他是我们汉阴南山的爷们，但说句不好听的话，当时满城都是鬼子，估计张大山早都战死了。"

马北辰叹了一口气说："如果当时守城的官兵都像张大山一样，我就不信 15 万国军守不住南京城？我就不信 15 万国军打不过攻城的 5 万日军？那些贪生怕死的官兵投降后，结果还不是被鬼子赶到河边用机枪扫射，早知道是死，还不如跟鬼子拼了，临死前拿几个鬼子垫背，总比被鬼子活埋、砍头和用机枪扫射强。"

山妮眼角有泪，她怕被人看见，转身擦了。

马北辰说："好了，不说这些伤心的事了。我今天找你们，还有正事。"

"我就说吗，不然你不会这么破费。"罗玉燕说。

"我就直说吧，鬼子的兵工厂和细菌武器研究室修建在朝阳洞里，他们一边研究细菌武器，一边在造各种武器，鬼子防守很严，里三层外三层，我们还不了解内部的情况，也不知道出气口在哪里……"

罗玉燕插话说："我舅舅是个石匠，人们都叫他唐石匠，他被鬼子抓去修山洞，山洞修好后，1000 多劳工被杀，当时他中枪晕死过去了，鬼子以为他死了，就把他扔到汉江河里，冷水一惊，我舅舅被冻醒了，我舅舅自小就在汉江河里游泳，他水性很好，躺在江面上飘到下游，舅舅见四周没鬼子了，就游到岸边捡回了一条命，现在躲在唐湾里养伤呢。”

马北辰高兴地说：“太好了，你现在就带我去唐湾吧。”

“太晚了，明天吧。”

“事不宜迟，越快越好。”

罗玉燕望着山妮说：“要不你陪我一块去唐湾，黑灯瞎火的我害怕。”

马北辰说：“有我在，你怕啥？”

罗玉燕坚持要山妮陪同，山妮只好同意。他们离开望江楼，在街上买了一些礼物，出了漩涡镇，翻山越岭，树林里很阴暗，有山泉在呜咽，远处山包有什么东西发着绿光，一闪一闪，马北辰说：“大家小心点，那是豹子。”罗玉燕朝前一蹿，紧紧抓住了马北辰的手，“我怕。”马北辰说：“我有枪，别怕。”

三人小心翼翼穿过丛林，又翻了几个山头来到唐湾，零散几户人家分散在一条长长的深沟两侧，沟底有一条小河，水质清澈，悠悠地流向汉江。罗玉燕指着一户有灯光的人家说：“那就是我舅舅家。”

三人快速奔去，院子里的大黄狗汪汪叫了起来，一个中年妇女走了出来，罗玉燕叫了一声，“舅母，我是燕子。”

女人喝了一声，大黄狗停止了叫唤，跑到女人跟前蹲了下来，女人看见了罗玉燕身后的人，说道，“稀客，快请屋里坐。”

屋里烧着木材火，火上吊着一个壶，壶里冒出长长的白气。三人围着火炉坐下，房间弥漫着中药味，罗玉燕说：“舅母，我舅舅呢？”

女人说：“你舅舅刚喝了药，在床上躺着呢。”

女人领着他们来到里屋，女人说：“娃他爹，燕子来看你了。”唐石匠挣扎着要坐起来，马北辰连忙过去说：“你躺着别动，我是凤凰山游击队的，我叫马北辰，我找你来是想打听鬼子修兵工厂挖山洞的事，实不相瞒，我们是想把鬼子的山洞给炸了，不能让他们祸害更多的汉阴人，祸害更多的中国人了。”

唐石匠坐了起来，咳嗽了一声，“太好了，鬼子真不是人养的。”

马北辰说：“你认不认识一个叫牛娃，一个叫猪娃的人，他们是我们游击队的人。”

“认识，被鬼子杀了。”唐石匠又咳嗽了一声。

罗玉燕说：“舅舅，你就把详细情况给马队长讲讲。”

“我被鬼子抓去修山洞，吃住都在洞里，几千劳工都是附近的人，像汉阳坪、上七里、双坪、杜家垭、塔岭、涓溪，每天都有人累死或被鬼子打死，死一批又来一批，我曾想到逃跑，但山洞里三道门都有鬼子守着，逃跑几乎不可能。山洞快修好时剩下了1000多人，我们知道山洞修好后就是我们的死期，牛娃和猪娃找到了我商议第三天暴动，没想到上七里的赵癞子为了活命，偷偷给鬼子告了密，鬼子提前行动，把我们召集在一起用机枪扫射，我中枪后倒在死人堆里装死，尸体太多，负责掩埋的日本人嫌太累太麻烦，就把一些尸体扔进了汉江河里，我就是被扔到汉江里的，幸亏我的水性好，才捡回了一条命。赵癞子本以为日本人会给他一条活路，他掩埋尸体很卖力，尸体掩埋完毕，结果还是被鬼子一枪打死，倒在了自己挖的坑里。”唐石匠一边流泪一边说。

罗玉燕笑了笑，“赵癞子这是木匠带枷，自作自受，活该!”

马北辰咬牙切齿地说：“我一定要为那些死去的无辜老百姓报仇。唐师傅，能不能把山洞里的详细情况告诉我，或者能不能画一份草图?”

唐石匠说：“我认字不多，没上过学，要不我给你口述下。”

“好啊。”马北辰掏出随身携带的小本子和笔，“请讲。”

“山洞洞口在汉江边，山洞共有三道门，每道门都是用厚厚的钢板做的，进了第三道门就是一个大厅，有几个篮球场那么大，大厅的右侧又分十个小洞。穿过右侧长长的通道，这里还有一道密封的门，这里面又有若干小的山洞……”

马北辰用笔一一记下，根据唐石匠的讲述，他画了一张图递给唐石匠看，“你看看，我画的对不对？”

唐石匠看了看说：“基本差不多。”

马北辰又问：“出气口在哪？”

“在大厅最里面拐弯处，我听说这出气口很隐蔽，一直通到山外的悬崖上，外人一般看不出来，这出气口用钢筋做成网状，出气口大概有100多米长，一般人几乎不可能进去。”唐石匠说。

马北辰握了握唐石匠的手说：“太感谢你了，你说的这些对我们很有用。那我们就不打扰你了，我先走了。”

女人走了过来说：“都这么晚了，今晚就在这里将就住一晚吧，你看我晚饭都做好了，先吃饭。”

马北辰见女人如此好客，只好点了点头。

第二十一章　醒悟

1

马北辰告别了唐石匠，翻山越岭，直奔铁瓦殿。

刚走到山脚下，看见哨兵拦住一个女孩不让进去，女孩说：“我要找马队长。”哨兵说：“你找马队长干啥?”女孩说：“我找他有事。”哨兵说：“你是他亲戚?”女孩说：“不是。”哨兵死活不让进去，马北辰见是沈山菊，走了过去对哨兵说：“别逗人家了。”沈山菊一回头见是马北辰，笑着说：“马队长，太巧了，你是来迎接我的吗?”她边说边望着哨兵，马北辰哭笑不得，望着沈山菊说：“你找我有啥事?”沈山菊说：“我想加入游击队，跟你们一同打鬼子。”马北辰说：“你怎么不在饭店干了?”沈山菊说：“当服务员没啥意思，那些客人喝醉了酒，眼睛常色迷迷望着我，我受不了，有的对我动手动脚，我就直接给他们一个嘴巴，老板很为难，我爹就一直让我来找你。没想到……”沈山菊突然哭了，马北辰说：“发生了什么事?”沈山菊擦了擦泪水说：“昨晚我爹被两个蒙面人杀了，当时我在现场，蒙面人又要杀我，我爹抱着那人的腿喊我快跑，蒙面人就用刀在我爹背上不停地扎，我爹就是不松手。我咬着牙就朝街上猛跑，蒙面人就在后面追。我跑到新街时躲进了一家大户人家，是那个叫魏晨的姑娘救了我，我跟她谈得很投机，没想到她也认识乔雪峰，更没想到她父亲就是安阳县原警察局长、现皇协军司令的魏民州。魏晨这人不错，不像她的汉奸父亲，她刚派人把我送到这里。如今我没家，我来找你的目的就是想加入你们的队伍。”

马北辰笑了笑说：“你会干啥？”沈山菊说：“我会做饭、洗衣服。”马北辰说：“我们卫生队缺人，要不你跟着程红梅医生，她可是医科大学毕业的高才生，让她教你先学护理，怎么样？”沈山菊高兴地跳了起来说：“好啊！这么说你答应了！”马北辰点了点头。

马北辰领着沈山菊上山，来到了卫生队，把她介绍给了程红梅，马北辰救了刘国安，程红梅本来心里就对马北辰充满了感谢之情，她满口答应，抓住沈山菊的手不停地夸沈山菊聪明可爱，一看就是一个好苗子。

“报告，我们抓了一个日本特务。”邱小波跑过来说。

马北辰转身对沈山菊说：“跟着程医生好好学。”然后跟着邱小波走了。

马北辰推开门见是樱花，便对守卫说：“给她松绑，你们都出去，我有话跟她说。”

樱花身上的绳子被解开，守卫关上门出去了。马北辰说：“你怎么来了？”

“我想你了，来看看你，不行吗？”

“昨晚沈师傅被杀了，你知道吗？”

“你什么意思？你是说我杀了他，我怎么会杀他？”

“你误会了，我不是这意思，你说谁会杀他呢？”

“你问我，我问谁呢？”

“我怀疑是井上龟郎派人干的，是不是他知道了什么，我猜想是你把他们几个是中国人的事情告诉了他们，然后这些话又传到井上龟郎的耳朵里了，你以后要小心点。”

“我知道。我这次来找你有事，我有重要情报向你汇报，不过——”樱花说：“我有个条件。”

“什么条件？”

樱花深情地望着马北辰说：“拥抱我一下，亲我一下，我就告诉你！”

马北辰望了望窗外，“别人看见了多不好意思。”

“你又不是没亲过我，怕啥？算了，我的重要情报也不向你汇报了，我走了。”

“等等。”马北辰走了过去抱住樱花亲了一下，这时门被推开，夏荷花走了进来，她看到眼前的一幕，脸一红，匆匆退了出去。

马北辰推开樱花说：“快说，有啥重要情报。”

“漩涡镇的兵工厂已开始运转了，井上龟郎已回到县城，昨天我去了漩涡镇的兵工厂，我从平野菱那里搞到了最新图纸，我用相机翻拍的，山洞洞口在汉江边，山洞共有三道门，每道门都是用厚厚的钢板做的，进了第三道门就是一个大厅，大厅的右侧又分十个小洞，每个小洞又分不同的办公区域，图纸上都标注的有。穿过右侧长长的山洞，这里还有一道密封的门，这里面又有若干小的山洞，这就是他们研究细菌武器的实验室……”

马北辰拿着图纸笑了笑，“太好了。”说完他就推门走了出去，看见夏荷花站在院子里的一棵大树下发呆，他走了过去说：“你来了。”

夏荷花说：“打扰你们了，我来的不凑巧，是吧？”夏荷花这几天心里老是突然想马北辰，她一直问自己是不是已爱上了他？思念折磨着她，她就来铁瓦殿看望马北辰，没想到她看到的却是马北辰在拥吻一个女孩，她的心碎了，要是在以前，她早就跑了，如今她成熟多了，也非常理智，有些事情她看开了，也不那么冲动了。

马北辰说：“事情不是你想象的那样，我回头给你解释。”

“我都看见了，有啥好解释的，我也不想听。”

樱花从房间里走了出来，夏荷花几乎不相信自己的眼睛，她不相信马北辰拥吻的竟是樱花，她拔出枪说："当初我好心救你，原来是你导演的一场戏，你为了得到宝物，跟龙盘山勾结不说，还勾引江霸天，如果不是你当初偷宝物，江霸天就不会死，今天我非要枪毙了你不可。"

马北辰用身体挡住樱花，摆着手说："千万不要开枪——"

"让开——"夏荷花吼道，"不然我连你一块打死。"

马北辰冲过去，紧紧抓住夏荷花握枪的手说："快跑。"

樱花钻进树林，顺着山间的小路跑了。马北辰见樱花走远了才松开手，夏荷花扬起巴掌一巴掌打在他的脸上，"没想到你跟日本奸细搞在一起，以后你别跟我谈什么合作的事，从今以后你走你的阳关道，我走我的独木桥。"夏荷花转身欲走，马北辰一把抓住她的手说："你误会了，樱花是来给我送鬼子兵工厂的最新图纸。"夏荷花甩开他的手说："我都亲眼看见了，你还在狡辩。别说了，我不想听。"

马北辰说："好，我不说了，等我炸了鬼子兵工厂再给你解释。要不你先看看图纸，我们再商量一下如何炸鬼子兵工厂，好吗？"

夏荷花站住没动，马北辰抓住她的手拽到办公室。刘国安刚好在，他跟夏荷花打了一声招呼，突然说道，"原来是你啊，你怎么也在这里？"夏荷花说："乔雪峰牺牲后，我就离开了八路军，在擂鼓台当了土匪。"刘国安说："可惜了，你要是留在八路军，现在起码也是一个连长了。"马北辰说："只要能杀鬼子，在哪都一样。"马北辰打开图纸说："这是樱花提供的图纸，我把它跟我所调查了解的情况作了对比，这份图纸绝对真实可靠，并且比较详细，每个办公区域都标注了出来，你们先看看。"

刘国安和夏荷花研究着图纸，谁都没说话，办公室顿时安静下来，静得连彼此的呼吸都能听见。

马北辰说："大家谈谈意见。"

刘国安说："我认为还是从洞口大门直接强攻，或者用大炮直接轰炸。"

夏荷花说："不妥，山洞共有三道门，直接强攻会付出很大的代价，只要一开战，鬼子的增援部队就会赶来。用大炮直接轰炸不现实，我们往哪去找大炮，再说山上都是羊肠小道，这笨重的家伙如何运到山顶上去？"

"这也不行，那也不行，你说怎么办？"刘国安说。

"从出气口进去，"夏荷花指着图纸说："首先我们要把出气口的网状的钢筋锯掉，然后我们穿着鬼子的衣服，背着炸药，半夜时分顺着绳子从出气口滑下去，然后把炸药放在鬼子的弹药库里或放上定时炸弹，然后迅速顺着绳子爬上出气口。"

"我也是这么想的，就照夏荷花说的这么办，"马北辰说："同时我们佯攻漩涡镇，转移他们的注意力，让他们以为我们的目的就是想占领漩涡镇。"

接下来，马北辰做了分工，分别准备绳子、炸药、钢锯等等，五天后行动。

2

昨晚刮了一晚的风，樱花起床后发现窗前那棵树昨天还是满树金黄，在阳光下很好看，没想到一夜之间，树上就是光秃秃的了，地上铺满了树叶，它们在风中翻滚，发出沙沙的声音，就像绵绵的秋雨落在瓦檐上，奏出悦耳的乐章。

樱花洗漱完毕，一个士兵过来传话，让他去井上龟郎的办公室一趟。

樱花忐忑不安地来到井上龟郎的办公室，井上龟郎望了樱花半天然后才说："最近你在忙啥？怎么老不见你人。"

"最近一直忙于抓共产党。"樱花低下头说。

“我问你，你是不是告诉了小林次野、田中优子、泷原三郎和平野菱他们，说他们根本不是日本人的事情？我一直奇怪你是怎么知道的?”

“中国有句俗语，若要人不知，除非已莫为。这么说，我们真的不是日本人，是你在中国抓的孩子，目的是想把我们培养成一个个刽子手，利用中国人来杀中国人，这样才能满足你杀人的快感，是吗?”

井上龟郎哈哈一笑，“你很聪明，太可惜了。”

“我问你，田中优子，是不是我的亲妹妹?”

“不错。”

“这么说，你承认了我们不是日本人，而是中国人?”

“是的。你们也根本不配做日本人，”井上龟郎鼻子一哼，轻蔑地一笑，“你们只是我养的几条狗而已。”

樱花哭着跑了，井上龟郎终于承认了这一切，她最后的一丝希望也破灭了，她想到了自己的亲生父母，如果他们地下有灵，他们知道她在给杀父杀母的仇人卖命，他们又会怎么想呢？她的心碎了，仿佛是被小刀一刀一刀地切碎的，她扑在床上号啕大哭。她必须要把今天发生的这一切告诉田中优子，小林次野、泷原三郎和平野菱是不会相信的，她对他们没抱一点希望，只有田中优子还有一丝希望。

樱花哭够了，她突然想到北坡龙岗的菩萨泉，她想为亲生父母上炷香，也为自己赎罪。她擦干泪水，出了东门，一会儿就到了北坡的菩萨泉，因为天冷，上香的人很少，她上了香还抽了一卦，道士说她凶多吉少。樱花淡淡一笑，也没放在心上。从菩萨泉出来，她的心空荡荡，又来到龙岗的山顶，她坐在一块石头上望了望安阳县城和凤凰山，穿过凤凰山就是她原本南山漩涡的家，她的父母就葬在南山，可她连父母的坟地都不知道，她又伤心地哭了一会，然后望着夕阳发呆。夕阳慢慢坠入山后，最后彻底消失了，天色也越来越暗了，县城已亮起了灯光，远去的山岚已变成了黑影，只能看出大致的轮廓。天上的寒星也无精打采，偶尔懒洋洋地眨下眼睛。一阵风刮来，她颤抖一下，她感觉到了冷，感觉到了孤独，感觉到茫然无措。就在她发呆时，她背后的草丛里突然钻出一个蒙面人用枪抵着她的头说："铃木丽子，对不起了。"

铃木丽子是樱花的日本名，没几个人知道，樱花从声音已听出对方是谁，"小林次野，你为何要杀我？"

小林次野扯下面套，"不是我要杀你，是父亲井上龟郎大佐要杀你。"

"他为啥要杀我？"

"他说你故意编造我们兄妹五人不是日本人而是中国人的谣言，目的是想挑拨我们的关系，想让我们起内讧。他还说你暗中勾结共产党，为中国人卖命，他对你很失望，你辜负了这么多年他对你的栽培，他感觉你对不起大日本帝国的天皇，所以他让我杀了你，并保密此事，也就是说这事只有他和我两人知道。"

"他这是在隐瞒事情的真相，我们兄妹五人的父母都是被井上龟郎杀了，然后他把我们带到日本，目的是想把我们培养成杀人的机器，"樱花气愤地说："利用我们中国人来杀中国人，来满足他变态的杀人快感，这一切他都承认了，他还说我们根本不配做日本人，我们只是他养的几条狗而已。我希望你能劝劝田中优子、泷原三郎和平野菱，不要再执迷不悟了。"

"够了，别说了，"小林次野说："看来你真的被蛊惑了，别说父亲，就是我对你也失望了。"

"呸，你还有脸叫他父亲，我感到恶心，你这是认贼作父，你知道吗？"

"闭嘴，"小林次野说："井上龟郎交代我必须要杀了你，你还有什么可说的?”

“你开枪吧!”樱花吼道。

小林次野举起枪又放下,放下又举起,“姐姐,我下不了手,你走吧!离开安阳县,走得越远越好!”

樱花转身欲走,小林次野说:“慢着,把你的枪交出来。”

“你想干啥?”

“我回去也好跟井上龟郎交差,就说是你的遗物。”

樱花拔出匕首,把长头发削了下来,递给小林次野,然后又取下脖子上的一块狗玉佩递给小林次野,“我们五个人的脖子上都有块狗玉佩,这是他的东西,你交给他吧。我现在终于明白了,他为啥给我们每人一块狗玉佩,寓意就是我们只是他养的几条狗而已。”

樱花说完就走,小林次野拿着狗玉佩,望着她的背影消失在树林里。

小林次野在山上待了一会,然后下山回到井上龟郎的办公室,“大佐,你交代的事我已办妥,我把她杀了,埋在了山坡上。”他把樱花的枪、头发和玉佩放在井上龟郎的办公桌上。

井上龟郎笑着说:“好,辛苦你了,此事就你我两人知道,不要告诉外人。”

小林次野点了点头,“明白。”

3

樱花走在茫茫的夜色中,她欲哭无泪,安阳县她已回不去了,家也没了,就像浮萍浮在水面上,她不知道何去何从,她内心又痛苦又绝望。一阵寒风刮来,她感觉到了冷,她加快了脚步,只有不停地行走,仿佛才能驱赶内心的寒冷和痛苦,她就这样漫无目的在黑夜中行走,不知不觉来到了高粱铺,安阳县她没有亲人没有朋友,只有马北辰才是她唯一的依靠,她穿过月河,朝铁瓦殿的方向走，半夜时分她来到了铁瓦殿，露水已打湿了她的衣服，她见到马北辰的那一瞬间，飞快地跑过去，扑在他的怀里像个小孩一样呜呜哭了起来，哭得天昏地暗。马北辰没想到，樱花表面上是个坚强高傲的人，其实内心里也有脆弱的一面。

马北辰给她倒了一杯水，樱花就把今天发生的一切讲了出来，马北辰静静地听着，等她说完后，马北辰安慰了她几句，让她不用担心，今后这里就是她的家。接着马北辰端来热水让她洗脸洗脚，又找来几件干净的衣服，让她早早休息。一路行走，樱花太累了，她倒在床上就睡了。马北辰看她熟睡的样子，内心里充满了怜惜，他给她盖上被子，关上门走了。

樱花睡了两天两夜，她从来没有这么美美地睡过，醒来后她仿佛像变了一个人似的，脸色不像以前那么苍白了，脸上有了红晕，她推开门，去了院子，她听见马北辰和刘国安在讨论什么，接着刘国安走了出来召集队伍集合，队伍集合完毕，马北辰开始训话，“日本人在漩涡修建兵工厂和建细菌武器实验室，一旦运转起来，他们就会大举进攻我国的大西北，将有更多的中国人遭殃，甚至亡国，所以我们必须要炸掉鬼子兵工厂和细菌武器实验室，将漩涡镇的鬼子统统赶出漩涡镇。大家有没有信心?”“有。”战士们高声答道。训话完毕，马北辰挥了挥手说：“出发——”

“等等，我也去。”樱花追了上来。

“这次任务很危险，你就别去了吧。”马北辰说。

“我对山洞比较熟悉，再说我会日语，目前除了井上龟郎和小林次野，还没有人知道我已“死”了，再说井上龟郎和小林次野都在县城忙于给鬼子征集军粮，我利用我的日本人身份，看能不能直接从洞门进去。”

马北辰想了想说：“好吧，你跟我们一起参加行动。”

长长的队伍在山沟里的树林里穿梭，满山的红树叶在阳光下闪闪发光，格外引人注目，那些金黄的树叶更是金光闪闪，不时有野兔跑出来，又转眼消失在那些灌木丛中。灌木丛中偶尔冒出几株救命粮，一簇簇红红的小果子招人喜爱，樱花伸手摘了几颗，放在嘴里有股涩涩的味道。马北辰掏出干粮递了过去，“饿了吧？”

樱花满含深情地望了马北辰一眼，推开他的手说：“谢谢，我只是好奇而已。”

队伍来到了紫金桥，夏荷花早已在那等候，两支队伍会合后彼此互相开着玩笑，嘻嘻哈哈很热闹。夏荷花看见了樱花，满脸不高兴地问马北辰，“她怎么在这里？”马北辰把夏荷花拉到一边把樱花的情况告诉了她，夏荷花还是有点不放心，马北辰信誓旦旦地说我用人头做担保，这次她绝对没啥问题。夏荷花见马北辰这样说，她也就不便说什么了。

双方的主要人聚在一起临时开了个小会，这次行动的总指挥由马北辰负责，双方讨论了一下情况，最后由马北辰发言，“我是这样安排的，夏荷花带一支队伍埋伏在唐湾，我带一支队伍埋伏在李家沟，天黑时我带六个人，摸到老街上面的滩上，渡过汉江到达钟家院子，趁天黑等鬼子换岗时我们穿过鬼子的封锁线，然后爬上悬崖峭壁，到达山洞的出气口，用钢锯锯断钢筋，只要人能钻进去就行，然后我们顺着绳子滑下去，在鬼子的弹药库放上炸药和定时炸弹，然后顺着绳子再爬上来。”

夏荷花说：“好事都让你占了，不能光派你的人去吧，我也去。”

马北辰说：“你不能去，你负责进攻漩涡镇和拦住鬼子的增援部队，不过你可以派两个精兵强将跟我一块去炸山洞。”

牛大鹏和小猴子都争着要去，夏荷花说：“那好，你们两人都去。”

马北辰望着刘国安说：“刘政委你带人混进漩涡镇，漩涡镇上有我们的交通站，他们会安排好你们的。还有你们带一些人，晚上住在山妮和罗玉燕家，因为她们屋后就是伪军的驻扎地，刚好罗玉燕结婚，人来人往，没人会怀疑的，一旦弹药库爆炸，你们就里应外合发起真正的进攻，干掉漩涡镇所有的鬼子和伪军，然后迅速撤离。记住是速战速决，属于你们的时间只有一个小时，否则井上龟郎的增援部队从县城赶来，就会切断你们的退路。”

樱花说：“我对山洞比较熟悉，鬼子大都认识我，我伪造了一张井上龟郎签发的通行证，我可以从洞口大门直接进去，万一发生啥意外，我也好照顾你们。”

马北辰说：“现在大家分头行动。”

马北辰回头望了夏荷花一眼，夏荷花也正在看他，他停了下来，夏荷花走了过来说：“这次任务危险又艰巨，保重！我等你回来。”

“谢谢！我一定会回来的。”马北辰鼓起勇气说：“我有句话憋在心里很久，如果我不说，恐怕以后就没机会说了，希望当初你说的那句还算数！我爱你！”

夏荷花心里清楚，马北辰执行这次任务凶多吉少，能不能平安回来就看他的造化了，她张了张嘴，她想说：“只要你能平安回来，我就嫁给你！”话到嘴边却被卡住了，她说不出口，她向他挥了挥手，“再见！”

马北辰带着队伍来到了李家沟，安顿完毕，马北辰带了五个人背着炸药和绳子等悄悄摸到滩上，然后坐船到河对岸的钟家院子，趁天黑后他们翻过一座山，穿过树林，穿上了鬼子的服装，来到了长阳村，如今长阳村成了一座空村，鬼子修兵工厂后这附近的村民都被赶走了或者被杀了，方圆十几里都拉上了铁丝网，不时有鬼子在这里巡逻。

牛大鹏和小猴子用钳子把铁丝网剪了一个洞，六人钻了过去，刚走上小道，鬼子的巡逻小分队走了过来，躲避已来不及了，马北辰数了数共六个鬼子，他示意大家做好准备，鬼子发现了他们，端起枪说：“干什么的?”马北辰用日语喊道：“混蛋，我是来检查你们工作的，口令!”鬼子见马北辰手握军刀穿着中佐的衣服，敬了一个礼，用日语说道，“富士山!”马北辰招了招手，那鬼子走了过来，他指了指左边，鬼子一偏头，他突然拔出军刀一刀砍在鬼子的脖子上，鬼子的脖子几乎被砍断，歪歪趔趔地倒下了。几乎在同时，牛大鹏、小猴子和邱小波他们五人从背后扑向五个鬼子，用匕首在他们脖子上一抹，干净利落地干掉了这五个鬼子。

他们来到一条沟前，炮楼前的探照灯有规律地扫过来扫过去，马北辰见探照灯扫射过去，他做了一个手势，六人快速穿过那条沟。他们顺着坡爬上去，穿过树林，树林里突然冒出几个鬼子，用枪指着他们说：“口令!”马北辰说：“富士山!”鬼子收起枪，到别处巡逻去了。

马北辰穿过树林，爬上半坡，来到了一处悬崖峭壁下，马北辰说：“这就是朝阳岭，山洞的排气口就在这悬崖上。”小猴子拿出抓钩，在空中舞动了几下，朝山上的一棵树扔去，抓钩稳稳挂在树上，小猴子顺着绳子爬了上去。然后他站在树上，用抓钩又扔向另一棵树，如此反复，到达了排气口，排气口的洞口很大，洞口用钢筋封死了。小猴子朝山下扔下长长的绳子，马北辰他们顺着绳子也爬了上来。

马北辰用手搬动了一下钢筋，钢筋纹丝不动。邱小波拿出钢锯说：“我是木匠出身，看我的。”邱小波双手握住钢锯，尽量压低声音，由于使不上力，累得满头大汗。大家轮流去锯，锯断了好几个钢锯条，终于锯开一个能钻进去的小洞，马北辰用绳子拴在其他钢筋上，他说：“我先下去，如果没啥动静，我在下面晃动几下绳子，你们再下来。”

马北辰顺着绳子滑了下去，洞口很长，黑咕隆咚的什么也看不见，他滑了好久，终于踩到了实处，他以为是到了地上，一看是铁丝网，他用钳子剪开铁丝网，顺着铁丝网的洞口滑了下去。洞里的机器在轰轰地响，不时有鬼子在巡逻，好在这个地方在拐弯处，一般没人会注意到这里。马北辰晃动了几下绳子，掏出枪警戒，其余五个人也滑了下来。前面不远处有个鬼子在站岗，马北辰做了一个手势，牛大鹏弯腰摸了过去，从背后突然蹿上去，左手挽着鬼子的头，右手用匕首在他脖子上一抹，干掉了鬼子。

马北辰做了一个手势，六人分成三个小组，马北辰和邱小波直奔弹药库，弹药库的门是虚掩着的，他们轻轻推开门，这个山洞很大，一箱一箱的弹药码得似小山一样。马北辰撬开箱子一看，全是大炮、迫击炮的弹头和各种子弹、手雷，还有不少新枪。马北辰顺手拿了两个手雷，刚揣进兜里，门外有脚步声，马北辰和邱小波藏了起来，门被推开，几个鬼子和工人推着拖车进来，拖车上装着好几个箱子，原来他们是把弹药入库，箱子放好后，他们走了。马北辰把炸药包和定时炸弹放在手雷上，邱小波也放了一个，两人准备离开时，他们没想到门已被锁了，出不去了。邱小波说：“这咋办?”马北辰笑了笑说：“你怕不怕死?”邱小波说：“不怕。”马北辰说：“好，这么多鬼子陪葬我们，值!”

牛大鹏和小猴子刚摸到另一个洞口，两个鬼子发现了他们，“请出示通行证!”牛大鹏和小猴子听不懂日语，站住没动，鬼子端起枪说：“请出示通行证!”牛大鹏和小猴子望着鬼子笑了笑，两人几乎同时冲上去抓住他们的枪，把他们掀翻在地，用匕首朝鬼子的身上扎去，血溅了他们一脸。他们把鬼子的尸体拖到一边，然后钻进其他几个洞，放了几枚炸弹。他们准备去另一个房间，鬼子发现了他们，用日语问他们干什么，他们听不懂，支吾半天，鬼子发现了他们身上的血，包围了他们，牛大鹏大喊一声，“八嘎!”鬼子一愣，樱花突然出现，用长剑从背后劈倒一个鬼子，牛大鹏和小猴子乘机冲进鬼子人群里跟鬼子搏斗，牛大鹏抢下了鬼子的长枪，挥舞着长枪朝鬼子砸去刺去，小猴子抱住鬼子朝墙上撞去，一个鬼子开了枪，子弹打在墙壁的石头上冒出火花。警报响起，大批鬼子冲了出来。樱花问："马队长呢?"牛大鹏说："马队长去了弹药库，一直没见出来。"樱花说："你们快撤，我去弹药库。"

樱花快步跑到弹药库门前，她见门是锁住的，她喊了声，"马队长，你在里面吗?"她听到了里面有人在砸门，她掏出枪，对着锁开了一枪，一脚踹开门，马北辰和邱小波从里面跑了出来，马北辰说："谢谢你了。"

大批鬼子已围了上来，邱小波刚向鬼子猛烈开火，鬼子也向他开枪，他头上中了一枪，倒在地上什么都没说就死了。牛大鹏和小猴子躲在掩体后面向鬼子开枪，樱花见领头的是平野菱，她对马北辰说："细菌武器研究室我已放了炸弹，好在里面只有设备，还没正式运作。你们快走，我来掩护!"马北辰望了邱小波一眼，他忍住泪水说："不行，要走大家一块走!"樱花掏出枪指着马北辰说："快走，再不走就来不及了。"马北辰手一挥，猫着腰带着他们走了。

"平野菱，我是铃木丽子。"樱花喊道。

平野菱手一挥，鬼子停止了进攻，"姐姐，你别再执迷不悟了，赶快让他们投降，我保证不杀他们。"

"平野菱，你为什么不相信我的话呢?我再说一遍，我们兄妹五人的父母都是被井上龟郎杀的，他把我们带到日本，目的是想把我们培养成杀人的机器，利用我们中国人来杀中国人。后来，我知道了真相，井上龟郎就想杀人灭口，好在我命大，逃过了他的暗杀。井上龟郎还说我们根本不配做日本人，我们只是他养的几条狗而已。我们每个人都有块他送的狗玉佩，你知道它的真正意思是啥?它寓意我们都是他的走狗，我希望你能劝劝小林次野、田中优子和泷原三郎，别再执迷不悟和认贼作父了。”

“别说了，反正你说啥我都不会信的，你们赶快缴枪投降吧！”平野菱说。

樱花举起枪瞄准了平野菱，她犹豫了半天，咬了咬牙，眼睛一闭扣动了扳机。她睁开眼时，平野菱已倒在了地上。鬼子朝她发起了进攻，她一个人顽强地抵抗着，拖延着时间，好让马北辰他们转移。

马北辰来到排气口下清点了一下人数，除了邱小波外，其他四人都在，“大家快上，我断后。”牛大鹏说：“还是马队长先上。”马北辰板着脸说：“少啰唆，晚了就来不及了。”他们依次抓住绳子爬了上去，马北辰见他们都爬了上去，他听着洞里的枪声，犹豫了一下，他冲过去帮樱花，樱花吼道：“你快走，再不走就没机会了。”

“我陪你一起战斗。”马北辰说。

眼看鬼子就要冲过来了，樱花用枪指着马北辰说：“快滚，再不滚我就开枪了！”

马北辰看着樱花说：“你多保重！”马北辰说完就跑了，他跑到出气口下，顺着绳子飞快地爬了上去。

五人爬出排气口后，趁着夜色立马翻上另一座山岭，他们跑得飞快，仿佛能跑多远就跑多远。

爆炸声很大，山崩地裂。

他们回头一望，山塌了，出气口冲出浓烟和火光，山上的树木也燃烧起来，映红了半边天。

马北辰一屁股坐在地上哈哈笑了起来。

4

夏荷花带着队伍埋伏在城墙外的树林里。

刘政委带人混进了漩涡镇，夏荷花看时间不早了，心里非常担心马北辰，马北辰能不能回来，她心里没有一点底，她喜欢乔雪峰，结果乔雪峰死了。她喜欢江霸天，结果江霸天死了。如今她喜欢上了马北辰，马北辰会不会也……她不敢想了，难道自己天生就是克夫的命，她偷偷哭了起来。

时间在一分一秒地流逝，夏荷花从来没有像今天这样感觉到时间的漫长，她心神不宁，站也不是坐也不是，她抬头看了看天上的星星，她心里多么想问问星星，你们看见了马北辰吗？星星不语，闪着寒光。她心里多么想问问天上那弯月牙儿，你们看见了马北辰吗？月牙儿不语，仿佛在笑，笑她的痴情。

朝阳洞的爆炸声很大，她已感觉到了地在颤抖，仿佛是发生了地震，她仿佛看到了朝阳洞在山崩地裂，鬼子在鬼哭狼嚎。同时她的心也痛了下，马北辰不会有事吧？接着她听到了漩涡镇上密集的枪声，一个信号弹在天空飞舞，发出好看的光芒和色彩。这一刻她已等了好久，她手一挥，“冲啊！”队伍冲出树林，他们跑得飞快，他们在树林里又冷又枯燥，个个都憋足了劲，朝城门奔去。

城门已被凤凰山游击队控制了，那些伪军也缴枪投降了，他们大多是当地人，也不愿中国人打中国人。夏荷花带着队伍冲进了漩涡镇镇长孙福海和侦缉队队长杜疤子的家，当场打死了他们。夏荷花又带着队伍直奔鬼子驻扎地，刘国安已跟鬼子交上了火，战斗很激烈，双方死亡不少。夏荷花带着队伍从后面包抄了过去，手榴弹如雨点朝鬼子扔去，接着就是一阵机枪的扫射。前后夹击，鬼子惊慌失措，死伤一大片，两边同时发起冲锋，又打死几个鬼子，最后只剩下鬼子的指挥官，他双手握着指挥刀，双眼盯着夏荷花步步后退。

“你就是那个认贼作父的泷原三郎吧？”夏荷花说。

“八嘎！你不要侮辱我的人格。我是大日本帝国的臣民。”泷原三郎说。

“你这人顽固不化，你明明是我们中国人的种，你死活都不承认，我告诉你吧，你3岁就被井上龟郎带到日本，他杀了你父母，你还为他卖命，我都为你脸红，你真是一只白眼狼。”夏荷花哈哈笑了起来。

泷原三郎恼羞成怒，挥着指挥刀说：“我要跟你单挑。”

夏荷花举起枪说：“跟你这种连祖宗都不认的人单挑，侮辱我的人格。”

泷原三郎气得嗷嗷叫，挥着刀直奔夏荷花。

夏荷花一扣扳机，泷原三郎的眉心出现了一个小洞，血顺着他的面颊流了下来，他停住了脚步，慢慢地倒了下去。

“大当家，不好了。”擂鼓台的一个兄弟气喘吁吁跑来。

“发生了什么事？”夏荷花心里一咯噔，他以为是马北辰死亡的消息。

“天星寨的土匪吴敬山带人在攻打我们的山寨。”

夏荷花“啊”了一声，立即说：“走，回山寨。”

夏荷花带着队伍马不停蹄奔向擂鼓台，远远就看见山寨灯火通明，枪炮声不断。

“大家快走！”夏荷花喊道。

快到山寨前，夏荷花示意大家行动轻点，隐蔽起来，夏荷花看见了吴敬山的那帮土匪在进攻，山寨很快就要被攻破，夏荷花喊道：“打！”

守在山寨的牛小三见夏荷花他们回来了，大声喊道：“大当家回来了，都给我狠狠打！”吴敬山见腹背受敌，这样打下去将会吃大亏，他带着几个人从小路跑了，其他土匪也跟着撤了。牛小三带人欲去追，夏荷花摆了摆手说：“算了，别追了。”夏荷花看见了龙盘山，板着脸说：“你怎么在这里？”龙盘山跪了下来说：“我牢记大当家的话，不再给日本人卖命了，如今我没地方去，这不我伤好后，就来投奔你们了，混口饭吃。”夏荷花指着龙盘山说：“你给我滚，我不想再看到你。”龙盘山说：“大当家，我以前是有很多不对的地方，但我现在改过自新，重新做人，希望你能给我一个机会。”

牛小三把夏荷花拉到一边说：“你们走后不久，龙盘山就来了。天黑的时候，吴敬山带着那帮土匪进攻山寨想抢山上的宝物，山寨人又少，要不是龙盘山临时指挥和阻击，恐怕山寨早就被攻破了。”

夏荷花哦了一声，望了龙盘山半天，沉思了一会说：“你可以留在山寨，但山寨目前没有你的职务，你只是一个普通的杂工，你愿意吗?”

龙盘山叩了一个头说：“谢谢大当家!”

这时，牛大鹏和小猴子气喘吁吁地跑来，“大当家，我们回来了。”

“干得不错!”夏荷花朝他们身后望了望，“马队长，没事吧?”

“没事，打扫完战场，马队长带着队伍回铁瓦殿了。”

夏荷花高兴地说：“大家回山寨，庆祝一下，喝个痛快!”

第二十二章　攻打擂鼓台

1

半夜的电话突然响起，井上龟郎有种不祥的预感，他急急忙忙抓起电话，他听说军火库被炸了，一下瘫软在地上。上次专家被杀，他差点被撤职，他还写了保证书，保证今后再不发生此类事情，这次军火库被炸，他知道自己一定会被上级严惩和送到军法处，为了挽回这场败局，他决定疯狂的报复，首先攻打擂鼓台，他知道擂鼓台现在不仅有金杯、玉壶，还有金宝塔、金碗、金盆、九龙宝剑……如果能把九龙宝剑献给天皇陛下，也许能挽救自己的命运和前途。

井上龟郎立即把田中优子和小林次野叫来，让他们通知县长汪忠卫、维持会长苟容生、皇协军司令魏民州来开紧急会议。

汪忠卫、苟容生和魏民州打着哈欠赶来了，井上龟郎板着脸，简单说了几句话，然后就命令魏民州率领部队作为先前部队攻打擂鼓台，小林次野作为后续部队随时待命。汪忠卫和苟容生负责为皇军征集一批军粮。

小林次野说："作为军人，我一直想跟夏荷花开展一场真正的丛林战，让我带着我的特战队员上吧。"

井上龟郎警告小林次野说："作为军人，必须服从命令。"

"嗨。"小林次野无奈地点了点头。

第二天清晨，魏民州带着伪军朝凤凰山出发。山高路远，山路弯曲，一个又一个盘道，仅有两辆卡车和一辆小破车，车上装着弹药和重武器，伪军全靠步行，个个怨声载道，让我们打先锋，这不是让我们当炮灰吗。

张二狗说：“你以为老子愿意给日本人卖命，我也是没办法。”

魏民州从车里探出头说：“你们都在叽叽咕咕啥，都给老子精神点。”

他们一路磨磨叽叽，到达凤凰山顶时已是中午，虽然有太阳，但刮来的风很冷，他们又冷又饿，个个都一屁股坐在地上，无精打采。

其实就在伪军行军在山下的土包寨时，夏荷花就已知道了消息。她已命令牛大鹏和小猴子带人埋伏在龙虎山了。

魏民州带着部队在凤凰山顶休息了一下，通往擂鼓台没有马路，山高路险，他只好沿着羊肠小道步行，路很滑，他摔了一跤，差点摔到山下，他爬起来骂井上龟郎这个龟儿子。穿过山谷，前面就是龙虎山，它是通往擂鼓台的必经之路。

魏民州对张二狗说：“你先带一拨人过去看看情况。”

张二狗又指示手下几个人，“你们几个过去看看。”

他们有点不愿意，张二狗掏出枪说：“不去老子就枪毙了你们几个。”

“去去去。”他们战战兢兢地摸了过去，就像缩头乌龟在林子里探了几下头，慌慌张张跑回来说：“一切正常，没发现敌情。”

张二狗带着队伍走了过去，刚走到山下，枪声响了，他们转身就朝回跑。

魏民州领着队伍停止了前进，就地扎营休息。

井上龟郎见魏民州毫无进展，他派人抓了魏民州的女儿魏晨，他派小林次野带着队伍前去督战，务必三日内拿下擂鼓台。

小林次野来到魏民州的营地说：“井上龟郎命令你三日内拿下擂鼓台，否则你的女儿性命难保。”

“我的女儿怎么了?”魏民州着急地问。

“你放心，皇军会好好照顾她的。”小林次野把耳机递给魏民州说：“要不，你跟你女儿打声招呼。”

魏民州大声喊道：“晨晨，我是老爸，你好吗?”

耳机里传来熟悉的声音，是哭泣的声音，“爸爸，我好怕……”

“别怕，他们要是动你一根汗毛，我跟他们没完。”

小林次野一把拽过耳机说：“好了，现在就看你的表现了。”

魏民州拔出枪，瞪着血红的眼睛，指着张二狗说：“给我冲。”张二狗让手下的朱连长带着一百多人冲了过去，他们刚冲到山前，机枪、步枪、手榴弹全响了，倒下了一大片。冲在后面的见情况不妙，转身朝回跑，一个伪军说：“魏司令，土匪火力太猛了。”小林次野拔出手枪，一枪打死了这个伪军，“不准后退，继续朝前冲。”朝回跑的伪军转身又朝前冲，结果他们全被打死了。

魏民州又命令二连朝前冲，结果又全部被打死。

魏民州气得亲自带着队伍朝前冲，他们躲在一条沟里，准备发起冲锋。张二狗说：“魏司令，小鬼子这是拿我们当炮灰，他们想让我们拼光所有的人，三天之内拿下擂鼓台这是不可能的，反正是死，要不跟鬼子拼了。”

“可我女儿还在他们手上。”

“只要我们能活下去，凤凰山游击队和擂鼓台的人肯定会想办法去救她的。要不我派一个可靠的兄弟去通知凤凰山游击队，就说县城现在兵力空虚，是攻打县城的绝好时机。”张二狗说。

魏民州沉思了半天，“好吧！反正是死，跟鬼子拼了。”

小林次野见魏民州停止了进攻，他派了一个小分队过去查看。

魏民州见鬼子靠近了，他小声说：“准备战斗。”张二狗向手下的士兵做了一个手势，他们把枪口对准了鬼子。

鬼子越来越近，魏民州大喊一声，“打!”

鬼子还在莫名其妙时就倒下一片，魏民州拿过一挺机枪，大喊一声，“冲啊！”魏民州冲在前面，用机枪朝鬼子扫射。

小林次野拿起狙击步枪，瞄准了魏民州，他一扣扳机，魏民州头部中弹，倒在地上。张二狗跑过去扑在魏民州的身上，“魏司令！魏司令！”魏民州睁开眼笑了笑，“一定要把我女儿救出来。”张二狗抓住魏民州的手说：“放心，我一定想办法救出她。”魏民州笑着闭上了眼睛。

张二狗端起机枪朝鬼子冲去，他们面对日军，肚子里早就憋满了火，他们仿佛变了一个人似的，置生死于度外，勇敢地朝鬼子冲去，小林次野见他们要跟皇军拼命，要跟他们同归于尽，再加上擂鼓台的人也冲了出来加入他们的队伍，小林次野带着队伍迅速撤离，跑了。

2

鬼子调集了大批日军封锁了进出擂鼓台的所有通道，他们想困死擂鼓台的土匪。同时小林次野带着他的特战队员秘密潜入凤凰山，小林次野手下有四大狙击高手，南次郎、松井石根、小矶国昭、安倍晋四，他们准备突袭擂鼓台，抢走那些宝物。小林次野带着南次郎、松井石根等绕到擂鼓台后面的悬崖，准备从悬崖上爬上去，而小矶国昭、安倍晋四带着一批人从前面进攻。

夏荷花知道一场真正的战斗即将开始，山寨开始警戒，她也给天狼突击队队员做了详细分工，小猴子带几个山寨弟兄负责守后山，防止鬼子从后面的悬崖上爬上来。她亲自负责守山寨大门，牛大鹏和牛小三带着天狼突击队在龙虎山附近树林里埋伏起来，随时狙击鬼子。

牛大鹏看见几个鬼子穿着伪装服在树林里移动，牛大鹏用狙击步枪瞄准镜观察着鬼子的一举一动，鬼子越来越近，他给牛小三做了一个手势，他们两人同时开枪，击中两个鬼子，就在他们准备开第二枪时，鬼子不见了，仿佛突然消失了，牛大鹏侧身一滚，滚到草丛后，用瞄准镜观察，他发现一群麻雀被惊飞，再仔细一看发现一棵树后的草丛里埋伏着一个鬼子，鬼子伪装得很好，同时一个小沟里也发现一个鬼子，两人成为一个火力交叉点，牛大鹏明白必须一枪干掉鬼子，没有开第二枪的机会，如果你开第二枪就会被埋伏在沟里的狙击手干掉，他给牛小三做了一个手势，然后瞄准草丛里的鬼子扣动扳机，一枪毙命。埋伏在沟里的狙击手瞄准了牛大鹏，就在他准备开枪时，牛小三已抢先一步扣动扳机，击毙了鬼子。

“这里有狙击高手，你带人绕到后面，快速离开龙虎山，在山寨门前埋伏起来，这里交给我，我倒要会会这高手。”安倍晋四对小矶国昭说。

“我和你一块消灭他们。”小矶国昭说。

“不要贻误战机，你的任务是跟小林次野中佐会合，一举歼灭擂鼓台的土匪。”安倍晋四说。

山上起雾了，云雾缭绕，龙虎山若隐若现。

“机会来了。”小矶国昭说。

“快走，我在这里掩护你们。”安倍晋四说。

安倍晋四慢慢摸了上去，能见度越来越低，他们不敢贸然进攻，他向天上开了一枪，目的是想把牛大鹏他们注意力吸引过来，其实小矶国昭已带着一批特战队员从另一边山谷绕了过去。

太阳慢慢升了起来，山上的雾也开始慢慢消散。

安倍晋四躲在草丛里发现一棵小树动了一下，他发现树上有一个人，他一扣扳机，那人“啊”的一声栽了下来。牛大鹏听见声音赶了过来，他朝安倍晋四开了一枪，安倍晋四躲在树后没打着，其他鬼子也向牛大鹏反击，牛大鹏趴在石头后面不敢动，牛小三乘机向鬼子连连开枪，击倒几个鬼子。

双方开始僵持着，谁都不敢贸然进攻。

安倍晋四用瞄准镜观察着树林的一切，他发现了草丛里的牛小三，他做了一个手势，鬼子的特战队从两边包抄过去，石头后面的牛大鹏刚一露头，安倍晋四的枪声响了，子弹从他耳旁飞过，他侧身爬到一边，向右边的鬼子连开几枪，又跳到左边向鬼子开枪。牛小三也向鬼子连连开枪，击倒几个鬼子。

安倍晋四快速跳过沟，奔跑到一处制高点，这是一处射击的最佳位置，他接连打死三个人，牛小三一抬头枪就响了，他趴在那里不敢动，牛大鹏同样也被安倍晋四压制着，不敢轻举妄动。牛小三看了牛大鹏一眼，吹了一声口哨，牛小三猛地站起来向安倍晋四开枪，子弹打在岩石上冒出星光，安倍晋四一扣扳机，牛小三头部中弹，鲜血顺着他的脸流了下来，他咬着牙坚强地站着不让自己倒下，安倍晋四又开了一枪，几乎在同时牛大鹏瞄准安倍晋四的头部开了一枪，牛小三看着安倍晋四倒下，他面带微笑向牛大鹏伸出大拇指，然后也轰然倒下。

守在山寨门口的夏荷花听着激烈的枪声心急如焚，她准备带几个弟兄们去看看情况，她在望远镜里突然发现了几十个鬼鬼祟祟的鬼子，从装备上来看是小林次野的突击队。一会儿，突击队突然消失了，看来他们是埋伏在树林里了等天黑再进攻。

夏荷花让大部分弟兄们躲好，寨门留几个人警戒，让鬼子以为只有几个人在守山寨，让他们感觉仿佛轻而易举就可以拿下山寨。夏荷花突然想到，小林次野可能已带人进入后山，她有点不放心，让一个叫水娃的弟兄去后山看看情况。龙盘山说：“大当家，我也去吧，如果鬼子敢从悬崖峭壁上爬上来，我让他们有来无回。”

夏荷花犹豫了一下说：“去吧。”

龙盘山和水娃穿过双峰崖、天门石，来到莲花峰，龙盘山说：“兄弟，你是哪里的，我怎么不认识你。坐下歇歇，抽根烟。”

水娃接过烟，“漩涡老街的，才入伙时间不长。”

龙盘山笑着说：“我表哥就住在漩涡老街，他叫楞娃，你认识吗?”

“认识。”水娃笑着说。

龙盘山见前后无人，他捡起一块石头，趁水娃不注意，一下砸在水娃的头上，水娃哼了一声，死了。龙盘山把水娃拖到山洞里藏了起来。

原来龙盘山逃跑受伤后，井上龟郎本来要杀他的，他苦苦哀求，井上龟郎饶了他，但前提是要他做擂鼓台内应，事成后将分一半宝物给他。天下竟有如此好事，龙盘山表面上爽快地答应了。其实，龙盘山也有私心，他想先在擂鼓台站稳脚，等有机会再把夏荷花干掉，然后带着这些宝物远走他乡，但他没想到鬼子的行动太快，他只好硬着头皮帮鬼子完成任务。

龙盘山继续朝山上走，来到了鹰嘴石，他看见了小猴子，热情地打招呼，“兄弟，来抽根烟。”小猴子摆了摆手说：“我不会抽烟。”龙盘山给其他几个弟兄发烟，“有没啥情况?”一个人说：“这么高的悬崖峭壁，谁能爬上来，除非他们长了翅膀。”龙盘山说：“就是，天又冷又滑，一不小心就摔下万丈深渊，摔个浑身碎骨。”小猴子说：“大家还是小心点好。”

夜晚来临，天气越来越冷，有几个土匪跑到金顶，在屋里烤火打牌喝酒。龙盘山说：“小猴子兄弟，去喝杯酒暖暖身子。”小猴子说：“你们去，我不去。”剩下的几个人都走了，龙盘山说：“去喝几杯再来也不耽搁事。”小猴子摆了摆手说：“算了吧。”龙盘山走到小猴子背后，趁他不注意，一枪托打晕了小猴子。

龙盘山向山下挥舞着长围巾，然后扔下长绳子，早已等候在悬崖下树林里的小林次野喊道：“大家上。”南次郎、松井石根掏出背包里的抓钩扔向悬崖上的松树，然后顺着绳子朝上爬，如此反复几次，他们抓住了龙盘山扔下的长绳子，顺着绳子爬了上来。

在金顶喝酒的一个土匪出来解手，他发现了躺在地上的小猴子，大声喊道：“小猴子，你怎么了?”

龙盘山面带笑容朝他走去，他看见了龙盘山手上的刀闪着寒光，他站起来就跑，跑到大鼓跟前，咚咚敲起鼓来，鼓声很大。龙盘山掏出枪打死了他。

南次郎和松井石根迅速藏在台阶两边，在屋里打牌喝酒的人听到枪声和鼓声，拿起枪朝外冲，冲出去的几个全被打死了。南次郎和松井石根带着几个鬼子包抄过去，南次郎一脚踹开门，冲了进去，有几个土匪缩在墙角发抖，南次郎当场打死了他们，然后开始翻箱倒柜，一无所获。

鬼子陆陆续续从悬崖上爬了上来。

埋伏在山下的小矶国昭看到了信号弹在天空冉冉升起，他手一挥，躲在树林里的特战队如老虎一般扑了出来，他们没把这些土匪放在眼里，觉得不费吹灰之力就能拿下擂鼓台，何况小林次野已从后面占领了金顶。

夏荷花观察着鬼子的一举一动，她看见鬼子发起了进攻，让大家先埋伏好，准备好上次从鬼子车上抢的手雷。鬼子越来越近，夏荷花枪一响，撂倒一个鬼子，大家突然冒出来，把手雷密密麻麻朝鬼子扔去，炸死了不少鬼子。小矶国昭脸上的傲气荡然无存，他撤到安全地带，不敢贸然再进攻了，给后面待命的日军长官松冈洋右发电报，请求支援。

3

夏荷花见派出问情况的水娃迟迟不见回来，她又听到了金顶上的鼓声和枪声，感觉情况不好，有可能小林次野已带人爬了上来，她立即调整作战部署，让张二狗带着他的人和擂鼓台的人立即在莲花峰、龙头峰、红崖、蛤蟆石、铁索链天桥一带布控，把鬼子封锁在东区这一带，不能让他们越过兔儿坪、偏头山、黄龙洞和营盘梁等西区，一旦鬼子到达西区，夏荷花将腹背受敌，擂鼓台将会很快被攻破。

小矶国昭的增援大部队赶来了，他们向山寨门发起了疯狂的进攻，鬼子的迫击炮弹纷纷落在山寨门前，爆炸声很大，腾起一片火海。鬼子的迫击炮还在发射，仿佛要把山寨门炸成平地。

“大家快后退。”夏荷花喊道，“快躲到山洞里。”

夏荷花带人撤退到松树梁、天门石、药王洞、双峰崖一带，鬼子的迫击炮顿时失去了作用，大批的鬼子开始进攻，他们进入了山寨大门。

通往山上的路很窄，鬼子只能分批进攻，夏荷花和张二狗带着队伍埋伏在双峰崖，居高临下，他们用手榴弹朝山下扔，炸得鬼子尸体横飞。夏荷花用狙击步枪一枪又一枪不停地打爆鬼子的头，鬼子依然很顽强地还在不停地进攻，夏荷花拿过机枪，不停地扫射，鬼子纷纷滚下悬崖，鬼子顿时停止了进攻，躲在崖石后面。

在金顶的小林次野带着特战队员从山上开始朝山下进攻，他们如秋风扫落下一样朝山下扫荡。

夏荷花见山下的鬼子停止了进攻，她开始担心山上的小猴子他们，她决定再派一个人上去看看。就在此时，龙盘山匆匆跑了过来，“不好了，鬼子已占领了金顶，他们正从山顶朝山下打来。”

“鬼子有多少人？”夏荷花问。

“好几百人。”龙盘山说。

“不可能。”

“我亲眼所见。”

“小猴子和水娃呢？”

“被小林次野打死了，”龙盘山说：“大家赶紧逃吧。”

“少在这扰乱军心，小心我枪毙了你，要跑你自已跑。”夏荷花板着脸说。

“我要跟你们一同战斗，跟鬼子血战到底。”龙盘山信誓旦旦地说，他突然转到夏荷花身后，掏出枪指着夏荷花的头说：“别动，小心走火。我问你，你把宝物藏在哪里了？你要是不说，我就一枪打爆你的头。”他一把夺过夏荷花的枪，指着大家说：“都给我后退。”

人们纷纷后退。

"你不是答应我，从今以后不再给鬼子卖命吗?"夏荷花说。

"我也是被逼的，上了贼船，只能跟贼走。"龙盘山大声说："我再问一遍，宝物藏在哪里了？不说我就真开枪了。"

"你开枪啊！你想想，就算你开枪了，你能平安离开擂鼓台吗？就算你离开了擂鼓台，日本人能放过你吗？你太天真了！"

龙盘山气急败坏地说："闭嘴！我数三下，你要不说出藏宝的地方，我就打死你。一、二……"

"我说，"夏荷花突然转身，反扣住龙盘山的手腕夺过枪，右脚一扫，龙盘山一下跪在地上，夏荷花用枪指着龙盘山的头说："你言而无信，心甘情愿为日本人卖命，留你这种狗汉奸有何用?"

"我错了，我一定改。"龙盘山抱住夏荷花的腿假意痛哭。

"别装了。难道你还想故伎重演吗?"夏荷花厉声说。

"要死一块死。"龙盘山抱住夏荷花的腿朝悬崖下拖。

眼看就要拖到悬崖边上，夏荷花果断地连开两枪，血溅了她一脸，龙盘山像死狗一样躺在地上一动不动了。

山下的小矶国昭又发动了新一轮的进攻，山上的小林次野带着特战队已打到莲花峰。

夏荷花给张二狗交代了几句，她带了几个人来到铁索链天桥前，这是最后的底线，如果鬼子冲过天桥，后果不堪设想，以至于连退路都没有了。山下的枪声很激烈，夏荷花决定冲过天桥跟小林次野硬碰硬，掌握主动权，不然等山下的鬼子冲上来，他们只有死路一条。夏荷花正准备过天桥，南次郎和松井石根带着鬼子冲了过来，夏荷花用瞄准镜瞄准一个鬼子，一扣扳机，一个鬼子"啊"的一声从天桥上掉下万丈深渊。夏荷花连开三枪，又是三个鬼子掉下了悬崖。

南次郎和松井石根停止了进攻，躲在红崖后用瞄准镜观察，没发现天桥对面树林和石头后面有人。

"我们遇见了狙击高手！"南次郎兴奋地说。

“太好了，干掉她!”松井石根伸开五指然后捏成一个拳头。

南次郎做了一个手势，一个鬼子猫着腰端着枪朝天桥走去，南次郎和松井石根用瞄准镜观察着对面的一举一动，眼看鬼子就要走到桥头，对面的草丛里动了动，他们看见了枪管，南次郎和松井石根同时开枪，两个土匪头部中弹。那个鬼子趁机快步朝桥上奔去，眼看就要冲过桥，突然枪声一响那鬼子“啊”的一声，一头栽到悬崖下。南次郎和松井石根大吃一惊，他们没有发现夏荷花的藏身之处。

“大当家，不好了，山下鬼子已打到双峰崖了。”一个土匪跑上来喊道。

“快趴下。”夏荷花喊道。

南次郎扣动了扳机，土匪一头栽在地上。夏荷花顺着枪声回击，一枪打在南次郎的头上，血汩汩流了出来。夏荷花侧身一滚闪到一个小沟里，几乎同时松井石根的枪也响了，打在夏荷花原先的藏身之处。夏荷花用瞄准镜观察，发现龙头峰的树林里闪了一下，她立即缩回头，让身旁的一个弟兄取下帽子用树枝慢慢朝上举起，啪的一枪，帽子被打飞。夏荷花立即朝龙头峰的树林里开了一枪，一个鬼子“啊”的一声滚了下来，他就是松井石根。夏荷花知道真正的狙击高手还没出现，小林次野一定藏在某个地方，正用枪在瞄准她。

十几个鬼子特战队突然又向天桥发起了冲锋。夏荷花发现了躲在树林里的小林次野，小林次野也发现了夏荷花，夏荷花立即闪到另一边，用瞄准镜观察，小林次野消失了，她顺便击毙两个鬼子，然后滚到一边，一颗子弹擦着她的耳边飞过。

金顶上传来了咚咚的鼓声，一声比一声急，熟悉的鼓声响起，擂鼓台的弟兄们顿时精神一振，山下厮杀声和枪声一片。

敲鼓的人是小猴子。

原来小猴子醒来后听到了枪炮声，看看四周兄弟们的尸体，他知道鬼子已从悬崖上爬了上来，他捡起枪，准备朝山下冲去，突然他发现悬崖上爬上来一个人，他举起枪说："谁?"来人穿着鬼子服装，"小猴子兄弟，别开枪，我是申飞豹。"小猴子问："你怎么来了?"申飞豹叹了一口气说："上次的事，我心里一直很愧疚，感觉对不起大当家，我一直想回到弟兄们身边，我一路跟踪鬼子，我来晚了一步。"小猴子说："你来得正好，我们在鬼子屁股后面捅他们一刀。"

两人准备朝山下冲，申飞豹看见了那个大鼓，"小猴子，你留在这里敲鼓，只要鼓声在，山下的弟兄们就会看到希望，他们就会奋不顾身地去杀鬼子。"

小猴子点了点头。

申飞豹顺着窄窄的台阶朝下走，擂鼓台的一草一木他都非常熟悉，他来到了鹰嘴石，山下天桥附近的鬼子他看得清清楚楚，他瞄准鬼子扣动扳机，一个又一个鬼子从天桥上掉下万丈深渊。

小林次野见他的特战队员大多是从后面中枪，他大吃一惊，特战队员全部战死了，只剩下他这个孤家寡人了，他不甘心失败，顺着枪声，他用瞄准镜发现了申飞豹，申飞豹也发现了他，两人同时开枪，申飞豹头部中弹，小林次野肩膀中枪。其实夏荷花也发现了申飞豹，就在小林次野准备开第二枪时，夏荷花的枪响了，小林次野的头上出现了一个血窟窿，他的脸有点变形，很恐怖，然后一个趔趄，掉下了悬崖。

夏荷花冲过天桥，朝鹰嘴石奔去，申飞豹躺在草丛中，她抱起他说："申飞豹，你醒醒!"申飞豹慢慢睁开眼说："大当家，我把金盆给你带来了，就在我背上的包里。其实，我心里一直喜欢你……"申飞豹还没说完，头一偏，倒在了夏荷花的怀里。

夏荷花的泪水落在了申飞豹的脸上。

鬼子已攻到松树梁，夏荷花准备带着弟兄们从后山撤退时，鬼子突然停止了进攻，山下枪声一片，他们好像在慢慢开始撤退。

原来天星寨的土匪吴敬山带着队伍一直悄悄跟在鬼子屁股后面，他正幸灾乐祸地坐山观虎斗。鬼子增援的一支小分队赶来了，队长松冈洋右发现了埋伏在树林里的土匪，他们以为是擂鼓台的土匪，不管三七二十一就开火，吴明兹中弹死了。吴敬山气得大骂：“给老子打！”战斗很激烈，吴敬山占据着地利优势，鬼子伤亡不少，他们撤了下来，准备第二轮进攻。

鬼子攻打擂鼓台时，凤凰山游击队的马北辰也知道了消息，本来他要带人去增援夏荷花，结果他听了刘国安的围魏救赵妙计：刘国安带一支队伍佯攻安阳县城，城里兵力空虚，井上龟郎必定会给进攻擂鼓台的鬼子发电报，让他们撤回来增援。马北辰则带人埋伏在凤凰山山谷，等鬼子撤回到山谷时，然后全歼鬼子。埋伏在山谷里的马北辰迟迟不见鬼子朝回撤退，他心里很着急，派了两个侦察兵去查看，他们回来说，鬼子已攻破了擂鼓台山寨大门。马北辰一听，急了，带着部队前去增援。

小矶国昭和松冈洋右已接到井上龟郎的急电，让他们立即撤兵回来支援，晚一步将送军事法庭，他们立即撤退。吴敬山见跟鬼子硬拼下去不是办法，他准备撤退时发现后路已被从擂鼓台撤回的鬼子包围，他顿时陷于两面夹击的被动局面，无法撤退，吴敬山只好硬着头皮跟鬼子拼了。

马北辰带着队伍来到了龙虎山，从鬼子背后发起了进攻，鬼子顿时惊慌失措。吴敬山笑道：“援兵到了，大家给我狠狠打！”

站在山上的夏荷花见山下打成一锅粥，她高兴地说：“大家朝下冲，给鬼子一个反包围。”

夏荷花和张二狗带着一拨人冲了下去，他们用机枪朝鬼子扫射，鬼子倒下一大片。

山上的鼓声咚咚咚，响彻云霄。

4

天阴沉沉，刮着风，很冷，好像要下雪了。

田中优子躺在床上一夜无眠，她想到樱花、泷原三郎和平野菱都已死了，小林次野又生死未卜，田中优子拿出照片，樱花说那个小女孩就是她，说那个小女孩就是她的妹妹，父母就是被井上龟郎所杀，但田中优子还是不相信这是真的。

一个伪军进来了，他递给田中优子一封信，说要亲手交给她，田中优子打开一看，是樱花给她写的：

田中优子妹妹：

当你看到这封信时，也许我已经死了。

我知道我说什么你都不会相信，井上龟郎已亲口承认了这一切，你就是我的亲妹妹，我们的父母已被他杀害了，然后他就把我们带到日本，目的是想让我们中国人杀中国人。我通过调查走访和查阅井上龟郎的绝密资料，证明了这一切，小林次野、泷原三郎和平野菱的父母也是被井上龟郎所杀，正因为我知道这些，井上龟郎就派人杀我，我现在无法在安阳县立足了，日本也回不去了，只有以死来为我赎罪。

希望你不要再执迷不悟了，回头是岸！

樱　花

往事一幕幕在田中优子的脑海中出现，她想到跟樱花在一起的点点滴滴，她的泪水流了出来。

坐在床上的魏晨用惊恐的眼睛望着田中优子。井上龟郎安排田中优子和魏晨住在一起，目的是为了让她监视魏晨。

田中优子擦干泪水望了魏晨一眼说：“我带你走吧。”

“好啊！我不明白他们为啥要抓我？”魏晨说：“你怎么哭了？”

田中优子笑了笑说：“都是这场该死的战争，一切都将结束。”

外面传来了枪炮声，是凤凰山游击队和擂鼓台的土匪在攻城。

田中优子牵着魏晨的手穿过后院，来到后门，打开门说：“你走吧！”

田中优子目送着魏晨的背影远去，她来到了井上龟郎的办公室，他正在发脾气，把桌子上的杯子砸在地上，“一群笨蛋！”

“怎么了？”田中优子问。

“攻打擂鼓台的大日本帝国的勇士全部玉碎！”井上龟郎的眼睛里发着绿光，举起双手说：“我要把你们碎尸万段！”

田中优子倒退了一步，她发现井上龟郎精神状态有点诡异。

井上龟郎突然一转身，双眼露出蓝色的光，他一把抱住田中优子说：“你这个中国人！”

“我是个中国人，是不是？是你杀了我的父母，对不对？”田中优子一边挣扎一边说。

“不错！你是个中国人，是我杀了你的父母！哈哈！”井上龟郎冷笑一声，抱起田中优子按倒在里屋的床上，他开始解田中优子的衣服。井上龟郎疯了，他要排解他心中的恐惧和不安。田中优子一边流泪一边挣扎，她摸到了床边的铜台灯，拿起来重重砸在井上龟郎的头上，井上龟郎头一歪，手一下松开了，她乘机从床上爬起来，穿好衣服。

井上龟郎突然从床上爬起来，样子很可怕，伸出双手朝田中优子扑去，田中优子一闪，她立即跑到外间办公室，从井上龟郎的抽屉里拿出手枪。井上龟郎跑了出来，他彻底疯了。

田中优子举起枪，扣动了扳机。

井上龟郎站住了，头上汩汩冒血，眼睛发出幽灵一样的光，光芒慢慢黯淡，最后消失，他慢慢倒在地上……

田中优子不罢休，举着手枪对着井上龟郎的头又补了两枪。

几个警卫冲了进来，田中优子举起枪打死了他们。

田中优子望了望窗外，窗外飘起了鹅毛大雪，她望着地上的尸体，目光空洞而且呆滞，她举起枪对准了自己的太阳穴扣动了扳机。

凤凰山游击队和擂鼓台的土匪已攻破南门，消灭了城里的日军，活捉了汪忠卫和苟容生等汉奸。夏荷花和马北辰冲进了井上龟郎的办公室，看见了井上龟郎和田中优子的尸体，夏荷花说："太可惜了，我没能亲手打死他！"

夏荷花把墙上的日本天皇相片和太阳旗扯了下来，扔进了火堆里，熊熊的火光燃烧起来。

夏荷花走出院子，站在文峰塔上向四周看，鹅毛大雪在天上飞舞，整个安阳县城都被大雪覆盖了，白茫茫一片……